LaVyrle Spencer wurde 1943 in Browerville, Minnesota, geboren und besuchte die High School in Staples, Minnesota. Sie lebt heute mit ihrem Mann und ihren beiden Töchtern in Stillwater, Minnesota.

Von LaVyrle Spencer ist außerdem als
Knaur-Taschenbuch erhältlich:

»Ich hasse dich, ich liebe dich« (Band 2821)

Deutsche Erstausgabe 1990
© 1990 Droemersche Verlagsanstalt Th. Knaur Nachf., München
Das Werk einschließlich aller seiner Teile ist urheberrechtlich geschützt.
Jede Verwertung außerhalb der engen Grenzen des Urheberrechts-
gesetzes ist ohne Zustimmung des Verlages unzulässig und strafbar.
Das gilt insbesondere für Vervielfältigungen, Übersetzungen,
Mikroverfilmungen und die Einspeicherung und Verarbeitung
in elektronischen Systemen.
Titel der Originalausgabe »Hummingbird«
Copyright © 1983 by LaVyrle Spencer
This edition published by arrangement with
The Berkley Publishing Group.
Umschlaggestaltung Manfred Waller
Umschlagillustration Sharon Spiak, Agentur Luserke, Friolzheim
Satz Compusatz GmbH, München
Druck und Bindung Elsnerdruck, Berlin
Printed in Germany 5 4 3 2 1
ISBN 3-426-02895-6

LaVyrle Spencer:
Küß mich, Schurke

Roman

Aus dem Amerikanischen von Ingeborg Ebel und Traudl Weiser

Für Mom und Pat mit Liebe.
Und Janis Ian vielen Dank, deren ergreifendes Liebeslied
»Jesse« mich zu diesem Roman inspirierte.

1

Wenn der 9-Uhr-50-Zug in Stuart's Junction einfuhr, lockte er immer eine Menge Menschen an, denn der Zug war noch eine Neuheit, auf deren Ankunft die ganze Stadt täglich wartete. Barfüßige Kinder hockten im Riedgras außerhalb der Stadt, bis das laute, fauchende Ungeheuer sie aufscheuchte und sie die Viertelmeile bis zum Bahnhof nebenher liefen. Auch Ernie Turner, der Trunkenbold der Stadt, kam jeden Tag rülpsend und schwankend aus dem Saloon, ließ sich auf einer Bank am Bahnsteig nieder und schlief, bis der Zug ihn weckte und er wieder seine Runde begann. In der Schmiede legte Spud Swedeen seinen Hammer nieder, ließ den Blasebalg los und stellte sich in das offene Tor, die rußigen Arme über einer noch schwärzeren Schürze gekreuzt. Und wenn das Hämmern in Spuds Schmiede aufhörte, spitzten alle Bewohner von Stuart's Junction in Colorado die Ohren. Die Kaufleute in der Front Street traten aus ihren Läden auf die verwitterten, von der Sonne ausgebleichten Holzplanken der Bürgersteige hinaus.

An diesem Junimorgen im Jahr 1879 war es nicht anders. Als Spud aufhörte zu hämmern, kam der Friseur aus seinem Laden, die Bankangestellten verließen ihre Käfige, und die Waagen der Goldankäufer schwangen leer im Luftzug, denn jeder Stadtbewohner erwartete draußen auf der Straße die Ankunft des 9-Uhr-50-Zuges, der aus nordöstlicher Richtung kam.

Aber der 9-Uhr-50-Zug kam nicht.

Bald spielten ein paar Männer nervös mit ihren Uhrketten; Taschenuhren wurden aufgeklappt und wieder geschlossen, und man tauschte beunruhigte Blicke aus. Besorgtes Gemurmel breitete sich aus, alle möglichen Spekulationen wurden über die ungewohnte Verspätung des Zuges angestellt. Die Kaufleute gingen schließlich in ihre Läden zurück, spähten jedoch immer wieder durch ihre Fenster hinaus und warteten.

Die Zeit verstrich, während jeder angestrengt auf das schrille Pfeifen der Lokomotive wartete, doch vergeblich. Eine Stunde verging, und die Stille in Stuart's Junction glich dem Schweigen bei einem Begräbnis.

Um 11 Uhr 06 hoben sich die Köpfe, einer nach dem anderen. Die Kaufleute traten wieder über ihre Türschwellen, als der belebende Sommerwind den Klang der Dampfpfeife in die Stadt trug.

»Da ist er! Aber er fährt zu schnell ein!«

»Wenn Tuck Holloway ihn fährt, dann rast er bestimmt am Bahnhof vorbei. Tretet zurück – vielleicht springt die Lok aus den Gleisen!«

In einer Wolke aus Dampf und Staub zischte der Zug heran, und ein rotkarierter Ärmel winkte aus der Lok. Es war Tuck Holloway, dessen Worte im Rattern der Eisenräder und Zischen der Dampfmaschine untergingen, als der Zug etwa hundert Meter hinter dem Bahnhof zum Stehen kam. Tucks heisere Stimme wurde vom aufgeregten Geschrei der Menge übertönt, die sich neugierig auf dem Bahnsteig drängte. Max Smith, der Bahnhofsvorsteher, schoß einmal in die Luft, um die Leute zum Schweigen zu bringen.

»Wo ist Doc Dougherty?« schrie Tuck von der Lok herunter.

»Holt ihn schnell, denn der Zug wurde zwanzig Meilen nördlich von hier überfallen, und wir haben zwei verwundete Männer an Bord. Einer von ihnen ist schwer verletzt.«

»Wer sind sie?« fragte Max.

»Hab sie nicht nach ihren Namen gefragt. Es sind Fremde. Einer versuchte meinen Zug auszurauben, und der andere verhinderte es. Dabei wurde er niedergeschossen. Ich brauch ein paar Männer, die sie raustragen.«

Kurze Zeit später wurden zwei schlaffe Körper aus einem der Waggons gehoben.

»Holt eine Kutsche!«

Ein vierrädriger Wagen schob sich durch die Menge, und die beiden reglosen Körper wurden daraufgelegt, während Doc Cleveland Dougherty mit seiner schwarzen Tasche keuchend um die Ecke des Saloons gelaufen kam. Einen Augenblick später kniete er neben einem der fremden Männer, dessen Gesicht kreidebleich war und unnatürlich friedlich wirkte.

»Er lebt«, verkündete der Doc. Er untersuchte den zweiten Mann. »Bei dem bin ich mir nicht sicher. Bringt beide schnell in mein Haus.«

Alle Besucher, die an diesem Tag in die Stadt kamen, nahmen an dem aufregenden Ereignis teil und blieben länger als gewöhnlich. Im Saloon herrschte hektisches Treiben; das Geschäft blühte. Im Mietstall von Gem Perkins war keine Box mehr frei. Der Boden um die Spucknäpfe im Foyer des Hotels war schon am frühen Nachmittag mit Flecken übersät, während unter den Buchen in Docs Vorgarten neugierige Stadtbewohner die Eingangstür nicht aus den Augen ließen und beharrlich darauf warteten, Neuigkeiten über das Schicksal der beiden Fremden zu erfahren, deren Ankunft mit dem 9-Uhr-50-Zug die ganze Stadt in helle Aufregung versetzt hatte.

Miss Abigail McKenzies Brüste hoben sich unter den Falten ihrer makellosen viktorianischen Bluse, als sie einen tiefen Seufzer ausstieß. Mit dem Zeigefinger fuhr sie unter dem spitzenbesetzten hohen Kragen entlang, um ihn von ihrer klebrigen Haut zu lösen. Sie wandte den Kopf leicht nach links, betrachtete mit ihren blauen Augen ihr Profil im Spiegel, legte den Handrücken unter ihr Kinn und strich über die Haut, um ihre Straffheit zu prüfen.

Ja, die Haut war noch straff, noch jung, versicherte sie sich sachlich.

Dann zog sie rasch die lange Hutnadel aus ihrem mit Gänseblümchen geschmückten Hut, setzte den Hut sorgfältig auf ihr streng nach hinten gekämmtes braunes Haar, steckte die Nadel durch den Hut und nahm ihre blütenweißen Handschuhe von dem riesigen Schirmständer: einem thronartigen Gebilde mit einem Spiegel an der Rückseite und Löchern für Schirme und Stöcke in den Seitenarmen.

Sie betrachtete kurz ihre Handschuhe, blickte durch das Fliegengitter an der Vordertür nach draußen in die hitzeflimmernde Luft, legte die Handschuhe zurück, zögerte, griff dann resolut wieder danach und streifte sie über ihre schmalen Hände. Die Hitze ist keine Entschuldigung, nachlässig gekleidet durch die Stadt zu gehen, schalt sie sich.

Sie ging zur Rückseite des Hauses, überprüfte noch einmal, ob die Rouleaus vor den Südfenstern herabgelassen waren, um die grelle Sonne auszusperren. In der Küche warf sie einen kritischen Blick in die Runde, doch alles war ordentlich aufgeräumt. Ihr Haus war ebenso peinlich sauber wie ihre Kleidung. In der Tat war alles in Miss Abigail McKenzies Leben stets ordentlich und korrekt.

Sie seufzte wieder, ging von der Küche durch das Eßzimmer ins Wohnzimmer und dann hinaus auf die Veranda. Aber sie machte abrupt noch einmal kehrt, prüfte auf eine pedantische Weise den Türanschlag, wie es Menschen tun, die sich künstlich Sorgen schaffen, weil es ihrem Leben an echten Gefühlen mangelt.

»Ich will nicht riskieren, daß dein hübsches ovales Fenster kaputtgeht«, sagte sie laut zur Tür. Das Fenster war ihr ganzer Stolz. Zufrieden damit, daß die Tür befestigt war, schloß sie das Fliegengitter so sanft, als hätte es Gefühle. Sie ging über die Veranda den Weg hinunter und begrüßte ihre gut gepflegten Rosen am Zaun mit einem Kopfnicken.

Sie schritt hochaufgerichtet, hielt den Kopf gerade, wie es sich für eine Dame schickte. Ihre Haltung war stets einwandfrei. Selten sah man die Spitzen ihrer Schuhe unter dem Saum ihres Rocks hervorlugen, denn sie machte nie eine hastige Bewegung: Hast und Eile waren äußerst würdelos!

Miss Abigail hatte einen Entschluß gefaßt – einen Entschluß, der ihr nicht leichtgefallen war. Ihrem Äußeren war allerdings nicht anzumerken, mit welchem Widerstreben sie ihr Vorhaben ausführte, als sie gemessenen Schrittes die Front Street entlangging.

Als sie sich Doc Doughertys Haus näherte, bemerkte sie mit Erstaunen die Menschenmenge, die sich in seinem Vorgarten versammelt hatte. Da Miss Abigail stets bemüht war, ihre Nase nicht in die Angelegenheiten anderer Leute zu stecken, bog sie nach links ab, folgte dem Häuserblock zur Main Street und erreichte bald ihr Ziel. Miss Abigail verabscheute jede Art von Spektakel, denn davon wurde nur der Pöbel angezogen, und sie würde niemals dazu zählen!

Miss Abigail fand es äußerst bedauerlich, ihr Vorhaben ausführen zu müssen, zu dem sie sich gezwungen sah. Das hatte nichts mit Louis Culpeppers Geschäft zu tun – er führte ein sauberes und ordentliches Speiselokal –, das mußte sie ihm lassen. Aber als Bedienung zu arbeiten war wirklich der letzte Ausweg – der allerletzte! Sie hätte sich nie dazu durchgerungen, hätte eine andere Möglichkeit bestanden. Aber Miss Abigail blieb keine Wahl. Es hieß, entweder bei Louis Culpepper zu arbeiten oder zu verhungern. Und Miss Abigail wollte nicht verhungern.

Die Absätze ihrer robusten schwarzen Schuhe klapperten, als sie unter dem Schild mit der Aufschrift THE CRITERION – GUTES ESSEN UND GETRÄNKE, LOUIS CULPEPPER, INH. das Lokal betrat. Als sie die Tür sorgfältig hinter sich schloß, strich sie mit der Hand über ihre Bluse, vergewisserte sich, daß sie ordentlich im Rockbund steckte, drehte sich um und seufzte wieder. Aber das Lokal wirkte verlassen. Ein leichter Geruch nach Kohl vom Vortag hing in der Luft, aber nichts ähnelte dem Duft von bratendem Fleisch für die Mittagsgäste, die bald eintreffen würden.

»Hallo?« rief sie, legte den Kopf schief und lauschte.

Von irgendwo im rückwärtigen Teil des Lokals kam ein leises, blechernes Geräusch. Sie ging zur Küche, fand die Tür offen und sah die Kochtöpfe über dem Küchenherd in der heißen Brise schaukeln. Das Lokal *war* verlassen.

»Nun, ich muß schon sagen!« empörte sich Miss Abigail. Und nach einem flüchtigen Blick durchs Lokal wiederholte sie: »Nun, ich *muß* wirklich sagen!«

Für den Entschluß, mit Louis zu sprechen, hatte sie mehrere Wochen gebraucht. Sein Restaurant jetzt leer vorzufinden war äußerst verwirrend. Verärgert über diese unerwartete Wende, wischte sie sich einen Schweißtropfen von der Stirn und wußte, daß sie sich nicht ein zweites Mal zu diesem Schritt aufraffen würde. Sie mußte Louis jetzt finden – heute noch!

Sie rückte ihren tadellos sitzenden Hut zurecht und ging wieder zur Main Street, dann einen Block weiter zur Front Street, in der sie zwei Häuserblöcke vom Doc entfernt wohnte. Als sie um Ecke bog, stieß sie unvermittelt auf die Menge, die sich in Doc Doughertys Vorgarten versammelt hatte. Der Doc stand jetzt unter seinen Buchen, hatte die Hemdsärmel aufgerollt und sprach so laut, daß jeder ihn hören konnte.

» ... hat eine Menge Blut verloren, und ich mußte ihn operieren, um die Wunde zu säubern und zu vernähen. Noch kann ich nicht sagen, ob er überlebt. Aber ihr wißt, es ist meine Pflicht, alles zu tun, ihn am Leben zu erhalten, ganz gleich, was er getan hat.«

Die Menge reagierte mit erregtem Gemurmel, während sich Miss Abigail hoffnungsvoll umsah und nach Louis Culpepper Ausschau hielt. Dabei entdeckte sie den flachsköpfigen Jungen, der im Nachbarhaus wohnte, und sie flüsterte ihm zu: »Guten Tag, Robert.«

»Tag, Miss Abigail.«

»Hast du Mr. Culpepper gesehen, Robert?«

Aber Robert lauschte mit gespitzten Ohren den Worten des Arztes, deshalb grunzte er nur unwillig: »Hmm.«

»Von wem spricht Doc Dougherty?«

»Weiß nicht genau. Irgendwelche Fremde schossen sich gegenseitig im Zug nieder.«

Erleichtert, daß es keinen aus der Stadt betraf, mußte Miss Abigail wohl ihr Vorhaben verschieben, bis sich die Menge aufgelöst hatte, also wandte sie ihre Aufmerksamkeit ebenfalls dem Doc zu.

»Der andere ist in keiner so schlimmen Verfassung, aber er wird ein paar Tage außer Gefecht sein. Allein mit diesen beiden Patienten habe ich alle Hände voll zu tun. Ihr wißt, daß Gertie zur Hochzeit ihrer Cousine nach Fairplay gefahren ist und ich deshalb ohne Hilfe bin. Wenn sich also einer von euch bereit erklären würde, mich bei der Pflege der beiden Fremden zu unterstützen, wäre ich sehr dankbar.«

Eine Frau in der Menge sprach das aus, was viele dachten: »Ich möchte gern wissen, warum wir uns verpflichtet fühlen sollten, einen Verbrecher zu pflegen, der unseren Zug überfallen und diesen unschuldigen jungen Mann da drin niedergeschossen hat. Was wäre, wenn er Tuck niedergeschossen hätte?«

Lautstarke Zustimmung folgte diesen Worten, und der Doc hob schweigengebietend die Hand.

»Mal langsam! Ich habe zwei Männer da drin, und zugegeben, einer von ihnen hat ein Unrecht begangen, aber sie brauchen beide Hilfe. Erwartet ihr etwa von mir, daß ich den weniger Schwerverletzten pflege und den anderen, der halbtot ist, rauswerfe?«

Ein paar Leute besaßen wenigstens den Anstand, den Blick zu senken, aber keiner gab seine ablehnende Haltung auf.

Der Doc sprach weiter, solange ihr Schuldbewußtsein andauerte. »Nun, ein Mann allein kann nicht die ganze Arbeit machen. Ich brauche Hilfe, und ich überlasse es euch, eine Lösung zu finden. Das ist nicht allein mein Problem – es ist unser aller Problem. Wir alle wollten, daß die Rocky Mountain Railroad durch unser Land verlegt wird, nicht wahr? Und wir haben sie bekommen! Natürlich sollte sie einzig dem

Zweck dienen, unseren Quarz und unser Kupfer von hier fortzutransportieren und unsere Bedarfsgüter aus dem Osten herbeizuschaffen. Aber jetzt, da die Eisenbahn auch ein kleines Problem in unsere Stadt gebracht hat, sind wir nicht allzu versessen darauf, damit fertig zu werden und den Preis dafür zu bezahlen, nicht wahr?«

Noch immer bot niemand freiwillig seine Hilfe an.

Was der Doc gesagt hatte, war zweifelsohne wahr. Die Eisenbahn war ein Vorteil, von dem alle profitierten. Durch sie wurden einer abgelegenen Gebirgsstadt wie Stuart's Junction die Wege nach Osten und Westen geöffnet, sie brachte der Stadt Handel und Transportmöglichkeiten und garantierte somit eine stabile Zukunft.

Die Bürger zogen es allerdings vor, diese Vorteile jetzt zu vergessen, und versperrten sich den Argumenten des Doc, während Miss Abigail einen unerklärlichen Ärger über die Herzlosigkeit ihrer Mitmenschen verspürte.

»Ich würde jedem, der bereit ist, mir zu helfen, soviel bezahlen wie Gertie«, bot der Doc hoffnungsvoll an.

Miss Abigail sah sich mit mißbilligend geschürzten Lippen um.

»Verdammt, Doc«, rief jemand, »Gertie ist die einzige Krankenschwester in der Stadt. Sie werden keine Frau finden, die sie ersetzen kann.«

»Nun, vielleicht keine so qualifizierte Kraft wie Gertie, aber ich nehme jede Hilfe an.«

Auf Miss Abigails Oberlippe bildeten sich Schweißtröpfchen. Ihr war plötzlich ein Gedanke gekommen, eine unerhörte Idee. Aber sie hatte keine Zeit, lange darüber nachzugrübeln. Und die Selbstgefälligkeit der Leute um sie herum schürte ihren Ärger. Die Vorstellung, zwei verletzte Männer in ihrem Haus zu pflegen, schien weitaus angenehmer, als den Gästen im Speiselokal Fleisch und Suppe an die Tische zu tragen. Außerdem war sie in der Krankenpflege beinahe so erfahren wie Gertie. Ihr Puls pochte hinter ihrem sauberen, engen Kragen, doch sie trug ihr Kinn so hoch wie immer, als sie jetzt vortrat, ihre Zweifel unterdrückte und ihre Mitbürger beschämte.

»Ich glaube, Doc Dougherty, daß ich dafür geeignet wäre«, konstatierte Miss Abigail auf ihre damenhafte Weise. Da eine Dame nicht laut sprach, hörte der Doc sie nicht. Keiner traute seinen Augen, als Miss Abigail ihre Hand in dem peinlich sauberen Handschuh hob.

»Miss Abigail, sind Sie das?« rief er, und die Menge verfiel in angespanntes Schweiges.

»Ja, Doc Dougherty, ich bin es. Ich würde Ihnen gern helfen.«

Überrascht runzelte Doc Dougherty die Stirn, strich sich mit der Hand über das schüttere Haar und platzte heraus: »Nun, verflucht will ich sein!«

Miss Abigail bahnte sich mit würdevoll erhobenem Kopf einen Weg durch die Menge, die respektvoll vor ihr zurückwich und sie grüßte.

»Guten Tag, Miss Abigail.«

»Wie geht es Ihnen, Miss Abigail?«

»Tag, Miss Abigail.«

Die Frauen nickten ihr schweigend zu, denn die meisten schüchterte ihre kühle, unnahbare Haltung ein. Miss Abigail machte ihnen bewußt, wie derb und verschwitzt sie waren und – noch schlimmer – wie kleinmütig, da sie eigensinnig jede Hilfe verweigerten.

»Kommen Sie rein, Miss Abigail«, sagte der Doc und sprach dann mit erhobener Stimme zu den Leuten. »Ihr könnt jetzt nach Hause gehen. Es gibt nichts mehr zu sehen.« Dann führte er Miss Abigail in sein Haus.

Da er Witwer war, war es vollgestopft mit allen möglichen Dingen, die sich im Laufe der Zeit angesammelt hatten und nie weggeworfen worden waren. Im Wohnzimmer fegte Doc Dougherty einen Stapel Zeitungen von einem Lehnstuhl, stieß mit dem Fuß ein Paar Hausschuhe beiseite und sagte: »Setzen Sie sich, Miss Abigail, setzen Sie sich.«

»Danke«, entgegnete sie und ließ sich auf dem Sessel wie auf einem Thron nieder.

Während sie sich den Anschein gab, die Unordnung in dem Raum nicht zu bemerken, entging ihr doch keine Einzelheit. Der alte Doc Dougherty gab sich zwar alle Mühe, doch seit dem Tod seiner Frau Emma war das Haus verkommen. Der Doc war Tag und Nacht für seine Patienten unterwegs, deshalb blieb ihm keine Zeit für die Führung seines Haushalts übrig. Und Gertie Burtson hatte er als Krankenschwester angestellt, nicht als Haushälterin. Der Zustand dieses Raums machte das allzu offenkundig.

Doc Dougherty setzte sich auf die Lehne eines alten Roßhaarsofas, spreizte die Beine und legte die Hände auf seine Knie. Er starrte eine Weile zu Boden, ehe er sprach.

»Miss Abigail, ich weiß Ihr Angebot zu schätzen.« Er suchte nach Worten für eine plausible Erklärung. »Aber, wissen Sie, Miss Abigail, ich hatte nicht damit gerechnet, daß Sie mir Ihre Hilfe anbieten. Das ist eine Aufgabe, für die jemand anderer wahrscheinlich besser geeignet ist.«

Verärgert fragte sie: »Lehnen Sie meine Hilfe ab, Doc Dougherty?«

»Ich ... möchte sie nicht ablehnen. Ich möchte Sie bitten, sich zu überlegen, in welche Situation Sie dadurch geraten.«

»Ich denke, das habe ich mir schon alles wohl überlegt, und aus diesem Grund haben ich Ihnen meine Hilfe angeboten. Sollte irgend etwas dagegen sprechen, dann verschwenden wir beide nur unsere Zeit.« Wenn Miss Abigail pikiert war, klang ihre Stimme schroff, und sie neigte zur Weitschweifigkeit. Sie erhob sich, machte ein mißmutiges Gesicht und strich ihre Handschuhe glatt.

Er ging rasch zu ihr, drückte sie in den Sessel zurück, worauf sie ihm unter ihrer Hutkrempe hervor einen gereizten Blick zuwarf.

»Nur mit der Ruhe. Werden Sie doch nicht gleich wütend.«

»Ich, wütend, Doc? Haben Sie mich jemals wütend gesehen?« Sie hob eine Braue und blickte ihn hochmütig an.

Doc Dougherty stand über ihr, lächelte und betrachtete ihr Gesicht unter dem mit Gänseblümchen geschmückten Hut.
»Nein, Miss Abigail, ich bezweifle, daß Sie je in Ihrem Leben wütend gewesen sind. Ich versuche Ihnen nur klarzumachen, daß Sie auf mich wütend werden könnten, wenn ich zustimme, daß Sie diese beiden Männer pflegen.«
»Bitte, sagen Sie mir, warum, Doc.«
»Nun, um ehrlich zu sein ... weil Sie eine unverheiratete Frau sind.«
Der Ausdruck hallte grausam in Miss Abigail McKenzies dreiunddreißig Jahre altem Kopf und in ihrem heftig klopfenden einsamen Herzen wider.
»Eine unverheiratete Frau? Sie meinen wohl, eine alte Jungfer«, sagte sie mit spitzem Mund.
»Ja, Miss Abigail, das meine ich.«
»Und welche Bedeutung hat meine ... meine Jungfräulichkeit in bezug auf meine angebotene Hilfe?«
»Sie müssen mich verstehen. Ich hoffte, eine verheiratete Frau würde mir ihre Hilfe anbieten.«
»Und warum?« fragte sie.
Doc Dougherty wandte ihr den Rücken zu, entfernte sich ein paar Schritte von ihr und suchte nach einer taktvollen Erklärung. Er räusperte sich. »Bei der Pflege dieser beiden Männer kämen Sie mit Körperteilen in Berührung, die den Augen einer Lady besser verborgen blieben ... Einer Dame mit Ihrer ...« Er verstummte, denn er wollte ihr weitere Peinlichkeiten ersparen.
Miss Abigail beendet den Satz für ihn. »Sensibilität, Doc?« Dann fragte sie mit einem falschen Lachen: »Wollten Sie mir damit sagen, daß ich eine Lady bin, die überaus sensibel ist?«
»Ja, so kann man es wohl ausdrücken.« Er wandte sich ihr wieder zu.
»Vergessen Sie die langen Jahre, Doc, die ich meinen Vater gepflegt habe?«
»Nein, Miss Abigail, die vergesse ich nicht. Aber es handelte sich um Ihren Vater und nicht um einen fremden Mann.«

»Unsinn, Mister Dougherty«, sagte sie barsch. »Nennen Sie mir *einen* vernünftigen Grund, warum ich diese Gentlemen nicht pflegen sollte.«

Er hob verzweifelt die Hände. »Gentlemen! Wie wollen Sie wissen, daß sie Gentlemen sind? Und wenn sie es nicht sind? Was wollen Sie tun, wenn ich meilenweit von der Stadt entfernt bin und Sie mich brauchen? Einer dieser *Gentlemen* hat versucht, einen Zug auszurauben, und ich bin bereit, ihn zu behandeln, aber das bedeutet nicht, daß ich ihm vertraue. Angenommen, er versucht, Sie zu überwältigen und zu fliehen?«

»Vor ein paar Minuten rieten Sie mir, nicht wütend zu werden. Darf ich Ihnen jetzt denselben Rat geben, Doc? Sie sind sehr laut geworden.«

»Es tut mir leid, Miss Abigail. Aber es ist meine Pflicht, Sie darauf hinzuweisen, welches Risiko Sie eingehen.«

»Dann haben Sie soeben Ihre Pflicht erfüllt, Doc Dougherty. Doch nachdem ich gesehen habe, daß Ihre Bitte um Hilfe keinen Ansturm von Freiwilligen ausgelöst hat, bleibt Ihnen wohl keine andere Wahl, als mein Angebot zu akzeptieren.«

Der Doc schüttelte verzweifelt den Kopf und fragte sich, was ihr Vater dazu gesagt hätte. Abbie war immer der Augapfel des alten Mannes gewesen.

Miss Abigail sah ihn an, ihr Entschluß stand fest.

»Ich kann einiges vertragen und verfüge über gesunden Menschenverstand. Außerdem ist mein Bankkonto fast leer, Doc«, sagte sie. »Und Sie haben hier zwei Verwundete, die gepflegt werden müssen. Wie ich annehme, ist keiner von beiden in der Lage, mir ein Leid zuzufügen oder zu fliehen. Warum sollte ich sie nicht pflegen?«

Sie wußte, daß die Erwähnung ihrer finanziellen Situation den Doc überzeugt hatte.

»An Worten mangelt es Ihnen nicht, Miss Abigail. Und ich bin in einer schwierigen Lage. Aber viel kann ich Ihnen nicht zahlen. Nur dreißig Dollar die Woche. Das bekommt Gertie auch.«

»Dreißig Dollar sind völlig ausreichend ... ach, und da wäre noch etwas«, fügte sie hinzu und rutschte an den Rand des Sessels.

»Ja?«

»Wo soll die Pflege der Patienten stattfinden?«

Miss Abigail brauchte das Zimmer nicht einer gründlichen Prüfung zu unterziehen. Sie wußte ohnehin, daß das Haus des Arztes nicht in einem Zustand war, daß es als Hospital dienen könnte. Auch die oberen Räume nicht. Und beide wußten ebenfalls, daß sie eine außerordentlich reinliche und ordnungsliebende Person war. Also entgegnete der Doc schließlich in einem Anflug von Hoffnungslosigkeit: »In die oberen Räume können wir sie wohl nicht bringen?«

»Das glaube ich nicht. Am besten wäre es wohl, man würde sie sobald als möglich in mein Haus bringen. Für mich wäre ihre Pflege dort leichter, auch da ich über meine eigene Küche verfüge.«

»Sie haben wohl recht«, stimmte der Doc zu, und Miss Abigail stand abrupt auf.

»Darf ich jetzt Ihre Patienten sehen?«

»Natürlich. Der eine liegt noch auf dem Operationstisch und der andere auf dem Sofa im Wartezimmer. Es genügt, wenn Sie morgen die Pflege übernehmen.«

Beide gingen in Doc Doughertys Wartezimmer, das nur wenig ordentlicher als sein Wohnzimmer war. Auf dem durchgesessenen Sofa unter einem Fenster lag unbeweglich ein Mann. Er trug einen Straßenanzug; Weste und Jackett waren aufgeknöpft. Der eine Fuß war mit einem braunen Strumpf bekleidet, während der andere bandagiert auf einem Kissen ruhte. Sein entspanntes Gesicht hatte angenehme Züge. Sein braunes Haar fiel ihm in jungenhaften Strähnen in die Stirn. Seine Ohren lagen flach am Kopf an, und er hatte saubere Nägel. Und das gefiel Miss Abigail.

»Hat dieser Mann den Zug ausgeraubt?« fragte sie.

»Nein. Der andere. Dieser Mann – er heißt Melcher – hat den

anderen offensichtlich daran gehindert. Wie Tuck erzählte, wurde Melcher von einer Kugel getroffen, die der andere abgefeuert hat.« Der Doc deutete mit dem Daumen über seine Schulter in Richtung Behandlungszimmer. »Es muß ein ziemliches Durcheinander gegeben haben, denn als Tuck den Zug angehalten hatte und nachschaute, was eigentlich los war, erzählte ihm jeder der Reisenden eine andere Geschichte. Und die beiden da lagen in ihrem Blut. Melcher wurde der rechte große Zeh abgeschossen.«

»Sein großer Zeh!« rief sie und hielt die Hand vor den Mund, um ein Lächeln zu unterdrücken.

»Die Kugel hätte Schlimmeres anrichten können, hätte sie ihn woanders getroffen. Aber sie hätte auch weniger Schaden angerichtet, wenn der Mann anständige Stiefel getragen hätte anstatt dieser lächerlichen Schuhe.«

Miss Abigail wandte den Blick zu der Stelle, auf die der Doc deutete, und sah einen aus feinem Leder gearbeiteten eleganten Straßenschuh.

»Den anderen mußte ich ihm vom Fuß schneiden«, erklärte der Doc. »Aber mit dem Loch drin hätte man ihn sowieso nicht mehr gebrauchen können.«

Gegen ihren Willen mußte Miss Abigail lächeln. Erstens wegen des Schuhs, der nun zu nichts mehr nütze war, und zweitens wegen der Lächerlichkeit der Situation: Dem Helden des Tages war der große Zeh abgeschossen worden.

»Ist irgend etwas komisch, Miss Abigail?« Sofort wurde sie wieder ernst und machte sich Vorwürfe, weil sie sich auf Kosten dieses armen Mannes amüsiert hatte.

»Nein ... nein. Entschuldigen Sie, Doc. Sagen Sie, ist diese Verletzung schwerwiegend? Ist sein Leben in Gefahr?«

»Wohl kaum. Er steht nur unter Schock und hat etwas Blut verloren, aber ich habe ihm ein Schlafmittel gegeben und die Wunde vernäht. In ein paar Tagen ist er wieder so gut wie neu. Wenn er aufwacht, wird er Schmerzen haben und wahrscheinlich später etwas hinken. Aber das ist auch alles.

Der Fuß wird für ein paar Tage hochgelegt und bandagiert. Ich gebe Ihnen eine Salbe für die Wunde. Aber vor allem braucht Mr. Melcher Zuwendung.«

»Das wär's wohl, was Mr. Melcher betrifft. Und der andere?« fragte Miss Abigail, die froh war, ihre gemessene Haltung wiedergewonnen zu haben.

Der Doc ging auf seine Sprechzimmertür zu und sagte: »Ich fürchte, die zweite Kugel hat wesentlich mehr Schaden angerichtet. Dieser Schurke wird noch den Tag verfluchen, an dem er diesen Zug bestiegen hat – falls er überlebt.«

Sie betraten das Sprechzimmer. Hier wenigstens herrschten Ordnung und Sauberkeit, aber Miss Abigail verschwendete keinen Blick daran. Sie heftete ihn auf den Operationstisch, auf dem eine von einem Laken bedeckte Gestalt lag. Darunter schaute der linke Fuß hervor – ein sehr großer Fuß, dachte Miss Abigail –, während das rechte Bein angewinkelt war, so daß sich das Laken darüber wölbte.

»Der Mann hat Glück gehabt, daß er noch lebt. Er hat viel Blut verloren, ehe ich die Wunde reinigen und vernähen konnte. Es wäre besser gewesen, die Kugel wäre in ihm steckengeblieben. Doch sie trat auf der anderen Seite wieder aus und hinterließ eine riesige Wunde.«

»Wird er sterben?« flüsterte Miss Abigail und starrte auf den großen Fuß, der sie auf sonderbare Weise innerlich berührte. Noch nie hatte sie den nackten Fuß eines Mannes gesehen, außer dem ihres Vaters.

»Sie brauchen nicht zu flüstern. Er ist bewußtlos und wird es wohl noch eine ganze Weile bleiben, oder ich müßte mich sehr täuschen. Aber ob dieser Huren ..., dieser arme Teufel sterben wird oder nicht, kann ich nicht sagen. Er war so stark wie ein Pferd, ehe ihm das passierte.« Doc Dougherty stellte sich jetzt neben den Operationstisch. »Kommen Sie, sehen Sie ihn sich einmal an.«

Miss Abigail zögerte, trat dann aber näher und konnte die nackten Schultern des Mannes sehen. Das Laken bedeckte ihn nur bis zu den Achselhöhlen. Seine Brust war mit dichtem, dunklem, gekräuseltem Haar bedeckt. Sie war sonnengebräunt, ebenso sein Gesicht, und er trug einen furchteinflößenden Schnauzbart. Mehr konnte sie von diesem Blickwinkel aus von seinem Gesicht nicht erkennen, nur die Nasenlöcher, die wie halbe Herzen geformt waren, und die Unterlippe, die plötzlich zuckte, als sie sie betrachtete. Auf Kinn und Wangen wuchs ein Eintagesbart, und sie dachte, daß er für einen Zugräuber sehr gepflegt wirkte, wenn die kürzliche Rasur und der saubere Fuß eine solche Vermutung zuließen. Da das Laken ihn fast vollständig bedeckte, wußte sie nicht, wo er verwundet worden war und wie schwer. So wie er dalag, sah es aus, als schliefe er, ein Bein nachlässig angewinkelt.

»Die Kugel traf ihn in der Leistengegend«, sagte der Doc, und Miss Abigail wurde plötzlich blaß; sie hatte ein seltsames Gefühl im Magen.

»In ... in die ...«, stammelte sie und schwieg dann.

»Nicht ganz, aber daneben. Wollen Sie ihn noch immer pflegen?«

Sie wußte es nicht. Fieberhaft dachte sie nach und stellte sich die Reaktion der Leute vor, wenn sie erfuhren, aus welchem Grund sie ihre Meinung geändert hatte. Aber irgendwie tat ihr der Bewußtlose leid.

»Ein Zugräuber muß wohl damit rechnen, auf böse Weise zu enden, aber niemand sollte es soweit kommen lassen.«

»Nein, Miss Abigail. Es ist kein schöner Anblick, aber es hätte schlimmer sein können. Nur ein paar Zentimeter weiter, und er hätte seinen ... nun, er hätte tot sein können.«

Miss Abigail errötete, blickte aber Doc Dougherty entschlossen an. Schließlich hatte sie den Vorschlag gemacht. Selbst ein ruchloser Bandit verdiente menschliche Behandlung.

»Meinen Sie nicht auch, Doc, daß auch ein Räuber in seinem Zustand unser Mitleid verdient?«

»Mein Mitleid hat er, Miss Abigail. Und ich werde alles in

meiner Macht Stehende für ihn tun, aber ich warne Sie: Ich kann keine Wunder vollbringen. Wenn er überlebt – dann, nun dann wird es ein Wunder sein.«

»Wie soll ich ihn pflegen, Doc?« fragte sie. Plötzlich hatte sie beschlossen, daß ein Mann in dem Alter – er sah etwa wie fünfunddreißig aus – viel zu jung zum Sterben war.

»Sind Sie sicher, daß Sie ihn pflegen wollen? Ganz sicher?«

»Sagen Sie mir nur, was ich tun soll.« Als sie vor Jahren die Pflege ihres Vaters übernommen hatte, war ihr Blick genauso entschlossen gewesen, und der Doc wußte, sie meinte es ernst.

»Das Bein muß immer angewinkelt bleiben, damit die Wunde von beiden Seiten der Luft ausgesetzt ist. Ich habe die Blutung zwar stillen können, aber wenn sie wieder beginnt, müssen Sie die Wunde mit Alaun behandeln. Halten Sie sie sauber – ich sage Ihnen, wie Sie sie desinfizieren müssen. Falls sich Eiter bildet, kommen Sie zu mir gerannt wie eine Katze, deren Schwanz brennt. Außerdem muß das Fieber so niedrig wie möglich gehalten werden. Gegen die Schmerzen können wir wenig tun. Halten Sie ihn ruhig, und versuchen Sie, ihm etwas Nahrung einzuflößen. Glauben Sie, daß Sie mit all dem fertig werden, Miss Abigail?«

»Mit allem, außer daß mein Schwanz zu brennen anfängt«, gab sie trocken zurück. Den Doc erstaunte ihr Humor. Er lächelte.

»Gut. Gehen Sie jetzt nach Hause, und schlafen Sie sich ordentlich aus, denn in nächster Zeit werden Sie kaum noch dazu kommen. Morgen früh wird es vor Patienten hier nur so wimmeln, weil jeder hofft, einen Blick auf die beiden werfen zu können, und dann sollen sie außer Haus sein. Wie kann ich Ihnen nur danken?«

»Gar nicht. Dann also bis morgen früh. Alles wird für die Ankunft der beiden bereit sein.«

»Da bin ich mir sicher, Miss Abigail, so wie ich Sie kenne.« Sie wandte sich zum Gehen, drehte sich an der Tür aber um.

»Wie heißt er ... dieser Räuber?«

»Das weiß ich nicht. Menschen dieses Berufs pflegen keine Visitenkarten mit sich herumzutragen wie Mr. Melcher.«

»Oh ... natürlich nicht«, entgegnete sie, zögerte und fügte dann hinzu: »Aber es wäre eine Schande, wenn er sterben würde, und wir könnten seine Familie nicht benachrichtigen. Er muß doch irgendwo Angehörige haben.«

Doc Dougherty hatte daran noch gar nicht gedacht.

»Nur eine Frau mit Herz kann eine solche Überlegung anstellen.«

»Unsinn«, sagte Miss Abigail brüsk, dann ging sie.

Aber er hatte recht, denn ihr Herz machte Bocksprünge, als sie nach Hause ging und wieder an diesen dunkelhaarigen Mann dachte ... und daß sie ihn nun pflegen würde – eine Wunde versorgen würde, die ganz nahe bei den ...

Doch Miss Abigail McKenzie vermied nicht nur, das Wort auszusprechen. Sie dachte es nicht einmal!

2

Am nächsten Tag, als der Doc zu den Müßiggängern schlenderte, die auf der Veranda von Mitch Fields Kolonialwarenladen herumlungerten, schien die Sonne noch heißer. Sie hockten auf den Futtersäcken, kauten Tabak und spuckten aus. An ihnen verdiente der arme Mitch nie einen Cent.

»Wer von euch Taugenichtsen geht mir mal zur Hand?« rief der Doc.

Sie lachten träge, blinzelten in die Sonne. Dann kratzte sich Old Bones Binley mit der stumpfen Seite seines Messers den Bart und sagte: »Schätze, Sie können auf mich zählen, Doc.«

Jetzt mußte der Doc lachen. Bones hatte Miss Abigail in sein Herz geschlossen, und das wußte die ganze Stadt. Bones war klapperdürr, aber mit Hilfe von Mitch und Seth Carter gelang der Transport der beiden Verwundeten ohne Zwischenfälle. Miss Abigail wartete vor ihrer Haustür und ließ David Melcher in das nach Südosten gelegene Schlafzimmer im ersten Stock bringen und den anderen Mann in ihr Schlafzimmer im Parterre, da es nicht ratsam schien, ihn die Treppe hinaufzutragen.

Ihr Bett war für den Zugräuber zu kurz, so daß seine Füße zwischen den Gitterstäben herausschauten. Bones und Seth beobachteten ihr Gesicht, als sie einen Blick auf den Bewußtlosen warf, doch sie entließ die beiden auf ihre kühle, unnahbare Art. »Vielen Dank, Gentlemen. Ich bin sicher, Sie haben dringende Geschäfte zu erledigen.«

»Hm ... oh, ja, das haben wir, Miss Abigail.« Bones grinste, während Seth ihn mit dem Ellbogen in die Rippen knuffte, damit er sich beeilte.

Draußen sagte Seth: »Auch wenn dreißig Grad herrschen, aber in Miss Abigail McKenzies Gegenwart kann man sich zu Tode frieren.«

»Trotzdem ist sie wer, oder nicht?« entgegnete Bones rülpsend.

»Die ganze Stadt kann sie um den kleinen Finger wickeln, aber mich wickelt sie mit ihrer zuckersüßen Stimme nicht ein. Unter diesem Zucker ist nichts als Essig!«

»Glaubst du das wirklich, Seth?«

»Schau doch mal, wie sie uns hinauskomplimentiert hat! Als würden wir ihr Schlafzimmer dreckig machen.«

»Aber schließlich hat sie doch den Zugräuber bei sich aufgenommen, oder nicht?«

»Das hat sie nur wegen des Geldes getan, wie ich gehört habe. Wahrscheinlich kann sie nur auf diese Weise einen Mann in ihr Bett kriegen. Und dem da wird es noch leid tun, daß er nicht gestorben ist, wenn er erst mal aufwacht und merkt, wer ihn da pflegt.«

Es gab Leute in der Stadt wie Seth, die Miss Abigail für hochnäsig hielten, auch wenn sie immer höflich war.

Als der Doc seine beiden Patienten gebettet hatte, sagte er ihr, sie möge Rob Nelson in seine Praxis schicken, sollte sie irgend etwas brauchen. Er versprach, am Abend noch einmal vorbeizuschauen, dann ging er, mit Mitch im Schlepptau.

Sie dachte, Mr. Melcher würde schlafen, als sie leise sein Zimmer betrat, denn er lag mit geschlossenen Augen da, einen Arm über die Stirn gelegt. Sein Bart war über Nacht gewachsen, aber er hatte einen sehr hübschen Mund. Er erinnerte sie an den Mund von Großvater McKenzie, der immer gern gelächelt hatte. Mr. Melcher mußte etwa Ende Zwanzig sein – da er die Augen geschlossen hatte, konnte sie sein Alter nur schwer bestimmen. Sie warf einen Blick in die Runde und entdeckte seinen Koffer unter dem Schreibtisch am Fenster. Auf Zehenspitzen ging sie hin, öffnete ihn und nahm sein Nachthemd heraus. Als sie sich umdrehte, sah sie, daß Mr. Melcher sie beobachtet hatte.

»Ach, Sie sind wach«, sagte sie fröhlich, aber etwas aus der Fassung, da sie seinen Koffer durchsucht hatte.

»Ja. Sie müssen Miss McKenzie sein. Doc Dougherty sagte mir, daß Sie Ihre Hilfe angeboten haben. Das ist sehr freundlich von Ihnen.«

»Nun, ich lebe allein und habe die nötige Zeit für Ihre Pflege, über die der Doktor nicht verfügt.« Dann betrachtete sie seinen Fuß und fragte: »Haben Sie Schmerzen?«

»Die Wunde klopft«, antwortete er, und plötzlich wurde sie sich des Nachthemds in ihren Händen bewußt und errötete.

»Ja, also . . . ich will es Ihnen etwas bequemer machen. Am besten ziehen Sie erst einmal Ihren Anzug aus. Er sieht aus, als müßte er gereinigt werden. Ich mache das.«

Er lächelte, fühlte sich aber gar nicht wohl bei dem Gedanken, sich vor einer Lady entkleiden zu müssen.

»Können Sie sich aufsetzen, Mr. Melcher?«

»Ich denke schon.« Er hob den Kopf und stöhnte, da durchquerte sie schnell das Zimmer, berührte ihn an der Schulter und sagte: »Schonen Sie Ihre Kräfte. Ich komme gleich zurück.« Bald darauf kam sie mit einer Waschschüssel, Waschlappen, Seife und Handtuch wieder. Als sie alles hingelegt hatte, sagte sie: »Nun wollen wir als erstes Ihr Jackett ausziehen.«

Die ganze Prozedur ging so schnell vonstatten, daß sich David Melcher später wunderte, wie sie es gemacht hatte. Sie entkleidete seinen Oberkörper und wusch ihn, ohne daß es für beide peinlich geworden wäre. Er putzte sich dann die Zähne, darauf half sie ihm in sein Nachthemd, ehe sie ihm die Hosen auszog. Währenddessen plauderte sie.

»Wie es scheint, werden Sie hier in der Stadt als Held gefeiert, Mr. Melcher«, sagte sie und deutete ein Lächeln an.

»Wie ein Held fühle ich mich nicht. Ich komme mir wie ein Narr mit meinem abgeschossenen Zeh vor.«

»Die Leute hier sind sehr an der Eisenbahn interessiert und haben es nicht gern, wenn sie überfallen wird. Sie haben ein großes Unheil verhindert und keinen Grund, sich wie ein Narr zu fühlen. Die Stadtbevölkerung wird Ihnen das nicht so schnell vergessen, Mr. Melcher.«

»Ich heiße David.« Aber als er ihren Blick suchte, wich sie ihm aus.

»Nun, ich freue mich, Ihre Bekanntschaft gemacht zu haben, wenn die Umstände für Sie auch eher betrüblicher Natur sind. Wo stammen Sie her, Mr. Melcher?«

Da sie seinen Nachnamen benutzte, fühlte er sich zurechtgewiesen und errötete leicht. »Ich komme aus dem Osten.« Er beobachtete ihre präzisen Bewegungen bei der Arbeit und fragte plötzlich: »Sind Sie Krankenschwester, Miss Abigail?«

»Nein, Sir. Das bin ich nicht.«

»Nun, dieser Beruf würde ausgezeichnet zu Ihnen passen. Sie sind sehr tüchtig und sanft.«

Endlich strahlte sie. »Danke, Mr. Melcher. Da haben Sie mir etwas sehr Hübsches gesagt. Haben Sie Hunger?«

»Ja. Ich kann mich nicht erinnern, wann ich zuletzt gegessen habe.«

»Sie haben viel durchgemacht. Aber eine gute Mahlzeit wird Sie vielleicht etwas trösten.«

Ihre Worte sind so gewählt wie ihr Benehmen, dachte er, während er zusah, wie sie seine Kleidungsstücke und die Toilettenartikel aufnahm, um sie hinunterzutragen. Er fühlte sich wohl und geborgen und fragte sich, ob dies das Gefühl war, das man als verheirateter Mann hatte.

»Nach dem Frühstück kümmere ich mich um Ihren Anzug. Ach, ich habe ja vergessen, Ihr Haar zu kämmen.« Sie war schon halb aus der Tür getreten.

»Das kann ich selbst tun.«

»Haben Sie einen Kamm?«

»Nicht zur Hand.«

»Dann nehmen Sie meinen aus meiner Schürzentasche.«

Sie trat an sein Bett, damit er sich den Kamm nehmen konnte. Sein Zögern sagte ihr mehr als tausend Worte. David Melcher war ein Gentleman. Alles an ihm gefiel ihr, und später, als sie in der Küche sein Frühstück zubereitete, summte sie zu ihrer großen Überraschung vor sich hin. Sie fühlte sich ganz als Frau, als sie ihm das Tablett mit Schinken, Eiern, Toast und Kaffee brachte, und wünschte, sie könnte bei ihm bleiben. Doch es gab noch einen Patienten, der ihrer Pflege bedurfte.

Unten, an der Schlafzimmertür, zögerte sie und betrachtete den Fremden, der in ihrem Bett lag. Allein die Tatsache, daß er ein Krimineller war, beunruhigte sie, obwohl er noch immer bewußtlos war und ihr nichts tun konnte. Sein Bart war kohlschwarz so wie sein Schnurrbart und sein Haar, aber seine Haut war wächsern bleich. Sie trat an sein Bett und betrachtete ihn genauer. Seine nackte Brust und seine Arme waren mit einem feinen Schweißfilm bedeckt, und als sie ihn flüchtig berührte, merkte sie, daß er hohes Fieber hatte.

Schnell holte sie eine Schüssel mit Essigwasser und rieb ihn damit ab, dann legte sie das Tuch auf seine heiße Stirn, damit sich das Fieber senkte. Sie wußte, daß sie nach seiner Wunde sehen mußte; allein schon bei diesem Gedanken wurden ihre Handflächen feucht. Sie hielt den Atem an und hob die Bettdecke hoch. Beim Anblick seiner Nacktheit schossen Flammen durch ihren Körper. Die Jahre der Pflege ihres gebrechlichen Vaters hatten nicht vermocht, sie auf diesen Anblick vorzubereiten! Mit zitternder Hand bedeckte sie seine Blöße, nahm zwei Polsterkissen und schob sie unter sein rechtes Knie. Dann löste sie den festgeklebten Verband mit einer Mischung aus Essigwasser und Salpeter. Die Kugel hatte ihn am inneren Oberschenkel in der Leistengegend getroffen. Als sie den Verband abnahm, sah sie, daß die Wunde wieder angefangen hatte zu bluten. Sie mußte die Blutung stillen, sonst würde der Mann verbluten.

In der Küche gab sie Alaun in eine eiserne Bratpfanne und erhitzte es, bis es rauchte und dunkel wurde. Sie schüttete das heiße Pulver auf ein Stück Mull und eilte ins Schlafzimmer zurück. Dunkelrotes Blut quoll aus der Schußwunde und rann auf das Laken, wo es eine Lache bildete.

Wie gelähmt stand sie da und starrte auf die Wunde – wie lange, wußte sie nicht. Ihr war, als hätte jemand auf sie geschossen und nicht auf diesen Mann. In den folgenden Stunden kämpfte sie gegen die Zeit wie gegen einen Todfeind. Ihr wurde bewußt, daß er essen mußte oder sterben würde. Sie eilte wieder in die Küche, drehte ein Stück Rindfleisch durch und kochte eine kräftige Brühe daraus, die sie würzte. Doch die Blutung hörte nicht auf, und sie begann zu zweifeln, daß er überleben würde und trinken könnte. Dann fiel ihr ein, daß ihre Großmutter McKenzie Pfeilwunden mit getrocknetem Mutterhorn zu behandeln pflegte, also bereitete sie einen Breiumschlag aus getrocknetem Roggenpilz zu und legte ihn auf die Wunde. Außerdem war das Fieber weiter gestiegen, und sie rieb ihren Patienten mit Alkohol ab. Doch wenn sie damit aufhörte, stieg es sofort wieder. Ihr wurde bewußt, daß sie das Fieber von innen her und nicht von außen bekämpfen mußte.

Tee aus der wilden Ingwerwurzel, das war die Lösung!

Aber als sie den Ingwertee brachte, lag er wie ein Toter im Bett. Der erste Löffel voll rann ihm übers Kinn und hinterließ auf dem Kopfkissen einen hellbraunen Fleck. Sie probierte es noch einmal, doch er hustete nur.

»Trink es! Trink es!« flüsterte sie fast zornig. Aber es half nichts.

Sie preßte in ohnmächtiger Verzweiflung ihre Faust vor den Mund und war den Tränen nah. Plötzlich hatte sie eine Idee und lief wie eine Irre durchs Haus, zur Hintertür hinaus und entdeckte Rob Nelson, der im Nachbargarten spielte.

»Robert!« rief sie und Rob sprang verwirrt auf. Noch nie im Leben hatte er Miss Abigail in einem derartigen Zustand erlebt.

»Ja, Ma'am?« sagte er mit weit aufgerissenen Augen.

Miss Abigail packte ihn bei den Schultern, als wollte sie seine

Knochen brechen. »Robert, lauf schnell zum Mietstall und bitte Mr. Perkins um eine Handvoll Stroh. Sauberes Stroh, verstehst du? Und renn, als ob dein Schwanz brennen würde!« Dann gab sie Rob einen Stoß, daß er beinahe hingefallen wäre.

»Ja, Ma'am«, rief der erstaunte Junge und lief davon, so schnell ihn seine Beine tragen konnten.

Während sie fieberhaft wartend auf und ab schritt, schien ihr, als würden Stunden vergehen. Als Robert zurückkam, entriß sie ihm das Stroh ohne ein Dankeschön, lief ins Haus und knallte Rob die Tür vor der Nase zu.

Sie beugte sich über das dunkle Gesicht des Räubers, hob sein Kinn und zwang zwei Finger in seinen Mund. Seine Zunge war heiß und trocken. Entschlossen plazierte sie den Strohhalm in seine Speiseröhre.

Es gelang! Es war nur ein kleiner Erfolg, aber der ließ sie hoffen. Ihre übliche Empfindlichkeit außer acht lassend, nahm Miss Abigail einen Schluck Tee und blies ihn förmlich in den Mann – wieder und wieder. Als sie den Halm aus seiner Kehle nahm, schluckte er unbewußt und biß ihr auf die Finger. Sie stieß einen kleinen Schrei aus und zog schnell ihre blutende Hand zurück. Sie leckte das Blut ab und konnte seinen Speichel schmecken. Ein Gesetzloser! dachte sie und holte ein sauberes Taschentuch aus ihrem Ärmel, mit dem sie hektisch ihre Zunge und Hand abrieb. Aber als sie den Bewußtlosen anstarrte, fühlte sie, wie ihr Blut heiß durch ihre Adern rann und ihr Herz schneller klopfte. Warum? Das konnte sie nicht begreifen.

Es war fast Mittag, und sie bereitete David Melchers Essen zu. Als sie durch die Tür trat, sah Melcher sie erstaunt an. »Miss Abigail! Was ist Ihnen geschehen?«

Sie sah an sich hinunter und entdeckte, daß ihr Kleid blutverschmiert war. Sie berührte ihr Haar; ihre Frisur befand sich im Zustand kompletter Auflösung. Unter den Armen hatte sie geschwitzt, doch ihre verletzte Hand versteckte sie in den Falten ihres Rocks.

Du meine Güte! dachte sie, das ist mir noch nie passiert!

»Geht es Ihnen gut, Miss Abigail?«

»Es ist alles in Ordnung, Mr. Melcher. Ich habe gerade versucht, das Leben eines Mannes zu retten, und glauben Sie mir, in diesem Augenblick wäre ich sogar froh, wenn er noch genug Lebenskraft hätte, um mich anzugreifen.«

Melchers Gesicht nahm einen harten Ausdruck an. »Dann lebt er also noch?«

»Er ist dem Tode sehr nahe.«

Melcher konnte sich nicht enthalten zu sagen: »Schade, daß er nicht gestorben ist.«

Miss Abigail konnte seine Reaktion verstehen, denn schließlich hatte er durch den Schuß des Mannes seinen großen Zeh eingebüßt. »Sie dürfen sich nicht überanstrengen. Ich glaube nicht, daß Sie an eine derart schwere Aufgabe gewöhnt sind. Denn schließlich handelt es sich nur um einen gemeinen Dieb.«

Auf diese Worte reagierte sie mit ungewohnter Wärme in der Stimme, als sie entgegnete: »Machen Sie sich um mich keine Sorgen, Mr. Melcher. Ich bin hier, um mir um Sie Sorgen zu machen und mich um Sie zu kümmern.«

Was sie tat, als er seine Mahlzeit beendet hatte. Sie brachte ihm sein Rasierzeug und hielt ihm den Spiegel, während er sich rasierte. Sie betrachtete ihn: den schöngeschwungenen Mund und die gerade Nase, das willensstarke Kinn. Doch seine Augen gefielen ihr am besten. Sie waren hellbraun und wirkten sehr jungenhaft, vor allem, wenn er lächelte. Aber ohne Vorwarnung schob sich das Bild dieses anderen Mannes vor ihr inneres Auge – seine markanten Züge, sein schmaleres, dunkleres Gesicht.

»Der Räuber trägt einen Schnurrbart«, bemerkte sie.

Alle Freundlichkeit wich aus David Melchers Gesicht. »Typisch!« bellte er.

»Ist es das?«

»Gewiß. Die schlimmsten Verbrecher tragen einen.«

Sie senkte den Spiegel, stand auf und rang die Hände. Es tat ihr leid, ihn verärgert zu haben.

»Wie ich sehe, reden Sie nicht gern über diesen Mann. Warum vergessen Sie ihn nicht einfach und kümmern sich um Ihre Genesung? Doc Dougherty sagte mir, ich sollte Ihren Verband wechseln und Salbe auf die Wunde streichen, wenn Sie Schmerzen haben.«

»Es geht mir schon viel besser. Machen Sie sich keine Mühe.« Da sie auf diese schroffe Weise abgewiesen worden war, ging sie schnell nach unten. Sie ahnte, daß es noch Schwierigkeiten geben würde, sollte der Räuber überleben.

Als sie das Krankenzimmer betrat, sah sie, daß der Mann seine rechte Hand bewegt hatte – sie lag nun auf seinem Bauch. Sie betrachtete seine langen, schmalen Finger und entdeckte auf seinem Handrücken einen dunklen Bluterguß in der Form eines Stiefelabsatzes. Sanft nahm sie die Hand und legte sie neben ihn. Da bewegte er sich, und sie drückte ihn instinktiv in die Kissen zurück.

Sie konnte nicht sagen, ob die Hand gebrochen war, aber vorsichtshalber schiente und verband sie sie.

Seine Stirn fühlte sich etwas kühler an, doch das Fieber war noch nicht vollständig gewichen. Wieder ging sie in die Küche, um Zellstoff und diesmal Alkohol zu holen. Sie warf einen verzweifelten Blick in die Runde: Überall herrschte Unordnung! Aber sie zuckte nur die Schultern und kehrte ins Schlafzimmer zurück.

Du lieber Himmel! Er hatte sich umgedreht – und auch noch auf die rechte Seite. Nur mit Mühe gelang es ihr, ihn wieder auf den Rücken zu betten. Und noch ehe sie sich die Wunde angeschaut hatte, wußte sie, daß sie wieder zu bluten angefangen hatte.

Mit einem tiefen Seufzer begann sie die ganze Prozedur von neuem und arbeitete bis zur schieren Erschöpfung. Er bewegte sich jetzt häufiger, und sie mußte ihre ganze Körperkraft einsetzen, um ihn ruhig zu halten. Gegen Abend hatte er noch immer nicht das Bewußtsein wiedererlangt.

Wie in Trance stand sie vor dem Bett und starrte auf den Kranken, als Doc Dougherty an die Tür klopfte. »Kommen Sie rein.« Sie hatte kaum die Kraft zum Sprechen.

Der Doc hatte selbst einen schweren Tag hinter sich, doch als er sah, in welchem Zustand sich Miss Abigail befand, fragte er besorgt: »Verdammt noch mal, was ist denn mit Ihnen passiert?« Sie sah entsetzlich aus! Ihre Augen waren gerötet, und einen Augenblick lang dachte er, sie würde anfangen zu weinen.

»Ich wußte nicht, wie schwer es ist, ein Leben zu retten«, sagte sie. Der Doc führte sie in ihre unaufgeräumte Küche. Sie lachte töricht, als er sie zum Sitzen zwang. »Jetzt weiß ich auch, warum Ihr Haus so unordentlich ist.«

Er war nicht beleidigt, sondern lachte nur verständnisvoll. Jetzt ist sie also in die Geheimnisse des Berufs eingeweiht, dachte er nur.

»Sie brauchen jetzt einen starken Kaffee, Miss Abigail, und dann eine gehörige Portion Schlaf.«

»Den Kaffee akzeptiere ich, aber der Schlaf wird wohl noch warten müssen, bis mein Patient endgültig über den Berg ist.«

Der Doc schenkte ihr Kaffee ein und ging dann, um nach den beiden Verwundeten zu sehen. Er wußte, daß er sich glücklich schätzen konnte, Miss Abigail als Pflegerin zu haben. Er hoffte, daß diese Aufgabe sie nicht überfordern würde.

Als er den Zugräuber untersuchte, war er über dessen Zustand und Miss Abigails Kunst überrascht. Die Wunde sah gut aus, das Fieber war niedrig. Der Mann hat unglaubliches Glück, von ihr gepflegt zu werden, dachte er.

Oben sagte er: »Mr. Melcher, Sie befinden sich bei Miss Abigail in besten Händen. Es gibt keine bessere Krankenschwester, trotzdem möchte ich nach Ihnen schauen.«

»Oh, Doktor Dougherty. Ich freue mich, Sie zu sehen.« Melcher wirkte frisch und ausgeruht.

»Haben Sie große Schmerzen?«

»Sie sind erträglich. Und die Salbe wirkt sehr gut.«

»Ja, es ist Laudanum darin. Und wenn dann noch Miss Abigail sie aufstreicht, glauben Sie nicht, daß das eine sehr glückliche Kombination ist?«

Melcher lächelte. »Sie ist eine wunderbare Frau, nicht wahr? Ich wollte Ihnen danken ... nun, ich bin in ihrem Haus hier außerordentlich glücklich.«

»Dafür kann ich nichts. Sie selbst hat ihre Hilfe angeboten. Auch wenn sie dafür bezahlt wird, kann man das, was sie tut, nicht mit Geld entlohnen. Ihre beiden Patienten machen ihr viel Arbeit.«

Bei der Erwähnung des anderen Mannes verdüsterte sich Melchers Gesicht.

»Er lebt, und die Blutung ist gestillt. Allein diese beiden Tatsachen sind kaum faßbar. Ich weiß nicht, welches Wunder Miss Abigail an ihm vollbracht hat.« Der Doc bemerkte die Reaktion des anderen und klopfte ihm auf das gesunde Bein. »Warum so finster, junger Mann? Lange brauchen Sie mit diesem Schurken nicht mehr unter einem Dach zu leben. Ihr Fuß wird bald verheilt sein.«

»Danke«, sagte Melcher höflich, aber ohne Wärme.

»Wenn Sie auf mich hören wollen, so vergessen Sie den anderen da unten«, riet der Doc und wollte gehen.

»Wie kann ich ihn vergessen, wenn Miss Abigail ihn pflegen muß!«

Ach, daher weht der Wind, dachte der Doc. »Miss Abigail scheint großen Eindruck auf Sie gemacht zu haben.«

»Das hat sie wohl«, gab Melcher zu.

Der Doc lachte und sagte dann: »Machen Sie sich um Miss Abigail keine Sorgen. Sie kommt gut allein zurecht. Ich besuche Sie bald wieder. In der Zwischenzeit versuchen Sie, den Fuß zu bewegen, solange es nicht allzu weh tut.« Er mußte innerlich über die unverhoffte Wendung der Dinge lächeln, als er die Treppe hinunterging.

Der Kaffee hatte Miss Abigails Lebensgeister wieder geweckt.

»Haben Sie für mich auch eine Tasse?« fragte er und ging in die Küche. »Nein, bleiben Sie sitzen. Sind die Tassen da? Ich gieße mir selbst ein.« Was er tat und weitersprach: »Miss Abigail, es tut mir leid, daß ich gestern an Ihren Fähigkeiten zweifelte. Ich war ein Narr. Sie sind nicht nur eine ausgezeichnete Krankenschwester, wie es scheint, haben Sie auch in Mr. Melcher einen Verehrer gewonnen.«

»Einen Verehrer?« Sie blickte überrascht von ihrer Tasse auf. Doc Dougherty lehnte sich mit blitzenden Augen gegen den Rand des Küchenbuffets.

Sie starrte verwirrt in ihre Tasse. »Unsinn, Doc. Er ist nur dankbar für ein sauberes Bett und warmes Essen.«

»Wenn Sie meinen, Miss Abigail.« Aber noch immer blitzte es in den Augen des Doc. Dann wechselte er plötzlich das Thema. »Die Eisenbahnleute haben ein Telegramm geschickt. Sie wollen, daß wir den Fremden hierbehalten, bis sie jemanden schicken, der ihn verhören kann.«

»Falls er dann noch lebt.« Wieder sah er, wie erschöpft sie war, hörte die Müdigkeit in ihrer Stimme.

»Er wird leben. Ich habe seine Wunde überprüft. Sie sieht wirklich gut aus, Miss Abigail, wirklich gut. Warum haben Sie mich nicht holen lassen, als es ihm so schlecht ging?«

Sie sah ihn erstaunt an. »Daran habe ich wohl gar nicht gedacht.«

Er grinste und schüttelte den Kopf. »Sie wollen mir wohl Konkurrenz machen, wie?« fragte er augenzwinkernd.

»Nein, Doc. Das ist zu schwer für eine unverheiratete Frau. Wenn diese Männer gesund sind, gebe ich meine medizinische Karriere auf, und das leichten Herzens.«

»Warten Sie noch ein wenig mit diesem Entschluß, Miss Abigail, denn ich brauche Sie noch. Ich bin außerordentlich zufrieden mit Ihnen.«

Sie war zu müde, um sich seine Komplimente zu verbitten, und sagte nur: »Danke, Doc.« Und er hätte geschworen, ein flüchtiges Lächeln über ihr Gesicht huschen zu sehen.

Auf dem Weg zur Tür drehte er sich noch einmal um. »Ach, ich vergaß Ihnen zu sagen, daß die Eisenbahn für die Pflegekosten der beiden aufkommt. Wahrscheinlich will sie mit dieser Geste Melcher beschwichtigen. Doch was den anderen betrifft ... wahrscheinlich hat er nicht nur diesen einen Überfall begangen, da sie so an ihm interessiert sind. Sie brauchen sich also wegen des Geldes keine Sorgen zu machen. Haben Sie Angst, hier mit ihm allein zu sein?«

Sie lachte auf. »Nein, ich habe keine Angst. Ich habe in meinem ganzen Leben noch keine Angst gehabt. Nicht einmal, als mir fast das Geld ausging. Die Dinge richten sich immer von selbst. Gestern noch hatte ich keine gesicherte Existenz, und heute sorgt die Eisenbahn für mich. Ist das nicht wundervoll?«

Er tätschelte ihren Arm und lächelte. »Das ist es, Miss Abigail. Nun schauen Sie zu, daß Sie etwas schlafen, sonst halten Sie nicht durch.«

Er wandte sich endgültig zum Gehen, und sie rief ihm hinterher: »Doc, wurde in dem Telegramm erwähnt, wie der Mann heißt?«

»Nein. Ein Name wurde nicht genannt.«

»Wie können diese Leute dann wissen, ob er noch andere Verbrechen begangen hat?«

»Wir gaben Ihnen eine Personenbeschreibung. Und irgend jemand muß ihn danach erkannt haben.«

»Aber wenn der Mann nun stirbt? Kein Mann sollte sterben, ohne daß man seinen Namen kennt.«

»Das ist schon öfter geschehen«, bemerkte der Doc trocken.

Sie straffte die Schultern, und ein entschlossener Ausdruck trat in ihr Gesicht. »Ja, aber diesmal wird es nicht geschehen, das habe ich mir zum Ziel gesetzt. Ich will seinen Namen erfahren. Wie Sie sehen, Doc, lasse ich nicht so leicht locker.«

Sie schenkte ihm ein flüchtiges Lächeln. »Gehen Sie jetzt. Ich muß meine Küche aufräumen und das Abendessen kochen.«

Der Doc mußte über die Weise grinsen, wie sie ihn hinauskomplimentierte. Es brauchte sehr viel mehr als Müdigkeit, um Abigail McKenzie zu besiegen.

Sie hatte keine Zeit, sich um ihr Äußeres zu kümmern, während sie David Melchers Essen zubereitete, doch ihr Herz war leicht, als sie Docs Worte überdachte. Ein Verehrer. David Melcher war ihr Verehrer. Ein köstliches Gefühl der Erwartung durchströmte Miss Abigail. Sie bereitete sein Mahl mit besonderer Sorgfalt zu und strich schnell eine Haarsträhne aus ihrem Gesicht, ehe sie sein Zimmer betrat. Er lag ruhig da und betrachtete den aprikosenfarbenen Abendhimmel durch das geöffnete Fenster. Sie blieb in der Tür stehen, da spürte er ihre Gegenwart und lächelte sie an.

»Ich bringe Ihnen Ihr Essen«, sagte sie fröhlich.

»Bitte setzen Sie sich und leisten Sie mir Gesellschaft, während ich esse«, bat er. Ach wie gern hätte sie das getan – aber es gehörte sich einfach nicht.

»Ich habe noch unten zu tun«, entschuldigte sie sich. Auf seinem Gesicht war Enttäuschung zu lesen. Aber er wollte sie nicht drängen; sie hatte schon so viel für ihn getan. Es herrschte Schweigen, nur draußen gurrte klagend eine Taube. Miss Abigail setzte das Tablett auf seinem Schoß ab und sagte: »Ich habe Ihnen etwas zum Lesen mitgebracht, falls Sie Lust dazu haben.« Aus ihrer Schürzentasche nahm sie ein Buch mit Sonetten.

»Oh, Sonette! Lieben Sie auch Gedichte? Das hätte ich eigentlich wissen müssen.«

Sein Lächeln verwirrte sie, und sie ließ ihren Blick zu den Wattewolken am Himmel wandern. Wieder gurrte klagend die Taube: »Wer? Wer? Wer?« Und plötzlich schien es Miss Abigail, daß die Frage ihr galt. Wie oft hatte sie sich diese Frage schon gestellt? Wer würde die Sonne ihres Lebens sein? Ihrem Leben einen Sinn geben?

Traumverloren sagte sie: »Ich finde, man sollte Sonette nur am Abend lesen, denn das ist die stillste Zeit des Tages. Glauben Sie nicht auch?«

»Wie recht Sie haben«, entgegnete er leise. »Mir scheint, wir haben etwas Gemeinsames.«

»Ja, das haben wir wohl.« Plötzlich wurde sie sich ihres Aussehens bewußt und berührte erschrocken mit der Hand ihre Unterlippe. Ihr Kleid war schmutzig und ihr Haar in Unordnung. Doch als sie aus seinem Zimmer floh, begleitete sie sein sanftes Lächeln. Stimmte es, was der Doc gesagt hatte? Abigail McKenzie, du bist so müde, daß du dir etwas einbildest.

Doch müde oder nicht, ihr Tag war noch nicht zu Ende.

Durch das Dämmerlicht des Schlafzimmers wirkte der Fremde in ihrem Bett noch dunkler. Sie verglich ihn mit Mr. Melcher. Sein Bart war gewachsen, morgen würde sie ihn rasieren. Und dieser Schnurrbart! Einfach lächerlich! Ihr schauderte, als sie ihn betrachtete, und sie verschränkte schützend die Arme. Häßlich, dachte sie.

Sie verscheuchte den Gedanken und sagte plötzlich laut: »Schnauzbart oder nicht, Dieb oder keiner, jedenfalls wirst du mir deinen Namen sagen. Verstehst du mich? Du wirst nicht sterben, weil ich es nicht erlaube! Ganz langsam werden wir Fortschritte machen, und als erstes wirst du mir deinen Namen sagen.«

Er bewegte sich nicht.

»Schau nur, wie du aussiehst. Erst einmal will ich dich kämmen. Mehr kann ich im Augenblick nicht für dich tun.« Sie nahm ihren Kamm von der Kommode und fuhr ihm damit durch sein dichtes Haar, wobei sie ein seltsames Gefühl durchströmte. »Einem Gesetzlosen habe ich noch nie das Haar gekämmt«, sagte sie zu ihm.

Plötzlich bewegte er den Arm und stieß einen Laut aus. Er drehte den Kopf und wollte sich aufrichten, doch sie hielt ihn mit beiden Händen fest. »Bleib liegen! Ich bestehe darauf! Doc Dougherty hat gesagt, daß du liegenbleiben mußt!« Er beruhigte sich. Sie strich über seine Stirn. Sie war kühl. Dann holte sie einen Schemel aus der Küche und setzte sich neben sein Bett.

Bald sank ihr der Kopf auf die Brust, und sie fiel in einen Traum, in dem sie der Fremde freundlich anlächelte. Er kam näher, und sie legte die Hände auf seine breite Brust. Sie widerstand der Versuchung, ihn zu küssen, und beschimpfte ihn als Dieb. Aber er lachte nur und sagte, daß es stimme, denn jetzt wolle er ihr etwas rauben. Ich kenne Ihren Namen doch nicht, entgegnete sie seufzend wie der Nachtwind. Er lächelte und antwortete neckend: »Ach, Sie wissen doch mehr über mich als nur meinen Namen.« Und sie sah wieder seinen nackten Körper vor sich und spürte die Scham über ihr sinnliches Begehren. Und im Schlaf bäumte sie sich auf.

Da bewegte er sich; sie erwachte und sprang auf und warf sich über ihn, um ihn mit dem Gewicht ihres Körpers ruhigzustellen. Als sie ihn berührte, bekam der verbotene Traum noch größere Intensität. Sie durfte solche Dinge nicht denken noch ihn auf diese Weise berühren.

Trotzdem blieb sie bei ihm und wachte die ganze Nacht an seinem Bett. Manchmal hustete er, dann befahl sie: »Bleib auf dem Rücken liegen ... sag mir deinen Namen ...«, bis sie am frühen Morgen nicht länger gegen ihn ankämpfen konnte. Sie ging in die Küche, holte eine Mullbinde und band seinen rechten Fuß und seine linke Hand an den Gitterstäben des Betts fest. Dann setzte sie sich wieder auf den Schemel, um ihre Nachtwache fortzusetzen. Doch die Augen fielen ihr zu, und irgendwann sank sie, ohne es zu wissen, schlaftrunken über das Fußende des Bettes.

3

Langsam ... nur undeutlich wurde er sich einer großen Hitze auf seinem Gesicht bewußt. Und da sie unverändert andauerte, wußte er, daß es die Sonne war.

Verschwommen merkte er, daß eine Frau an seiner Seite lag. Nach und nach spürte er, daß ein bohrender Schmerz in seinem Körper wütete. Doch diesen Schmerz konnte er nicht identifizieren; er wußte nur, daß er noch nie so gelitten hatte. Die Augen hielt er geschlossen und fragte sich, ob, wenn er sie öffnete, er dann aus diesem Traum erwachen würde? Oder träumte er gar nicht? Lebte er? War er in der Hölle? Er öffnete die Augen und starrte auf eine Zimmerdecke, nicht das Dach eines Zelts. Sein Körper tat ihm fast überall weh. Himmel, dachte er und schloß die Augen wieder, wo bin ich, und wer liegt da am Fußende meines Bettes? Er versuchte zu schlukken, konnte es aber nicht, hob die schweren Lider wieder und richtete seinen Kopf mit schmerzvoller Anstrengung auf.

Ein weiblicher Satyr starrte ihn mit weit aufgerissenen Augen an.

Ein einziger Gedanke durchfuhr ihn: Ich habe Halluzinationen! Das hier ist eine Hexe, und sie hat mich am Bett festgebunden.

Dann wurde er wieder bewußtlos. Aber das Bild dieser häßlichen Hexe blieb in seinem Gedächtnis haften.

Miss Abigail war verzweifelt, da er wieder das Bewußtsein verloren hatte, ehe sie ihm seinen Namen entlocken konnte. Stöhnend stand sie auf.

Als sie in einen Spiegel sah, war sie entsetzt. Noch nie hatte sie einen derartigen Anblick geboten. Die Nacht hatte ihren

Tribut gefordert. Tiefe Schatten umgaben ihre Augen und Falten ihren Mund.

Sie betrachtete ihr Spiegelbild prüfend und fühlte sich sehr alt.

Doch der Gedanke an David Melcher riß sie aus ihrem Trübsinn.

Sie nahm ein Bad in der Küche, bürstete ihr Haar und frisierte es ordentlich. Dann zog sie eine cremefarbene Bluse an und einen braunen Rock. Einem plötzlichen Impuls folgend, parfümierte sie sich mit etwas Rosenwasser.

»Miss Abigail, wie schön Sie heute morgen aussehen«, sagte David Melcher bewundernd, als sie ihm sein Frühstückstablett brachte.

»Sie sind ein Schmeichler, Mr. Melcher!«

Wieder bat er sie, ihm Gesellschaft zu leisten, während er aß, und dieses Mal akzeptierte sie. Er lobte ihre Kochkünste und sagte scherzend: »Ich werde völlig verwöhnt sein, wenn Sie mich wieder hinauswerfen.«

Sie fühlte sich geschmeichelt und entgegnete: »Warum sollte ich Sie hinauswerfen, Mr. Melcher? Sie können so lange bleiben, bis Sie völlig genesen sind.«

»Das ist wirklich ein gefährliches Angebot, Miss Abigail. Vielleicht nehme ich Sie beim Wort und gehe dann nie mehr.« Diese Worte sagte er mit schelmisch glitzernden Augen, so daß keine Verlegenheit bei ihr aufkam und sie sich sonderbar von ihnen berührt fühlte. Doch sie leistete ihm nicht länger Gesellschaft, als es ihr schicklich erschien.

»Ich möchte gern noch bei Ihnen bleiben, aber ich habe eine Menge Hausarbeit zu verrichten, die ich erledigen möchte, solange es noch einigermaßen kühl ist.«

»Ach, Miss Abigail, Sie sprechen, als würden Sie in Versen reden.« Dann räusperte er sich und fügte förmlicher hinzu: »Ich möchte diese Sonette heute noch einmal lesen, wenn Sie nichts dagegen haben.«

»Überhaupt nicht. Vielleicht würden Sie gern noch andere Gedichtbände lesen, die ich habe.«

»Oh, ja ... ja, gern.«

Als sie aufstand und nicht existierende Falten in ihrer Bluse glättete, dachte er: Wie bezaubernd sie doch aussieht und wie gut sie nach Rosen duftet und was für eine perfekte kleine Lady sie ist.

Wieder fütterte sie den Zugräuber mit warmer Fleischbrühe mit Hilfe des Strohhalms. Wenn sie sich ihm näherte, schlug ihr Herz schneller, und um sich gegen dieses verbotene Gefühl zu wehren, schimpfte sie mit dem Bewußtlosen. »Wann wachst du endlich auf, sagst mir deinen Namen und ißt selbständig? Du machst mir schrecklich viel Arbeit und liegst hier wie ein Bär im Winterschlaf. Und dich auf diese Weise zu füttern macht mir wahrhaftig keinen Spaß, vor allem mit diesem Schnauzbart.«

Nach dem Füttern brachte sie Rasierzeug, legte Handtücher unter sein Kinn und seifte ihn ein. Während der ganzen Zeit dachte sie über seinen Schnurrbart nach.

Sollte sie oder sollte sie nicht?

Und vielleicht, wenn David Melcher nicht darauf hingewiesen hätte, wie typisch Schnurrbärte für Gesetzlose seien, und vielleicht, wenn sie dieser Schnauzbart nicht so irritiert hätte, hätte sie ihn nicht abrasiert.

Aber sie tat es.

Als sie die Hälfte abrasiert hatte, wurde sie von Schuldgefühlen geplagt. Doch nun war es zu spät. Nachdem sie ihr Werk beendet hatte, trat sie einen Schritt zurück, um das Gesicht zu betrachten, und mußte zu ihrem Kummer eingestehen, daß sie sein Aussehen total ruiniert hatte! Der Schnurrbart gehörte zu ihm wie seine dichten, schwarzen Brauen und sein dunkler Teint. Wenn er nun aufwachte und denselben Gedanken hegte? Diese Überlegung trug nicht gerade zu ihrem Wohlbefinden bei und die nächste Aufgabe noch weniger. Sie mußte ihn von Kopf bis Fuß waschen.

Was ihr auch unter großen Mühen gelang, wobei sie sorgfäl-

tig vermied, noch einmal einen Blick auf seine intimsten
Körperpartien zu werfen, obwohl sie der Gedanke daran nicht
losließ.
Als der Tag weiter fortschritt, zuckten seine Lider häufiger,
aber seine Augen blieben geschlossen. Manchmal bewegte er
sich, deshalb löste sie seine Fesseln nicht.

Während Miss Abigail an jenem Morgen Davids Zimmer
saubermachte, erfuhr sie, daß er Schuhverkäufer aus Philadelphia war. Es überraschte sie, als er verkündete: »Wenn ich
zurück in meine Heimatstadt fahre, schicke ich Ihnen ein Paar
unserer schönsten Schuhe.«
»Oh, Mr. Melcher ... ich fürchte, das schickt sich nicht,
wenn ich auch gern ein schönes Paar Schuhe besäße.«
»Es schickt sich nicht? Warum?«
Miss Abigail senkte den Blick. »Eine Lady darf nicht ein
solches persönliches Geschenk annehmen, es sei denn, sie
wäre mit dem Gentleman ...«
»Sie wäre was, Miss Abigail?« fragte er leise.
Sie spürte, wie sie errötete, und starrte zu Boden. »Nun, Mr.
Melcher, es gehört sich einfach nicht.« Sie blickte auf, er sah
sie prüfend mit seinen braunen Augen an. »Aber trotzdem
danke ich Ihnen«, fügte sie sehnsüchtig hinzu.
Mittags verkündete Mr. Melcher, er fühle sich kräftig genug,
um in der Küche zu essen, doch habe er leider keine Schuhe.
»Ich glaube, hier liegt irgendwo noch ein Paar von Vaters
Sandalen herum.«
Sie brachte sie und kniete vor ihm.
Ein großes Gefühl der Zärtlichkeit stieg in David Melcher
empor, als er sie beobachtete. Sie war sanft, höflich, gut
erzogen, und alles, was sie für ihn tat, machte sie ihm
liebenswerter. Unsicher stand er auf und hopste auf einem
Bein, um nicht die Balance zu verlieren. Sofort eilte sie an
seine Seite und stützte ihn. Und während beide Stufe für
Stufe die Treppe hinuntergingen, konnte er wieder ihren
süßen Rosenduft riechen.

»Welche Farbe würde Ihnen gefallen, Miss Abigail?« fragte er zwischen zwei Hüpfern.

»Farbe?« Sie hielt inne und sah ihm ins Gesicht.

»Welche Farbe soll ich für Ihre Schuhe wählen?« Sie machten wieder einen Schritt.

»Seien Sie nicht töricht, Mr. Melcher.« Wieder hielten sie inne, doch diesmal wagte sie nicht, ihn anzusehen.

»Wie wär's mit hellbraunem Leder?« Er drückte leicht ihre Schulter, worauf ihr Herz wild zu klopfen begann. »Die Schuhe würden gut zu dem passen, was Sie jetzt tragen.«

»Kommen Sie ... noch einen Schritt, Mr. Melcher.«

»Ich wäre geehrt, wenn Sie die Schuhe annehmen würden.«

»Hier könnte ich sie doch nicht tragen.«

»Warum nicht? Eine so gutaussehende Frau wie Sie.«

»Nein ... hier nicht. Bitte ... unser Essen ist fertig.« Sie gab ihm einen leichten Stups und spürte, daß sein Herz so schnell wie ihres klopfte.

»Seien Sie nicht überrascht, wenn eines Tages hier ein Paar Schuhe für Sie eintrifft. Dann wissen Sie, daß ich an Sie denke.« Und leise fügte er hinzu: »Miss Abigail ...«

Endlich sah sie ihn an und entdeckte in seinen Augen die Liebe, die er für sie empfand. Sein Arm umfaßte sie fester, dann streichelte er ihren Unterarm. Sie sah, wie er schluckte, und als er sie zart küßte, fühlte sie wieder das wilde Klopfen seines Herzens. Ihre Beine zitterten, und einen Augenblick fürchtete sie, ohnmächtig zu werden. Doch dann wandte sie entschieden den Kopf ab und setzte mit ihrem Patienten den Weg in die Küche fort.

Schon seit Jahren hatte David Melcher nicht mehr in einem Haus gelebt, in dem es eine Küche wie diese gab. Den Tisch schmückte eine Decke von derselben Farbe wie die Vorhänge, die sich sanft in der warmen Sommerbrise blähten. Er war sorgfältig mit schönem Porzellan und Silberbestecken gedeckt, und auf jedem Teller lag eine gefaltete Leinenserviette. Dann tischte Miss Abigail auf: knusprig gebratenes Hühnchen und selbstgebackene Biskuits.

»Wie lange sind Sie nicht mehr zu Hause gewesen, Mr. Melcher?«

»Ich habe kein Zuhause mehr. Wenn ich nach Philadelphia fahre, miete ich mir ein Zimmer im *Elysian Club*. Aber glauben Sie mir, das ist mit dem hier nicht vergleichbar.«

»Dann haben Sie ... keine Familie?«

»Niemanden mehr.« Ihre Blicke trafen sich kurz. Vögel zwitscherten in den Bäumen des Gartens, und der schwere Duft der Kapuzinerkresse strömte in die Küche. Hier möchte ich immer bleiben, dachte er und fragte sich, ob sie sich ebenso nach Geborgenheit sehnte wie er.

Verschiedene Düfte drangen dem schwarzhaarigen – jetzt sauber rasierten – Mann in die Nase. Mit noch geschlossenen Augen roch er etwas Süßes, wie Blumen. Auch der frische Geruch von Seife und Bettwäsche drang in seine Nüstern und das köstliche Aroma von gebratenem Hähnchen. Er öffnete die Augen. Es war also kein Traum. Der süße Duft kam von einem Blumenstrauß, der auf einem niedrigen Tisch vor dem Erkerfenster stand. Die Kissen auf dem Sessel daneben paßten zu den gelben Vorhängen.

Er schloß die Augen und versuchte sich zu erinnern, wem dieses Schlafzimmer gehörte. Offensichtlich einer Frau, denn die Tapete hatte ein Blumenmuster, und in einer Ecke stand eine Frisierkommode. Seine linke Hand prickelte, als würde sich das Blut darin stauen. Als er die Finger bewegte, umschlossen sie eine Metallstange, und er merkte bestürzt, daß er an das Bett gefesselt war.

Dann war diese Hexe also kein Alptraum gewesen! Wer sonst hätte ihn fesseln können? Mühsam prüfte er die Fesseln, aber er konnte weder seine Hand noch seinen Fuß befreien.

Er öffnete vorsichtig die Augen. Da stand sie und betrachtete ihn. Er hatte sie noch nie im Leben gesehen, und sie beeindruckte ihn nicht besonders. Aus ihrer Frisur und Kleidung schloß er, daß sie weder in einem Saloon noch als Tanzmädchen arbeitete.

Als sie sah, daß er wach war, legte sie ihm eine – ach, so kühle – Hand an die Wange.

Sie roch auch nicht wie ein Tanzmädchen.

»Ihr Name ... sagen Sie mir Ihren Namen«, bat sie mit großer Eindringlichkeit.

Er fragte sich, warum sie, zum Teufel, seinen Namen nicht kannte, deshalb schwieg er.

»Bitte«, flehte sie. »Bitte, sagen Sie mir Ihren Namen!«

Aber er krümmte sich plötzlich, zerrte an seinen Fesseln und blickte wild um sich.

»Meine Kamera!« versuchte er zu krächzen, doch seine Stimme versagte, und ein glühender Schmerz durchfuhr ihn.

Sie starrte ihn mit weit aufgerissenen Augen an und trat schnell einen Schritt zurück, während seine Lippen wieder die Worte formten: »Meine Kamera.« Von der Anstrengung des Sprechens brannte seine Kehle. Sie hatte von seinen Lippen gelesen und flüsterte ungläubig: »Cameron.«

Er wollte sie berichtigen, war aber unfähig dazu.

»Mike Cameron«, sagte sie lauter, als stellten diese Worte eine Art Wunder dar. »Cameron ...« Dann strahlte sie, klatschte fröhlich in die Hände und sagte: »Gott sei Dank, Mr. Cameron. Ich wußte, Sie würden es schaffen!«

War sie etwa verrückt? Sie ähnelte der Hexe, die er vorher gesehen hatte, nur war sie jetzt sauber und ordentlich gekleidet. Trotzdem benahm sie sich, als wäre sie nicht ganz bei Verstand.

Jetzt drehte sie sich zum Fenster um und schien sich die Augen zu wischen. Aber warum sollte sie seinetwegen weinen?

Als sie sich ihm wieder zuwandte, wollte er sagen: »Ich heiße nicht Cameron«, aber wieder hatte er diesen entsetzlichen Schmerz in der Kehle und stieß nur unverständliche Laute aus.

»Versuchen Sie nicht zu sprechen, Mr. Cameron. In Ihrem Mund und Ihrer Kehle steckte ein Fremdkörper, deshalb haben Sie Schmerzen. Bitte, liegen Sie ruhig.«

Er wollte sich aufrichten, doch sofort kam sie und drückte ihn mit ihren kühlen Händen in die Kissen zurück. »Bitte, Mr. Cameron«, flehte sie, »Sie dürfen sich jetzt noch nicht bewegen. Wenn Sie mir versprechen, ruhig liegenzubleiben, löse ich Ihre Fesseln.« Sie sah ihm in die Augen. Er erwiderte argwöhnisch ihren Blick.

Er betrachtete sie genauer. Sie wirkte nicht kräftiger als ein zehnjähriger Junge, aber in ihren Augen las er Entschlußkraft. Jeder Muskel schmerzte, wenn er sich auch nur etwas bewegte, und jetzt hatte er nicht einmal genug Kraft, um sich gegen ein solch schwaches Wesen zu wehren. Er hörte ein leises schnappendes Geräusch über seinem Kopf und dann an seinem Fuß, und seine Glieder waren wieder frei. Als er sie bewegen wollte, gehorchten sie ihm nicht. »Du meine Güte, Mr. Cameron. Jetzt sehen Sie, wie geschwächt Sie noch sind.« Sie nahm seinen Arm und massierte ihn.

Plötzlich schoß das Blut in die Adern zurück, und er hatte das Gefühl, als würde er von tausend Nadeln gestochen. Er stöhnte und bäumte sich auf. Er wollte fluchen, aber das tat nur noch mehr weh. Da schloß er erschöpft die Augen. Als er sie wieder öffnete, war die Frau nicht mehr da.

Sein rechtes Bein war angewinkelt und wurde von Kissen gestützt. Als er es bewegen wollte, traten Schweißtropfen auf seine Stirn. Zum Teufel! dachte er. Er betrachtete seinen nackten Oberkörper. Seine rechte Hüfte war verbunden. Er hob die rechte Hand, um den Verband zu untersuchen, und ein neuer Schmerz durchfuhr ihn, der diesmal von der Hand ausging. Dann tastete er mit der Linken den Verband ab. Er begriff nichts mehr. Nachts in einem fremden Bett aufzuwachen war für ihn nichts Ungewöhnliches, aber in dem Bett einer Frau wie dieser aufzuwachen war ihm noch nie passiert! Durch die geöffnete Tür sah er ein grünes, mit Samt bezogenes Sofa. Daneben stand ein kleiner Tisch und darauf eine Petroleumlampe, deren weißer Schirm mit Rosen bemalt war. Mein Gott, noch mehr Blumen! dachte er, wie spießig.

Und fragte sich, als er die Augen schloß, wie um alles in der Welt er hier gelandet war.

»Da bin ich wieder, Mr. Cameron.« Er riß die Augen auf, bewegte sich instinktiv und zuckte vor Schmerz zusammen. »Ich habe Ihnen eine leichte Suppe und etwas Tee gekocht. Im Moment müssen Sie Ihren Appetit noch etwas zügeln, bis es Ihrem Hals wieder bessergeht.«

Sie stellte das Tablett auf den Nachttisch, holte ein Kissen, das sie ihm unter den Kopf stopfte – was wiederum entsetzlich schmerzte, und band ihm eine Serviette um. Als der Schmerz langsam abklang, sagte sie: »Sie können sich glücklich schätzen, Mr. Cameron. Sie wurden niedergeschossen, wurden schwer verletzt und wären fast verblutet. Gott sei Dank hat Doctor Dougherty ...«

Sie plapperte weiter, weil sie die Angst vor seinen drohenden dunklen Augen verscheuchen wollte, doch er hörte nicht mehr zu. Er hatte allein verstanden, daß er niedergeschossen worden war. Er hob die Hand und wollte sie daran hindern, ihn zu füttern. Was ihm gelang. Die Suppe lief über sein Kinn. Verdammt! dachte er und wollte es sagen, was ihm aber nicht gelang, während sie ihm das Gesicht abwischte.

»Benehmen Sie sich, Mr. Cameron. Schauen Sie, was Sie angerichtet haben!«

»Wer hat mich niedergeschossen?« wollte er sagen und umklammerte ihr Handgelenk mit festem Griff. Doch wieder kam nur ein Krächzen heraus. Gleichwohl erriet sie seine Worte.

»Ich war es nicht, Mr. Cameron!« blaffte sie. »Deshalb brauchen Sie mich nicht anzugreifen!« Er ließ sie los. »Ich fürchte, ich habe Sie zu früh losgebunden«, sagte sie und wunderte sich über seine Bärenkräfte.

Ihr Gesichtsausdruck zeigte ihm, daß sie eine derartige Behandlung nicht gewöhnt war. Er hatte sie nicht verängstigen wollen, sondern wünschte nur, daß sie seine Fragen beantwortete. Er deutete auf seinen Mund und formte wieder die Worte: »Wer hat auf mich geschossen?«

Ihr Gesicht wurde abweisend, und sie entgegnete barsch: »Ich weiß es nicht!« Dann rammte sie ihm den Löffel in den Mund, daß er gegen seine Zähne schlug.

Sie fütterte ihn immer schneller, so daß er kaum Zeit zum Schlucken hatte. Das Miststück bringt mich um! fluchte er innerlich. Und dieses Mal griff er mit einer solchen Heftigkeit nach dem Löffel, daß sich die Suppe über ihre makellose Bluse ergoß. Sie wich zurück und schloß die Augen, als flehe sie Gott um Geduld an. Ihre Nasenflügel bebten, als sie ihn dann voller Haß anstarrte. Er starrte wütend zurück, grapschte nach der Schale und schlürfte die Suppe direkt daraus, wobei er ein perverses Vergnügen empfand, sie zu schockieren.

Ein Barbar! dachte sie. Ich habe gekämpft, um das Leben eines Barbaren zu retten! Er schlurfte weiter, bis die Schale leer war. Als sie sie nehmen wollte, stieß er ihre Hand zurück und krächzte unter größter Anstrengung: »Wer hat auf mich geschossen? Verdammt noch mal, Sie Miststück! Waren Sie es?«

Oh, dieser Schmerz, dieser entsetzliche Schmerz! Er griff sich an die Kehle, während sie zurückwich. Noch nie hatte jemand mit Abigail McKenzie in diesem Ton geredet. Und dann schleuderte er die Schüssel mit letzter Kraft durchs Zimmer, wo sie an der Wand klirrend zerbrach.

Sie war entsetzt. Doch noch ehe sie antworten konnte, erklang David Melchers Stimme aus dem ersten Stock.

»Miss Abigail! Miss Abigail! Ist alles in Ordnung?«

»Wer ist das?« fragte er krächzend.

Mit unendlicher Befriedigung antwortete sie ihm jetzt. »Das, Sir, ist der Mann, der Sie niedergeschossen hat!«

Ehe er das Gehörte begreifen konnte, erklang die Stimme wieder.

»Wollte diese Bestie Ihnen etwas antun?«

Sie eilte aus dem Zimmer. »Nein. Es geht mir gut, Mr. Melcher. Gehen Sie jetzt ins Bett zurück. Mir ist nur die Suppenschüssel hingefallen.«

Melcher? Wer war dieser Melcher, daß er ihn als Bestie beschimpfen durfte? Und warum hatte sie wegen der Schüssel gelogen?

Sie kam zurück und sammelte die Scherben auf. Am liebsten hätte er sie angeschrien und geschüttelt. Doch alles tat ihm so weh, daß er sie nur anstarren konnte, als sie an sein Bett trat und ihn hochmütig ansah.

»Fluchen, Mr. Cameron, ist eine Krücke für Minderbemittelte. Außerdem bin ich kein Miststück. Wenn ich es wäre, könnte ich versucht sein, Sie niederzuschießen, um Sie von Ihrem selbstverschuldeten Elend zu befreien und um Sie loszuwerden. Im Gegensatz zu Ihnen bin ich ein zivilisierter Mensch, deshalb halte ich mich zurück und hoffe, daß Sie ersticken!« Diese Aussage unterstrich sie, indem sie die Scherben klirrend aufs Tablett fallen ließ. Und ehe sie ging, quälte sie ihn weiter, indem sie sagte: »Sie wurden niedergeschossen, Mr. Cameron, als Sie versuchten, einen Zug auszurauben ...« Sie hob eine Braue und fügte dann hinzu: »Als ob Sie das nicht wüßten.« Und damit ging sie.

4

Er ballte die gesunde Hand zur Faust. Sie war ein verdammtes Miststück! Was für ein Zug? Ich bin kein verdammter Zugräuber! Und wer ist dieser Melcher? Offensichtlich nicht ihr Ehemann. Ihr Beschützer? Hach! Sie brauchte ebensowenig einen Beschützer wie eine Giftspinne.

Miss Abigail stand zitternd in ihrer Küche, starrte auf das zerbrochene Porzellan und fragte sich, warum sie nicht Doctor Doughertys Warnung beherzigt hatte. Niemals hatte sie jemand derart unhöflich angeredet! Er mußte aus ihrem Haus, noch bevor der Tag zu Ende war, das schwor sie sich. Sie überlegte, ob sie zum Doc gehen und Krankheit vorschützen sollte, aber dann mußte Mr. Melcher sicher auch gehen. Dann fiel ihr ein, wie verzweifelt sie das Geld brauchte, und sie stählte sich innerlich für den nächsten Tag.

Der Verwundete in ihrem Schlafzimmer hätte am liebsten wie ein Stier geschrien. Doch statt dessen lag er schwitzend da; sein Bein, seine Hüfte brannten wie Feuer. Er hatte seine gesunde Hand über die Augen gelegt und knirschte vor Schmerzen mit den Zähnen.

So fand sie ihn vor.

»Seit zwei Tagen haben Sie nicht ...«

Verdammt! Mußte sie immer so um ihn herumschleichen? Mit eisiger Höflichkeit sagte sie dann: »Ich denke, daß Sie sich vielleicht erleichtern möchten.«

Er saß in der Falle; war ihr ausgeliefert, und sie erteilte ihm Befehle. »Strengen Sie sich nicht an. Sprechen Sie nicht, und belasten Sie nicht Ihr Bein. Ich helfe Ihnen.«

Was sie auch tat.

Was war das für eine Frau? Sie tänzelte um ihn herum, brachte ihm die Bettpfanne, trug sie wieder hinaus ... Jede andere hätte ihn nach dem gestrigen Vorfall nicht weiter versorgt – aber nicht sie.

Doch danach ließ sie ihn allein. Sie wußte doch, daß er hilflos dalag und hundert unbeantwortete Fragen ihn quälten. Miststück! dachte er wieder, während er auf die Geräusche im Haus lauschte. Einmal hörte er sie sogar in der Küche summen, das machte ihn noch wütender. Sie summte, während er keinen Ton von sich geben konnte, ohne bitter dafür zu bezahlen.

Später hörte er, wie sie die Treppe hochging, dann kamen die beiden zum Essen in die Küche. Er konnte in dem ruhigen Haus Bruchstücke ihrer Konversation aufschnappen und merkte am Ton, daß sie sich gut miteinander verstanden.

»Oh, Miss Abigail, Sie haben Kapuzinerkresse auf den Tisch gestellt!«

»Ach, wie schön es ist, wenn ein Mann Blumen kennt.«

»Nein. Es ist viel schöner, wenn eine Frau sie noch züchtet.« Der Lauscher im Schlafzimmer verdrehte die Augen.

»Vielleicht können Sie morgen ein wenig im Garten sitzen, während ich jäte.«

»Ja. Das würde ich gern tun, Miss Abigail.«

»Dann wollen wir es auch tun, Mr. Melcher«, versprach sie und fragte dann: »Mögen Sie frische Limonade?«

»Ich wünschte, Sie würden mich David nennen. Ja, ich mag Limonade.«

»Dann trinken wir morgen welche ... im Garten?«

»Ich freue mich schon darauf.«

Sie half ihm wieder ins Bett. Der Mann unten hörte die beiden hinaufgehen. Dann war alles still, und er dachte: Das kann doch nicht sein. Aber es stimmte. David Melcher küßte Miss Abigail.

Mit rosig gefärbten Wangen wegen dieses angenehmen Zwischenspiels kam sie beschwingt die Treppe herunter und war nun mit der entsetzlichen Tatsache konfrontiert, dieses schwarze Scheusal wieder füttern zu müssen. Sie hatte Angst, sich ihm zu nähern, und noch mehr Angst, daß er es merken könnte. Sie wärmte Milch und brockte Weißbrot hinein. Damit bewaffnet, betrat sie ihr Schlafzimmer und wappnete sich, ihm den Teller ins Gesicht zu schleudern, sollte er sie wieder angreifen.

»Ich habe Ihnen Milch und Brot mitgebracht.«

»Bah!« war alles, was er äußerte, um auszudrücken, was er von Milch und Brot hielt. »Ich sterbe vor Hunger.«

»Ich wünschte, Sie täten es«, sagte sie zuckersüß und plazierte eine Serviette unter sein Kinn. »Halten Sie still, und essen Sie!«

Die heiße Milch mit den Brotbrocken reizte ihn zum Würgen. Ekelhaft! Und jeder Schluck war eine Qual. Er fragte sich, warum ihm die Kehle so weh tat, aber sie war wohl nicht geneigt, in darüber aufzuklären.

Sie sahen sich drohend an. Und da er nicht so wirkte, als sei er bereit, eine gesittete Unterhaltung zu führen, kehrte sie nach beendeter Mahlzeit in ihre Küche zurück und machte dort Ordnung. Sie war erschöpft. Dann fiel ihr ein, daß sie etwas aus ihrem Schlafzimmer brauchte. Wohl oder übel mußte sie noch einmal hineingehen.

Als sie geräuschlos über die Schwelle trat, zitterte sie vor Furcht.

»Wollen Sie sich jetzt benehmen?« fragte sie. Sein Kopf fuhr herum, denn er hatte sie nicht kommen hören. Er ballte die linke Hand zur Faust und verzog dann das Gesicht vor Schmerz.

Dieses verdammte Herumschleichen! dachte er. »Wollen Sie mich durch Nichtbeachten umbringen?« flüsterte er und preßte die Hand auf seinen Magen. »Oder durch diese Babynahrung?«

Sie dachte an David Melchers Komplimente, und ihre Stimme klang noch eisiger, als sie entgegnete: »Ich wollte Ihnen eine Lehre erteilen, doch offensichtlich ist mir das mißlungen.« Sie wandte sich zum Gehen.

»Nein . . . warten Sie!« krächzte er.

»Warten, Mr. Cameron? Worauf? Daß ich beleidigt werde und Sie als Belohnung dafür, daß ich Ihnen Essen bringe, mein Geschirr zerbrechen?«

»Das nennen Sie Essen? Ich bin halb verhungert, und Sie bringen mir Milch und Brot! Ich liege hier seit wie weiß wie lange und zerbreche mir den Kopf. Bleiben Sie doch, wo Sie sind, Missus!«

Seinen rüden Worten versuchte sie mit kühler, sarkastischer Überlegenheit zu begegnen.

»Du meine Güte! Über welches erlesene Vokabular Sie verfügen, Mr. Cameron! Wenn Sie Antworten auf Ihre Fragen haben wollen, sprechen Sie gefälligst höflicher, Sir! Und hören Sie auf, mir Befehle zu erteilen! Sie wurden meiner Obhut anvertraut – und auch wenn Sie verachtenswürdig sind, werden ich Ihnen die nötige Pflege angedeihen lassen. Aber ich wiederhole: Ich muß mir Ihr unflätiges Benehmen nicht gefallen lassen. Soll ich jetzt gehen, oder wollen Sie sich fügen?«

»Ich will es versuchen.«

»Sie sollten mehr tun als es versuchen, Sir.« Sie hatte eine Art, das Wort »Sir« auszusprechen, wie er es noch nie gehört hatte. Schneidend.

»Ja, Madam«, versuchte er, ihre Sprechweise zu imitieren.

»Nun gut. Ich habe für Sie ein Gurgelwasser zubereitet. Wenn Sie es benutzen, wird es Ihnen morgen sicher bessergehen.«

Sie trat an sein Bett. »Hier. Gurgeln Sie. Schlucken Sie es nicht hinunter.« Sie half ihm mit dem Glas, doch er spie die Flüssigkeit sofort wieder in hohem Bogen aus.

»Was ist das für eine Pisse?«

»Missster Cameron!« zischte sie.

Dieses Mal hatte er wirklich nicht ausspucken wollen. Schließlich sollte sie seine Fragen beantworten.

»Entschuldigen Sie«, flüsterte er.

Das schien sie momentan zu beruhigen, denn sie hielt ihm das Glas wieder hin und bemerkte: »Das ist ein altes Rezept meiner Großmutter – Essig, Salz und roter Pfeffer.«

Er mußte würgen.

»Gurgeln Sie!« befahl Miss Abigail und hielt ihm eine Schüssel hin, damit er ausspucken konnte.

»Was, zum Teufel, ist mit meinem Hals passiert?« murmelte er.

»Wie ich schon sagte, es befand sich ein Fremdkörper darin, während Sie bewußtlos waren. Morgen geht es Ihnen besser. Es wäre mir lieb, wenn Sie sich einer höflicheren Ausdrucksweise befleißigen würden.«

»Reicht es denn nicht, daß ich niedergeschossen wurde ... ich soll wohl auch noch ersticken. Da kann ein Mann nur fluchen. Und was ist mit meiner rechten Hand?«

»Der Hand, mit der Sie schießen?« fragte sie ironisch.

»Wahrscheinlich ist jemand daraufgetreten.«

»Sie tut scheußlich weh.«

»Ja. Das glaube ich Ihnen gern. Aber das haben Sie sich alles selbst zuzuschreiben. Warum mußten Sie diesen Zug überfallen?«

»Ich habe keinen verdammten Zug überfallen!« zischte er wütend. Miss Abigail versteifte sich. Sie haßte diese vulgäre Sprache. Aber noch hatte sie den Kampf mit diesem ungehobelten Kerl nicht aufgegeben.

»Und warum liegt dann Mr. Melcher dort oben, weil er von Ihnen verwundet wurde? Und warum wird er deswegen gegen Sie Klage erheben?«

»Wer ist dieser Melcher überhaupt?«

»Der Mann, auf den Sie geschossen haben – und der auf Sie schoß.«

»Was?«

»Man trug Sie beide hier in Stuart's Junction aus dem Zug. Und es gibt Zeugen genug, die gesehen haben, daß Sie versuchten, die Passagiere auszurauben, worauf Mr. Melcher Sie daran hinderte. Aus diesem Grund kam es wohl zu der Schießerei.«

Er konnte es nicht glauben, ganz im Gegensatz zu ihr, und die Leute in der Stadt glaubten es wohl auch. Wenigstens wußte er jetzt, wo er war.

»Also bin ich in Stuart's Junction.«

»Ja.«

»Und ich bin der Bösewicht?«

»Natürlich«, sagte sie und sah ihn hochmütig an.

»Und dieser Melcher ist der Held, nehme ich an.«

Darauf antwortete sie nicht.

»Und warum wurde Ihnen die Ehre zuteil, uns zu pflegen ... Miss Abigail? So heißen Sie doch, nicht wahr?«

Sie überhörte seinen sarkastischen Unterton. »Ich bot freiwillig meine Hilfe an. Die Eisenbahngesellschaft bezahlt mich, und ich brauche das Geld.«

»Die Gesellschaft bezahlt *Sie*?«

»Ganz recht.«

»Gibt es denn keinen Arzt in dieser Stadt?«

»Natürlich. Doctor Dougherty. Morgen wird er wahrscheinlich kommen. Da er heute nicht da war, hatte er sicher auswärts zu tun. Ihre restlichen Fragen wird er Ihnen beantworten. Ich bin außerordentlich müde. Gute Nacht, Mr. Cameron.« Hoch erhobenen Hauptes schritt sie aus dem Zimmer und ließ ihn in noch größerer Verwirrung als zuvor zurück. Es war zum Verrücktwerden! Er kannte kaltherzige Frauen, aber diese übertraf sie alle. Und eingebildet dazu! Gute Nacht, Mr. Cameron, Scheiße! Ich heiße nicht Cameron, aber du hast mir ja nie die geringste Chance gegeben, das zu sagen. Platzt hier rein und kommandierst herum wie ein alter Dragoner, der gern quält. Oh, ich kenne eure Sorte – steif in ein Korsett geschnürt, so daß ihr unter permanenter Verstopfung leidet.

Er lauschte in die Dunkelheit und hörte leises Rascheln.

Wahrscheinlich macht sie sich für die Nacht zurecht, dachte er.

Zwar gab es oben noch ein Schlafzimmer, aber Miss Abigail fand es nicht schicklich, dort zu nächtigen, weil sie sich jetzt mit Mr. Melcher so gut verstand. Es war besser, sie machte sich ein Bett auf dem Sofa zurecht. Dieser furchtbare Cameron schlief zwar nebenan, aber wegen ihrer gegenseitigen Abneigung war diese Lösung akzeptabel. Und schließlich war es ihr jetzt völlig gleichgültig, ob er am Leben blieb oder sterben würde.

Sie erwachte fröstelnd und streckte ihre steifen Glieder. Irgend etwas hatte sie geweckt. Es war mitten in der Nacht; völlige Stille herrschte im Haus.

»Miss Abigail . . .«

Sie hörte, wie er heiser nach ihr rief, und prüfte unbewußt, ob auch die Knöpfe ihres Nachthemdes geschlossen waren.

»Miss Abigail?« flüsterte er wieder, und dieses Mal zögerte sie nicht. Sie nahm sich nicht einmal die Zeit, eine Lampe anzuzünden, sondern ging direkt zu seinem Bett.

»Miss Abigail?« sagte er schwach.

»Ja. Hier bin ich, Mr. Cameron.«

»Es . . . es ist schlimmer geworden. Können Sie mir helfen?«

»Ich schaue mal nach.« Sie wußte, daß er kein Theater spielte, und zündete schnell eine Lampe an. Er lag mit geschlossenen Augen da. Sie beugte sich über ihn und entfernte den Verband.

»Oh, mein Gott«, keuchte sie, als der Gestank in ihre Nase drang. »Mein Gott, nein.« Die Ränder der Schußwunde hatten sich schwärzlich verfärbt, und der Geruch verwesenden Fleisches ließ sie fast ohnmächtig werden. »Ich muß Doc Dougherty holen«, sagte sie entsetzt und eilte davon.

Barfuß lief die immer so überkorrekt gekleidete Miss Abigail McKenzie im Nachthemd zum Haus des Arztes. Doch noch ehe sie an seine Tür geklopft hatte, wußte sie, daß er nicht zu

Hause war. Da er heute abend nicht nach seinen Patienten gesehen hatte, war er sicher auf dem Land aufgehalten worden und übernachtete dort. Sie rannte zurück und schalt sich, weil sie Doc Dougherty nie gefragt hatte, wie sie sich in einer solchen Situation verhalten sollte. Niemals hätte sie aus dem Gefühl des Zorns heraus ihre Pflichten vernachlässigen dürfen. Doch gerade das war heute geschehen. Sie hatte den Verband des Mannes nicht gewechselt. Warum nur hatte sie es nicht getan?

Sie hastete in ihr Schlafzimmer. Er lag noch immer mit geschlossenen Augen da, atmete jetzt aber viel flacher. Ihr Zorn war vergessen. Sie wollte nur eins: sein Leben retten. Fieberhaft suchte sie in einer Schublade nach einem alten Medizinbuch, das einst ihrer Großmutter gehört hatte, und hoffte inständig, die Antworten auf ihre Fragen darin zu finden.

Sie blätterte hastig durch die Seiten und las einige Abschnitte laut, bis sie schließlich die richtige Rezeptur entdeckte. »Holzkohle und Hefe«, murmelte sie vor sich hin, als sie in völlig aufgelöstem Zustand in die Küche eilte.

Lange glitt er in einer Art friedlichem Traum dahin und merkte nur manchmal, daß sich jemand im Zimmer zu schaffen machte. Er hörte, wie sie leise aufschrie, und lächelte. Wie konnte sich eine derart umsichtige Frau wie sie nur verletzen! Dann wurde Wasser in eine Schüssel gegossen. Doch als sie dann begann, seine Wunde zu reinigen, wurde er jäh aus seinem Schwebezustand gerissen.

»Es tut mir leid, Mr. Cameron. Aber das muß sein.«

Er wollte ihr die Hände festhalten.

»Bitte, bleiben Sie ruhig«, flehte sie. »Bitte. Ich habe keine Zeit, Sie jetzt festzubinden.« Er stöhnte qualvoll auf, und sie kam mit zusammengebissenen Zähnen ihrer Aufgabe nach und schnitt das faulende Fleisch weg, wobei ihr der Schweiß in Strömen übers Gesicht lief.

Mit Tränen in den Augen desinfizierte sie schließlich die

Wunde. Dann flüsterte sie: »Bald bin ich fertig.« Er griff nach einem Zipfel ihres Nachthemds, steckte es sich in den Mund und biß darauf.

Dann krächzte er: »Ich heiße nicht Cameron, sondern Jesse.«

»Jesse? Und Ihr Nachname?«

Aber er war ohnmächtig geworden.

Sie durfte es nicht zulassen, daß er starb. Sie vermengte warme Hefe mit Holzkohle zu einem Brei, den sie auf die Wunde legte. Was oder wer auch immer er war und wie er sie behandelt hatte, war unbedeutend geworden. Er war nichts als ein Mensch aus Fleisch und Blut, und sie durfte ihn nicht sterben lassen.

Hatte sie schon eine schwierige Nacht mit seiner Pflege verbracht, so war das nichts im Vergleich zu dieser. Es war der reinste Horror.

Im Buch stand, daß die Breiumschläge immer warmgehalten werden mußten. Also machte sie zwei und eilte ständig von der Küche ins Krankenzimmer – hin und her. In seinen Fieberphantasien wurde er von spastischen Anfällen geschüttelt, und sie mußte ihn ruhighalten. Er stöhnte, murmelte Unverständliches, doch manchmal wiederholte er seinen Namen: Jesse.

»Komm, Jesse!« flüsterte sie inbrünstig. »Komm, hilf mir!«

Sie wußte nicht, ob er sie gehört hatte.

»Du darfst jetzt nicht sterben, Jesse, jetzt, wo es dir schon so gutging.« Er bewegte sich hektisch im Delirium, und sie warf sich auf ihn, um ihn mit ihrem Körpergewicht ruhigzustellen. Dabei murmelte sie unbewußt ständig vor sich hin: »Du mußt kämpfen, Jesse. Ich weiß doch, was für ein großer Kämpfer du bist. Kämpfe!«

Und sie kämpfte ebenfalls. Sie kämpfte noch, als sie gar nicht mehr wußte, daß sie kämpfte.

Als sie ohnmächtig wurde, merkte sie es nicht einmal.

5

Am nächsten Morgen hätte Mr. Melcher singen und tanzen mögen, so glücklich war er. Sein Fuß schmerzte kaum noch, deshalb wollte er Miss Abigail eine Freude machen und ohne ihre Hilfe zum Frühstück in die Küche gehen. Als er die Treppe hinunterhumpelte, war es im Haus ungewöhnlich still. Vom Fuß der Treppe aus konnte er die offenstehende Tür des Schlafzimmers sehen, in dem der Zugräuber lag. Der Gedanke, daß dieser Schuft mit Miss Abigail und ihm unter einem Dach schlief, stieß ihn ab, doch wollte er trotzdem schnell einen Blick in das Zimmer werfen, denn er wußte nicht einmal, wie der Mann aussah. Und schließlich mußte er ja später von seinem Abenteuer im *Elysian Club* erzählen.

Als er den Kopf vorsichtig durch die Tür steckte, bekam er einen Schock!

Da lag der Verwundete, aber, abgesehen von seinen Verbänden, völlig nackt. Ein Bein wurde durch Kissen abgestützt, das andere schmiegte sich an den Bauch einer Frau. Sie lag auf der unteren Hälfte des Bettes, ihr Nachthemd war hochgeschoben, und ihre Füße baumelten zwischen den Gitterstäben herunter. Ihr Kopf lag fast neben seiner Hüfte, und der Mann hatte seine Finger in ihrem dichten Haar vergraben. Diese Hure!

Und in welchem Zustand sie war! Ihr Nachthemd schmutzig, ebenso ihre Füße und Hände.

Wie es diesem Kerl gelungen war, die Frau in sein Bett zu locken, blieb Mr. Melcher unverständlich. Aber Miss Abigail würde durch solch einen Anblick mehr als schockiert sein!

In diesem Augenblick bewegte sich der Mann und murmelte

etwas Unverständliches. Die Frau tauchte aus ihrem tiefen Schlaf auf und seufzte, dann murmelte sie: »Bleib ruhig liegen, Jesse.«

Daraufhin preßte sie sich gegen sein langes, nacktes Bein und drehte den Kopf um.

»Bist du das, Abbie«, murmelte er mit geschlossenen Augen.

»Ja, Jesse. Ich bin's. Schlaf jetzt wieder.«

Er seufzte und fing dann leise an zu schnarchen. Bald atmete auch sie wieder tief und regelmäßig. Entsetzt kehrte David Melcher in sein Zimmer zurück.

Während der folgenden Tage hatte er immer wieder dieses Bild vor Augen, wenn er in Miss Abigails Garten saß. Er hätte gern eine Erklärung für ihr Verhalten gehabt, wagte aber nicht, sie danach zu fragen. Seine Eifersucht wurde heftiger, denn sie verbrachte die meiste Zeit mit dem Verbrecher, der sich nur langsam erholte. David haßte diesen Mann aus tiefstem Herzen, denn er hatte ihn nicht nur verstümmelt, sondern ihm das Glück seines Lebens geraubt. Von nun an würde er humpeln, ein Krüppel sein, und diese Tatsache untergrub sein Selbstbewußtsein, denn er glaubte, daß ihn nun keine Frau mehr attraktiv finden würde.

Miss Abigail konnte sich seine plötzliche Reserviertheit nicht erklären. Sie sehnte sich nach seinen Küssen, sie wünschte, er würde sie wieder aufmuntern, aber er tat es nicht. David schien wieder vollständig hergestellt zu sein, und sie bangte dem Tag entgegen, da er sie endgültig verlassen würde. Sie überschüttete ihn mit kleinen Aufmerksamkeiten, er dankte ihr dafür höflich, machte ihr aber keine Komplimente mehr wie früher.

Nachdem Doc Dougherty befohlen hatte, das Laudanum abzusetzen, erwachte Jesse an einem sonnigen Morgen. Er fühlte sich schwach, war aber hungrig wie ein Wolf und wunderte sich, noch immer am Leben zu sein. Als er seine Glieder bewegte, taten sie weh, doch die bohrenden Schmerzen hatten nachgelassen. Aus der Küche drangen Stimmen zu ihm, und ihm fiel ein, daß dieser andere Mann hier im Haus lebte, mit dem er den Schußwechsel gehabt hatte. Dann fragte er sich, wie viele Tage er wohl bewußtlos gewesen war. Er hörte sie nicht kommen und wußte trotzdem, daß sie in der Tür stand. Er drehte langsam den Kopf und sah sie an. Sie betrachtete ihn, und all ihre frühere Feindseligkeit war aus ihrem Gesicht verschwunden.

»Sie haben es also geschafft«, sagte sie ruhig.

Er erwiderte ihren Blick. »Ja, das habe ich.« Sanft fügte er hinzu: »Kommen Sie zu mir.«

Zuerst zögerte sie, dann trat sie langsam an sein Bett.

»Hatten Sie viel Arbeit mit mir?« fragte er mit schiefem Lächeln.

»Genug.«

Er streckte einen Arm aus, zog sie am Rock näher zu sich heran und streichelte kühn ihre Hinterbacken. »Ich bin Ihnen wohl einiges schuldig.« Jesse hatte das schon mit Dutzenden von Frauen gemacht, aber zu Miss Abigails Pech hatte er diesmal den falschen Augenblick gewählt, denn gerade in diesem Moment erschien David Melcher – angelockt durch ihre Stimmen – in der Tür.

Er wurde puterrot und bemerkte trocken: »Nun ... nun ...«

Miss Abigail erstarrte in hilflosem Entsetzen. Alles war so schnell geschehen. Sie wand sich vor Verlegenheit, aber Jesse hielt sie fest und sagte lässig grinsend: »Ich nehme an, das ist Mr. Melcher, der rächende Held.«

»Besitzen Sie denn überhaupt kein Schamgefühl?« zischte David.

Doch Jesse grinste einfach weiter. »Habe ich welches oder nicht, Abbie? Was meinen Sie dazu?«

»Ach, Sie nennen Miss McKenzie jetzt schon beim Vornamen?« gab der empörte David zurück, während es ihr endlich gelang, sich aus Jesses Griff zu befreien.

»Der Schein trügt«, flehte sie David an.

»Ja, so ist es«, sagte Jesse spöttisch. Er genoß Melchers Unbehagen, aber Miss Abigail drehte sich wutschnaubend zu ihm um.

»Halten Sie den Mund!« fuhr sie ihn an, die kleinen Hände zu Fäusten geballt.

David bedachte die beiden mit einem vernichtenden Blick. »Das ist das zweite Mal, daß ich Sie in einer derart ... derart kompromittierenden Situation vorfinde«, sagte er anklagend.

»Das zweite Mal! Was reden Sie da? Ich habe niemals ...«

»Ich habe Sie *gesehen*, Miss Abigail! An ihn geschmiegt, und Ihre Hand ruhte auf ...« Er schwieg abrupt, unfähig weiterzureden.

»Sie lügen!« rief Miss Abigail. Jetzt hatte sie die Hände in die Hüften gestemmt.

»Wie denn, Abbie«, mischte sich Jesse ein, »erinnerst du dich nicht an die Nächte ...« Sie wollte sich auf ihn stürzen; ihre Augen sprühten Flammen.

»Ich wäre Ihnen dankbar, wenn Sie Ihr Schandmaul halten würden, Mister ... wie auch immer Sie heißen!«

»Im Schlaf nannten Sie ihn Jesse«, erklärte David.

»Im Schlaf?« Sie begriff überhaupt nichts mehr. Jesse lächelte nur, er genoß die Szene.

»Ich hielt Sie für eine Lady. Was für ein Narr ich doch war«, sagte Melcher verächtlich.

»Ich habe nie getan, was Sie da andeuten. Niemals!«

»Ach? Und was taten Sie dann? Wissen Sie nicht mehr, in welchem Zustand Sie waren?«

Daran konnte sie sich nur zu gut erinnern. Barfuß war sie zu Docs Haus gelaufen, und sie hatte sich an einem glühenden Stück Kohle verbrannt.

»Er war bewußtlos und hatte Wundbrand. Ich wollte Doctor Dougherty holen.«

»So? Ich kann mich nicht erinnern, daß der Doc in jener Nacht gekommen ist.«

»Nein. Er kam auch nicht. Er war nicht zu Hause, deshalb mußte ich Jesse – ich meine Mr. Cameron – so gut behandeln, wie es eben ging.«

»Sie haben ihm wohl nicht nur Umschläge gemacht«, warf David ihr vor.

»Aber ich ...«

»Sparen Sie sich Ihre Erklärungen für jemanden, der sie glaubt, *Miss* McKenzie.«

Sie war blaß geworden und preßte die Hände zusammen, damit man das Zittern nicht sah.

»Ich denke, es ist besser, Sie gehen, Mr. Melcher«, sagte sie ruhig.

Ein Muskel zuckte in seinem Gesicht, als er sie so gefaßt dastehen sah.

»Ja, das ist wohl das Beste«, stimmte er zu und ging in sein Zimmer. Schweren Herzens packte er seine Sachen zusammen. Als er hinunterkam, stand sie im Wohnzimmer und wartete auf ihn. Ihren Kummer ließ sie sich nicht anmerken.

»Ich habe keine Schuhe«, sagte er bedrückt.

»Sie können Vaters Sandalen anziehen, bis Sie sich neue gekauft haben.«

»Miss Abigail, ich ...« Er schluckte. »Vielleicht war ich voreilig.«

»Ja, vielleicht waren Sie das«, entgegnete sie unversöhnlich. Er humpelte zur Tür und öffnete sie. Instinktiv streckte sie die Hand nach ihm aus. »Sie ...« Er drehte sich um, und sie zog die Hand zurück. »Sie können einen von Vaters Spazierstöcken nehmen. Behalten Sie ihn.«

Er wählte einen Stock aus dem Schirmständer, sah sie betrübt an und sagte: »Es tut mir sehr leid.« Sie wäre gern auf ihn zugegangen und hätte gesagt: »Das alles ist ein Mißverständnis. Bleiben Sie. Ich kann Ihnen alles erklären. Wir trinken ein Glas Limonade im Garten. Mir tut es auch so leid.« Aber ihr Stolz hielt sie davon ab. Er drehte sich um und humpelte davon.

Sie sah ihm nach, bis er um eine Ecke verschwand. Er war ein höflicher, wohlerzogener Mann – ein wahrer Gentleman. Diese Eigenschaften hatte sie geschätzt, doch nun konnte sie alle ihre Hoffnungen begraben. Es würde keine Limonade im Garten mehr geben und auch keine feinen Schuhe, die ihr bewiesen, daß er noch immer an sie dachte. Ihr blieben nur die stillen Nachmittage beim Unkrautjäten im Garten und die Abende mit der Lektüre von Gedichten. Womit habe ich das verdient? dachte sie schmerzlich. Ich habe doch nur einem Gesetzlosen das Leben gerettet.

Da ertönte auch schon seine Stimme, laut und klar, als könne er ihre Gedanken lesen. »Abbie?«

Wie konnte einen ein einziges Wort nur derart wütend machen?

»Hier gibt es niemanden dieses Namens!« explodierte sie und wischte sich eine Träne ab.

»Abbie, kommen Sie doch«, rief er, diesmal noch lauter.

Sie wünschte, sie könnte ihm eine Mistgabel in die Kehle rammen, um ihn zum Schweigen zu bringen! Doch sie schenkte ihm keine Beachtung und ging in die Küche.

»Abbie!« rief er nach ein paar Minuten wieder, laut und ungeduldig. Sie arbeitete jedoch weiter und genoß es, ihn zu ignorieren, denn sie wurde von einem momentanen Haß verzehrt.

»Verdammt noch mal, Abbie! Kommen Sie jetzt endlich?«

Sie zuckte zusammen, schwor sich aber, nicht auf sein widerliches Spiel einzugehen. Sie konnte ihm nicht verzeihen, was er getan hatte. Sie reagierte nicht auf seine Rufe, bis er schließlich mit höchster Wut schrie: »Miss Abigail, wenn Sie nicht sofort kommen, pisse ich Ihr lilienweißes Bett voll!«

Entsetzt holte sie die Bettpfanne und rannte. »Wagen Sie es!« rief sie und warf ihm die Bettpfanne von der Tür aus zu. Sie landete mit einem Klirren auf seinem gesunden Knie. Miss Abigail war verschwunden, ehe er mit seinen wüsten Beschimpfungen aufhörte.

Sie zitterte, denn sie wußte, daß sie die Situation nur verschlimmert hatte. Wahrscheinlich hätte sie das Ding nicht werfen dürfen, aber er verdiente es, und mehr. Sie hätte es ihm voll an den Kopf werfen sollen! Sie preßte die Hände auf ihre Wangen. Was habe ich nur für Gedanken? Er macht aus mir dasselbe barbarische Geschöpf, wie er eins ist. Ich muß mich besser kontrollieren, mich zusammenreißen. Ich muß ihn so schnell wie möglich loswerden. Aber bis dahin muß ich mein Temperament zügeln. Als sie wieder sein Zimmer betrat, hatte sie sich völlig unter Kontrolle und sprach mit kalter Verachtung.

»Sir, ich schlage vor, daß wir für die Dauer Ihrer Rekonvaleszenz einen Waffenstillstand schließen. Ihre Genesung liegt mir am Herzen, aber Ihre Feindseligkeit kann ich nicht vertragen.«

»Meine Feindseligkeit? Zuerst schießt mich dieser ... dieser *Dummkopf* nieder, obwohl ich gar nichts getan habe, dann muß ich mich von einer Frau quälen lassen, die mich am Bettpfosten festbindet und mir keine Bettpfanne gibt, wenn ich dringend eine brauche! Lady, Sie reden von Feindseligkeit. Ich habe eine Menge davon, einen schier unerschöpflichen Vorrat!«

Sein Geschimpfe ging ihr auf die Nerven, sie ließ sich aber nichts anmerken, sondern schnurrte: »Wie ich sehe, haben Sie den vollen Gebrauch Ihrer Stimmbänder wiedererlangt.«

Ihre Arroganz machte ihn noch wütender, und er bellte noch lauter. »Verdammt noch mal, das habe ich!«

Ihre Augen wurden schmal. »Ich verbitte mir diesen Ton in meinem Haus«, sagte sie mit schmalen Lippen.

»Das ist mir scheißegal!« brüllte er.

»Sie führen sich wie ein Verrückter auf.« Allmählich beruhigte er sich. Da sagte sie gelassen und in gewählten Worten: »Ich muß Sie bitten, Sir, mich nicht so vertraulich anzureden. Ich bin Miss Abigail für Sie, sonst nichts. Und ich werde Sie mit Ihrem Familiennamen anreden, wenn Sie die Güte hätten, ihn mir zu sagen.«

»Den Teufel habe ich.«

Wie leicht er sie aus der Fassung bringen konnte!

Dann fragte er: »Warum nennen Sie mich nicht weiterhin Jesse? So heiße ich. Wie begierig Sie waren, meinen Namen zu erfahren, als Sie glaubten, ich würde sterben!«

»Ja. Damit wir etwas auf Ihren Grabstein schreiben konnten«, sagte sie blasiert.

Unerwarteterweise grinste er. »Jetzt werden Sie ihn nie erfahren.«

Sie drehte schnell den Kopf zur Seite, damit er ihr Lächeln nicht sehen konnte.

»Bitte, können wir diesen Streit nicht beenden?«

»Warum nicht, verdammt noch mal? Nennen Sie mich einfach nur Jesse, *Miss* Abigail.«

Sie wünschte, er hätte ihren Namen nicht auf diese Weise ausgesprochen. Er war der irritierendste Mann, den sie je kennengelernt hatte.

»Na schön. Wenn Sie mir Ihren Nachnamen nicht sagen wollen, nenne ich Sie weiterhin Mr. Cameron. Daran habe ich mich bereits gewöhnt. Wenn Sie aber immer noch diese unflätigen Ausdrücke gebrauchen, werden wir nicht miteinander auskommen. Ich wäre Ihnen sehr verbunden, wenn Sie Ihre Zunge im Zaum hielten.«

»Meine Zunge läßt sich nicht leicht im Zaum halten. Das habe ich meistens nicht nötig.«

»Das ist offensichtlich. Doch sollten wir jetzt aus dieser Situation nicht das Beste machen?«

Er erwog ihre Worte, diese geschraubte Redeweise. Ihre zur Schau gestellte Arroganz reizte ihn ständig, sie zu ärgern.

»Wollen Sie mich wieder mit einem Ihrer abscheulichen Getränke vergiften?«

»Sie haben wohl heute morgen zur Genüge bewiesen, daß Sie das nicht mehr brauchen.«

»In diesem Fall stimme ich unserem Waffenstillstand zu, Miss Abigail.« Damit schien sich die Spannung etwas gelegt zu haben.

Sie ging zum Erkerfenster und öffnete es. »Es riecht nicht gut hier. Und Sie stinken genauso wie das Bettzeug. Ich muß Sie waschen und die Laken wechseln.«

»Na, na, Miss Abigail! Und wer hütet seine Zunge jetzt nicht?«

»Ich wollte damit nur sagen, daß Sie sicher ein Bad schätzen, Sir. Aber wenn Sie lieber in Ihren eigenen Ausdünstungen liegenbleiben, kann ich mir viel Mühe sparen.« Jetzt wußte er, daß sie immer hochtrabend daherredete, wenn ihr etwas peinlich war. Und es machte ihm Spaß, sie noch mehr in Verwirrung zu bringen.

»Wollen Sie mich etwa ganz waschen? Ich bin doch nackt.« Er zog das Bettuch in gespielter Scheu bis unter sein Kinn.

Sie warf ihm einen vernichtenden Blick zu und sagte bestimmt: »Ich habe es schon getan – und ich kann es wieder tun.«

Er hob überrascht die Brauen. »Sie haben es schon getan!« Er zog das Bettuch wieder runter, bis zu seinem Nabel. »Na, dann . . .«, sagte er schleppend, streckte sich und kratzte sich am Kopf.

Sie ging und kam kurz darauf mit den nötigen Utensilien wieder. Er beobachtete, wie sie ihre Ärmel aufrollte, und dachte: Ah, endlich kann ich die nackten Arme der Lady sehen. Er schätzte sie richtig ein. Ihre Tugendhaftigkeit grenzte schon an Fanatismus, und er konnte sich nicht vorstellen, wie sie ihre Aufgabe erledigen wollte. Er hingegen genoß die Situation.

Sie hatte sehr zarte Hände, doch ein paar Minuten später hatte sie ihn auf ein Wachstuch gebettet – er wußte nicht, wie. Er mußte sich eingestehen, daß sie äußerst kompetent war, und seine Achtung vor ihr wuchs.

»Nun, da wir doch einen Waffenstillstand geschlossen haben, sagen Sie mir vielleicht, warum Sie mich Cameron nennen«, sagte er, während sie ihn wusch.

»Als sie das erste Mal aus Ihrer Bewußtlosigkeit erwachten,

fragte ich Sie nach Ihrem Namen, und Sie antworteten ›Mike Cameron‹.«

Er versuchte sich zu erinnern und mußte plötzlich lachen. »Ich sagte nicht ›Mike Cameron‹, sondern ›meine Kamera‹.«

Er sah sich im Zimmer um. »Übrigens, wo ist sie eigentlich?«

»Wo ist was?«

»Meine Kamera.«

»Kamera?« Sie sah ihn zweifelnd an. »Sie haben Ihre Kamera verloren und glauben, *ich* wüßte, wo sie ist?«

»Ja, wissen Sie es denn nicht?« fragte er spöttisch.

Sie entgegnete trocken: »Glauben Sie mir, Mr. Cameron, bei Ihnen konnte ich keine Kamera finden ... nirgendwo.« Die Worte waren ihr ganz gegen ihren Willen entschlüpft, und sie bedauerte sie sofort.

»Schämen Sie sich, Miss Abigail«, sagte er und grinste, weil sie rot wurde. Doch der Verlust seiner Ausrüstung machte ihm Sorgen. »Eine Kamera und die dazugehörigen Platten brauchen viel Platz. Was ist damit passiert?« fragte er. »Und mit meiner Reisetasche? Wo ist das alles?«

»Ich weiß nicht, wovon Sie reden. Sie wurden, so wie Sie jetzt sind, zu mir gebracht, Sir. Und niemand hat je eine Kamera erwähnt. Heben Sie bitte den Arm.«

Er tat, wie ihm geheißen, während sie seinen Arm schrubbte. »Irgendwo muß das Zeug doch sein. Hat es niemand aus dem Zug mitgebracht?« Sie spülte die Seife von seinem Arm.

»Das einzige, was aus dem Zug getragen wurde, waren Sie, Mr. Melcher und sein Koffer. Normalerweise tragen Diebe keine Kameras mit sich herum. Sagen Sie mir doch, Sir, was macht ein Verbrecher mit einer Kamera?« Sie sah ihm in die Augen und fragte sich, welche Lüge er ihr jetzt auftischen würde.

Dieser Herausforderung konnte er nicht widerstehen. »Er macht Fotos von seinen Opfern, zur Erinnerung. Vor allem, wenn sie tot sind«, entgegnete er grinsend und freute sich über ihr Entsetzen.

»Das ist nicht im entferntesten lustig, Mr. Cameron«, fuhr sie ihn an und schrubbte ihn plötzlich viel zu fest.

»Au! Immer langsam! Schließlich bin ich Rekonvaleszent.«

»Daran brauchen Sie mich nicht zu erinnern«, sagte sie säuerlich.

Er entgegnete obenhin im Plauderton: »Da Sie mir nicht glauben, was ich Ihnen über meine Kamera erzähle, brauche ich auch nicht näher auf das Thema einzugehen. Sie halten mich ja für einen Zugräuber ...« Seine Stimme wurde ein paar Oktaven höher. »Au! habe ich gesagt. Wissen Sie nicht, was das bedeutet, Weib?«

»Nennen Sie mich nicht Weib!«

»Warum nicht? Sind Sie denn keins?« Sie hatte aufgehört, ihn abzutrocknen, denn er hielt ihre Hand fest. Ihr Herz klopfte wild, und Panik überfiel sie. Sie sah ihm in die dunklen Augen, die sie so intensiv anblickten, daß sie erschrak.

»Für Sie nicht«, antwortete sie steif und befreite ihre Hand. Irgend etwas Undefinierbares war zwischen ihnen geschehen, während er ihre Hand festgehalten hatte. Sie wusch nun sein rechtes Bein, und beide schwiegen. Sie trocknete gerade seinen Fuß ab, als er fragte: »Und sind Sie es für Melcher?«

Ihr Kopf fuhr in die Höhe. »Was?«

»Ein Weib. Sind Sie Melchers Weib?«

Er hatte den falschen Zeitpunkt gewählt. Sie ließ sein Bein unsanft auf das Kissen fallen. Er stöhnte vor Schmerz auf, aber sie stand mit zornblitzenden Augen da.

»Haben Sie Mr. Melcher betreffend nicht schon genug Unheil angerichtet? Er ist ein Gentleman – aber das ist wohl ein Fremdwort für Sie. Sind Sie zufrieden, wenn ich Ihnen erzähle, daß ich ihn Ihretwegen verloren habe?«

Sein Bein schmerzte jetzt teuflisch, und sein Gesicht war verzerrt, aber sie hatte kein Mitleid. Wieviel konnte sie sich noch von ihm bieten lassen?

»Wenn er ein Gentleman ist, warum haben Sie ihn dann vor die Tür gesetzt?«

Ihr Mund zuckte, und sie warf das Handtuch mit solcher Heftigkeit in die Waschschüssel, daß das Wasser hoch aufspritzte und alles naß machte. Sie drehte sich wortlos um und ging. »He, warten Sie! Sie sind noch nicht fertig!«

»Sie haben eine gesunde Hand, Sir. Gebrauchen Sie sie!«

»Aber was soll ich mit der Seife machen?«

»Warum waschen Sie sich nicht den Mund damit aus? Das hätte Ihre Mutter schon vor Jahren tun sollen!«

Er schlug mit der Faust auf die Matratze und schrie mit aller Kraft: »Komm sofort zurück, du Schlange!«

Aber sie kam nicht zurück, und er mußte sich mühsam abtrocknen. Dann sank er erschöpft zurück.

Miss Abigail trat aus ihrem Haus und schlug die Tür hinter sich zu wie noch nie in ihrem Leben. Sie stapfte wie ein Soldat die Treppe hinunter und dachte: *Ich kann mit diesem Monster keine Sekunde länger unter einem Dach leben!* Niemand hatte jemals eine derartige Wut in ihr entfacht. Sie stand im Schatten ihres Lindenbaums und sehnte sich nach der früheren Ruhe in ihrem Leben zurück. Nicht einmal der Anblick der Blumenpracht in ihrem Garten konnte sie heute besänftigen. Sie wußte nicht, wie sie diesen ungehobelten Kerl ertragen sollte, bis es ihm gut genug ging, daß er ihr Haus verlassen konnte.

Und schlimmer noch: Dieser Mann flößte ihr Schuldgefühle ein, denn sie hatte sich ganz gegen ihre sonstige Gewohnheit gehenlassen und ihn nicht so gepflegt, wie es sich für eine Krankenschwester gehörte. Der Gedanke daran ließ sie noch jetzt erröten.

Doch nicht einmal im Garten hatte sie vor ihm Ruhe. Seine Stimme erreichte sie, laut und fordernd.

»Miss Abigail, werden Sie dafür bezahlt, daß Sie nur halbe Arbeit leisten? Wo bleibt mein Frühstück?«

Oh, diese Pest! Er stellte auch noch Forderungen! Sie wünschte, er würde Hungers sterben. Aber sie war in eine Falle gegangen, die sie sich selbst gestellt hatte. Ihr blieb nichts anderes übrig, als sich zusammenzureißen, in die Küche zu gehen und ihm etwas zu essen zu machen.

Als sie mit dem Tablett ins Schlafzimmer kam, sah er sofort, daß keine Serviette wie vorher darauf lag.

»Ach, werde ich jetzt schlechter behandelt?«

»Denken Sie an unser Abkommen, Sir. Sie wollten essen. Ich bringe Ihnen Essen. Wollen Sie den ganzen Morgen hier liegen und stänkern?«

»Es kommt ganz darauf an, womit Sie mich diesmal vergiften wollen.«

Sie schwieg, brachte ein Kissen, um den Kopf dieses schwarzen Teufels zu stützen, obwohl sie es ihm am liebsten ins Gesicht geschleudert hätte. Er mußte diesen Gedanken erraten haben, denn er beobachtete sie argwöhnisch, während sie ihm eine Serviette umlegte und den Löffel zur Hand nahm.

»Möchten Sie vielleicht allein essen?«

»Nein, das geht nicht. Ich liege zu flach. Außerdem füttern Sie mich doch so gern, *Miss* Abigail.« Er grinste. »Was ist das für Zeug?«

»Das . . . *Zeug* ist Rindfleischbrühe.«

»Wollen Sie mich verhungern lassen?« fragte er in diesem entsetzlich spöttischen Ton, der sie noch mehr aufregte als seine Aggressivität.

»Später bekommen Sie etwas anderes, aber jetzt nur Brühe mit einem verquirlten Ei.«

»Wundervoll.« Er zog eine Grimasse. Nachdem er ein paar Löffel voll geschluckt hatte, fragte er: »Reden Sie eigentlich jemals wie andere Leute, Miss Abigail?«

Er wollte sie also wieder ärgern. »Ist etwas falsch an meiner Art zu reden?«

»Nein, gar nichts. Sie könnten sich nur einfacher ausdrükken.«

Sie errötete, denn sie war immer stolz auf ihre literarische Bildung gewesen und fand diese neue Kritik unfair. Er hielt ihr Handgelenk fest.

»Miss Abigail, warum geben Sie nicht manchmal nach?«
fragte er, doch diesmal ohne jeden Spott.

»Mr. Cameron, ich habe Ihnen mehr als einmal nachgege-
ben. Sie haben mich dazu gebracht, daß ich zornig wurde,
meine Geduld verlor, wie ein Fischweib keifte und noch
mehr. Ich versichere Ihnen, daß das sonst nicht meine Art ist.
Ich bin ein kultivierter Mensch und hoffe, man merkt es an
meiner Ausdrucksweise. Sie greifen mich ständig an, und es
gibt keinen Grund für diese neuerliche Attacke. Wollen Sie
mir diesen Löffel wieder aus der Hand schlagen?«

»Nein ... nein, das nicht«, entgegnete er ruhig, aber er ließ
sie auch nicht los. »Aber Sie wirken viel aufrichtiger, wenn
Sie zornig oder ungeduldig sind und mich anschreien. Warum tun Sie das nicht öfter? Mir macht es nichts aus.«

Sie sah ihn überrascht an und löste ihre Hand aus seinem
Griff.

»Essen Sie Ihre Suppe.« Gehorsam öffnete er den Mund.

»Das ist so schleimig.«

»Ja, nicht wahr?« stimmte sie fröhlich zu. »Aber die Suppe
wird Ihnen Kraft geben, und je schneller Sie wieder auf die
Beine kommen, um so schneller werde ich Sie los. Deshalb
werde ich Sie jetzt außerordentlich gut versorgen. Nach dem
Frühstück gehe ich zu Mr. Fields Laden und kaufe Leinsamen, um daraus Breiumschläge zu machen. Das fördert den
Heilungsprozeß.«

Miss Abigail gefiel Jesse immer besser. Sie hatte eine spitze
Zunge – was ihm gefiel – und vor allem Sinn für Humor,
wenn sie das vielleicht auch nicht wußte. Wenn sie nur nicht
so prüde wäre, dachte er, könnte sie fast menschlich sein. Und
das Frühstück war letzten Endes so schlecht nicht gewesen.

»Oh«, sagte er, »nur eins noch, ehe Sie gehen. Wie wär's mit
einer Rasur?«

Sie sah aus, als hätte sie gerade eine Kröte verschluckt.

»Das ... das eilt doch nicht, oder?« Plötzlich wurde sie
nervös. »Ihr Bart ist jetzt ein paar Tage alt. Da machen ein

paar Stunden doch nichts aus.« Er rieb sein Kinn, und sie hielt den Atem an. Ihr wurde schwindelig. Aber ihr wurde ein Aufschub gewährt, denn er ließ die Hand sinken. Sie schien es eilig zu haben, das Haus zu verlassen. »Nun ... Sie können sich während meiner Abwesenheit ausruhen, und ...«

»Gehen Sie nur.« Er winkte in Richtung Tür und wunderte sich über ihre plötzliche Nervosität.

Während ihres Ausgangs machte sich Miss Abigail ständig Sorgen über den nicht mehr vorhandenen Schnurrbart.

Durch das Erkerfenster konnte Jesse sie die Straße überqueren sehen, aufrecht, mit Hut und Handschuhen angetan schritt sie einher. Eine solche Frau hatte er noch nie kennengelernt, und es reizte ihn, sie aus der Fassung zu bringen. Als sie aus seinem Blickfeld verschwunden war, dachte er über andere Dinge nach und fragte sich, ob man seine Kamera und Ausrüstung in Rockwell – am Ende der Eisenbahnlinie – gefunden hatte. Dann wäre sicher Jim Hudson, sein Freund, benachrichtigt worden, und Jim würde sich früher oder später mit ihm in Verbindung setzen.

Ein Klopfen an der Tür unterbrach Jesses Gedanken. »Kommen Sie rein!« rief er. Der Mann, der sein Zimmer betrat, war klein und gedrungen, lächelte aber breit. Zur Erklärung seines Besuchs schwang er die Arzttasche.

»Ich bin Cleveland Dougherty, hier aber besser als Doc bekannt. Wie geht's Ihnen, Junge? Sie sehen lebendiger aus, als ich je vermutet hätte.«

Jesse mochte ihn sofort. »Diese Frau hat mich aus reiner Halsstarrigkeit nicht sterben lassen.«

Der Doc brach in schallendes Gelächter aus, sein Patient hatte Miss Abigail durchschaut. »Abigail? Nun, Abigail ist schon in Ordnung. Sie haben verdammtes Glück gehabt, daß sie Sie pflegt. Das könnte sonst niemand hier in der Stadt.«

»Da haben Sie wohl recht.«

»Sie waren in übler Verfassung, als wir Sie aus dem Zug

holten. Von Ihrer Kleidung sind nur noch das Hemd und die Stiefel übrig. Und ich glaube, das hier gehört Ihnen auch.« Der Doc holte einen Revolver aus seiner Tasche und wog ihn in der Hand, während er mit zusammengezogenen Brauen den Mann im Bett musterte. »Natürlich ist er nicht geladen«, sagte er mit Nachdruck. Und dann, als wäre das Thema damit erledigt, warf er die Waffe aufs Bett.

»Legen Sie doch mein Hemd und die Stiefel unters Bett«, sagte Jesse. »Auf diese Weise entsteht in Miss Abigails Haus keine Unordnung.«

»Sie kennen Sie wohl schon, wie? Wo ist sie denn?«

»Sie macht eine Besorgung beim Krämer.« Es gelang ihm, exakt ihren Tonfall nachzuahmen.

»Na, sogar sprechen können Sie schon wie Abigail«, sagte der Doc und kicherte. »Und was will sie dort?«

»Leinsamen für einen Breiumschlag kaufen.«

»Das hört sich ganz nach ihr an. Nun wollen wir mal sehen, was sie für Sie getan hat.« Der Doc hob die Decke und sah, daß die Wunde gut heilte. Er war überrascht. »Ich hätte geschworen, daß Sie Ihr Bein wegen dieses Gangräns verlieren würden, so wie es vor ein paar Tagen aussah. Wie es scheint, verdanken Sie Miss Abigail Ihr Leben, mein Junge, oder wenigstens hat sie Ihr Bein gerettet.«

»Wie ich hörte, haben Sie mich zuerst operiert. Außerdem soll ich den Zug überfallen haben, deswegen hätten mich einige Männer hier wohl lieber verrecken lassen.«

»Ja, einige schon. Aber wir sind nicht alle so. Ach ... wie heißen Sie eigentlich?«

»Nennen Sie mich einfach Jesse.«

»Nun, Jesse, ich glaube, ein Mann hat immer ein Recht auf ärztliche Versorgung, dann kann man ihn immer noch vor Gericht stellen.«

»Vor Gericht?«

»Natürlich. Wenn man bedenkt, unter welchen Umständen Sie zu uns in die Stadt kamen. Manche Leute waren gar nicht damit einverstanden, Sie zu versorgen.«

»Und Miss Abigail hatte nichts dagegen?«

»Nein. Sie bot sich als einzige an, euch beide zu pflegen. Das hat die anderen ziemlich beschämt, vor allem, wenn man bedenkt, welch untadeligen Ruf sie hier genießt.«

»War sie denn nie verheiratet?«

»Nein. Nur verlobt. Doch der Mann verließ sie, als ihr Vater krank wurde und sie ihn pflegen mußte. Sie hat sich nie irgendeiner Verantwortung entzogen. Manche halten sie für etwas hochnäsig, aber das muß man ihr nachsehen, wenn man bedenkt, wieviel sie jahrelang durchgemacht hat. Schon aus diesem Grund müssen Sie sie mit dem nötigen Respekt behandeln.«

»Das werde ich. Ich gebe Ihnen mein Wort darauf. Und ach, Doc, könnten Sie mal nach meiner Hand sehen?«

Doc Dougherty sagte, die Hand sei nur gequetscht, und erteilte dann Ratschläge. »Sie genesen schnell, dank Miss Abigails Pflege, aber Sie sollten nichts überstürzen. Morgen setzen Sie sich im Bett auf, aber nicht mehr. Ende der Woche können Sie ein paar Schritte machen. Aber keine Überanstrengung.«

Jesse lächelte und nickte. Er konnte den Doc immer besser leiden. Als der seine Tasche zuklappte und gehen wollte, fragte er: »Doc?«

»Ja?«

»Was ist eigentlich mit diesem Melcher?«

»Ich habe mich schon gewundert, warum Sie nicht nach ihm gefragt haben.« Der Doc sah, daß sich Jesses Gesicht verfinstert hatte. »Er reist wohl heute ab, denn er hat eine Fahrkarte für den Nachmittagszug nach Denver gekauft. Wußten Sie, daß Sie ihm den großen Zeh weggeschossen haben?«

»Ja.«

»Für den Rest seines Lebens wird er wohl humpeln. Das ist wohl Grund genug, um einen Prozeß anzustrengen, wie?«

»Verzeihen Sie, aber deswegen kann ich kaum Schuldgefühle entwickeln«, sagte Jesse mit gewisser Bitterkeit. »Schauen Sie doch mal, wie er mich zugerichtet hat!«

»Das zählt wohl kaum – denn Sie sind der Bösewicht, und er ist der Held.«

Seltsam, aber auch diese offenen Worte des Doc machten Jesse nichts aus. Die beiden musterten sich in schweigendem gegenseitigen Einverständnis.

»Richten Sie Miss Abigail aus, daß ich komme, sollte sie mich brauchen. Aber ich glaube nicht, daß es nötig ist.«

»Danke, Doc.«

Der Doc drehte sich an der Tür um und sagte: »Danken Sie Miss Abigail. Sie ist es, die Ihnen das Leben gerettet hat.« Dann war er gegangen.

Jesse dachte über das nach, was Doc Dougherty ihm erzählt hatte, und versuchte, sich eine junge und lebhafte Miss Abigail vorzustellen, der ein Verehrer den Hof machte, aber es gelang ihm nicht. Das Bild, wie sie ihren kranken Vater pflegte, war viel wahrscheinlicher. Er fragte sich, wie alt sie war, und schätzte sie auf ungefähr dreißig. Doch durch ihre Haltung und ihr Gebaren wirkte sie älter.

Dann verwischte sich dieses Bild, und er sah sie wieder schemenhaft vor sich, wie sie in jener Nacht um sein Leben gekämpft hatte, völlig aufgelöst und ihn anflehend, nicht aufzugeben. Wie intensiv und wahrhaft sie gewesen war, so völlig verschieden von dem Gebaren kühler Zurückhaltung, das sie normalerweise an den Tag legte. Diese beiden Bilder paßten einfach nicht zusammen. Aber Doc Dougherty hatte gesagt, er verdanke ihr sein Leben. Er fühlte sich bei diesem Gedanken nicht wohl, denn sie hatte Jahre damit verbracht, ihren kranken Vater zu pflegen, und nun pflegte sie ihn – und das war allein seine Schuld. Schuldgefühle waren etwas Neues für Jesse. Er beschloß, seine Zunge im Zaum zu halten, denn das war er ihr jetzt wenigstens schuldig.

Aber trotzdem würde ich sie gern necken, dachte er. Es wird mir fehlen. Ja, das wird mir sicher fehlen.

6

Als sie heimging, wußte Miss Abigail, daß sie Jesses Rasur nicht länger aufschieben konnte. Früher oder später mußte er merken, daß sie seinen Schnurrbart abrasiert hatte. Wenn er es nicht bereits gemerkt hatte! Ach, wenn das alles doch schon vorbei wäre. Er würde explodieren, und sie fürchtete seine Zornausbrüche.

»Ich bin zurück«, verkündete sie von der Schlafzimmertür her. Wie gewöhnlich war er überrascht. Wie konnte eine Frau nur derart geräuschlos im Haus umhergehen?

»Aha.«

Halb erleichtert, da er noch nichts gemerkt hatte, betrat sie das Zimmer und zog auf dem Weg zum Spiegel ihre weißen Handschuhe aus. Erstaunlicherweise freute er sich, daß sie wieder da war.

»Und haben Sie Ihren Leinsamen gekauft?« fragte er und beobachtete sie vor dem Spiegel. Sie hatte die Arme gehoben, um die Hutnadel zu entfernen. Wieder bemerkte er, daß sie einen üppigen Busen hatte, der gewöhnlich unter ihren gestärkten Blusen verborgen war, jetzt aber durch die hochgehobenen Arme voll hervortrat.

»Natürlich habe ich das«, sagte sie und drehte sich um. »Und frische Zitronen für eine kühle Limonade.«

Er verbiß sich eine spöttische Bemerkung Melcher betreffend und fragte statt dessen: »Und haben Sie mir Bier mitgebracht?«

»Vorläufig müssen Sie auf alkoholische Exzesse verzichten«, sagte sie pikiert. »Während Ihres Aufenthalts hier werden Sie sich mit Limonaden begnügen müssen.« Er verstand nur, daß sie sich mit ihrer prätentiösen Wortwahl gegen seine verbalen Angriffe wehrte, deshalb stimmte er freundlich zu: »Ich mag Limonade sehr gern, Miss Abigail.«

Sie stand da, mitten im Zimmer, und fühlte sich offensichtlich nicht wohl. Den Grund dafür konnte er nicht erraten. Die leichte Brise durch das offenstehende Fenster bauschte ihren Rock, und sie glättete ihn mit einer bezaubernden mädchenhaften Geste, wobei er sich wieder einmal fragte, wie sie wohl als junges Mädchen gewesen war.

»Ich . . . ich rasiere Sie nun, wenn Sie wollen.« Sie vermied es, ihn anzusehen. Er rieb seine Wange.

»Ich sehe wahrscheinlich wie ein Grizzly aus«, sagte er lächelnd.

»Ja«, sagte sie leise und dachte, und in einer Minute wirst du dich auch wie einer aufführen. »Ich hole heißes Wasser und alles Nötige.«

Sie ging, machte Wasser heiß und suchte nach dem alten Rasierpinsel und Messer ihres Vaters, als seine Stimme aus dem Schlafzimmer brüllend erklang.

»Miss Abigail, bewegen Sie Ihren Arsch hierher, und zwar schnell!«

Sie zuckte zusammen, als hätte er sie in ihr Hinterteil getreten, schloß dann die Augen und zählte bis zehn, aber ehe sie damit fertig war, schrie er wieder: »Miss Abigail . . . jetzt! Sofort!«

Sein insgeheimes Versprechen, nett zu ihr zu sein, hatte er vollkommen vergessen. Sie kam. Die Waschschüssel hielt sie wie ein Schild vor sich.

»Ja, Mr. Cameron«, flüsterte sie.

»Säuseln Sie nicht!« röhrte er. »Wo, zum Teufel, ist mein Schnurrbart geblieben?«

»Nicht mehr da«, piepste sie.

»Das weiß ich. Und wer hat ihn abrasiert?«

»Ich . . . ich . . .«

»Wie können Sie es wagen, Sie . . .« Er war so wütend, daß er nicht weitersprechen konnte, und hatte Angst, sie mit allen möglichen Wörtern zu beschimpfen. »Wer gab Ihnen die Erlaubnis, mich zu rasieren?«

»Ich brauchte keine Erlaubnis dazu. Ich werde dafür bezahlt, daß ich mich um Sie kümmere.«

»Das nennen Sie kümmern?« Er starrte sie mit seinen schwarzen Augen zornig an. »Wahrscheinlich glaubten Sie, wenn Sie mich pflegen, könnten Sie auch mein Aussehen ändern, wie? Das war einmal zuviel des Guten ... hörst du mich, Weib? Einmal zuviel des Guten!«

Obwohl sie vor seinem Zorn zitterte, konnte sie sich diesen Ausbruch nicht bieten lassen. »Sie schreien mich an, und das gefällt mir nicht. Bitte mäßigen Sie sich.« Doch ihre Beherrschtheit schien seine Wut nur noch mehr anzuheizen.

»Oh, mein Gott!« flehte er, »errette mich vor diesem Weib!« Dann starrte er sie böse an. »Was bilden Sie sich eigentlich ein? Mußte der Zugräuber bestraft werden? War es so? Haben Sie mir den Schnurrbart abrasiert, weil ich ein Mann bin? Oh, ich habe Sie erkannt, *Miss* Abigail. Ich habe Ihre Sorte schon früher kennengelernt. Alles Männliche stellt eine Bedrohung für Sie dar, nicht wahr? Nur haben Sie sich den falschen Mann ausgesucht, um Ihre puritanischen Rachegelüste auszutoben. Hörst du mich, Weib? Das wirst du mir teuer bezahlen!«

Miss Abigail stand mit hochrotem Kopf da. Sie war entsetzt, daß er der Wahrheit so nahe gekommen war.

»Vielleicht habe ich voreilig gehandelt«, fing sie an und suchte nach einer Entschuldigung, hauptsächlich um ihn zum Schweigen zu bringen. Er schnaubte nur verächtlich und starrte zur Decke. »Es tut mir leid«, sagte sie. »Hoffentlich fühlen Sie sich jetzt besser.«

»Ich fühle mich kein bißchen besser. Warum haben Sie es überhaupt getan? Hat der Schnurrbart Sie gestört?«

»Er sah schmutzig aus und verlieh Ihnen das Aussehen eines typischen Gesetzlosen.« Dann wurde ihre Stimme merklich sicherer. »Wissen Sie denn nicht, daß die berüchtigtsten Verbrecher alle Schnurrbärte tragen?«

»Ach?« Er hob den Kopf und sah sie an. »Und wie viele kennen Sie?«

»Sie sind der einzige«, antwortete sie lahm.

»Und Sie haben ihn abrasiert, damit ich nicht wie die anderen aussehe?«

Miss Abigail fing an zu stottern. »Ja ... nun ... eigentlich ...«, sagte sie und floh aus dem Zimmer.

Sie kam mit dem Rasierpinsel und dem Messer wieder und schärfte es an einem Lederriemen. Sie schlug Schaum. Als sie sich ihm jedoch näherte, entriß er ihr den Pinsel. »Das mache ich selbst!« befahl er. »Halten Sie den Spiegel! Verdammt, Abbie, Sie hätten mir ebensogut eine andere Nase verpassen können. Der Schnurrbart ist ein Teil des Mannes, und wenn er fehlt, ist er nicht mehr derselbe Mann.« Er klang jetzt sehr verletzt.

»Das habe ich auch gemerkt, sobald ich ihn abrasiert hatte«, gab sie zu. »Es tut mir wirklich leid. Sie gefielen mir auch besser mit Bart.«

»Er wird nachwachsen«, sagte er jetzt besänftigend.

Da wußte sie, daß das Schlimmste vorbei war und er sie nun nicht mehr anschreien würde.

»Ja, das stimmt. Sie haben einen sehr starken Bartwuchs.«

Sie sahen sich eine Weile an, und er begriff, daß sie ihn während seiner Bewußtlosigkeit lange und eingehend betrachtet haben mußte.

»Was für eine gute Beobachterin Sie sind, Miss Abigail. Hier, Sie können jetzt weitermachen.« Er reichte ihr den Rasierpinsel.

»Vertrauen Sie mir denn?«

»Nein. Sollte ich?«

»Mr. Melcher tat es«, log sie und wußte nicht, warum.

»Er sah nicht so aus, als würde ihm ein Bart wachsen.«

»Halten Sie still, sonst schneide ich Ihnen die Nase ab.« Sie kratzte mit dem Messer über seine Wange. »Und die wird nicht nachwachsen wie Ihr Schnurrbart.«

»Bleiben Sie der Oberlippe fern«, warnte er sie. »Rasieren Sie so und dann ...«

»Ich kann mich gut an die Form erinnern, Sir«, unterbrach sie ihn, »und Sie halten schon wieder mein Handgelenk fest.«

»Ja, das tue ich«, grinste er. »Ich nehme Ihnen das Rasiermesser weg und ritze Sie, wenn Sie mir auch nur ein Härchen zuviel abrasieren.« Er ließ sie los und schloß die Augen, während sie die Rasur beendete. Sie erinnert sich also an die Form meines Schnurrbarts? dachte er. Aus irgendeinem Grund gefiel ihm das sehr.

»Miss Abigail?« Sie hatte gerade die Klinge abgespült, sah ihn an. Seine schwarzen Augen funkelten vor boshaftem Vergnügen. »Ich werde mir etwas Passendes ausdenken, um Sie für den Verlust meines Schnurrbarts zu bestrafen.«

»Das werden Sie sicher, Sir. Doch inzwischen wollen wir Limonade trinken, als ob wir die besten Freunde wären, nicht wahr?«

Als sie ihm sein Glas reichte, hatte er Schwierigkeiten mit dem Trinken.

»Hier, nehmen Sie das«, sagte sie und gab ihm einen Strohhalm.

»Wie erfindungsreich Sie sind. Warum konnte ich meine Brühe heute morgen nicht damit trinken? Füttern Sie mich so gern?«

»Ich habe nicht daran gedacht.«

»Ach«, sagte er ungläubig.

»Ich muß arbeiten«, entgegnete sie plötzlich. Sie wollte sich von ihm nicht mehr auf den Arm nehmen lassen.

»Trinken Sie denn keine Limonade? Bringen Sie Ihr Glas her, dann reden wir eine Weile zusammen.«

»Ich bin es müde, mit Ihnen zu reden. Ich wünschte fast, Ihre Stimme wäre nicht zurückgekehrt.«

»Wie grausam von Ihnen. Aber bleiben Sie doch noch ein bißchen.«

Sie zögerte, gab aber dann nach, obwohl sie nicht wußte, warum. Er trank durstig durch seinen Strohhalm. »Ah, das schmeckt fast so gut wie Bier.«

»Das kann ich nicht beurteilen.« Was er ihr gern glaubte.

»Doc Dougherty war während Ihrer Abwesenheit hier.«

»Und wie beurteilt er Ihren Zustand?«

»Viel besser als erwartet. Er sagte mir, ich solle Ihnen danken, weil Sie mir das Leben gerettet haben.«

»Und tun Sie das?« forderte sie ihn heraus.

»Das weiß ich noch nicht. Was haben Sie denn alles getan, um mich zu retten? Ich bin neugierig.«

»Ach, nicht viel. Eine Kompresse hier und ein Breiumschlag da.«

»Warum sind Sie so bescheiden, Miss Abigail? Ich weiß, daß Sie viel, viel mehr taten, um meine alte Karkasse vorm Verrotten zu bewahren.«

Ganz unbewußt betrachtete Miss Abigail ihre beiden Finger, in die er sie gebissen hatte, und rieb mit dem Daumen über die schmalen Narben. Er hatte sie dabei beobachtet.

»Ich brauchte nicht viel zu tun. Sie sind sehr kräftig.«

»Der Doc und ich fragten uns, wie Sie mir Nahrung eingeflößt haben. Sie selbst haben gesagt, ich hätte gegessen. Wie kann ein bewußtloser Mann essen?«

»Nun gut. Ich will es Ihnen erzählen«, sagte sie und berichtete, auf welche Weise sie ihn gefüttert und wie er sie dabei gebissen hatte.

Er fühlte sich sehr beschämt und versuchte wie immer seine Scham durch Frechheit zu übertönen. Also griff er nach ihrer Hand, um die Narben zu betrachten.

»Lassen Sie mich los! Sie schulden mir nichts.«

»Doch. Meine Dankbarkeit. Wie soll ich sie nur ausdrükken?«

»Lassen Sie einfach meine Hand los. Das ist genug.«

»Nein, Miss Abigail. Das ist sicherlich nicht genug. Schließlich wurden Sie zu etwas unorthodoxen Methoden gezwungen, um mein Leben zu retten. Es wäre undankbar, würde ich Ihr Verhalten nicht entsprechend würdigen.« Mit dem Daumen streichelte er sanft über ihre Narben. Ihre Blicke trafen sich, und ein Schauder lief ihr über den Rücken. Sie wollte ihre Hand aus seinem Griff befreien. »Da ich nun keinen störenden Schnurrbart mehr habe, erlauben Sie mir ... mich auf diese Weise zu entschuldigen ...« Dann zog er ganz langsam ihre Hand an seine Lippen und küßte die Narben. Sie wehrte sich nicht mehr, sondern überließ ihm willig ihre Hand. Dann drehte er die Hand um und küßte sanft die Innenseite, wobei er sie zart mit seiner Zunge benetzte. Da zuckte sie zusammen und entriß ihm ihre Hand.

»Ich muß den Verstand verloren haben, Sie in meinem Haus aufzunehmen«, fauchte sie.

»Ich wollte mich nur entschuldigen, weil ich Sie gebissen habe. Glauben Sie mir, es kommt nicht wieder vor.«

»War dies ... Ihre Entschuldigung ... Ihre Form der Rache – dafür, daß ich Ihren Schnurrbart abrasiert habe?«

»O nein, Miss Abigail. Ich lasse Sie wissen, wenn es soweit ist.«

Miss Abigail verstand die versteckte Andeutung, und sie floh, floh vor diesem lächelnden Mund und diesen lächelnden Augen, die eine so große Bedrohung für sie darstellten.

Sie ging nicht mehr ins Schlafzimmer, denn jedesmal, wenn sie sich an den Kuß erinnerte, fing sie an zu zittern, und sie redete sich ein, daß sie vor Zorn zitterte.

Doch mittags mußte sie ihm sein Essen bringen. Sie kochte einen Eintopf und stellte ihm die Schale einfach auf die Brust. Er hatte geschlafen und wachte abrupt auf. »Mein Gott, der Service hier geht aber wirklich den Bach runter«, war alles, was er sagen konnte. Sie war bereits wieder gegangen. Es war ihr egal, wie er diesen Eintopf aß. Sie wünschte, er würde daran ersticken.

»Gibt's noch mehr davon?« brüllte er ein paar Minuten später. Sie hätte sich denken können, daß ein geiler Bock wie er alles runterschlingen würde! Wütend füllte sie seine Schale noch mal und klatschte sie ihm wieder wortlos auf die Brust, während er unverschämt grinste – so als kenne er ein Geheimnis, das ihr unbekannt war.

Nachmittags machte sie Mr. Melchers Zimmer sauber. Das Buch mit den Sonetten lag auf dem Tisch wie der Liebesbrief eines Verehrers, der sie verlassen hatte.

Sie hörte an der Haustür schüchternes Klopfen und ging die Treppe hinunter. Draußen stand Mr. Melcher. Ihr Herz begann zu rasen.

»Sie sind es, Mr. Melcher?«

»Ja ... hm ... ich bin gekommen, um Ihnen die Sandalen Ihres Vaters zurückzubringen.«

»Ja ... ja ... natürlich. Danke.«

»Ich fürchte, ich habe Ihnen viel Ärger gemacht.«

»Nein, überhaupt nicht.«

Melcher räusperte sich mehrmals, dann schwieg er. Schließlich sagte er: »Sie hatten vollkommen recht, daß Sie heute morgen böse auf mich waren.«

Jesse, im Schlafzimmer, spitzte die Ohren.

»Nein, Mr. Melcher. Ich weiß gar nicht, was über mich gekommen ist.«

»Doch, Sie hatten Ihre Gründe. Ich hätte solche Sachen nicht sagen dürfen.«

»Nun, jetzt spielt es ja keine Rolle mehr, da Sie in einer Stunde abreisen.«

»Ich wollte Ihnen nur sagen, was es mir bedeutet hat, in Ihrem Haus sein zu dürfen. Sie haben so viel für mich getan.«

»Unsinn, Mr. Melcher, ich tat nur meine Pflicht.«

»Wirklich? Ich hatte gehofft ...« Doch er beendete seinen Satz nicht, und Miss Abigail zupfte nervös an ihrer Bluse, denn ihr war gerade bewußt geworden, daß dieser Teufel in ihrem Schlafzimmer jedes Wort hören konnte.

»Hoffnungen können sehr schmerzlich sein, Mr. Melcher«, sagte sie ruhig.

»Ja ... nun ...«

»Wie ich sehe, haben Sie sich ein Paar Schuhe gekauft.«

»Ja. Sie sind nicht so gut wie meine alten, aber ...« Wieder erstarb seine Stimme.

»Vaters Spazierstock können Sie gern behalten.« Plötzlich wünschte sie inständig, daß er wenigstens etwas mitnahm, was ihn immer an sie erinnern würde.

»Ja ... danke, Miss Abigail.«

Wieder herrschte Schweigen, und Jesse stellte sich die beiden vor, wie sie verlegen auf den Spazierstock des alten Mannes starrten.

»Wenn ich Kapuzinerkresse sehe, werde ich immer an Ihr Haus denken, Miss Abigail.«

Sie schluckte, ihr Herz drohte zu explodieren, und ihre Augen brannten.

»Auf Wiedersehen, Miss Abigail«, sagte er.

»Auf Wiedersehen, Mr. Melcher.«

Es wurde so still, daß Jesse Melcher die Straße entlanghumpeln hören konnte, und er dachte, wenn dieser verdammte Narr im Zug seinen Kopf gebraucht hätte, müßte er jetzt nicht humpeln. Es war das erste Mal, daß Jesse an Melcher ohne Zorn denken konnte. Lange danach hörte er Miss Abigail wieder die Treppe hochgehen. Sie muß ihm nachgeschaut haben, bis er außer Sicht war, dachte Jesse, und ihm fiel ein, was der Doc über ihren Verlobten erzählt hatte. Daß sie schon einmal verlassen worden war. Und irgendwie quälte ihn sein Gewissen bei diesem Gedanken.

Aus einem der Fenster im ersten Stock beobachtete Miss Abigail die Rauchwolken, die die Lokomotive des Nachmittagszugs ausstieß. Ihr schriller Pfiff durchbrach die Stille, und im Geist sah sie Mr. Melcher humpelnd einsteigen. Ein letzter Pfiff, und David Melcher fuhr davon – verschwand aus ihrem Leben. Ihre Augen brannten, als sie das Bett frisch bezog.

Sie war fest überzeugt, daß Mr. Cameron sie wieder hänseln

würde, da er ihre Unterhaltung mit Mr. Melcher angehört
hatte. Doch als sie das Schlafzimmer betrat, schlief er. Sie
fand ein perverses Vergnügen daran, ihn zu wecken.

»Ich habe ein paar Wildkräuter, die Ihrer Hand guttun werden«, sagte sie laut und in geschäftsmäßigem Ton.

Bei ihren Worten hob er den Kopf, streckte sich faul und
gähnte und brummte. Schließlich öffnete er die Augen und
sagte gedehnt: »Hallo, Miss Abigail. Stehen Sie schon lange
da?«

»Nein, ich ...« Doch sie hatte lange dagestanden und ihn
betrachtet.

»Zugeschaut, wie mein Bart wächst, wie?«

»Sie schmeicheln sich, Sir. Ich sehe lieber das Gras wachsen.«
Er lächelte spöttisch.

»Ich möchte Ihre Hand mit einem warmen Umschlag aus
Wildkräutern behandeln. Je eher sie geheilt ist, um so eher
brauche ich Sie nicht mehr zu rasieren.«

Er lachte. »Wahrhaftig, Sie nehmen kein Blatt vor den Mund,
Miss Abigail. Kommen Sie. Außerdem kann ich Gesellschaft
brauchen, da Sie mich so rüde geweckt haben. Sicherlich
haben Sie nun Zeit, da Mr. Melcher nicht mehr hier ist.«

»Lassen Sie Mr. Melcher aus dem Spiel«, entgegnete sie
eisig. »Soll ich nun diese Kompresse auflegen oder nicht?«

»Selbstverständlich. Schließlich schieße ich mit dieser Hand,
und ich liebe auch damit.« Sie war schon näher gekommen,
aber jetzt blieb sie abrupt stehen.

»Warum müssen Sie mich ständig hänseln? Was habe ich
Ihnen getan? Daran bin ich nicht gewöhnt. Ich kann mich
nicht dagegen wehren. Ich bitte Sie inständig, damit aufzuhö-
ren.«

»Soll ich Sie etwa bitten, frische Blumen in mein Zimmer zu
stellen?«

Sie entgegnete außerordentlich ruhig: »Ich erwarte nur von
Ihnen, daß Sie mich wie eine Lady behandeln, so wie
Mr. Melcher es tat. Aber offensichtlich verachten Sie

Mr. Melcher. Seine Charaktereigenschaften sind Ihnen fremd, wie ich weiß.«

»Melcher hat wohl viel Eindruck auf Sie gemacht, wie?«

Nur mit Mühe hielt sie ihre Stimme unter Kontrolle. »Mr. Melcher weiß, wie man eine Lady behandelt. Das mag für Sie eine Schwäche sein, denn Sie haben nie gelernt, daß den schönen und sanften Dinge des Lebens auch Stärke innewohnt. Stärke bedeutet für Sie nur ... nur ... Zorn und Fluchen. Sie wollen anderen Menschen immer nur befehlen. Ich bemitleide Sie, Mr. Cameron, denn Sie wissen nicht, daß Höflichkeit, Respekt, Geduld, selbst Dankbarkeit Eigenschaften sind, die allesamt Stärke verkörpern.«

»Und Sie üben sich in diesen Tugenden?«

»Ich habe es versucht«, sagte sie mit stolz erhobenem Kopf.

»Und was hat Ihnen das gebracht? Hier stehen Sie, höflich und verbittert, und haben mich am Hals, Mr. Melcher aber hat Sie verlassen.«

Da schrie sie: »Dazu haben Sie kein Recht, Mr. Cameron! Überhaupt kein Recht! *Sie* sind der Grund, warum er mich verlassen hat, Sie und Ihre unverschämten Reden. Sie sind gewiß außerordentlich mit sich zufrieden, weil er gegangen ist und weil ich mit ihm meine letzte Chance verloren habe zu ... zu ...« Aber da brach Miss Abigail zusammen. Schluchzend schlug sie die Hände vors Gesicht. Ihr ganzer kleiner Körper bebte. Das hätte Jesse niemals gedacht. Die letzte Frau, die er weinen gesehen hatte, war seine Mutter gewesen. Und Miss Abigail jetzt in diesem Zustand zu sehen machte ihn ebenso hilflos wie damals und verwirrte ihn. Er kam sich gefühllos und brutal vor. Und auch dieses Gefühl verwirrte ihn. Er wollte sich entschuldigen, aber noch ehe er etwas sagen konnte, schluchzte sie: »Entschuldigen Sie, Sir«, und floh aus dem Zimmer.

Miss Abigail war über ihre Reaktion entsetzt. Noch nie in ihrem Leben hatte sie in Gegenwart eines Mannes geweint.

Stärke gewann man aus vielen Quellen, doch Weinen gehörte nicht dazu, das war ihre Überzeugung. Trotzdem fühlte sie sich hinterher viel besser. Wie seltsam. Alle Bitterkeit ihres Lebens, all die vergeudeten Jahre, die nicht gelebten Freuden stiegen nun mit qualvoller Pein in ihr empor, weil sie es zum erstenmal erlaubt hatte.

Sie stand in der hintersten Ecke ihres Gartens und betrauerte den Verlust Richards, den ihres Vaters, den David Melchers, den ihrer ungeborenen Kinder, den Verlust von Wärme und Geborgenheit.

Und dieser Zusammenbruch in Jesses Gegenwart bewirkte in ihr etwas, das Jesse nie in ihr vermutet hätte – sie war verletzlich geworden.

Und in ihm erweckte diese Szene ein Gefühl, das sie ebenfalls nie in ihm vermutet hätte – er war reumütig geworden.

Als sie dann am späten Nachmittag wieder zu ihm ging, gab es das erste Zeichen der Harmonie zwischen ihnen. Sie trug dieselbe selbstsichere Würde zur Schau, als hätte ihr Gefühlsausbruch nie stattgefunden. Nur ihre Augen waren leicht gerötet und geschwollen. Sie stand in der Tür und sagte mit ganz normaler Stimme: »Ich habe Ihre Hand schon wieder vernachlässigt.«

»Das war meine Schuld«, entgegnete er einfach.

»Soll ich mich jetzt darum kümmern?«

»Kommen Sie. Was haben Sie mitgebracht?«

»Einen Kräuterumschlag. Soll ich ihn auflegen?« Doch in Wahrheit fragte sie, ob sie kommen dürfe, ohne wieder von ihm gequält zu werden. Er nickte, denn er verstand sie. Sie nahm seine verletzte Hand und entfernte den Verband. Widerwillige Bewunderung überkam ihn. Immer wieder kümmerte sie sich um ihn, ganz gleich, was er sagte oder tat. Ihre Hartnäckigkeit schien unerschöpflich.

»Tut sie weh?«

»Ja.«

»Glauben Sie, daß etwas gebrochen ist?«

»Der Doc sagt nein. Aber sie schmerzt jedesmal, wenn ich sie bewege. Was ist das?« fragte er argwöhnisch.

»Halten Sie still.« Sie nahm sanft seine Hand und legte die heiße Kompresse auf die jetzt gelblich-grün verfärbte Quetschung. Es tat sehr weh.

»Das habe ich wohl verdient«, sagte er, während sie einen festen Verband machte. »Was haben Sie in die Kompresse getan?«

»Verschiedene Wildkräuter, die schon bald den Schmerz lindern. Das Rezept stammt von meiner Großmutter.«

»Ich spüre schon, wie der Schmerz nachläßt.«

Das war zwar kein direkter Dank, kam einem solchen jedoch sehr nahe, und Miss Abigail dachte darüber nach, als sie das Abendessen zubereitete. Mit einer Entschuldigung durfte sie wohl nie rechnen, denn er hatte sich sicher in seinem ganzen Leben noch nie entschuldigt. Aber ihr Ausbruch hatte ihn irgendwie versöhnlicher gestimmt, und um ihn wissen zu lassen, daß sie sein Entgegenkommen zu schätzen wußte, deckte sie sein Tablett sorgfältig mit einer Leinenserviette und stellte noch eine Vase mit Kapuzinerkresse darauf.

Als er das hübsch gedeckte Tablett mit den Blumen darauf sah, verkniff er sich jeden Spott und fragte statt dessen: »Sind es diese Blumen, die so gut riechen?«

»Ja.«

»Kapuzinerkresse, nehme ich an.«

»Das stimmt.«

Sie sahen sich wie zwei Dickhornschafe an, die nicht wußten, ob sie aufeinander losgehen oder es lieber lassen sollten.

»Mit nur einer Hand kann ich leider nicht schneiden.« Das Friedensangebot wurde akzeptiert.

»Ich schneide das Fleisch«, sagte sie und fügte dann hinzu: »Ich hoffe, Sie mögen Leber, Mr. Cameron. Leber mit Zwiebeln.«

Bei ihren Worten wollte er etwas sagen, doch aus Vorsicht

enthielt er sich jeder Bemerkung. Sie saß neben ihm, schnitt die Leber, hielt sie ihm vor den Mund, und es herrschte eine Art brüchiger Waffenstillstand zwischen ihnen. Also aß er, kaute langsam und schluckte dann Stück für Stück hinunter. Er wollte ihr nicht mißfallen, aber er haßte Leber!

Er mußte seine Gedanken ablenken und fragte schließlich: »Was ist dort in der Kanne?«

»Kaffee.«

»Davon möchte ich trinken. Wo ist der Strohhalm?«

»Hier.« Sie nahm ihn vom Tablett und reichte ihn ihm. Er trank und stählte sich innerlich für die nächsten Bissen. Sie wollte Frieden, und sie sollte ihn haben. Gehorsam aß er alles auf.

Währenddessen unterhielt sie ihn mit Geschichten aus ihrer Vergangenheit, plauderte über ihre Großmutter und deren Heilmittel.

Und die ganze Zeit über rebellierte sein Magen.

Schließlich sagte sie: »Morgen früh sollte Ihre Hand wieder so weit hergestellt sein, daß Sie sich selbst Ihr Fleisch schneiden können.«

Aber er lag mit geschlossenen Augen da, seltsam passiv. Bitte nein, dachte er nur. Sie merkte nichts, sondern brachte das Tablett in die Küche. Sie war dankbar, daß er zum erstenmal so angenehm gewesen war.

Sie hatte die Hälfte des Geschirrs gespült, als sie ihn schwach rufen hörte: »Miss Abigail?« Sie lächelte, denn endlich rief er sie ohne diesen spöttischen Unterton.

»Miss Abigail ... einen Eimer. Bitte ... schnell!«

Hatte sie *bitte* gehört? Diese uncharakteristische Passivität während des Essens, dieses Schweigen ... Oh, nein!

Kaum stand der Eimer neben seinem Bett, da stöhnte er schon, beugte sich vor und spie jeden Bissen wieder aus. Er lag schwitzend da, den Kopf überm Bettrand, mit geschlossenen Augen.

Schließlich atmete er tief ein und sagte dann zum Fußboden:

»Ist Ihnen schon aufgefallen, Miss Abigail, daß wir dazu ausersehen sind, uns das Leben gegenseitig schwerzumachen, selbst wenn wir es nicht wollen?«

»Legen Sie sich auf den Rücken!« befahl sie. »Sie dürfen Ihr verwundetes Bein nicht belasten.« Sie half ihm dabei und sah, daß er wachsbleich war. »Vielleicht sollte ich mir Ihre Wunde einmal ansehen.«

»Mit der Wunde hat das nichts zu tun«, sagte er und bedeckte seine Augen mit dem Arm. »Ich verabscheue Leber, das ist alles.«

»Was? Und Sie haben sie trotzdem gegessen?«

»Ich habe es versucht«, sagte er und lachte kläglich, »aber es hat nicht geklappt. Ich wollte Sie nicht wieder gegen mich aufbringen, vor allem, da Sie das Tablett so hübsch hergerichtet hatten. Aber ich kann wohl keinen Frieden halten, selbst wenn ich es versuche.«

Müde nahm er den Arm von den Augen und sah zu seinem Erstaunen, daß Miss Abigail unverhohlen grinste. Und dann tat sie etwas völlig Überraschendes: Sie ließ sich auf den Stuhl plumpsen und brach in lautes Gelächter aus. Sie lachte und lachte und lachte, bis ihr Tränen über die Wangen rannen. Es war das letzte, das Jesse von ihr erwartet hätte. Und wie bezaubernd sie aussah, als sie so lachte!

»Tut mir leid, daß ich in Ihr Gelächter nicht einstimmen kann«, sagte er, »aber das tut mir zu weh.« Doch er lächelte.

»Oh, Mr. Cameron«, sagte sie schließlich, »vielleicht haben Sie recht, wir sind dazu ausersehen, uns das Leben schwerzumachen. Sie können sogar meine Speisen nicht ausstehen.« Sie lachte wieder fröhlich.

»Da haben Sie wohl recht«, entgegnete er kichernd. »O Gott, hören Sie auf zu lachen ... ich kann nicht mehr ... bitte.«

»Sie haben es verdient, weil Sie meine Kochkunst beleidigt haben.«

»Wer hat wen beleidigt? Sie haben doch die Leber in mich

hineingestopft, ohne zu fragen, ob ich sie mag oder nicht. Es war mehr als eine Beleidigung, sie essen zu müssen. Glauben Sie mir, Lady, das war eine tödliche Waffe.«

»Ich entdecke Schwachstellen in Ihrem Panzer«, sagte sie amüsiert, »und eine davon ist Leber.« Sie war so entspannt, wie er sie noch nie erlebt hatte. Er fragte sich wieder, wie alt sie wohl sein mochte, denn sie sah plötzlich so jung aus. Kurz bedauerte er, was er über Melcher zu ihr gesagt hatte. Er wollte diese Frage ein für allemal klären und dachte, daß nun der geeignete Moment gekommen wäre.

»Wie alt sind Sie?« fragte er.

»Zu alt, als daß es Sie etwas angehen dürfte.«

»Zu alt, um einen Mann wie Melcher aus den Fängen zu lassen?«

»Sie sind verachtenswert«, sagte sie, aber ohne großen Nachdruck. Sie blickte ihn an und lächelte verhalten.

»Vielleicht«, gab er zu und lächelte ebenfalls. »Und Sie sorgen sich.«

»Worum mach ich mir Sorgen?«

»Daß Sie alt werden und keinen Mann mehr bekommen. Aber da gibt's noch mehr, wo Melcher herkommt.«

»Nein, in Stuart's Junction gibt es keine«, sagte sie resigniert.

»So . . . dann war Melcher also die letzte Chance, wie?«

Sie schwieg, aber es war auch keine Antwort nötig. Er beobachtete sie fast liebevoll. Sie saß mit halbgeschlossenen Augen da und blinzelte in die Abendsonne, die sie wie ein Heiligenschein umgab.

»Sollte ich mich dafür entschuldigen, Miss Abigail?«

»Wenn Sie diese Frage schon stellen, zählt es nicht.«

»Wirklich nicht?« Dann fügte er hinzu: »Es wäre doch schön, wenn wir uns manchmal entschuldigen würden, da wir uns bisher wie Hund und Katze bekämpft haben. Außerdem würde es Ihnen nicht gefallen, wenn ich plötzlich schwach würde.«

»Es fällt Ihnen schwer, sich zu entschuldigen, nicht wahr?«

»Schwerfallen? Sie tun mir unrecht, Miss Abigail. Ich kann mich genausogut wie jeder andere Mensch entschuldigen.« Aber bisher hatte er es noch nicht getan.

»Ich habe mich wegen Ihres Schnurrbarts entschuldigt, oder?«

»Ich glaube, nur aus Angst.«

Sie wandte den Kopf ab und sagte: »Eine Entschuldigung ist ein Zeichen der Stärke – keine physische Stärke, über die Sie ja immer verfügten, aber Charakterstärke, so wie sie Mr. Melcher besitzt.«

Seine gute Stimmung war durch ihre Worte verflogen. Er hatte es satt, ständig zu seinen Ungunsten mit diesem Mann verglichen zu werden. Sein Ego war verletzt. Doch wenn diese unerotische Frau eine Entschuldigung wollte, sollte sie sie haben.

»Es tut mir leid, Miss Abigail. Fühlen Sie sich jetzt besser?«

Sie sah ihn nicht einmal an, denn aus dem Tonfall seiner Stimme hatte sie gehört, daß seine Entschuldigung nicht ernst gemeint war.

»Nein. Aber *Sie* fühlen sich jetzt besser, nicht wahr?«

Blut stieg ihm ins Gesicht. Wußte sie denn nicht, wie schwer es ihm gefallen war, diesen Satz auszusprechen? Und sie akzeptierte diese Entschuldigung nicht. Noch nie in seinem Leben hatte er sich soweit erniedrigt, sich bei einer Frau zu entschuldigen. Und jetzt war es passiert. Er lachte zornig.

»Ich will Ihnen sagen, wann ich mich besser fühle. Wenn Sie jetzt hier verschwinden und Ihre verdammte Leber und Ihr rosiges Bild von Melcher mitnehmen.«

Wütend funkelte er sie an, während sie amüsiert seinen Blick erwiderte. Plötzlich keimte ein Verdacht in ihr auf: Er ist ja auf David Melcher eifersüchtig! So unglaublich es klang, es mußte wahr sein. Aus welchem Grund hätte er sonst so heftig reagiert? Er starrte sie immer noch böse an, als sie ihm mit sanfter Stimme gute Nacht wünschte und ging.

Dieses Verhalten brachte ihn völlig aus der Fassung, und er

rief hinter ihr her: »Jetzt räche ich mich doppelt. Einmal für den Schnurrbart und einmal für die Leber!«

Als sie nach oben gegangen war, lag er noch lange wach und rätselte, warum sie ihn derart wütend hatte machen können. Was war an Abigail McKenzie, das ihm unter die Haut fuhr? Er hatte unzählige Frauen gehabt – dagegen war sie eine Vogelscheuche –, und sie führte ihn an der Nase herum. Er hatte sich entschuldigt. Ja! Und sie lacht mir ins Gesicht. Und ständig vergleicht sie mich mit diesem Gentleman Melcher und erzählt mir, wie verachtenswert ich bin! Mein Gott! Ich werde es ihr eines Tages heimzahlen, schwor er sich.

7

Er hörte, wie sie leise in der Morgendämmerung die Treppe hinunterging. Sie huschte an seiner offenstehenden Tür vorbei und öffnete dann die Haustür. Nach längerer Stille hörte er sie leise summen. In der Ferne krähte ein Hahn. Er stellte sich vor, wie sie dastand, die Morgenröte betrachtete und lauschte. Wie eine Katze schlich sie wieder an seiner Tür vorbei.

»Genießen Sie den frühen Morgen, Miss Abigail?« fragte er. Und sie spähte um die Ecke. Ihren Körper versteckte sie, denn sie hatte noch immer ihr Nachthemd an.

»Sie sind schon wach, Mr. Cameron, und sitzen sogar im Bett!«

»Doc Dougherty hat es mir erlaubt.«

»Und wie fühlen Sie sich?«

»Besser, viel besser. Ich möchte auch gern den Sonnenaufgang betrachten, so wie ich es gewöhnt bin. Wie ist er heute?«

»Eine Myriade von rosa Tönen – federförmige Farben, vom dunkelsten Rot bis zum blassesten Hellrosa, dazwischen hellblaue Tupfer.«

Er lachte. »Hübsch gesagt, Miss Abigail. Aber ich habe nur Rosa verstanden.«

Sie kam sich töricht vor, da sie sich von der Schönheit des Sonnenaufgangs hatte hinreißen lassen. Diese Art Poesie verstand er natürlich nicht.

»Ich brauche ein paar Sachen aus meinem Zimmer. Darf ich hereinkommen?«

»Es ist doch Ihr Zimmer. Warum fragen Sie?«

»Würden Sie sich bitte umdrehen, wenn ich komme.«

Er lachte schallend.

»Wenn ich richtig rate, Miss Abigail, tragen Sie ein bodenlanges, baumwollenes Nachthemd, bis zum Hals zugeknöpft.«

»Mr. Cameron!«

»Ja, Ma'am«, sagte er gedehnt, »ja, Ma'am, Sie können kommen. Sie sind vor mir sicher.« Natürlich saß er da und beobachtete sie frech, als sie frische Kleidung für den Tag aus dem Schrank nahm. Aus dem Augenwinkel sah sie ihn grinsen, und er besaß die Unverschämtheit zu fragen: »Was ist denn das?« Hastig versteckte sie das Unterkleid und schwor sich, nie wieder ihre Sachen zu vergessen, während er hier schlief.

»Mein Bein schmerzt kaum noch«, sagte er im Konversationston, »und die Hand auch nicht. Nur mein Magen schmerzt, nachdem ich die ganze Leber erbrochen habe. Ich bin hungrig wie ein Wolf und könnte ein Pferd samt Reiter verspeisen.«

Fast hätte sie laut gelacht. Doch sie unterdrückte diesen Impuls; von ihm wollte sie sich nicht zum Lachen bringen lassen. Aber sie entgegnete: »Sollte einer vorbeikommen, muß ich ihn warnen. Denn Ihnen traue ich sogar das zu.«

»Wie munter Sie heute früh sind, Miss Abigail.«

»Dasselbe könnte ich von Ihnen sagen«, sagte sie und wollte mir ihren verschiedenen Kleidungsstücken gehen.

»Abbie?« Sie zuckte zusammen.

»*Miss* Abigail«, korrigierte sie ihn, reckte ihr Kinn vor und sah ihn an.

Und da sah sie den Revolver.

Er war schwarz und glänzte, und er hielt ihn locker in der linken Hand.

Sie hatte nicht den geringsten Zweifel, daß er damit genausogut schießen konnte wie mit der Rechten.

Er sagte noch einmal: »Abbie.« Dann folgte ein langes Schweigen. Endlich fuhr er fort – wie nebenbei –: »Ich bin wirklich recht munter heute früh. Trotz allem.« Ein finsteres Lächeln umspielte seinen vollen Mund.

Sie starrte auf diesen Mund, dann auf den Revolver.

»Wo ... wo haben Sie ... dieses Ding her?« fragte sie mit zitternder Stimme.

»Ich bin doch ein Zugräuber, oder nicht? Wie kann man einen Zug ohne Revolver ausrauben?«

»Aber ... aber wo haben Sie ihn her?«

»Das tut jetzt nichts zur Sache.« Ihre Augen waren riesengroß; und er weidete sich mit perversem Vergnügen an ihrer Angst.

»Abbie?« wiederholte er. Sie war wie erstarrt, hatte die Augen auf den Revolver geheftet, während er mit dem Lauf auf den Boden deutete.

»Laß die Klamotten fallen!« befahl er fast fröhlich.

»Die ... die Klamotten?« hauchte sie.

»Ja.« Es dauerte eine Weile, bis sie den Sinn der Worte begriffen hatte. Dann gehorchte sie.

»Komm her!« befahl er mit derselben Stimme. Sie schluckte, rührte sich aber nicht. »Ich sagte, komm her«, wiederholte er und richtete jetzt den Lauf der Waffe auf sie. Sie umrundete langsam das Fußende des Bettes.

»Was habe ich denn getan?« piepste sie.

»Nichts ... bis jetzt noch nichts.« Seine linke Braue wölbte sich spöttisch. »Aber der Tag ist noch jung.«

»Warum tun Sie das?«

»Heute werde ich dir ein paar Lektionen erteilen.« Ihre Augen, wie die eines gefangenen Kaninchens, blinzelten nicht einmal. »Willst du wissen, was ich dich lehren werde? Erstens werde ich dich lehren, niemals den Schnurrbart eines unschuldigen Gesetzlosen abzurasieren. Ich habe gesagt, komm her.« Sie trat näher, aber noch immer nicht nahe genug, daß er nach ihr greifen konnte. Er richtete den Lauf wieder auf sie.

»Hierher!« befahl er und deutete damit auf die Bettkante.

»Wa ... warum bedrohen Sie mich?«

»Habe ich irgendwelche Drohungen ausgesprochen?«

»Dieser Revolver ist eine Bedrohung, Mr. Cameron!«

»*Jesse!*« fauchte er plötzlich. Sie zuckte zusammen. »Nenn mich Jesse!«

»Jesse«, wiederholte sie kläglich.

»Das ist schon besser.« Seine Stimme klang wieder ruhig, fast seidig. »Nun zu Lektion zwei, Abbie. Du kannst einem Mann keine Entschuldigung abschwatzen und sie dann nicht akzeptieren.«

»Ich habe sie nicht abgeschw ...«

»Doch das hast du, Abbie. Abgeschwatzt. Du hast mich zu dem Punkt gebracht, wo es mir wirklich leid tat, Melcher wie ein verängstigtes Eichhörnchen davongejagt zu haben. Wußtest du, daß du mich so weit gebracht hast, Abbie?«

Sie schüttelte den Kopf.

»Und als ich mich entschuldigte, was hast du da gesagt?«

»Ich kann mich nicht erinnern.«

»Ich werde dich daran erinnern, Abbie, damit du es nie wieder tust.«

»Das will ich auch nicht tun«, versprach sie, »stecken Sie nur den Revolver weg.«

»Das werde ich ... nachdem du deine Lektionen gelernt hast. Du hast behauptet, daß *ich* mich nach der Entschuldigung wohl fühlte, nur tat ich es nicht ... weil du meine Entschuldigung nicht akzeptiert hast. Aber bald werde ich mich sehr, sehr wohl fühlen.«

Sie verschränkte die Arme fest vor der Brust.

»Laß die Arme sinken, Abbie.« Sie starrte in seine schwarzen amüsierten Augen, völlig bewegungsunfähig.

»Was?« hauchte sie.

»Du hast mich verstanden.« Schließlich tat sie, wie ihr geheißen, aber sehr langsam. »Da ich Melcher aus dem Haus gejagt habe, und du hast meine Entschuldigung dafür nicht akzeptiert, dachte ich, ich könnte dich wenigstens für den Verlust entschädigen, nicht?«

Jetzt ist es soweit, dachte sie voller Panik, und sie schloß die Augen, am ganzen Körper zitternd.

»Aber ich bin an dieses Bett gefesselt, deshalb mußt du zu mir kommen. Abbie ... komm.« Mit dem Revolverlauf machte er eine einladende Bewegung. Als sie neben und über ihm stand, richtete er die Waffe auf sie, ohne sie anzusehen. »Du warst so in diesen Knaben Melcher verschossen, daß ich geradezu dein Herz klopfen hörte. Aber wenn der Junge nur einen Funken Mumm gehabt hätte, wäre er geblieben und hätte mit dir Händchen gehalten. Du weißt doch, was ich meine? Und da der böse Zugräuber ihn fortgejagt hat, kann er doch jetzt wenigstens Melchers Platz einnehmen, richtig?« Da sie immer noch stumm und zitternd dastand, fuhr er mit seidenweicher Stimme fort: »Ich weiß, du hast mich verstanden, Abbie. Also küß mich. Ich warte.«

»Nein ... nein. Das nicht.« Sie fragte sich, woher sie die Luft zum Sprechen genommen hatte. Er berührte mit dem Revolver ihre Hüfte, und durch den dünnen Batist ihres Nachthemdes konnte sie das kalte Metall spüren. Er schaute sie noch immer nicht an. Sie beugte sich schnell über ihn und berührte mit weitaufgerissenen Augen flüchtig seine Lippen.

»Das nennst du einen Kuß?« schimpfte er. »Es hat sich angefühlt, als wäre mir eine alte ausgetrocknete Eidechse mit ihrem Schwanz über den Mund gefahren. Versuch's noch mal. Denk einfach, ich wäre der gute, alte Melcher.«

»Warum tun Sie das ...«, fing sie an, aber er schnitt ihr das Wort ab.

»Noch mal, Abbie! Und mach diesmal die Augen zu. Nur Eidechsen küssen mit offenen Augen.«

Sie näherte ihr Gesicht dem seinen, blickte in seine schwarzen belustigten Augen, ehe sie ihre schloß. Dann küßte sie ihn wieder.

»Es wird schon besser«, sagte er, als sie zurückwich. »Jetzt möchte ich ein bißchen von deiner Zunge spüren.«

»Gütiger Gott ...«, wimmerte sie entsetzt.

»Der hilft dir jetzt nicht, Abbie. Also komm und tu, was ich dir gesagt habe.«

»Bitte ...«, flüsterte sie.

»Bitte, Jesse!« korrigierte er.

»Bitte, Jesse ... ich habe ... ich habe noch nie ...«

»Keine Ausflüchte. Ans Werk!« befahl er. »Und setz dich dabei. Ich werde ganz schwindelig, wenn du immer über mir bist.«

Zitternd setzte sie sich behutsam auf die Bettkante. Sie haßte alles, einfach alles an diesem gutaussehenden Mann.

»Was wollen Sie von mir? Machen Sie ein Ende damit«, bat sie.

»Ich will einen richtigen Kuß von dir. Hast du noch nie einen Mann geküßt, Abbie? Wovor hast du Angst? Du wolltest mir doch einen Zungenkuß geben, oder nicht? Jeder küßt so, wahrscheinlich sogar Eidechsen.«

Sie schloß die Augen und ergab sich. Ihre Zungenspitze berührte seine Oberlippe, er streichelte sie mit seiner. »Entspann dich, Abbie«, sagte er dicht an ihrem Mund, legte einen Arm um ihre Schulter und zog sie an seine nackte Brust. Den Revolver hatte er noch immer in der Hand. Sie spürte ihn, als er mit der Hand, die ihn hielt, ihren Kopf umfing und ihren Mund fest auf seinen preßte. Seine Lippen öffneten sich. Sein Mund war heiß. Forschend glitt seine Zunge in ihren Mund und ergründete dessen Geheimnisse. Dann biß er sie zart in die Unterlippe. »Jesse!« flüsterte er heiser, »... sag es.«

»Jesse«, wimmerte sie, ehe sein Mund wieder von ihr Besitz ergriff, warm und naß. Etwas von ihrem Widerstand schmolz dahin.

»Jesse ... noch mal«, befahl er und spürte ihr rasendes Herz gegen seine nackte Brust klopfen.

»Jesse«, flüsterte sie, während er ihren Nacken streichelte. Dann küßte er sie wieder wie vorher. Sie war völlig verwirrt: Furcht und Entzücken, Sinnlichkeit und Scham, Widerstreben und Einwilligung kämpften in ihr.

»Abbie«, flüsterte er, »Abbie«, dann stieß er sie plötzlich von sich und fragte: »Hat es dich diesmal erregt?«

Sie konnte ihn nicht ansehen. Plötzlich kam sie sich schmutzig, vergewaltigt vor. Es war etwas geschehen, das sie nicht verstand, denn ab einem gewissen Augenblick hatte sie aufgehört, gegen ihn zu kämpfen, weil ihr diese Küsse gefallen hatten.

»Für heute sind die Lektionen beendet«, verkündete er, ein zufriedenes Strahlen in den Augen. »Ich sagte dir ja, ich würde es dich wissen lassen, wenn ich mich räche.«

»Und ich sagte Ihnen, daß Kraft keine Stärke ist. Sanftheit ist Stärke.«

»Aber Kraft ist verdammt wirkungsvoll, nicht wahr, Abbie?«

Außer seiner Reichweite kehrte ihr Mut zurück. »Ich will, daß Sie hier verschwinden, verstehen Sie mich? Sofort!«

»Vergiß nicht, wer die Waffe hat, Abbie. Außerdem kann ich noch nicht gehen. Was sollen denn deine Nachbarn sagen, wenn du einen hilflosen Mann aus deinem Haus jagst? Willst du ihnen erzählen, es geschah, weil er dich das Küssen lehrte?«

»Sie werden nicht fragen. Niemand wollte Sie aufnehmen, deswegen ist es ihnen auch egal.«

»Darüber wollte ich mit dir sprechen, Abbie. Doc Dougherty sagte, du seist die einzige gewesen, die ihre Hilfe angeboten habe. Dafür möchte ich dir danken.«

Seine Worte brachten sie zum Kochen. Wie konnte es dieser eingebildete Narr wagen, ihr zu danken, nachdem er ihr das angetan hatte! »Ihr Dank ist unwichtig und obendrein nicht mehr erwünscht. Die Eisenbahngesellschaft bezahlt mich für meine Dienste. Dann werden Sie ausgeliefert. Das ist mir Dank genug.«

Er lehnte sich zurück und lachte. »Hast du dich mal gefragt, warum mich die Gesellschaft haben will, Abbie?« sagte er.

»Was für eine Frage von einem *Zugräuber*!« Am liebsten hätte sie ihn geschlagen, damit ihm dieses ekelhafte Grinsen verging. »Ich werde heute ein Telegramm abschicken, damit jemand von der Gesellschaft Sie holt!«

»Dir wird das Geld fehlen, das meine Pflege dir einbringt.«
»Nichts wird mir von Ihnen fehlen, Sie stinkender, eingebildeter, geiler Bock!« schrie sie.
»Genug!« röhrte er plötzlich. »Verschwinde, zieh dich an und mach mir ein anständiges Frühstück!«
Sie stapfte zu ihren Kleidern, nahm sie und ging polternd aus dem Zimmer. Als sie verschwunden war, lachte Jesse stumm. Dann holte er sein schmutziges Hemd unter der Bettdecke hervor, wickelte den Revolver darin ein und versteckte ihn wieder unter der Matratze.

Sie hatte absolut keine Lust, ihm auch nur einen Bissen zuzubereiten. Sie machte Feuer, badete und zog sich an. Während der ganzen Zeit schrie er wiederholt nach seinem Frühstück.
»Zum Teufel, warum dauert das so lange?«
»Ich sterbe vor Hunger, Weib.«
»Wo bleibt mein Essen?«
Sie sah dauernd auf die Uhr, damit sie rechtzeitig ihr Telegramm abschicken konnte. Aber als sie gerade ihr Vergnügen auskostete, diesen geilen Bock vor Hunger sterben zu lassen, verkündete er: »Ich kann keine Küchendüfte riechen. Ich habe meinen Revolver auf die Wand gerichtet, auf den Punkt, wo Sie sich vermutlich aufhalten. Soll ich vielleicht schießen?«
Als Antwort hörte er, wie sie wütend den Kessel auf die Herdplatte fallen ließ. Etwas Schmackhaftes würde sie ihm nicht zubereiten. Ein Brei aus Maismehl war das Gewöhnlichste und auch Billigste. Während sie kochte, brüllte er weiter.
Als sie das Tablett brachte, war sie bleich.
»Ach, Sie haben mich also doch gehört«, sagte er grinsend.
Sie hielt nach dem Revolver Ausschau, konnte ihn aber nirgends entdecken.
»Die ganze Stadt konnte Sie hören.«

»Mein Gott! Dann erbarmt sich vielleicht jemand meiner und gibt mir was Anständiges zu essen. Sie haben mir doch nicht etwa wieder diese schleimigen Eier gebracht?«

»Sie sind unerträglich! Verachtenswert!« zischte sie giftig.

Er lächelte noch breiter. »Sie auch, Miss Abigail. Sie auch.« Er klang richtig vergnügt. »Nun lassen Sie mich dieses köstliche Mahl genießen. Ah, Maisbrei! Man muß eine sehr gute Köchin sein, um dieses Gericht zubereiten zu können.«

Sie konnte in diesem Moment nur denken: »Selbst Tiere waschen sich, bevor sie essen«, und sprach es laut aus.

»Ach, ja? Nennen Sie mir eins«, sagte er mit vollem Mund.

Angeekelt schaute sie weg.

»Ein Waschbär.«

»Waschbären waschen ihre Nahrung, nicht sich.«

Sie konnte nicht begreifen, warum sie überhaupt noch mit ihm redete. Mit Schweinen konnte man eben nicht verkehren. Wütend eilte sie davon. Nach kurzer Zeit schon schrie er nach mehr Maisbrei.

»Ich könnte noch eine Schüssel von dieser göttlichen Speise vertragen.« Sie nahm den Topf vom Feuer und klatschte ihm ohne ein Wort den Brei in die Schüssel.

Als er damit fertig war, rief er: »Was muß ein Mann tun, damit er eine Schüssel heißes Wasser bekommt? Ich muß mich waschen und rasieren. Haben Sie gehört, Abbie?«

Sie hatte keine Vergleichsmöglichkeit, aber sicher war er der unerträglichste Mann auf der Welt. Sie brachte ihm das Wasser und als Zugabe die größte Beleidigung, die ihr einfiel: »Waschen Sie sich selbst ... falls Sie das jemals gelernt haben!«

Er lachte nur und bemerkte: »Was für ein witziger kleiner Fratz Sie doch heute morgen sind, nicht wahr?«

Aus dem Waschen machte er eine – wenn auch einsame – Demonstration. Von der Küche her konnte sie hören, was er gerade tat. Er sang laut, planschte herum, verkündete, wie wohl dieses und jenes tat. Es war ekelhaft. Schließlich rief er:

»Ich dufte wie eine Blume. Kommen Sie und riechen Sie mal!«

Sie errötete sogar in ihrer Küche. Noch nie im Leben hatte sie sich derart aufgeregt. Er mußte sie wieder mit der Waffe bedrohen, bis sie ihm das Rasierzeug brachte und ihm den Spiegel hielt, damit er sich selbst rasieren konnte.

Erstaunlich, wie schnell der Bart dieses Mannes wächst, dachte sie, als er fertig war. Denn der Schnurrbart zeichnete sich schon wieder deutlich ab. Widerwillig mußte sie sich eingestehen, daß er damit viel besser aussah.

»Hübsch, nicht? Gefällt Ihnen wohl?« Sie sprang auf und war entsetzt, weil er sie dabei ertappt hatte, daß sie ihn auf diese Weise angesehen hatte. »Sie können ihn jederzeit fühlen. Das Vergnügen ist ganz auf meiner Seite.«

»Der Bart eines Ziegenbocks ist mir lieber!« fuhr sie ihn an.

»Ich entschuldige Sie gern«, sagte er lachend, als sie zur Tür ging.

Es schien ewig zu dauern, bis es Zeit war, in die Stadt zu gehen. Nervös wartete sie.

Da rief er: »Sie könnten mir ein anständiges Stück Fleisch mitbringen. Das wäre fein.«

Als sie ging, gab sie einem tiefen inneren Bedürfnis nach und schlug die Tür krachend hinter sich zu. Natürlich lachte er hinter ihr her.

8

»Ein solches Telegramm von Ihnen kann ich nicht abschikken«, beharrte Max.

»Warum nicht?« schnaubte Miss Abigail böse.

»Da muß erst der Sheriff informiert werden«, sagte Max wichtigtuerisch. »Fragen Sie Sam deswegen. Dann schickt er das Telegramm ab. Außerdem weiß er, an wen es zu richten ist. Ich weiß das nicht.«

Da ihr Plan nun vereitelt war, wußte sie nicht mehr, was sie tun sollte. Vor allem wollte sie nicht, daß die ganze Stadt erfuhr, daß sie den Mann aus ihrem Haus haben wollte. Die Leute würden sich fragen, warum. Und sie konnte schlecht sagen: Er hat einen Revolver gezogen und mich gezwungen, ihn zu küssen. Um alles in der Welt hätte sie das nicht eingestanden. Also suchte sie wider besseres Wissen Sheriff Samuel Harris auf.

»Tut mir leid, Miss Abigail«, sagte Sheriff Harris. »Da muß Doc Dougherty zuerst seine Einwilligung geben. So lautet das Gesetz. Jeder Gefangene, der von einem Arzt behandelt wird, muß offiziell vom Arzt entlassen werden, ehe man ihn von einem Gefängnis ins nächste transportieren kann. Oh, Verzeihung, Ma'am, damit wollte ich nicht sagen, daß Ihr Haus ein Gefängnis ist. Sie wissen schon, was ich meine, Miss Abigail.«

»Ja, natürlich, Mr. Harris«, entgegnete sie. »Dann werde ich mit Doc Dougherty reden.«

Aber der Doc war nicht zu Hause, deswegen kehrte sie auf die Main Street zurück, zum Metzgerladen. Sie war zutiefst verärgert.

»Hallo, Miss Abigail«, grüßte Bill Tilden, der gerade aus seinem Friseursalon kam.

»Guten Tag, Mr. Tilden.«

»Heiß, nicht wahr?« bemerkte er und starrte sie an, denn sie trug keinen Hut. Sie nickte kurz und marschierte weiter. »Ich gehe zu Culpeppers zum Essen«, rief er hinter ihr her, gerade als Frank Adney nebenan sein Schild BIN ZUM ESSEN GEGANGEN an die Tür hängte.

»Wie geht es Ihnen, Miss Abigail?« grüßte er.

»Danke, gut, Mr. Adney.«

»Glühendheißer Tag, wie?«

»In der Tat.« Sie ging weiter und dachte, wie beschränkt doch die Konversation in Stuart's Junction war. Hinter ihr fragte Bill Tilden Frank Adney:»Hast du jemals Miss Abigail ohne Hut und Handschuhe auf der Straße gesehen?«

»Nein, noch nie.«

»Nun, es geschehen immer noch Wunder!« Die beiden drehten sich um und beobachteten Miss Abigail, die gerade den Metzgerladen betrat. Sie schüttelten ungläubig die Köpfe.

»Hallo, Miss Abigail«, sagte Gabe Porter.

»Guten Tag, Mr. Porter.«

»Hab gehört, Sie pflegen diesen Zugräuber in Ihrem Haus.«

»Wirklich?«

Gabe stand mit schinkenförmigen verschränkten Armen über seiner blutverschmierten Schürze da. »Na, das weiß doch jeder. Er macht Ihnen doch hoffentlich keinen Ärger, oder?«

»Nein, Mr. Porter.«

»Hab auch gehört, daß der andere Kerl gestern abgereist ist, wie?«

»Ja.«

»Ist das nicht riskant, mit dem anderen ganz allein im Haus?«

»Sehe ich aus, als wäre ich in Gefahr, Mr. Porter?«

»Nein, das nicht, Miss Abigail. Die Leute fragen sich nur, das ist alles.«

»Dann sollen die Leute aufhören, sich Fragen zu stellen, Mr.

Porter. Die größte Gefahr besteht darin, daß er mir die Haare vom Kopf frißt.«

Da erst merkte Gabe, daß sie etwas bei ihm kaufen wollte.

»Ach, ja ... richtig! Und was soll es heute sein?«

»Haben Sie heute schöne frische Schweinekoteletts?«

»Oh, ja, Ma'am. Frisch geschnitten und auf Eis gelegt.«

»Sehr gut, Mr. Porter. Geben Sie mir drei.«

»Ja. Kommt sofort!«

»Nein, warten Sie. Vielleicht nehme ich vier ... nein, fünf.«

»Fünf? Die halten sich nicht bis morgen.«

»Ich nehme trotzdem fünf und ein Stück Räucherwurst ... sagen wir so lang.« Sie hielt die Hände etwa vierzig Zentimeter auseinander, vergrößerte die Länge dann auf achtzig Zentimeter und sagte:»Nein, so lang.«

»Wen füttern Sie da eigentlich, Miss Abigail? Einen Gorilla?«

Fast hätte sie geantwortet: Genau! Statt dessen verwirrte sie Gabe vollständig, indem sie sagte: »Außerdem möchte ich eine Schweinsblase haben.«

»Eine ... Schweinsblase, Miss Abigail?« fragte Gabe mit Glubschaugen.

»Sie haben doch gerade geschlachtet, nicht wahr? Wo sind die Innereien?«

»Oh, ich habe sie noch.«

»Dann wickeln Sie mir eine Schweinsblase ein!« befahl sie gebieterisch, und er tat, was sie von ihm verlangte.

Als Miss Abigail vor ihrem Haus ankam, entdeckte sie frische Spuren eines Einspänners in dem feinen Staub und wußte, daß sie Doc Dougherty wieder verpaßt hatte. Was für ein Pech! Sie brauchte doch seine Hilfe, um sich von diesem Ungeheuer zu befreien!

Wie gewöhnlich blieb sie vor dem Garderobenspiegel stehen, um ihr Äußeres kritisch zu betrachten. Ihren Hut brauchte sie heute nicht abzunehmen, also glättete sie ihr Haar, zupfte ihren Gürtel zurecht und befühlte die Haut unter ihrem Kinn, ob sie auch noch straff genug war.

»Ist sie straff genug?« fragte eine tiefe Stimme. Sie fuhr herum und preßte eine Hand auf ihr Herz.

»Was tun Sie da?« Er stand neben der Küchentür, auf Krükken gestützt. Um die Hüften hatte er nur ein Tuch gewickelt.

»Ich habe zuerst gefragt«, sagte er.

»Was?« Sie konnte nur daran denken, was passierte, wenn ihm das Tuch von den Hüften glitt.

»Ist die Haut straff? Das sollte sie sein, denn Sie recken ja unentwegt Ihr kleines Kinn hoch.«

»Wenn Sie aufstehen können, sind Sie auch in der Lage, von hier zu verschwinden!«

»Der Doc hat mir die Krücken gebracht, und ich mußte mal wohin, deshalb habe ich sie gleich ausprobiert. Aber ich bin noch nicht so kräftig, wie ich dachte.«

»Sind Sie etwa in dieser Bekleidung draußen gewesen? Wenn Sie nun jemand gesehen hat?«

»Ja, und?«

»Ich habe einen Ruf zu wahren, Sir!«

»Sie schmeicheln sich, Miss Abigail!« sagte er grinsend. Blut strömte in ihr Gesicht, bis sogar ihre Ohren heiß wurden.

»Mir wird ein wenig schwindelig.«

»Schwindelig? Gehen Sie zurück ins Bett! Ich könnte Sie niemals aufheben, sollten Sie hier zusammenbrechen.«

Er humpelte mühsam den Flur entlang, und alles ging gut, bis er an eine Stelle kam, wo der Läufer Falten geschlagen hatte. Eine Krücke verfing sich darin, und er taumelte. Sie eilte zu ihm, legte ihm einen Arm um die Taille und stützte ihn. Als er das Gleichgewicht wiedererlangt hatte, kniete sie nieder, um den Läufer zu glätten. Doch die Krücke stand noch immer darauf. »Können Sie Ihre Krücke etwas heben?« fragte sie und blickte zu ihm hoch. Er war sehr, sehr groß, und sie warnte ihn: »Mr. Cameron, wenn Sie über mich fallen, verzeihe ich Ihnen das niemals.«

»Sie haben mir nichts zu verzeihen.« Er taumelte gegen den Türstock, als eine Krücke zu Boden fiel.

»Schnell, ins Bett!« befahl sie und legte sich seinen Arm über die Schultern. Er war so groß wie ein Scheunentor und in den Schultern fast so breit, aber sie schafften es bis zum Bett und setzten sich nebeneinander auf den Rand. Sie stand hastig auf.

»Ich wäre Ihnen dankbar, wenn Sie in Zukunft etwas gesunden Menschenverstand an den Tag legen würden. Falls Sie aber weiterhin hier herumspazieren wollen, wünsche ich, daß Sie einen Schlafanzug und Morgenmantel anziehen. Wenn ein . . . ein Gorilla wie Sie stürzt, wie soll ich Ihnen je aufhelfen?«

Trotz seiner momentanen Schwäche fragte er: »Haben Sie Ihr Telegramm abgeschickt, Miss Abigail?«

»Ja«, log sie, »aber so bald kann niemand kommen, um mich von Ihrer Anwesenheit zu befreien.«

»Wenn Sie mich loswerden wollen, sollten Sie mich besser ernähren. Ich bin so schwach wie ein neugeborenes Kind. Haben Sie anständiges Fleisch gekauft?«

»Ja! Ich habe etwas ganz Spezielles für Sie gekauft!«

Er erwachte aus einem Traum, in dem Regen auf sein Zeltdach trommelte, aber es waren die Schweinekoteletts, die in Miss Abigails Pfanne laut brutzelten. Er streckte sich; die Haut über der Wunde an seinem rechten Bein spannte, aber es ging ihm von Tag zu Tag besser. Der Duft war so köstlich, daß ihm das Wasser im Mund zusammenlief. Als sie mit dem Tablett kam, hatte er einen Bärenhunger.

»Mmm . . . das riecht nach Schweinekotelett.« Er strahlte, als sie das Tablett absetzte. Sie hatte den Teller sogar zugedeckt, damit das Essen heiß blieb.

»Ja, diesmal bekommen Sie richtiges Fleisch«, sagte sie lächelnd.

»Dann haben Sie also doch ein Herz?«

»Das müssen Sie selbst entscheiden«, sagte sie und deckte den Teller ab. Er starrte auf die ungekochte Schweinsblase. Sie blieb nur so lange, daß sie seinen Gesichtsausdruck sehen konnte. Mit wutverzerrter Miene fluchte er obszön. Dann fragte er, was sich auf dem Teller befinde.

»Wollten Sie nicht Fleisch haben?« fragte sie unschuldig und genoß jeden Moment dieser Szene. »Es ist vom Schwein. Eine Schweinsblase. Eine perfekte Mahlzeit für einen Unflat wie Sie.«

Er starrte sie giftig an und röhrte: »Ich rieche Schweinekoteletts, Abbie! Sagen Sie mir nicht, daß es nicht stimmt! Soll ich mit meinem Lendenschurz bekleidet in die Stadt gehen und den Leuten erzählen, daß Abigail McKenzie mir das Essen verweigert, für das sie bezahlt wird?«

Sie hatte sich in eine außerordentliche Wut hineingesteigert. Ihre Augen sprühten Funken, die Hände hatte sie zu Fäusten geballt, und nun stampfte sie mit dem Fuß auf.

»Jetzt bin *ich* an der Reihe, *Ihnen* eine Lektion zu erteilen, *Sir*! Ich habe Schweinekoteletts, Kartoffeln, Soße, Gemüse, alles, damit Sie Ihren Appetit stillen können. Ich will nur, daß Sie mich anständig behandeln. Geben Sie mir diesen dreckigen Revolver!«

»Bringen Sie mir meine Schweinekoteletts!« brüllte er und starrte sie an.

»Geben Sie mir die Waffe!«

»Den Teufel tu ich!«

»Dann kriegen Sie keine Schweinekoteletts!« Der Revolver erschien so schnell in seiner Hand, daß sie geschworen hätte, er wäre schon immer da gewesen.

»Geben – Sie – mir – meine – Schweinekoteletts!« drohte er.

Sie stammelte: »Stecken Sie ... dieses dreckige Ding weg!«

»Ich stecke es erst weg, wenn Sie mir mein Essen bringen. Dafür werden Sie bezahlt.«

Dann herrschte Schweigen, und einen kurzen Augenblick wurde beiden die Lächerlichkeit der Situation bewußt.

Er bekam seine Schweinekoteletts. Aber Miss Abigail war in schrecklicher Verfassung! Glücklicherweise war morgen

Sonntag, denn sie brauchte dringend göttliche Weisungen. Welche Verfehlungen sie in letzter Zeit begangen hatte! Zorn, Rachsucht, Lüge, selbst Promiskuität, wenn auch nur in Gedanken. Aber wenn sie all dessen schuldig war, was hatte er dann alles zu büßen? Und außerdem war er für jede einzelne ihrer Sünden verantwortlich!

Die Schweinsblase war auf mysteriöse Weise verschwunden. Sie fragte nicht danach. Wahrscheinlich hat er sie gefressen, dachte sie, und auch noch jeden Bissen genossen.

»Ich habe Ihnen einen Schlafanzug meines Vaters gebracht. Ziehen Sie ihn an. Der Anblick Ihrer behaarten Brust und Beine widert mich an.«

»Wie Sie wünschen.« Sie wollte schon gehen, aber da entdeckte sie die Schweinsblase in der Waschschüssel. Mit spitzen Fingern griff sie danach, doch er befahl:»Lassen Sie das Ding, wo es ist.«

»Was!«

»Ich sage, lassen Sie das Ding liegen!«

»Aber es stinkt!«

»Rühren Sie es nicht an! Verschwinden Sie jetzt.«

Es war Samstag nachmittag, und sie putzte wie gewöhnlich das Haus. Als sie mit dem Putzen fertig war, stellte sich vor seine Tür und rief: »Sind Sie jetzt ordentlich angezogen, Mr. Cameron?«

»Angezogen bin ich, aber ordentlich wohl kaum. Das werde ich auch nie sein.«

Sie sah ihn an und konnte nur mit Mühe ein Grinsen unterdrücken. Er sah einfach lächerlich aus. Die Pyjamahosen reichten ihm nur bis zur Mitte der Waden.

»Warum grinsen Sie?« murrte er.

»Es ist nichts.«

»Sie lügen. In diesem verdammten Zeug komme ich mir wie ein Hanswurst vor.«

»Es muß gehen, denn ich habe nichts anderes.« Doch gegen ihren Willen starrte sie ihn weiter an und kicherte sogar.

»Das reicht. Putzen Sie das Zimmer. Deswegen sind Sie doch gekommen. Wenn Sie mich noch länger anstarren, ziehe ich das Zeug wieder aus!«

In ihren ständigen Zänkereien waren sie sich jetzt ebenbürtig geworden. Gingen sie einmal zu weit, endeten ihre Wortgefechte in sarkastischen Bemerkungen. Und Miss Abigail begann, diese Auseinandersetzungen zu genießen. Während sie das Schlafzimmer aufräumte und putzte, fühlte sie ständig seine Augen auf sich. Als sie die Bettwäsche wechselte, setzte er sich ans Fenster. Sie wischte den Staub unterm Bett weg und entdeckte seine Stiefel darunter, und der Lumpen, der einmal sein Hemd gewesen sein mußte, lag jetzt zwischen den Sprungfedern und der Matratze. Darin hatte er den Revolver eingewickelt. Sie konnte den Lauf hervorschauen sehen, sagte aber nichts. Nur Doc Dougherty konnte ihm die Waffe gebracht haben. Warum er das getan hatte, war ihr unbegreiflich. Es grenzte an Schwachsinn.

Neben dem Bett stand noch immer die Schüssel mit dem Wasser und der Schweinsblase darin.

»Darf ich fragen, warum Sie dieses stinkende Ding aufheben?«

»Das ist meine Sache«, war alles, was er sagte.

Das Abendessen verlief ohne Zwischenfall.

Die Schweinsblase lag noch immer in der Schüssel, und in Miss Abigails Kopf nahm ein Plan Gestalt an.

Der Abend kam, und Jesse langweilte sich. Es war seltsam, wie er sich an ihr Kommen und Gehen gewöhnt hatte. Wenn es still wurde, wünschte er sich, sie würde kommen, auch wenn sie nur stritten. Er hörte, wie sie mit einer Menge Wasser herumplanschte, nahm seine Krücken, humpelte den Gang entlang, auf die Geräusche zu, und fand sie an der Hintertür. Sie wusch sich die Haare. Er öffnete die Fliegengittertür und schlug damit zweimal leicht gegen ihren Kopf.

»Was für ein merkwürdiger Ort, um sich das Haar zu waschen. Jeder kann Sie sehen.«

»Nehmen Sie diese Tür weg!« rief sie wütend unter dem Schaum hervor. »Ich wasche mein Haar, wo *ich* will.«

Er stand da und betrachtete sie. Abigail kniete auf dem Boden und beugte sich über die Waschschüssel. Sie fühlte sich verletzbar, da er über ihr stand und ihr zusah.

»Ach, machen Sie sich schön für den Kirchgang morgen. Für wessen Erlösung beten Sie denn, Ihre oder meine?«

Und vom Nachbargarten aus konnte Rob Nelson alles sehen und hören. Er rannte ins Haus und schrie: »Ma, Ma! Rate mal, was ich gerade gesehen habe.«

Jesse hatte inzwischen das stille Örtchen aufgesucht, und als er wiederkam, war Miss Abigail verschwunden. Er fühlte sich schwach und ging gleich zu Bett. Er beschloß, jeden Tag ein wenig länger aufzubleiben und seine wiederkehrenden Kräfte zu stärken. Mit der Hand fuhr er durch sein Haar. Es fühlte sich filzig an. Anstatt sie zu ärgern, hätte er sich auch die Haare waschen sollen.

»Miss Abigail!« rief er, doch im Haus blieb es still. »Können Sie mich hören?«

Keine Antwort.

»Kann ich auch ein Shampoo haben?«

Noch immer keine Antwort, aber er hörte die Dielen über seinem Kopf knarren. Eigentlich erwartete er auch keine Antwort. Zu sich selbst sagte er: »Typische Tageseinteilung eines alten Mädchens. Geht selbst am Samstagabend mit den Hühnern schlafen.« Er langweilte sich zu Tode und wünschte, sie würde ihm Gesellschaft leisten. Wenn sie doch nur ihre scharfe Zunge im Zaum hielt und er dasselbe versuchte, könnte der Abend ganz nett werden. Von der Stadt her hörte er die Leute feiern, und er sehnte sich nach einem Bier und Unterhaltung.

Miss Abigail trocknete ihr Haar oben am offenen Fenster. Er rief irgend etwas, doch sie ignorierte ihn. Sie überlegte, was sie morgen zum Kirchgang anziehen wollte, und dann dachte sie an den Revolver unter seiner Matratze. Sie dachte an seine

Küsse, schob den Gedanken aber schnell beiseite, denn er verursachte ihr ein flaues Gefühl im Magen. Kein Lüftchen regte sich, sie konnte den Lärm aus dem Saloon hören. Aber es war jetzt Ende Juni und sehr heiß. An wie vielen Samstagabenden hatte sie hier so gesessen und ihr Haar getrocknet? War früh zu Bett gegangen und hatte sich gewünscht, etwas anderes zu tun? Mit einem Mann vielleicht? Nun lebte ein Mann unter ihrem Dach, doch ein unflätiger, ungehobelter Kerl, der nicht den geringsten Anstand besaß. Wie lange mußte sie ihn noch ertragen? Sie hörte ihn wieder rufen. Er verlangte Shampoo. Nun, wenn er sauber ist, führt er sich vielleicht gesitteter auf, sagte sie sich. Sie durfte sich nicht eingestehen, daß sie einsam war und sie seine Gesellschaft dieser Einsamkeit vorzog.

Als sie sein Zimmer betrat und sah, was er in der Hand hatte, fragte sie angeekelt:»Was tun Sie denn mit diesem dreckigen Ding?«

Die Schweinsblase war sauber, aufgeblasen und mit Garn aus ihrem Nähkorb abgebunden worden. Er preßte sie rhythmisch mit der rechten Hand zusammen. »Ich trainiere die Hand, mit der ich schieße.«

Sie öffnete vor Schreck den Mund; ihre Knie fingen an zu zittern. Sollte sie fliehen? Sollte sie ihm die Befriedigung gönnen, sie wieder zu demütigen? Doch sie befahl: »Legen Sie das schreckliche Ding weg, wenn ich mich um Ihr Haar kümmern soll!«

Da schau, dachte er. Die Königin ist von ihrem Thron gestiegen, und dazu noch in Nachthemd und Morgenmantel. »Sie sind zu schwach. Ich kann Ihnen nicht Ihr Haar waschen, also werde ich es mit Hafermehl bürsten. Das ist sehr wirksam.«

»Hafermehl?« fragte er skeptisch.

»Ja. Aber Sie müssen sich hinlegen. Wollen Sie nun eine Trockenbehandlung oder gar keine?« Sie merkte zu spät, was sie gesagt hatte. Er grinste bereits spöttisch, legte sich jedoch gehorsam hin und sagte gedehnt: »Na, dann machen wir es eben trocken.«

Äußerst verwirrt hantierte sie mit ihren Utensilien herum. Sie breitete ein Handtuch unter seinem Kopf aus und stäubte dann sein Haar mit einer gehörigen Portion Hafermehl ein. Zu seiner Verwunderung massierte sie darauf seinen Kopf derart, als würde sie ihn waschen.

»Wie praktisch«, stichelte er. »Morgen können Sie mir dann daraus meinen Frühstücksbrei machen.« Sie mußte lachen. Dann schloß er die Augen und überließ sich dem Genuß der Massage. Es erinnerte ihn an seine Kindheit, auch seine Mutter hatte ihm jeden Samstagabend das Haar gewaschen.

»Aufsetzen!« befal sie und riß ihn aus seiner Träumerei. »Ich muß das jetzt ausbürsten. Halten Sie still, bis ich wiederkomme.« Dann nahm sie das Handtuch vorsichtig an den vier Ecken und trug es mit dem schmutzigen Mehl hinaus.

Nachdem die komplizierte Prozedur endlich beendet und Jesses Haar sauber war, sagte er bittend: »Es ist doch Samstagabend, Abbie. Alle amüsieren sich. Seit fast zwei Wochen liege ich jetzt in diesem Bett und werde schon langsam verrückt. Ich möchte mich gern ein bißchen mit Ihnen unterhalten. Das ist alles.«

Sie seufzte und kauerte sich auf eine Truhe am Fußende des Bettes. »Dann sind Sie sicher bald wieder gesund.«

»So lange still zu sitzen und zu liegen, bin ich nicht gewöhnt.«

»Was sind Sie denn gewöhnt?« Sie wußte nicht genau, ob sie überhaupt etwas aus dem ruchlosen Leben dieses Zugräubers wissen wollte, trotzdem war die Aussicht, davon zu hören, seltsam verlockend. Er seinerseits fragte sich, ob sie ihm glauben würde, wenn er ihr die Wahrheit erzählte.

»Ich bin es nicht gewohnt, in einem Haus wie dem Ihren oder mit einer Frau, wie Sie es sind, zu leben. Ich reise viel.«

»Nun, das ist wohl nicht verwunderlich bei Ihrer Beschäftigung. Ist das nicht ermüdend?«

»Manchmal. Aber ich muß es tun, also tue ich es.«

Sie sah ihm in die Augen. »Niemand braucht diese Art Leben zu führen. Warum geben Sie es nicht auf und suchen sich eine ehrliche Arbeit?«

»Ist denn der Beruf eines Fotografen keine ehrliche Arbeit?«

»Ach, kommen Sie. Glauben Sie etwa, ich nehme Ihnen diese Geschichte von der Kamera, die im Zug zurückgeblieben ist, ab?«

»Nein. Eine Frau wie Sie kann mir wohl nicht glauben.«

»Warum behaupten Sie, daß Sie Fotograf sind?« fragte sie und machte ihm klar, daß sie das alles für zu weit hergeholt hielt.

»Der Ausbau der Eisenbahn«, sagte er mit diesem für ihn typischen halben Lächeln, »besitzt historische Größe.« Er breitete mit einer dramatischen Geste die Arme aus. »So werden die unermeßlichen Weiten unseres Landes miteinander verbunden, zum Wohle aller und für blühenden Wohlstand.« Doch dann ließ er die Arme sinken und sagte nachdenklich: »Wissen Sie, so etwas wird nie wieder geschehen. Es ist einmalig. Und es ist etwas Großartiges, Abbie.« Er seufzte, verschränkte die Hände hinter seinem Kopf und starrte zur Decke. Und fast hätte sie ihm geglaubt, so aufrichtig hatte er geklungen.

»Sie möchten sicher, daß ich Ihnen glaube, Mr. Cameron.«

»Würde es Ihnen etwas ausmachen, mich Jesse zu nennen? Es ist angenehmer, wenn wir uns unterhalten.«

»Ich dachte, ich hätte mich klar genug ausgedrückt.«

»Aber wir sind doch allein. Ich erzähle es auch niemandem«, neckte er sie.

»Nein. Ich kann Sie nicht Jesse nennen ... niemals. Wir wollen das Thema wechseln. Erzählen Sie mir von Ihrer Arbeit. Versuchen Sie mich zu überzeugen, daß Sie kein Zugräuber sind.«

Er lachte und sagte dann: »Nun gut. Ich arbeite für die Eisenbahngesellschaft und fotografiere jede Phase des Eisenbahnbaus. Solange ich für sie arbeite, habe ich freie Fahrt, wohin ich auch reisen will, damit ich ungehindert fotografieren kann. Die meiste Zeit lebe ich in Camps oder im Zug. Viel mehr gibt's nicht zu erzählen.«

»Sie haben nur vergessen zu erwähnen, warum Sie stehlen, wenn Sie doch eine anständige Arbeit haben.«

»Das war ein Fehler, Abbie.«

»Miss Abigail«, korrigierte sie ihn.

»Gut. Also, Miss Abigail. Haben Sie je ein Eisenbahncamp gesehen?«

»Wohl kaum.«

»Nein. Das kann ich mir vorstellen. Nun, mit Miss Abigail McKenzies Haus ist es nicht vergleichbar. Meistens liegt es draußen, in einer Einöde, und die Männer, die dort arbeiten, sind alles andere als salonfähig.«

»Wie Sie?« konnte sie sich nicht verkneifen zu sagen. Wieder lachte er. Es war ihm egal, was sie dachte.

»Was gute Manieren betrifft, bin ich den Eisenbahnern haushoch überlegen. Ihr Leben ist rauh, ihre Sprache ist noch rauher, und beim geringsten Streit greifen sie zum Schießeisen. Dort, wo sie leben, gibt es kein Gesetz. Ihre Kämpfe tragen sie mit Fäusten, Revolvern und manchmal sogar mit dem Hammer aus. Es gibt auch keine Städte dort, mit anderen Worten: keine Unterkunft. Ein Mann, der in der Wildnis lebt, kann ohne eine Waffe nicht überleben. In den Bergen gibt es Pumas, in der Prärie Wölfe und andere Arten von wilden Tieren . . .«

»Und was wollen Sie damit sagen, Mr. Cameron?« unterbrach sie ihn.

»Daß auch ich eine Waffe trage, wie jeder Mann, der den Westen bezwingen will. Ich streite gar nicht ab, daß ich im Zug bewaffnet war. Ich bestreite nur, daß ich sie für einen Überfall benutzt habe.«

»Sie vergessen, daß man Sie auf frischer Tat ertappt hat.«

»Bei was? Ich hatte sie aus dem Halfter genommen und wollte

sie reinigen. Doch ehe ich sie entlud, fing irgendein altes
Weib an zu schreien, und ich lag am Boden und schoß. Und
als nächstes wachte ich in Ihrem Haus auf. An mehr kann ich
mich nicht erinnern.«

»Eine schöne Geschichte, Mr. Cameron. Sie würden einen
guten Schauspieler abgeben.«

»Ich brauche kein guter Schauspieler zu sein – ich bin ein
guter Fotograf. Wenn ich erst einmal meine Platten wieder-
habe, können Sie sich selbst davon überzeugen.«

»Sie scheinen sehr von sich überzeugt zu sein.«

»Das bin ich. Warten Sie's nur ab.«

»Oh, ich werde warten. Aber was wird dabei herauskommen?«

»Sie lassen sich wohl nur schwer überzeugen, wie?«

»Ich erkenne nur die Wahrheit.«

»Genau das mache ich auch als Fotograf. Die Wahrheit
erkennen und festhalten. Für die Ewigkeit.«

»Die Wahrheit?«

Er dachte einen Augenblick nach und betrachtete sie dann mit
schiefgelegtem Kopf. »Nun, nehmen wir einmal den gestrigen Abend. Sie hätten ein sehr hübsches Motiv abgegeben,
wie Sie dasaßen. Das Licht fiel genau im richtigen Winkel ein,
um diese gespielte Härte aus Ihrem Gesicht wegzuwischen
und Ihre natürliche Schönheit hervorzuheben. Wenn ich in
diesem Moment eine Kamera gehabt hätte, hätte ich ein Bild
von Ihnen machen können – so, wie Sie sind, nicht wie Sie
vorgeben zu sein. Ich hätte Sie als eine Schwindlerin entlar-
ven können.«

Sie versteifte sich sofort. »Ich bin keine Schwindlerin.« Er
sah sie noch immer prüfend an, so als könne er in ihr tiefstes
Inneres sehen. Dann sagte sie in einem Ton, als wüßte sie
genau, wovon sie sprach: »Wenn es überhaupt Schwindler
gibt, dann sind Sie einer. Das haben Sie durch Ihre eigenen
Worte bewiesen. Wie ich dasaß, gab ich kein gutes Motiv für
eine Fotografie ab, denn ich bewegte mich ständig. Und sogar

ich weiß, daß die zu fotografierende Person unbeweglich dasitzen muß, damit das Bild gelingt.«

»Sie haben mich völlig mißverstanden, aber mit Absicht, glaube ich. Doch wenn Sie die Sache so sehen wollen, soll es mir recht sein. Diese steifen, gestellten Fotografien kann man leicht machen. Meinen Bildern fehlt diese Künstlichkeit. Deshalb arbeite ich für die Eisenbahngesellschaft. Ich fotografiere ein geschichtliches Ereignis, so wie es geschieht, nicht ein paar Narren, die sich in Positur setzen. Mit den Leuten ist es dasselbe. Eines Tages werde ich Sie fotografieren und Ihnen zeigen, wie die wirkliche Abbie aussieht.«

An ihrem Gesichtsausdruck konnte er sofort erkennen, daß sie ihm kein Wort glaubte. »Mein wahres Ich ist äußerst müde und erschöpft«, sagte sie und stand von der Truhe auf. »Aber nicht müde genug, um auf Ihre Geschichten reinzufallen. Ich glaube noch immer, daß Sie als Schauspieler besser denn als Zugräuber oder Fotograf sind.«

»Bleiben Sie nur bei Ihrer Meinung, Miss Abigail«, sagte er. »Das tun Schwindler gewöhnlich.«

»Sie sollten wissen . . .«, entgegnete sie, brach aber abrupt ab, da er sie intensiv ansah und sie sich fragen mußte, was er mit seinen Worten gemeint hatte. Schließlich zuckte sie die Achseln und wünschte ihm gute Nacht.

Was für ein Samstagabend, dachte er. Eine Frau bürstet mir Hafermehl aus meinem Haar. Eine Frau, die mich nicht leiden kann. Manchmal konnte sie ganz nett sein, wie gestern abend und jetzt. Aber nichts an ihr war natürlich; immer posierte sie, benahm sich steif und unnahbar, war so starr wie diese Beschränkungen, die sie sich selbst auferlegte. Warum sollte er sie überhaupt ändern wollen? Wenn sie sich in ihrer Pose gefällt, laß sie doch in Ruhe, dachte er. Langsam glitt er in den Schlaf.

9

Sie lag im Bett und lauschte auf die leisen Geräusche, die von unten kamen. Sie hörte die Bettfedern unter seinem Gewicht knarren. Sie stellte sich vor, wie er sich umdrehte und seufzte und endlich einschlief, während sie geduldig wartete. Sie bekämpfte ihre Müdigkeit. Draußen bellte irgendwo ein Hund.

Nach unendlich langer Zeit stand sie geräuschlos auf. Barfuß ging sie, geschmeidig wie eine Katze, die Treppe hinunter. Unten wartete sie. In der Stille konnte sie sein Atmen hören – lang und tief und regelmäßig. Dann huschte sie an die Seite seines Bettes und legte sich auf den Boden, halb darunter. Er atmete wie zuvor, während ihr Atem in schnellen, heftigen Stößen kam.

Der Revolver war am Rand der Matratze, innerhalb seiner Reichweite, versteckt. Sie berührte ihn. Sie schauderte. Das Problem bestand darin, die Matratze leicht anzuheben.

Sie mußte aber warten, bis er sich auf die andere Seite drehte. Wenn dann vielleicht eine Bettfeder quietschte, konnte sie die Waffe schnell unbemerkt an sich nehmen. Der Boden war hart wie Stein. Sie fror und wagte sich nicht zu rühren. Der Hund bellte wieder. Und dann seufzte Jesse und bewegte sich. Die Bettfedern quietschten. Schnell griff sie nach der Waffe. Sie fiel mit einem Plumps auf ihre Brust, und sie unterdrückte den Impuls, vor Schmerz aufzustöhnen.

Sie lag völlig bewegungslos da. Endlich hatte sie das verdammte Ding! Jesse atmete wieder regelmäßig. Sie hielt ihren Atem an, denn ihr wurde ganz schlecht bei dem Gedanken, was passieren würde, wenn er sie erwischte. Aber das

Schlimmste war vorbei – der Rest war einfach. Er schnarchte jetzt leise. Mit dem Revolver in der einen Hand und seinem Hemd in der anderen setzte sie sich auf. Sie war überrascht, wie nahe sie die ganze Zeit seinem Kopf gewesen war. Er hatte das Gesicht der Wand zugekehrt, deshalb richtete sie sich weiter auf, noch immer geräuschlos, dann stand sie vollends auf.

Sie hatte noch nicht einen Schritt gemacht, als ein Arm sie ergriff und rückwärts zurückkriß, so daß sie schwer aufs Bett fiel. Im nächsten Augenblick glaubte sie sterben zu müssen, denn er hatte ihr das Ende der Matratze über den Kopf gestülpt: Sie bekam keine Luft mehr, doch den Revolver hielt sie noch immer fest.

»So, Lady, wenn Sie schon unter meinem Bett herumkriechen, sehen Sie, was daraus wird?« knurrte er wütend. »Geben Sie mir diesen verdammten Revolver!« Er verdrehte ihr das Handgelenk, aber sie ließ nicht los. Sie rangen miteinander, als sie plötzlich ganz schlaff wurde und jeden Widerstand aufgab.

Er löste seinen Griff und rief: »Himmel, Abbie!« Sie lag da und atmete röchelnd, rasselnd. Jeder Atemzug war mit unendlichen Schmerzen verbunden. Tränen rannen über ihre Wangen.

»Ich wollte Sie doch nicht ersticken. Abbie, geht es wieder?« »Sie ... Sie ...« Aber ihre Stimme gehorchte ihr noch nicht. »Sprechen Sie jetzt nicht!« befahl er. »Atmen Sie zuerst einmal tief durch.«

Er kniete neben ihr. »Sind Sie verletzt?« fragte er und massierte ihren Rücken, während sie dalag und darauf wartete, daß sich ihr rasendes Herz beruhigte.

»Nehmen ... Sie ... Ihre ... dreckigen ... Hände ... von ... mir«, stieß sie mühsam hervor.

»Das ist Ihre eigene Schuld«, sagte er, ignorierte ihren Befehl und massierte sie weiter. »Was wollten Sie denn? Mich erschießen?«

»Nichts würde mir mehr Vergnügen machen«, keuchte sie.
»Jedesmal, wenn ich aufwache, scheinen Sie in meinem Bett
zu liegen. Haben Sie mich deshalb in Ihrem Haus aufgenommen, Abbie? Damit Sie sich in das Bett eines Revolverhelden
schleichen können? Warum haben Sie das nicht gleich gesagt
und statt dessen die fürsorgliche Krankenschwester gespielt?
Krankenschwester ... Ha! Wissen Sie, was Sie mir schon
alles angetan haben? Zuerst haben Sie meinen Schnurrbart
abrasiert, ohne einen ersichtlichen Grund. Dann haben Sie
mir keine Bettpfanne gebracht – meine Blase wäre fast ge-
platzt. Und Sie haben mit dieser Bettpfanne nach mir geworfen. Dann haben Sie mir Strohhalme in die Gurgel gesteckt,
daß ich kaum noch reden konnte, und hinterher behauptet,
ich wäre sonst verhungert. Daraufhin wollten Sie mich mit
Leber vergiften, bis ich wie ein Reiher gekotzt habe, und
später servierten Sie mir eine Schweinsblase, während ich
halb verhungert war. Und um allem die Krone aufzusetzen,
wollen Sie mich jetzt erschießen!«
»Ich wollte Sie nicht erschießen!«
»Sie wurden auf frischer Tat ertappt, Miss Abigail. Kommen
Ihnen diese Worte nicht bekannt vor? Ich kenne jemanden,
der sie erst kürzlich ausgesprochen hat.«
»Sie haben auf Mr. Melcher geschossen. Ich habe noch nie
auf jemanden geschossen. Ich wollte nur den Revolver haben.«
»Sie haben nicht geschossen, weil ich schneller als Sie war.«
»Ich habe Ihnen das Leben gerettet, Sie undankbare Bestie!«
zischte sie.
»Undankbare Bestie?« sagte er boshaft. »Ja, ich bin wohl
undankbar gewesen. Vielleicht sollte ich Ihnen eine angemes-
sene Dankbarkeit für alles, was Sie für mich getan haben,
erweisen? Vielleicht sollte ich es lieber auf die ... zärtliche
Weise tun. Ihnen das zurückzahlen, was Sie mir antaten, ist
es das, was Sie wollen?«
»N ... nein, so habe ich das nicht gemeint.«

»Aber natürlich haben Sie es so gemeint. Nennen wir es einfach Bezahlung für geleistete Dienste?«

»Bitte . . .« Schützend verschränkte sie die Arme vor der Brust.

»Fangen wir mit einem schönen, langen Zungenkuß an.« Er war so schnell, daß es für sie kein Entkommen gab. Sie preßte die Zähne fest zusammen, doch unter seinen fordernden und immer drängenderen Zärtlichkeiten schmolz ihr Widerstand gegen ihren Willen zusammen. Ja, sie wurde von einer seltsamen Apathie ergriffen und ließ ihn gewähren, bis ihr die Sinne fast schwanden.

Als sie nur noch Wachs in seinen Händen war, fragte er heiser an ihrem Ohr: »Soll ich weitermachen, oder wollen wir es dabei belassen?«

»Bitte . . .«, flehte sie flüsternd.

»Bitte, was? Weitermachen oder aufhören?«

»Aufhören.« Sie weinte.

Er entsprach ihrer Bitte und schaute sie an. Sie zitterte; alles an ihr zitterte: die Lider über ihren geschlossenen Augen, die halb geöffneten Lippen. Sanft berührte er ihre Wange. »Wie alt sind Sie, Abbie? Sie haben mich belogen, nicht wahr? Sie sagten, Sie wären alt. Aber das ist ein Schutzschild, hinter dem Sie sich verstecken, denn Sie haben Angst vor dem Leben. Aber was fürchten Sie denn jetzt?«

Ein Schluchzen entrang sich ihrer Brust. »Ich bin dreiunddreißig und hasse Sie«, flüsterte sie. »Ich werde Sie bis ans Ende meines Lebens hassen.« Sie hatte vor ihm keine Angst mehr. Dieses Gefühl hatte einem neuen Platz gemacht: der Angst vor sich selbst. Angst, weil ihr Körper so willig auf seinen reagiert hatte.

Wie lange schon hielt er sie nicht mehr fest? Sie wußte es nicht. Sie lag völlig willenlos da, und er strich ihr jetzt das wirre Haar aus dem Gesicht – so unendlich sanft und zärtlich. Er hatte sie besiegt, doch irgendwie konnte er sich an diesem Sieg nicht erfreuen: Er ließ ihn leer zurück. Als er sie so daliegen sah, wünschte er sich die alte Abbie zurück, arrogant und scharfzüngig.

»He, wer hat damit überhaupt angefangen?« Sofort hörte sie die Veränderung in seiner Stimme, reagierte aber nicht. Sie schluckte ihre Tränen hinunter und sagte mühsam: »Wenn ich mich richtig erinnere, brachte irgend jemand eines Tages einen Zugräuber in mein Haus, und er hatte einen Schnurrbart ...«

»Abbie ...«, fing er an. Es gab so vieles, das ungesagt geblieben war. Aber sie stieß ihn von sich und kletterte aus dem Bett. Es tat ihm leid, daß er so weit gegangen war, und noch mehr leid, daß er nicht weit genug gegangen war. Als sie schwankend am Bettrand stand, berührte ihre Hand den kalten Stahl der Waffe, die beide während ihres amourösen Kampfes völlig vergessen hatten. Sie nahm sie und verschwand geräuschlos in der Dunkelheit.

10

Es war ein wunderschöner Sonntag, frisch und strahlend, der
Himmel azurblau. Doch während des Gottesdienstes war
Miss Abigail wenig aufmerksam. Selbst beim Gebet schweiften ihre Gedanken zu der vergangenen Nacht zurück, und ein
wohliger Schauer überlief sie. Beim Gesang formten ihre
Lippen zwar die wohlbekannten Worte, waren jedoch ohne
jeden Sinn. Immer wieder drängten sich ihr verbotene Wünsche und Sehnsüchte auf. Und Abigail McKenzie wußte, daß
sie nun verdammt war – obwohl das nicht allein ihr Fehler
war.
Während sie all das bedachte, streifte ihr Blick zufällig Doc
Doughertys kahlen Hinterkopf, und sie wünschte sich inständig, sie könnte ihm mit dem Kolben des Revolvers etwas
gesunden Menschenverstand in sein Hirn klopfen!
Als der Gottesdienst vorüber war, fragte man sie unzählige
Male, wie sie zu Hause zurechtkäme, worauf sie stets antwortete: »Gut, sehr gut.« Als sie schließlich mit dem Doc allein
sprechen konnte, war sie nicht nur auf ihn wütend, sondern
auf jeden, der sich auf ungebührliche Weise – wie ihr schien –
in ihre Angelegenheiten gemischt hatte.
Der Doc grüßte sie höflich, wie üblich. »Wie geht es Ihnen,
Miss Abigail?«
»Doktor, ich muß mit Ihnen reden.«
»Stimmt mit unserem Patienten etwas nicht? Wie heißt er
doch noch? Jesse, nicht wahr? Ist er schon aufgestanden und
trainiert sein Bein?«
»Ja, das tut er, aber ...«
»Gut! Gut! Sonst wird es steif. Er muß es bewegen. Geben

Sie ihm reichlich zu essen, und kümmern Sie sich darum, daß er aufsteht. Er kann sogar draußen sein.«

»Draußen? Der Mann hat doch überhaupt nichts zum Anziehen. Gestern lief er nur mit einem Tuch um die Hüften im Garten herum.«

Der Doc lachte herzhaft. »Daran habe ich nicht gedacht, als ich ihm neulich seine Sachen brachte. Dann müssen wir ihm wohl etwas kaufen, wie? Die Eisenbahngesellschaft zahlt . . .«

Sie unterbrach ihn ungeduldig. »Doktor, was haben Sie sich nur gedacht, als Sie ihm seinen Revolver zurückgaben? Er . . . er hat mich damit bedroht. Und das, nachdem ich alles für ihn getan habe.«

Der Doc runzelte besorgt die Stirn. »Hat Sie bedroht?«

»Psst!« Sie warf einen Blick in die Runde und log dann wieder: »So ernst war es nicht. Er wollte nur gebratene Koteletts zum Mittagessen.«

Dem Doc ging plötzlich ein Licht darüber auf, was sich zwischen zwei so willensstarken Menschen abgespielt haben mochte. Der Schalk blitzte in seinen Augen, als er fragte: »Und hat er sie bekommen?«

Sie wurde rot, zerrte nervös an ihren Handschuhen und stammelte: »Wieso? Ich . . . ich . . . ja, natürlich.«

Der Doc griff in seine Tasche, holte eine Zigarre hervor, biß das Ende ab und starrte nachdenklich in die Ferne. Dann spie er das Ende aus und lächelte. »Ziemlich schlau von ihm, wenn man bedenkt, daß die Waffe nicht geladen war.«

Miss Abigail erstarrte.

»Nicht geladen?« fragte sie fassungslos.

»Nein. Sie glauben doch nicht, daß ich ihm eine scharfe Waffe gegeben hätte?«

»Ich . . . ich . . .« Ihr wurde bewußt, wie töricht sie wirken mußte, wenn sie zugab, auf diesen Schurken hereingefallen zu sein. »Ich hatte nicht daran gedacht, daß der Revolver nicht geladen sein könnte. Das . . . das hätte ich eigentlich wissen müssen.«

»Natürlich hätten Sie das. Aber es tut mir leid, daß er überhaupt auf Sie angelegt hat. Hört sich an, als hätten Sie mit ihm Streit gehabt. Ist sonst alles in Ordnung?«

Niemals hätte Miss Abigail zugegeben, daß überhaupt nichts in Ordnung war. Sie war stolz auf ihre guten Manieren, gute Erziehung und Herkunft, deswegen wurde sie in der ganzen Stadt respektiert. Dieses Bild, das sich die anderen von ihr machten, durfte auf keinen Fall zerstört werden.

»Ich versichere Ihnen, alles ist in Ordnung, Doc Dougherty. Der Mann hat mir kein Leid zugefügt. Aber er ist ein ungehobelter Kerl, eitel und ohne Manieren, und ich habe es gründlich satt, ihn in meinem Haus zu beherbergen. Je eher er geht, um so besser. Ich wünschte, Sie würden ihn entlassen, so daß Sheriff Harris ein Telegramm an die Eisenbahngesellschaft schicken kann, damit er abgeholt wird.«

»Gut. Das mache ich gleich morgen früh. Er ist sicher bald reisefähig.«

»Wie lange wird das noch dauern? Was glauben Sie?«

Der Doc kratzte sich am Kinn. »Das ist schwer zu sagen, aber allzu lange sollte er nicht mehr pflegebedürftig sein. Ich komme jetzt jeden Tag vorbei. Sie können auf mich zählen, Miss Abigail. Kann ich sonst noch etwas für Sie tun?«

»Ja. Kaufen Sie ihm Hosen und vielleicht ein Hemd. Ich bestehe darauf, daß er anständig gekleidet ist, wenn er sich draußen zeigt.«

»Natürlich. Ich kümmere mich gleich darum.«

»Je früher, desto besser«, meinte sie ziemlich schnippisch. Dann wünschte sie ihm mit dem ihr typischen Hochrecken des Kinns einen guten Tag und machte sich auf den Heimweg. Sie war so wütend wie noch nie in ihrem Leben. Wenn sie überlegte, daß sie sich von ... von diesem *Hund* hatte reinlegen lassen, den sie von der Straße aufgelesen hatte, weil niemand ihn wollte. Er hatte sie gequält, schikaniert, belästigt! Und das alles mit diesem ungeladenen Revolver erzwungen! Miss Abigail kochte vor Wut.

Jesse hörte das laute Klack-Klack-Klack ihrer Absätze, als sie die Treppe hochging. Einen Augenblick später kam sie im selben Stakkato wieder herunter. Dieser ungewöhnliche Schritt überraschte Jesse; normalerweise bewegte sie sich leise wie eine Katze. Sie schoß an seiner Tür vorbei, ging in die Küche und öffnete die Tür zur Abstellkammer. Er hörte, wie sie etwas eingoß, dann kam sie wieder, ging schnurstracks zu seinem Bett und schlug ihn hart ins Gesicht, noch ehe er ein Wort sagen konnte. Während er noch völlig sprachlos dasaß, ging sie zum Wasserkrug und schüttete irgend etwas hinein. Dann hielt sie mit spitzen Fingern den Revolver darüber.

»Nie wieder werden Sie mich mit diesem ekelhaften Ding bedrohen, das Sie einen Revolver nennen«, sagte sie selbstgerecht. Darauf ließ sie die Waffe mit einem Plumps ins Wasser fallen. »Weder in geladenem noch ungeladenem Zustand!« Noch immer wie erstarrt, hörte er das Blubbern des Wassers, als es in den Lauf eindrang. Als er schließlich begriffen hatte, was sie getan hatte, sprang er aus dem Bett und humpelte zum Krug. Er wollte gerade seinen Revolver aus dem Krug nehmen, da sagte sie kalt: »Ich rate Ihnen nicht, Ihre Hand da reinzustecken, es sei denn, Sie wollen sie von der Lauge verätzen lassen.« Inzwischen hatte sie sich in eine sichere Entfernung zurückgezogen.

Er humpelte hilflos um den Tisch. »Sie Schlange! Holen Sie den Revolver raus, oder ich schütte alles auf den Boden. Das schwöre ich!«

»Mein Tisch!« jammerte sie, als die Lauge auf die lackierte Tischplatte spritzte. Sie trat ein paar Schritte vor, blieb dann aber unsicher stehen.

»Holen Sie ihn raus!« brüllte er. Sie starrten sich böse und haßerfüllt wie wilde Tiere an. Mit nur mühsam beherrschter Stimme, jedes Wort betonend, sagte er: »Holen ... Sie ... meinen ... Revolver ... raus!«

Sie wußte, es war besser, ihm zu gehorchen.

Mit hocherhobenem Kopf trug sie den Krug nach draußen. Er hörte, wie die Hintertür zufiel, dann ein Platschen, als sie den Krug leerte. Sie kam mit einem Lappen zurück, um ihren kostbaren Tisch abzuwischen. Während sie putzte, ließ Jesse sich in den Schaukelstuhl fallen, vergrub das Gesicht in den Händen und murmelte angewidert: »Warum haben Sie das getan?«

»Ihre ausschweifenden Beutezüge sind wirklich beeindruckend ...«

»Nerven Sie mich nicht mit Ihrer geschraubten Ausdrucksweise!« bellte er. »Wir wissen doch beide, daß Sie jedesmal so reden, wenn Sie eine Heidenangst haben! Ich sage alles, was ich will und wie ich es will!«

»Das tue ich ebenfalls! Sie haben vielleicht geglaubt, Sie hätten mich vergangene Nacht besiegt. Aber Miss Abigail McKenzie läßt sich nicht besiegen, verstehen Sie mich?« Wütend wischte sie auf ihrem Tisch herum. »Ich nehme Sie in meinem Haus auf – *Sie!* Einen gewöhnlichen Zugräuber! Und rette Ihnen das Leben! Ohne mich würden Sie heute schon verrotten! Und wofür? Damit sie meine Kocherei, meine Sprache, mein Benehmen kritisieren? Damit ich als Belohnung für meine Pflege geknechtet und erniedrigt werde?«

»Pflege?« Er lachte hämisch. »Sie haben sich doch noch um niemanden in Ihrem ganzen verdammten Leben gekümmert! Sie sind so kalt wie ein Fisch und kennen nur sich selbst. Jetzt haben Sie also herausgefunden, daß der Revolver nicht geladen war, wie? Und deshalb haben Sie ihn in die Lauge geworfen? Ist es nicht so?«

»Ja!« schrie sie mit Tränen in den Augen.

»Scheiße ist es, *Miss* Abigail McKenzie! Sie taten es, weil Sie genau wußten, daß vergangene Nacht absolut nichts mit dem Revolver zu tun hat. Ihr ganzes Leben haben Sie in diesem gottverlorenen Haus einer alten Jungfer zugebracht und hatten Todesangst, auch nur irgendein Gefühl zu zeigen, bis ich kam. Ich! Ein gewöhnlicher Zugräuber! Sie können sich ja nicht einmal eingestehen, daß Sie ein Mensch sind, daß einer wie ich Sie erregen kann, daß Sie überhaupt sexuelle Gefühle haben. Das gehört sich nämlich nicht, habe ich recht? Seit ich in Ihrem Haus bin, haben Sie jede Gefühlsregung erlebt, die Sie sich sonst verboten haben. Und die Wahrheit ist, daß Sie mir dafür die Schuld geben, und zwar allein aus dem Grund, weil Ihnen diese Gefühle alle gefallen.«

»Lügen! Nichts als Lügen!« keifte sie. »Sie lügen, weil Sie sich verteidigen wollen, obwohl Sie wissen, daß alles, was Sie letzte Nacht taten, grausam, gemein und unmoralisch war.«

»Grausam? Gemein? Unmoralisch?« Wieder lachte er hämisch. »Wieso denn, Abbie? Wenn Sie nur ein bißchen Verstand hätten, würden Sie mir dafür danken, was ich Ihnen letzte Nacht gezeigt habe, denn es gibt noch Hoffnung für Sie. Geben Sie es doch zu, Abbie. Sie sind sauer, weil Sie es genossen haben, mit mir auf dem Bett herumzurollen!«

»Hören Sie auf! Hören Sie auf!« schrie sie. Dann drehte sie sich schnell um und warf den mit Lauge getränkten Lappen nach ihm. Er landete auf der unteren Partie seines Gesichts. Sofort fing seine Haut an zu brennen; entsetzt schrie er auf. Er riß sich sofort den Fetzen vom Hals, und da merkte sie erst, was sie getan hatte, und reagierte so, wie sie ihr ganzes Leben reagiert hatte: Sie nahm ein frisches Handtuch und trocknete sein Gesicht ab, ehe die ätzende Flüssigkeit bleibende Schäden hinterlassen konnte. Sie hatte Angst und wußte genau, daß sie zu weit gegangen war.

»Sie ...«, keuchte Abbie und schrubbte ihn, »Sie lachen mich ständig aus. Ich kann tun, was ich will, Sie lachen. Nie haben Sie mir irgendeine Anerkennung für das gezollt, was ich für Sie getan habe. Statt dessen kritisieren Sie mich. Wenn ich derart kalt und fischblütig bin, warum haben Sie dann gestern nacht damit angefangen? Warum?« Sie war am Rande eines Nervenzusammenbruchs, trotzdem sah sie ihm in die Augen. »Glauben Sie etwa, ich weiß nicht, warum Sie mich dann gehen ließen, ehe es zum letzten kam? Halten Sie mich für so naiv, daß ich nicht weiß, warum Sie aufhörten? Weil es Ihnen gefiel!« Jetzt durchbohrten sie sich gegenseitig mit Blicken. Sie wünschte plötzlich, sie könnte ihre Worte rückgängig machen. Langsam schob er mit seinen gebräunten Fingern das Handtuch weg. Schließlich sagte er:»Und wenn das nun stimmt, Abbie? Und wenn das nun stimmt?«

Diese Antwort verwirrte sie vollends. Er war ein Spieler, ein Gesetzesbrecher – ihr Feind. Sie konnte ihm nicht trauen. Trotzdem sah sie ihm noch immer in die Augen.

»Ich habe nicht darum gebeten«, flüsterte sie schließlich.

»Ich auch nicht«, sagte er leise.

Dann wandte sie sich schnell ab. »Ist Ihre Haut verbrannt?« Doch er umfaßte mit festem Griff ihren Ellbogen.

»Wollten Sie mich wirklich verletzen?« fragte er.

»Ich . . . nein . . . ich weiß nicht, was ich wollte.« Ihre Stimme klang unsicher. »Ich weiß nicht, wie ich an Ihrer Seite überleben soll. Sie machen mich wütend, wenn ich es eigentlich gar nicht sein will. Ich möchte . . .« Doch sie konnte ihren Satz nicht beenden. Sie wollte nur Frieden, nicht dieses Herzklopfen, diese gefährliche sinnliche Begierde nach einem Mann wie ihm.

»Sie machen mich auch wütend«, sagte er zärtlich und drückte leicht ihren Arm.

»Lassen Sie meinen Arm los«, bat sie zitternd. »Ich will nicht, daß Sie mich anfassen.«

»Ich glaube, dafür ist es zu spät, Abbie«, sagte er und schüttelte leicht ihren Arm. »He, schau mich doch mal an.« Da sie sich weigerte, packte er sie bei ihren schmalen Schultern und zwang sie dazu. Sie hielt den Kopf gesenkt, während er mit den Fingerspitzen ihre Arme entlang bis zu den Handgelenken fuhr. Locker nahm er ihre Hände in seine, und sie kämpfte gegen die Versuchung an, in diese dunklen Augen zu blicken.

»Es ist doch Sonntag, Abbie. Wollen wir nicht versuchen, für einen Tag Freunde zu sein?«

»Ich ...« Sie schluckte. Das Herz hämmerte in ihrer Brust, und sie wagte es, den Blick bis zu seinem Kinn zu heben. Während ihrer Abwesenheit hatte er sich gewaschen und rasiert und roch nun nach Seife. Sein Schnurrbart war schwarz und buschig, aber mehr von ihm würde sie nicht ansehen. Da seufzte er plötzlich und ließ sich in den Schaukelstuhl zurückfallen, ohne ihre Hände loszulassen. »Nun gut. Ich bin dieses ewigen Streitens auch müde. Aber wir wollen Freunde sein. Wenigstens für heute. Wenn ich auch ganz andere Gedanken hege.«

Sein Blick ruhte mit einer merkwürdigen Intensität auf ihr, was sie völlig verwirrte. Schnell befreite sie sich aus seinem Griff und floh in die Küche. Er folgte ihr mit seinen Krücken. »Darf ich mich ein wenig hierher setzen?« fragte er. »Dieses Schlafzimmer macht mich allmählich krank.«

Sie schaute ihn nicht an, gab aber ihr Einverständnis. »Machen Sie, was Sie wollen. Hauptsache, Sie belästigen mich nicht.«

Er setzte sich lässig auf die Tischkante und legte die Krücken neben sich. »Ich werde Sie nicht stören«, versprach er. Aber es störte sie bereits, daß er da mit weitgespreizten Beinen saß. Da erklang Doc Doughertys Stimme von der Haustür.

»Hallo, darf ich reinkommen?« Und schon trat er ein, denn er konnte die beiden in der Küche sehen. »Na, Sie sehen ja mopsfidel aus«, sagte er zu Jesse. »Wie geht es Ihnen?«

»Jeden Tag besser. Und das verdanke ich Miss Abigail«, antwortete Jesse. Wie immer freute er sich, den Arzt zu sehen.

»Ich habe sie heute morgen beim Kirchgang gesprochen. Ich habe die Hosen gekauft, Miss Abigail. Avery hat extra meinetwegen den Laden geöffnet.«

Sie warf einen kurzen Blick auf die Hosen und fuhr dann mit den Essensvorbereitungen fort. Der Doc und Jesse gingen ins Schlafzimmer, weil sich der Doc Jesses Bein ansehen wollte. Sie konnte ihre gedämpften Stimmen hören, dann kam der

Doc wieder und sagte: »Er ist jetzt völlig außer Gefahr und kann alles tun, wozu er Lust hat – ob drinnen oder draußen. Etwas frische Luft könnte ihm guttun. Nun, da er anständige Kleider hat, könnte er spazierenfahren oder sich in Ihren Garten setzen.«

»Das dürfte wohl kaum nach seinem Geschmack sein.«

»Ich habe mit ihm darüber gesprochen. Er möchte gern ausfahren. Ihnen würde das auch guttun. Nun, ich muß jetzt gehen. Falls Sie etwas brauchen, lassen Sie mich holen.«

Sie begleitete ihn zur Tür, da kam Jesse aus dem Schlafzimmer. Er hatte blaue Jeans an und ein hellblaues Hemd, das nicht zugeknöpft war.

»Danke für die Kleider, Doc«, sagte er und begleitete ihn zur Tür, als sei er der Herr des Hauses.

»Das war Miss Abigails Idee«, sagte der Doc.

»Dann sollte ich wohl Miss Abigail dafür danken«, entgegnete Jesse und grinste sie an. Vor der Tür rief der Doc: »Ich sehe euch beide dann morgen!« Die Art, wie er es gesagt hatte, weckte ein seltsames Gefühl der Sicherheit in Abbie. Sie stand vor ihrem Haus neben Jesse, so ganz, als gehöre sie zu ihm.

Unerwarteterweise klang Jesses Stimme höflich und aufrichtig, als er sagte: »Es tut gut, wieder Kleidung anzuhaben, die paßt. Danke, Abbie.« Sie spürte, daß er sie ansah, und wußte nicht, was sie antworten sollte. Doch da drehte er sich um, und sie gingen beide in die Küche zurück.

Sie kümmerte sich wieder ums Essen, und er setzte sich auf einen Stuhl. Es herrschte eine Weile Schweigen, bis Jesse sagte: »Doc hat mir die Leviten gelesen, weil ich Sie mit dem Revolver bedroht habe.«

Sie konnte ihre Überraschung nicht verbergen. Dann fügte er hinzu: »Es hat mich gewundert, daß Sie es ihm erzählt haben.«

»Ich habe ihm nur die Geschichte mit den Schweinekoteletts erzählt«, sagte sie kläglich. »Mehr nicht.«

»Ach, das war alles?«

Sie war verlegen, weil er hinter ihr saß und sie ihn nicht sehen konnte. Schließlich warf sie einen Blick über die Schulter. Den Ellbogen hatte er auf den Tisch gestützt und fuhr sich nachdenklich mit dem Zeigefinger über seinen Schnurrbart. Wieder herrschte lange Schweigen, bis sie unschuldig fragte: »Hat er sonst noch was gesagt?«

»Er wollte wissen, warum mein Kinn und mein Hals so rot sind. Ich habe ihm geantwortet, daß ich frische Erdbeeren aus Ihrem Garten gegessen und allergisch darauf reagiert habe. Hoffentlich haben Sie Erdbeeren im Garten . . .«

Sie ließ die Hände sinken.

Abbie fühlte, wie sie errötete. »Sie . . . Sie haben ihm nichts von der Lauge gesagt?«

»Nein.« Er konnte förmlich ihre Erleichterung spüren. Dann sagte sie: »Ja. Ich habe Erdbeeren im Garten.«

Sie rührte irgend etwas in einem Topf um. Dann hielt sie in der Bewegung inne und sagte leise: »Danke.«

Ein seltsames Gefühl überkam ihn. Noch nie hatte sie so nett mit ihm geredet. Er räusperte sich. »Abbie, haben Sie vielleicht etwas, womit ich die Verbrennung behandeln könnte? Es tut ziemlich weh.«

Sie drehte sich um, und er konnte die Betroffenheit in ihrem Gesicht sehen. Sie streckte die Hand nach seinem Kinn aus, wollte es berühren, doch dann zog sie sie schnell wieder zurück. Sie sahen sich an, und beide fragten sich, warum sie Doc Dougherty nicht die Wahrheit erzählt hatten.

»Buttermilch müßte Linderung bringen.«

»Haben Sie welche?« fragte er.

»Ja. Draußen im Brunnen.«

Er sah zu, wie sie in den Garten ging, den Eimer mit Vorräten hochzog und einen Krug Buttermilch brachte. »Ich hole etwas Gaze«, sagte sie. Als sie wiederkam, blieb sie zögernd vor ihm stehen. Jetzt hatte sie Angst, ihn zu berühren.

Er streckte die Hand aus und sagte: »Ich kann mich selbst

verarzten. Sie haben doch zu tun.« Als sie wieder am Herd stand, überraschte er sie mit der Frage: »Sind Ihre Hände in Ordnung?«

»Oh, ja. Ich habe sie kaum mit der Lauge benetzt.«

Als sie den Tisch deckte, fragte sie: »Mögen Sie Buttermilch?«

»Ja.«

»Wollen Sie welche zum Essen trinken?«

»Klingt gut.«

Sie verschwand und kehrte mit einem Glas Buttermilch zurück, das sie ihm reichte.

»Danke«, sagte er zum zweitenmal an diesem Tag zu ihr. Schließlich setzte sie sich zu ihm an den Tisch, hielt ihm die Platte hin und fragte höflich: »Hühnchen?«

»Bedienen Sie sich zuerst«, entgegnete er. Und dann aßen sie gemeinsam, ohne daß ein böses Wort zwischen ihnen gefallen wäre.

»Als ich klein war, aßen wir jeden Sonntag Hühnchen.«

»Wer ist wir?«

»Wir«, wiederholte er. »Meine Mutter, mein Dad und Rafe und June und Clare und Tommy Joe. Meine Familie.«

»Und wo war das?«

»In New Orleans.«

Irgendwie kam ihr das Bild – Jesse im Kreis von Mutter und Vater und Geschwistern – lächerlich vor. Denn er war ja der geborene Lügner, wie sie sich schnell sagte.

»Sie glauben mir nicht, stimmt's?« Er lächelte und aß einen Bissen Hühnchen.

»Ich weiß nicht, was ich glauben soll.«

»Selbst Zugräuber haben Eltern. Manche haben sogar Geschwister.« Er neckte sie wieder, aber es machte ihr jetzt nichts aus.

»Und wie viele Geschwister haben Sie?«

»Vier. Zwei Brüder und zwei Schwestern.«

»Wirklich?« Sie hob skeptisch die Brauen.

Er lachte fröhlich. »Ich kann den Unglauben aus Ihrer Stimme heraushören, und ich weiß auch, warum Sie mir nicht glauben. Es tut mir leid, wenn ich nicht in das Bild passe, das Sie von mir haben. Aber ich habe Eltern, die noch immer in New Orleans leben, in einem richtigen Haus, die noch immer sonntags Hühnchen essen; und ich habe zwei ältere Brüder und zwei jüngere Schwestern. Und als Sie mir gestern abend die Haare wuschen, erinnerte mich das an die Samstagabende zu Hause. Wir wuschen uns immer das Haar am Samstagabend, und Mutter putzte unsere Sonntagsschuhe.«

Sie starrte ihn an. Sie wollte ihm so gerne glauben. Vielleicht stimmte alles, was er sagte. Dann fiel ihr wieder ein, daß er ein Verbrecher war und sie ihm nicht glauben durfte.

»Überrascht?« fragte er und lächelte über ihr Erstaunen.

»Wenn Sie ein so schönes Heim haben, warum sind Sie dann fortgegangen?«

»Oh, ich kehre manchmal dorthin zurück. Ich habe meine Familie verlassen, weil ich jung war und mein Glück machen wollte, zusammen mit einem guten Freund. Aber manchmal habe ich Heimweh.«

»Dann haben Sie mit Ihrem Freund New Orleans verlassen?«

»Ja. Und wir arbeiten beide für die Eisenbahn.«

»Ach, schon wieder die Eisenbahn«, sagte sie zweideutig.

»Was soll ich darauf antworten?« Schuldbewußt hob er die Hände. »Ich wurde auf frischer Tat ertappt.«

Sie konnte aus ihm nicht schlau werden und wußte nicht, was sie glauben sollte.

»Und nun zu Ihnen.« Er war mit dem Essen fertig und lehnte sich entspannt in seinem Stuhl zurück. »Haben Sie Geschwister?«

Sie starrte verloren durch die Tür in den Garten, als sie sagte: »Keine.«

»Das erzählte mir der Doc. Ich ging aus meinem Elternhaus, als ich zwanzig war. Er sagte, Sie hätten immer bei Ihrer Familie gelebt.«

»Ja.« Sie schnippte ein nicht existierendes Stäubchen von ihrem Rock.

»Aber aus freiem Willen sind Sie nicht geblieben?«

Ihr Kopf schnellte hoch. Das würde sie nie zugeben, ganz gleich, wie die Wahrheit aussah. Eine gute Tochter durfte ihren Vater nicht anklagen. Jesse strich sich wieder gedankenverloren über seinen Schnurrbart, als er weitersprach: »Doc sagte mir, Sie hätten Ihre Jugend für Ihren pflegebedürftigen Vater geopfert. Das finde ich sehr lobenswert.« Sie sah ihn an, weil sie wissen wollte, ob er sich wieder über sie lustig machte. Aber seine Augen blickten ernst. »Wie lange hat das gedauert?«

Sie schluckte. Noch nie hatte sie über diese Dinge gesprochen. Schließlich gestand sie: »Dreizehn Jahre.«

»Seit Ihrem zwanzigsten Lebensjahr?«

»Ja.« Sie senkte den Blick.

»Was für eine Verschwendung«, sagte er ruhig. Sie wußte nicht, was sie darauf antworten sollte. »Das tut nicht jeder, Abbie. Bedauern Sie es?«

Soweit war sie innerlich schon gekommen. Sie bedauerte diese Jahre.

»Wann ist er gestorben?« fragte Jesse.

»Vor einem Jahr.«

»Dann haben Sie ihm also zwölf Jahre geschenkt?« Sie schwieg und starrte auf ihre Hände. »Und während dieser zwölf Jahre haben Sie all die Dinge gelernt, die eine Frau wissen muß, damit ein Haus gemütlich und angenehm ist . . . Und warum haben Sie nie geheiratet?«

Sie war von seinen Fragen peinlich berührt. Sie hatte gedacht, sie hätten ein stillschweigendes Abkommen getroffen, einander nicht mehr zu verletzen. Ihr Stolz hinderte sie daran, in Tränen auszubrechen, als sie antwortete: »Das ist doch wohl offensichtlich, nicht wahr?«

»Wollen Sie damit sagen, daß es keinen passenden Bewerber um Ihre Hand gab?«

Sie schluckte. Ich hätte mich ihm nicht anvertrauen dürfen, dachte sie und unterdrückte ihre bittere Qual.

»Und dann kam Melcher, und ich habe Ihnen Ihre letzte Chance verdorben, indem ich ihn aus dem Haus jagte.«

Sie konnte diese Reden nicht mehr tolerieren. Sie wollte aus der Küche fliehen, aber er legte ihr seine Hand auf den Arm.

»Wie ich sehe, habe ich recht gehabt«, sagte er ruhig. Diese Worte hatte sie nicht erwartet. Sie vertieften den Haß, den sie für ihn empfand. Doch noch mehr Angst hatte sie vor dem Gefühl, das an die Stelle des Hasses treten würde, wenn sie ihn überwunden hatte.

»Müssen wir darüber sprechen?«

»Ich versuche, mich zu entschuldigen, Abbie«, sagte er. »Das habe ich nicht oft getan.« Sie sah ihn an und wunderte sich über seine Ernsthaftigkeit.

»Ich nehme Ihre Entschuldigung an«, sagte sie. Er drückte kurz ihren Arm, dann ließ er sie los. Ihr war, als hätte er ihr mit dieser Berührung ein Mal aufgebrannt, denn er hatte Worte zu ihr gesagt, die sie niemals von ihm erwartet hätte.

11

Miss Abigail pflegt ihren Garten ebenso sorglich, wie sie alles pflegt, dachte Jesse. Er saß da, an einen Baum gelehnt, und sah ihr zu. Sie jätete Unkraut zwischen der Fülle ihrer Blumen. Wie ein Kolibri eilte sie leichtfüßig umher, und es hätte ihn nicht gewundert, hätte sie vom Nektar im Kelch der Blüten gekostet. Er schloß die Augen und dachte: *Dieser Kolibri ist nicht für dich bestimmt, Jesse.* Aber warum hatten sie einander derart bekämpft? Denn dieser Kampf war erotisch, dessen war er sich voll bewußt. Biß der Hengst nicht die Stute, ehe er sie bestieg? Und die Katze – wie sie knurrte und fauchte, bevor der Kater sie besprang? Selbst die sanften Kaninchen gerieten bei der Paarung in eine Art Raserei.

Durch halbgeschlossene Lider beobachtete er sie. Sie pflückte eine gelbe Blume und schnupperte daran. Sie hatte eine hübsche kleine Nase.

Verdammt, Jesse, du verlierst dich in Träumereien! Sieh zu, daß du so schnell wie möglich gesund wirst, und dann verschwinde! Er setzte sich auf.

»Was halten Sie von einem Ausflug?« fragte er. Er wollte sich ablenken.

Sie drehte sich um. »Ich dachte, Sie schliefen.«

»Ich habe die letzten Tage so viel geschlafen, daß ich wohl nie wieder schlafen werde.« Mit leicht gerunzelter Stirn sah er zu den Bergen in der Ferne hin.

»Was macht Ihr Gesicht?«

»Es tut noch weh. Doch die Buttermilch hat geholfen.«

»Ich hole Ihnen Wasser zum Waschen.« Schon bald kam sie mit einer Schüssel, Handtuch und Seife zurück und stellte alles neben ihn ins Gras.

»Huch! Wie Sie stinken!« rief sie und wich zurück. Dann setzte sie sich in sicherer Entfernung von ihm auf den Rasen und sah ihm zu, wie er sich das Gesicht wusch.

»Es wäre schön, eine Spazierfahrt mit dem Buggy zu machen«, sagte er.

»Aber ich habe weder Pferd noch Wagen.«

»Gibt es denn keinen Mietstall in der Stadt?«

»Doch. Aber ich halte die Idee nicht für gut.«

»Der Doc ist dafür. Ich bin jetzt schon viel auf. Ich habe mir sogar die Haare gewaschen.«

»Aufzusein ist etwas anderes als spazierenzufahren.« Doch sie schaute sehnsüchtig in die Ferne, wo sich die Berge im blauen Dunst scharf gegen den Himmel abzeichneten.

»Haben Sie Angst, mit mir auszufahren?«

Er hatte die Wahrheit erraten, deshalb mußte sie lügen.

»Warum? Nein. Nein. Warum sollte ich Angst haben?«

»Weil ich ein Verbrecher bin.«

»Sie sind verwundet. Und wenn der Doc auch die Ausfahrt für richtig hält, so bin ich dagegen.«

»Wann haben Sie das letzte Mal meine Wunde gesehen, Abbie? Der Doc hat sie gesehen und hat keine Einwände.«

»Es ist keine gute Idee«, wiederholte sie lahm und zupfte einen Grashalm aus.

»Das ist nicht der wahre Grund, geben Sie's zu. Sie wollen nicht, daß die Leute sehen, wie Miss Abigail McKenzie an einem Sonntagnachmittag mit ihrem Zugräuber spazierenfährt.«

»Sie sind nicht *mein* Zugräuber, Mr. Cameron.«

»Oh, pardon«, sagte er lächelnd, »dann bin ich eben der Zugräuber dieser Stadt.« Er spürte, wie ihr Widerstand nachließ.

»Warum bedrängen Sie mich? Sie haben versprochen, daß Sie sich benehmen.«

»Ich benehme mich doch, oder? Ich möchte nur für eine Weile raus hier. Außerdem habe ich dem Doc versprochen, daß ich

Ihnen weder etwas antue noch zu fliehen versuche. Es ist
Sonntag. Jeder in der Stadt gibt sich der Muße hin, und Sie
sitzen hier und starren sehnsüchtig in die Ferne. Wir könnten
doch den Tag genießen.«
»Ich genieße ihn hier, in meinem Garten«, entgegnete sie
ohne Überzeugung.
Er fragte sich, ob sie jemals in ihrem Leben mit einem Mann
spazierengefahren war. Vielleicht mit dem, den sie vor drei-
zehn Jahren gekannt hatte.
»Ich beiße Sie auch nicht, Abbie. Was halten Sie davon?«
Wieder schweifte ihr Blick zu den Bergen; dann senkte sie den
Kopf und murmelte in ihren Schoß: »Dann müssen Sie aber
Ihr Hemd zuknöpfen und Ihre Stiefel anziehen.«
Es war sehr still, nur ein Vogel sang. Sie sah ihn an, und er
dachte, was, zum Teufel, hast du vor, Jesse? Doch dann
lächelte er und sagte: »Abgemacht.«

»Hallo, Miss Abigail«, sagte Gem Perkins und versuchte,
seine Überraschung zu verbergen. Sie war noch nie zu ihm
gekommen. Doch da stand sie vor ihm, frisch wie eine Blume
im Morgentau.
»Guten Tag, Mr. Perkins. Ich möchte ein Pferd und einen
Buggy mieten. Einen, der gut gepolstert und gefedert ist.«
»Einen Buggy, Miss Abigail?« fragte Gem, als hätte sie nach
einem gesattelten Drachen verlangt.
»Sie vermieten doch Buggys, Mr. Perkins?« fragte sie trok-
ken.
»Natürlich. Das wissen Sie doch, Miss Abigail. Aber Sie
haben noch nie einen gemietet.«
»Und ich würde es auch jetzt nicht tun, wenn Doc Dougherty
nicht darauf bestände, daß dieser Verwundete eine Spazierfahrt unternimmt, damit er sich kräftigt und so bald wie
möglich unsere Stadt verlassen kann.«
»Gut. Gut. Also einen gut gepolsterten und gut gefederten
Buggy.« Er ging ihr voran in den Stall, um das Pferd einzu-
spannen.

Und Miss Abigail fragte sich, wie lange es wohl dauerte, bis alle Leute in der Stadt davon erfahren würden.

Jesse kicherte, als er sie die Straße entlangfahren sah. Er merkte sofort, daß sie mit Pferden nicht umgehen konnte. Die Stute schüttelte unwillig den Kopf, als sie vor ihrem Haus vorfuhr und hielt.

Als sie ihr Wohnzimmer betrat, saß er dort wartend auf ihrem Sofa. Sie mußte ein Lachen unterdrücken. Er paßte so gar nicht in diesen Raum. Nein, dachte sie, er wird niemals *salonfähig* sein.

»Mein Bein ist etwas steif«, sagte er, »und auch der Stoff meiner Jeans. Könnten Sie mir beim Anziehen der Stiefel helfen?« Sie schaute auf seine nackten Füße, dann kniete sie schnell nieder, streifte ihm seine Socken über und hielt ihm die Stiefel hin. Es waren teure Stiefel, wie sie zum erstenmal bemerkte, und gut gepflegt waren sie ebenfalls. Sie fragte sich, ob er einen Zug ausgeraubt hatte, um sie kaufen zu können, und wunderte sich, daß selbst dieser Gedanke sie nicht davon abhalten konnte, mit ihm auszufahren.

Als er die Stiefel angezogen hatte, stand sie auf und vermied es sorgfältig, auf seine nackte Brust zu starren. »Sie haben versprochen, Ihr Hemd zuzuknöpfen«, erinnerte sie ihn.

»Oh, ja.« Er balancierte auf einem Bein und knöpfte das Hemd mit einiger Mühe zu, dann stopfte er es in seine Jeans. Auf seinen Krücken humpelte er zum Buggy. Die Jeans waren wirklich sehr steif, und er würde Schwierigkeiten haben, auf den Einspänner zu klettern. Nach drei vergeblichen Versuchen sagte sie: »Warten Sie auf der Treppe, ich lenke den Wagen daneben.«

Ziemlich unbeholfen gelang ihr das Manöver, und er versuchte einzusteigen, was ihm dann auch unter großen Mühen gelang.

Sie fuhren in nördlicher Richtung auf einem Feldweg, der parallel zu den Eisenbahnschienen verlief. Es war sehr heiß, und Miss Abigail war froh, ihren Hut aufzuhaben, dessen große Krempe ein wenig Schatten spendete. Sie saß steif und verkrampft neben ihm und schwieg. Auch er sagte nichts und betrachtete die Landschaft.

Als sie den Fuß der Hügel erreichten, wurde das Buschwerk dichter, und Jesse deutete stumm auf etwas. Sie blickte in die angegebene Richtung und sah ein Wildkaninchen auf der Flucht. Ohne es zu wissen, lächelte sie. Jesse merkte, daß sie aus ihrer Lethargie erwacht war und nun interessiert ihre Umgebung nach mehr Leben absuchte. Ein Bussard kreiste über ihnen. Sie hob den Kopf und folgte ihm mit ihren Blicken. Lerchen schwangen sich trillernd in die Lüfte; dieser Anblick schien sie zu entzücken. Dann kamen sie auf eine Lichtung, die von einem Teppich blauer Lupinien bedeckt war, und ihre Lippen formten ein leises bewunderndes »Oh«. Das Gelände wurde jetzt felsiger, und der Weg machte eine scharfe Kurve nach links.

»Wo führt der Weg hin?« fragte er.

»Nach Eagle Butte, dann zum Cascade Creed und weiter über den Great Pine Rock nach Hicksville.«

Wieder schwiegen sie. Jesse saß lächelnd da, während sie begierig alles in sich aufnahm. Die Stute trottete geduldig weiter. Sie durchquerten einen lichten Espenhain und erreichten dann ein flaches Felsplateau.

»Ist das Eagle Butt?«

»Ich glaube schon«, sagte sie und warf einen Blick in die Runde. »Ich war schon lange nicht mehr hier.«

Er hielt den Buggy an. Die Sonne brannte erbarmungslos vom Himmel. Es roch kräftig nach Harz, Gras und dem Schweiß des Pferdes.

»Wenn Sie weiterfahren, kommen wir zum Cascade Creek. Dort ist es viel kühler.«

Er schnalzte mit der Zunge, und die Stute setzte sich wieder in Bewegung. Am Fluß war es einladend und kühl. Leise plätschernd bahnte er sich sein Bett über Felsengrund und Kieselsteine. Seine Ufer waren von Weiden und Erlen gesäumt.

Das Pferd trabte zum Wasser, senkte den Kopf und trank. Beide saßen stumm eine lange Weile da und sahen ihm zu. Schließlich fragte Jesse: »Wollen wir nicht absteigen?« Ohne ihre Antwort abzuwarten, dirigierte er die Stute an einen schattigen Platz unter einer verwitterten alten Pinie. Dann stand er auf, griff nach seinen Krücken und schwang sich behende zu Boden. Sie war über seine Beweglichkeit erstaunt – er bewegte sich wie ein Puma. Er streckte ihr seine gebräunte Hand entgegen, um ihr vom Wagen zu helfen. Sie sah ihn überrascht an; solche höflichen Gesten war sie von ihm nicht gewöhnt.

»Stoßen Sie sich nicht den Kopf«, sagte er und deutete auf den Ast über ihr.

Sie akzeptierte seine dargebotene Hand und sprang ebenfalls zu Boden. Sie ging zum Wasser, tauchte ihre Hände aber nicht hinein, denn sie hatte ja ihre Handschuhe an. Und so begnügte sie sich damit, es zu betrachten, wie es zu ihren Füßen murmelte und blubberte. Jesse zog das Hemd aus seiner Hose und knöpfte es wieder auf. Suchend blickte er sich um und entdeckte am Ufer einen Platz, wo das Wasser eine Art natürlichen Sitz geschaffen hatte. Er humpelte dorthin, legte die Krücke weg und ließ sich mit einem Seufzer nieder. Vögel sangen. Der Wald duftete. Jesse kreuzte die Arme hinter dem Kopf und lehnte sich zurück. Er betrachtete die Frau am Flußufer.

Steif wie ein Ladestock stand sie da. Nie ließ sie sich gehen oder entspannte sich. Es war heiß. Mit ihrer behandschuhten Hand fuhr sie sich über Stirn und Nacken. Was mochte sie denken, während sie den Fluß betrachtete? Er fragte sich, ob sie sich setzen oder das Wasser berühren oder mit ihm reden würde.

»Das Wasser sieht so kühl aus«, sagte er schließlich. Als sie nicht reagierte, fügte er hinzu: »Sagen Sie mir, ob es stimmt. Ich kann meine Hand nicht hineintauchen.«

Sie zog ihre Handschuhe aus. Zögernd berührte sie die

Wasseroberfläche, und er wußte durch die Art und Weise, wie sie es tat, daß sie wünschte, er würde sie nicht beobachten. Selbst bei diesen einfachen, ursprünglichen Gesten hegte sie Hintergedanken. Einen Moment lang hatte er mit ihr Mitleid. Da berührte der Saum ihres Rocks das Wasser, und sie raffte ihn hastig.

Und er dachte, zieh ihn doch aus. Zieh alles aus, Abbie. Du weißt gar nicht, wie köstlich ein solches Bad ist. Aber natürlich würde sie das nie tun.

»Bringen Sie mir doch etwas Wasser«, sagte er, weil er wissen wollte, was sie tun würde.

Sie warf ihm einen kurzen, prüfenden Blick zu. »Aber ich habe doch kein Gefäß.«

»Sie haben doch Ihre Hände.«

Abrupt stand sie auf. »Was für eine lächerliche Vorstellung!«

»Nicht für einen durstigen Mann.«

»Seien Sie kein Narr! Sie können doch nicht aus meinen Händen trinken.«

»Warum nicht?«

Er konnte förmlich hören, wie sie dachte: Es gehört sich nicht!

»Wenn Sie mir mit dem Strohhalm Nahrung eingeflößt haben, als ich bewußtlos war, warum kann ich dann jetzt nicht aus Ihren Händen trinken?«

Sie versteifte sich noch mehr. »Es macht Ihnen viel Vergnügen, mich zu quälen, nicht wahr?«

»Ich möchte nur etwas Wasser trinken«, sagte er ruhig. Dann blickte er stromaufwärts und murmelte: »Ach, zum Teufel! Vergessen Sie's«, lehnte den Kopf zurück und schloß die Augen.

Er sah sehr harmlos aus, so wie er dalag. Trotzdem traute sie ihm nicht, denn sie wußte nie, was für Ziele er verfolgte. Sie sah sich suchend um, aber es gab nichts, das als Gefäß hätte dienen können. Noch nie hatte sie so etwas getan, doch allein der Gedanke daran versetzte sie in Erregung. Das Wasser hatte sich köstlich angefühlt. Auch das Pferd hatte lange getrunken. Und Jesse war sicher durstig. Sie schaute ihn an. Sie schaute aufs Wasser.

Jesse riß die Augen auf, als das Wasser auf seine nackte Brust klatschte. Dann lächelte er. Sie stand mit gewölbten Händen über ihm.

»Machen Sie den Mund auf!« befahl sie.

Verdammt, dachte er und öffnete den Mund. Sie senkte ihre Hände, doch das Wasser zerrann, lief in ihre Manschetten und auf seine Brust. Seinen Mund erreichte es nicht.

»Ach, wie kühl das ist«, sagte er und fügte dann zwinkernd hinzu: »Aber ich hätte auch gern etwas in meinem Mund.«

»Oh, ich habe meine Manschetten naß gemacht«, klagte sie und zupfte daran.

»Wenn sie schon naß sind, können Sie es noch einmal probieren.«

Diesmal gelang es besser. Es war sehr sinnlich, ihn aus ihren Händen trinken zu sehen. Schauder liefen ihr über den Rücken. Kleine Wasserperlen netzten seinen Schnurrbart. Fasziniert betrachtete sie seine Zunge, die die Tropfen ableckte. Plötzlich wurde ihr bewußt, daß sie ihn angestarrt hatte. Sofort wanderte ihr Blick zu einem Baum am Flußufer.

»Warum trinken Sie nicht?«

Sie berührte ihre Kehle. »Nein ... nein. Ich bin nicht durstig.«

Er wußte, daß das nicht stimmte. Aber er verstand sie – sie war bereits zu weit gegangen.

»Kommen Sie, setzen Sie sich. Es ist ganz bequem hier.«

Sie sah sich um, als würde sie jemand bei etwas Unschicklichem beobachten. Dann ging sie einen Kompromiß ein und kauerte sich auf einen Felsen zu seinen Füßen.

»Sind Sie schon mal hier gewesen?« fragte er und betrachtete ihren Rücken.

»Als kleines Mädchen.«

»Und wer hat Sie mitgenommen?«

»Mein Vater. Er schlug hier draußen Holz, und ich half ihm, den Wagen zu beladen.«

»Wenn ich hier leben würde, würde ich oft hierherkommen. Im Tal ist es zu heiß. Das gefällt mir nicht.« Er warf einen Blick hoch, in die Wipfel der Bäume. »Als meine Brüder und ich klein waren, verbrachten wir lange Tage am Ufer des Meeres, fingen Krabben, fischten und sammelten Muscheln. Das Meer fehlt mir.«

»Ich habe noch nie das Meer gesehen«, sagte sie traurig.

»Es ist auf ganz andere Weise schön als der Fluß hier. Möchten Sie es gern sehen?«

»Ich weiß nicht. Richard war ...« Aber sie unterbrach sich und starrte schnell wieder auf den Fluß.

»Richard? Wer ist Richard?«

»Niemand ... ich weiß nicht einmal, warum ich seinen Namen erwähnte.«

»Er muß *irgend jemand* gewesen sein, sonst hätten Sie seinen Namen nicht ausgesprochen.«

»Ach ...« Sie umfaßte ihre Knie mit den Händen. »Er war einfach jemand, den ich gekannt habe und der immer gern am Meer leben wollte.«

»Und hat er es getan?«

»Ich weiß es nicht.«

»Stehen Sie nicht mehr mit ihm in Verbindung?«

Sie seufzte und zuckte die Schultern. »Was spielt das für eine Rolle? Das ist schon so lange her.«

»Wie lange?«

Aber sie schwieg. Sie hatte Angst, sich ihm anzuvertrauen. Immer drängte er sie, von Dingen zu reden, die kein anderer Mensch sie jemals gefragt hatte.

»Vor dreizehn Jahren?« fragte er. Sie antwortete noch immer nicht, und er überlegte lange, ehe er gestand: »Ich weiß von Richard, Abbie.«

Er hörte, wie sie den Atem anhielt. Dann drehte sie sich um und starrte ihn erschrocken an. »Woher wissen Sie von Richard?«

»Doc Dougherty hat mir von ihm erzählt.«

Ihre Lippen wurden schmal. »Der Doktor redet zuviel.«

»Und Sie reden zuwenig.«

Sie wiegte sich und drehte sich wieder um. »Meine Privatangelegenheiten gehen nur mich etwas an. Und so sollte es auch bleiben.«

»Ja. Warum haben Sie dann Richard erwähnt?«

»Ich weiß nicht. Sein Name ist mir einfach entschlüpft. Ich habe nie von ihm gesprochen, seit er gegangen ist. Und ich versichere Ihnen, ich werde auch jetzt nicht damit anfangen.«

»Warum? Ist er tabu, wie alles andere auch?«

»Sie reden Unsinn.«

»Nein. Diesen Unsinn mußten Sie sich früher anhören, sonst wären Sie nicht so verschlossen.«

»Ich weiß überhaupt nicht, warum ich Ihnen zuhöre – einem derart impulsiven Menschen, wie Sie es sind. Sie haben überhaupt keine Selbstkontrolle. Sie lieben es zu schockieren, und das liegt mir nicht. Ich lebe nach festgesetzten Regeln.«

»Ist es Ihnen vielleicht einmal in den Sinn gekommen, Abbie, daß Sie Ihre Maßstäbe zu hoch schrauben oder jemand Anforderungen an Sie gestellt hat, die Sie nicht erfüllen können?«

»Niemand kann seinen Idealen jemals genügen.«

»Dann sagen Sie mir doch, warum Sie hier in der Natur sitzen und noch immer Ihren Hut aufhaben? Aber am schlimmsten ist, daß Sie nicht über etwas reden, das Ihnen einmal sehr weh getan hat. Geschieht es, weil eine Lady nicht über solche Dinge redet? Sie darf auch kein Bedauern oder Zorn zeigen, habe ich nicht recht? Eine Lady erstickt lieber daran. Das Reden würde Sie menschlicher machen, aber vielleicht glauben Sie, daß Sie über allem Menschlichen stehen.« Er wußte, er machte sie zornig, aber er wußte auch, daß jetzt der Zeitpunkt gekommen war, wo sie sich öffnen würde.

»Man lehrte mich, Sir, daß man über das Leben nicht klagen darf. Es gehört sich nicht und ist ungezogen.«

»Wer hat das behauptet? Ihre Mutter?«

»Ja, wenn Sie es schon wissen müssen!«

»Hm!« Er konnte sich ihre Mutter gut vorstellen. »Warum
sagen Sie nicht einfach: ›Ich liebte einen Mann namens
Richard, aber er hat mich sitzenlassen, und ich bin wütend
und traurig darüber!‹«

Sie ballte die Hände zu Fäusten und starrte ihn voller Zorn
an. »Dazu haben Sie kein Recht!«

»Nein. Aber Sie. Begreifen Sie das denn nicht, Abbie?« sagte
er eindringlich.

»Ich begreife nur, daß ich niemals mit Ihnen heute hätte
spazierenfahren dürfen. Sie haben mich wieder so wütend
gemacht, daß ich Ihnen am liebsten ... am liebsten ins
Gesicht schlagen würde!«

»Das wäre dann heute das zweite Mal, daß Sie mich schlagen,
weil ich Gefühle in Ihnen geweckt habe. Schrecken Sie vor
Gefühlen zurück? Wenn das Schlagen Sie erleichtert, warum
tun Sie es nicht? Was muß ich noch tun, damit Sie es
aussprechen? Warum können Sie sich nicht einfach gehenlassen, wenn Ihre innere Stimme Ihnen sagt, Sie sollen es tun?«

»Was wollen Sie eigentlich von mir?«

»Ich will Sie nur lehren, daß ganz natürliche Gefühle nichts
Verbotenes sind.«

»Ja, gewiß! Schlagen, weinen, schreien ... und noch mehr!
Wenn ich es zuließe, hätten Sie eine zügellose Dirne aus mir
gemacht!« Tränen traten in ihre Augen.

»Diese Dinge sind nicht zügellos, aber das können Sie nicht
wissen, denn Ihre Mutter hat Ihnen den Kopf mit diesen
törichten Regeln vollgestopft.«

»Lassen Sie meine Mutter aus dem Spiel! Seit ich Sie kenne,
kritisieren Sie mich und mein Verhalten. Sie haben kein
Recht, meine Mutter anzugreifen. Ihre hätte Ihnen besser ein
paar Manieren beibringen sollen.«

»Hören Sie mir zu, Abbie. Warum sind Sie wütend auf mich
und beschimpfen mich, wenn Sie eigentlich damit Ihre Eltern
und Richard meinen?«

»Ich sagte: Lassen Sie sie aus dem Spiel! Was diese Menschen mir bedeuteten, geht Sie nichts an!« Mit flammenden Augen sprang sie auf.

»Warum so aggressiv, Abbie? Weil ich die Wahrheit gesagt habe? Weil Sie Ihre Eltern in Wirklichkeit anklagen? Und Richard? Doc Dougherty brauchte mir nicht viel zu erzählen. Den Rest konnte ich erraten. Berichtigen Sie mich, wenn ich etwas Falsches sage. Ihre Mutter lehrte sie, daß eine gehorsame Tochter ihre Eltern liebt und ehrt, selbst unter Preisgabe ihres eigenen Glücks. Sie lehrte Sie, daß Tugend etwas Natürliches ist und Sinnlichkeit unnatürlich. Dabei ist das Gegenteil richtig.«

»Wie können Sie es wagen, unschuldige Menschen zu beschimpfen, die nur mein Bestes wollten?«

»Sie wußten nicht einmal, was das Beste für Sie ist – außer vielleicht Richard. Aber er war klug genug, davonzulaufen, weil er gegen den Ehrenkodex Ihrer Mutter keine Chance hatte.«

»Ach? Und Sie wissen wohl, was das Beste für mich ist, wie?« Ruhig antwortete er: »Vielleicht.«

Aufgebracht schrie sie: »Und Ihnen wachsen wahrscheinlich Flügel, und Sie fliegen davon, wenn das Gesetz Sie zur Rechenschaft ziehen will!« Sie deutete mit ausgestrecktem Zeigefinger in Richtung Stadt.

Verstehen flackerte in seinen Augen auf. »Ach, jetzt kommen wir der Wahrheit endlich näher.« Er griff nach seinen Krükken, ließ sie dabei aber nicht aus den Augen. »Es paßt Ihnen nicht, daß ein gewöhnlicher Verbrecher wie ich die Wahrheit über Sie erkennen könnte, ist es nicht so?«

»Genau!« fauchte sie und starrte ihn mit in die Hüften gestemmten Armen böse an. »Ein gemeiner Verbrecher!«

»Nun, dann will der gemeine Verbrecher Ihnen mal etwas über Sie erzählen, Miss Abigail McKenzie, wovor Sie Zeit Ihres Lebens die Augen verschlossen haben.« Er stand mühsam auf und trat auf sie zu. »Gerade *weil* ich ein Gesetzesbrecher bin, haben Sie mehrmals den Pfad der Tugend verlassen und Ihre Selbstkontrolle verloren. Mit mir taten Sie Dinge, die Sie nie zuvor gewagt haben. Und wissen Sie, warum Sie es wagten? Weil Sie hinterher Ihr Gewissen beschwichtigen konnten, denn schließlich hatte ich Sie dazu verführt. Denn ich verkörpere ja das Böse. Richtig?«

»Sie sprechen in Rätseln!« wimmerte sie jetzt, denn er hatte die Wahrheit gesagt, doch sie konnte diese Wahrheit nicht ertragen.

»Leugnen Sie diese Tatsache, weil ich ein … ein Krimineller bin, den Sie glaubten manipulieren zu können?« Sie standen sich jetzt wie zwei Kampfhähne gegenüber.

»Ich weiß nicht, wovon Sie reden«, sagte sie hochnäsig, drehte sich um und verschränkte die Arme vor der Brust.

Er packte sie am Oberarm und zwang sie, ihn wieder anzusehen. »Stecken Sie doch nicht immer Ihren Kopf in den Sand, Miss Abigail McKenzie! Geben Sie es endlich zu!« Sie schüttelte seine Hand ab, doch er überschüttete sie weiter mit seinen Beschuldigungen. »Sie schlugen Türen zu und warfen mit allen möglichen Dingen und küßten mich und waren sogar sexuell erregt, was Ihnen eine ganze Menge Spaß machte. Aber für alle diese verbotenen Dinge konnten Sie mich verantwortlich machen. Weil ich der Böse bin, nicht Sie. Und was wird aus Ihren schönen Illusionen, sollte sich herausstellen, daß ich etwas anderes als ein Verbrecher bin?« Wieder packte er ihren Arm. »Komm, rede mit mir. Erzähl mir von deinen so wohlgehüteten Schuldgefühlen! Zum Teufel! Bald bin ich fort, und dann nehme ich sie alle mit!«

Da endlich fuhr sie ihn wütend an: »Ich habe keine Schuldgefühle!«

Seine Augen bohrten sich in ihre, als er ebenso wütend zurückschrie: »*Das* habe ich versucht, dir die ganze Zeit klarzumachen!«

Dann herrschte Schweigen, schwer und lastend. Sie bemühte sich zu verstehen, was er gesagt hatte, und als sie endlich die Wahrheit begriff, wandte sie sich vor Scham ab.

»Wende dich nicht immer von mir ab, Abbie«, sagte er und humpelte hinter ihr her. Jetzt berührte er ihren Arm sanfter und wollte, daß sie ihn ansah. Doch sie weigerte sich. »Soll ich es für dich aussprechen, Abbie?« fragte er leise.

Ein Knoten bildete sich in ihrer Kehle; sie schluckte krampfhaft.

»Ich weiß ... ich weiß nicht, was ... was ich aussprechen soll.«

Jesse sagte ganz ruhig: »Warum gibst du nicht zu, daß Richard ein lüsterner Junge war und daß etwas zwischen euch geschah, weswegen er dich verließ.« Dann schwieg er lange und streichelte ihren Arm, ehe er hinzufügte: »Das hatte mit deinem Vater nichts zu tun.«

»Nein! Nein ... das stimmt nicht!« Sie bedeckte ihr Gesicht mit den Händen. »Warum quälen Sie mich so?«

»Weil ich glaube, daß Richard mir sehr ähnlich war und dich dieses Verhalten zu Tode erschreckt hat.«

Sie drehte sich schnell um und schlug ihm mit der geballten Faust auf die nackte Brust. Er stolperte rückwärts, fiel aber nicht. »War es das nicht?« beharrte Jesse.

Sie sah ihm in die Augen. Tränen liefen über ihre Wangen. »Lassen Sie mich in Ruhe!« flehte sie.

»Gib es zu, Abbie«, bat er.

»Ich verfluche dich!« schluchzte sie und trommelte mit ihren kleinen Fäusten auf seine Brust. Er wich nicht zurück. »Ich verfluche dich, Richard!«

Jesse stand unbeweglich da und sagte nur sehr liebevoll: »Ich bin nicht Richard, Abbie. Ich bin Jesse.«

»Ich w ... weiß ... ich w ... weiß«, schluchzte sie.

Er umfaßte ihre bebenden Schultern und zog ihren Kopf an seine Brust. Ihre Tränen rannen über seine Haut, was ihn zutiefst rührte. Eine Krücke fiel zu Boden, doch er konnte sein Gleichgewicht halten. Der Hut saß ganz schief auf ihrem Kopf, und er zog die Hutnadel heraus.

»Was ... was tun Sie da?«

»Nur etwas, was Sie nicht selber tun würden. Ich nehme Ihren Hut ab. In Ordnung?« Er steckte die Nadel wieder in den Hut und ließ ihn zu Boden fallen, dann nahm er sie wieder in die Arme und streichelte ihren Rücken.

Sie weinte an seiner Brust und fand Trost und Geborgenheit in seinen Armen.

Abbie, Abbie, dachte er, *mein kleiner Kolibri, was machst du mit mir?*

Er roch anders als ihr Vater – viel besser. Er fühlte sich auch besser als David an – muskulöser. Ihr fiel wieder ein, wer er war, aber das spielte im Augenblick keine Rolle. Er war da, warm und wirklich, und sein Herz klopfte an ihrer Wange in seiner Brust. Und sie mußte sich endlich einmal ihren ganzen Kummer von der Seele reden.

Als sie aufhörte zu weinen, nahm er ihr Gesicht in beide Hände und wischte ihre Tränen ab.

»Komm, Abbie. Wir wollen uns setzen und reden. Siehst du nicht ein, daß du darüber reden mußt?«

Sie nickte nur, der Ausbruch hatte sie erschöpft. Er zog sie neben sich auf die Sandbank.

Eine Amsel sang in den Weiden. Und der Fluß untermalte flüsternd Abbies Worte, als sie endlich sprach. Jesse berührte sie nicht mehr, sondern ließ sie frei reden. Ihr Leben war so verlaufen, wie er es sich vorgestellt hatte: bourgeois und engstirnig.

Aber Jesse konnte nun erleben, wie sich die gefangene Abbie befreite, wie ein Vogel aus dem verhaßten Käfig davonfliegt. Und er erlebte, wie sich diese rigide Frau in ein warmes menschliches Wesen verwandelte, mit allen seinen Fehlern und Schwächen. Er wußte aber auch, daß er vor dieser neuen, veränderten Abbie auf der Hut sein mußte.

Auf der Rückfahrt in die Stadt herrschte eine völlig andere Stimmung zwischen ihnen. Beide fühlten sich wohl; sie verstanden einander besser, denn sie hatte begriffen, daß er nett und mitfühlend sein konnte, und er, daß sie menschlich sein konnte.

Und während sie so neben ihm saß und seine körperliche Nähe spürte, die jetzt nichts Bedrohliches für sie hatte, dachte sie: Mein Gott, ich begehre ihn!

Die Stadt kam näher. Jesse nahm die Zügel in eine Hand und knöpfte mit der anderen sein Hemd zu. Vor ihrem Haus reichte er ihr die Zügel, die noch warm von seinen Händen waren und sagte freundlich: »Du darfst die Stute nicht zu hart am Maul reißen. Ich möchte nicht, daß du mit dem Buggy umkippst.«

Er stand im Dämmerlicht da und sah ihr nach, wie sie davonfuhr, um Pferd und Wagen in den Mietstall zurückzubringen.

Er wartete auf der Veranda auf sie und wußte, daß es am besten wäre, wenn er so schnell wie möglich aus diesem Haus verschwände.

Als sie zurückkam, blieb sie eine Weile bei ihm auf der Veranda. Da sie nicht wußte, was sie sagen sollte, fragte sie schließlich: »Haben Sie Hunger?«

»Etwas«, antwortete er. Ihm war nur zu deutlich bewußt, daß er nach etwas ganz anderem Hunger hatte.

»Sind Sie mit kaltem Huhn und Brot zufrieden?«

»Aber ja. Warum essen wir nicht hier draußen?«

»Ich glaube nicht ...« Sie warf einen Blick auf das Nachbarhaus und änderte dann ihre Meinung. »Gut. Ich hole das Essen.« Als sie mit dem Tablett wiederkam, spürte er ihr Zögern, sich ihm zu nähern.

»Stellen Sie es doch auf den Boden und setzen Sie sich zu mir«, sagte er. »Es ist dunkel. Niemand kann uns sehen.«

Sie aßen schweigend, denn sie waren sich beide dieser neuen Spannung bewußt, die seit diesem Nachmittag zwischen ihnen herrschte. Beide aßen wenig.

Nach langem Schweigen sagte er schließlich: »Es ist wohl Zeit, zu Bett zu gehen.« Er ließ ihr den Vortritt und fragte: »Soll ich die Tür schließen?«

Sie fürchtete sich, ihn anzusehen, ging weiter zur Küche und entgegnete: »Nein. Die Nacht ist warm. Es reicht, wenn Sie die Fliegengittertür schließen.«

Jesse fühlte sich wie zu Hause, er genoß diese alltäglichen Gesten am Ende eines Tages und wußte mehr denn je, daß er gehen mußte. Er humpelte durch die Dunkelheit in die Küche.

»Wo sind die Streichhölzer?« fragte er.

»In einer Schachtel, links neben dem Herd.«

Er tastete danach, fand sie und riß ein Streichholz an, das er hochhielt. Da stand Abbie – sie hielt noch immer das Tablett. Er zündete die Lampe an und sah sie an. Wie gerne, oh, wie gerne hätte er sie geliebt!

Eine Minute wußte keiner von beiden etwas zu sagen.

»Ich ... ich muß das Geschirr noch spülen.«

»Ja ... ja, natürlich.« Er zuckte die Schultern und sah sich verloren um. »Na, ich muß noch mal nach draußen, ehe ich ins Bett gehe.« Entschlossen ging Jesse auf die Hintertür zu. Er wußte, er tat das Richtige. Aber als er die Stufen hinunterhumpeln wollte, hielt sie ihm die Lampe, um den Weg zu beleuchten. Er drehte sich um und sah sie an.

Sie erwiderte seinen Blick mit großer Ernsthaftigkeit.

»Danke, Abbie«, sagte er leise. »Gute Nacht.«

Dann war er auch schon verschwunden, verschluckt von der Dunkelheit.

Sie räumte die Küche auf, und er war noch immer nicht zurückgekommen. Sie spähte aus der Hintertür. Der Mond war aufgegangen, und sein Licht warf geisterhafte Schatten über den Garten. Schemenhaft sah sie ihn unter der Linde sitzen.

»Jesse?« rief sie leise.

»Ja?«

»Ist alles in Ordnung?«

»Mir geht es gut. Gehen Sie zu Bett, Abbie.«

Als sie im Bett war, lag sie noch lange lauschend da, aber sie hörte ihn nicht hereinkommen.

12

Am folgenden Morgen stand ein grinsender Bones Binley vor Miss Abigails Haustür.

»Morgen, Miss Abigail. Schöner Morgen, wie? Dieses Päckchen ... ja, es kam gestern mit dem Zug. Aber es war niemand da, der es Ihnen bringen konnte. Deshalb hat mich Max gebeten, es Ihnen heute zu bringen.«

»Danke, Mr. Binley«, sagte sie und öffnete die Fliegengittertür nur so weit, daß sie das Päckchen entgegennehmen konnte. Der alte Bones war enttäuscht. Er hätte einen ganzen Streifen Kautabak dafür gegeben, wenn er den Zugräuber in ihrem Haus hätte sehen können. Und als Bones sie weiter durch das Fliegengitter angrinste, sagte sie: »Ich bin Ihnen sehr verbunden, daß Sie es mir gebracht haben, Mr. Binley.«

»Das ist doch gern geschehen, Miss Abigail«, sagte Bones fast unterwürfig. »Wie geht's denn diesem Räuber?« fragte er, lüftete seinen zerbeulten Hut und kratzte sich am Kopf.

»Ich bin nicht befugt, einen medizinischen Befund über seinen Gesundheitszustand abzugeben, Mr. Binley. Ich schlage vor, Sie wenden sich in dieser Angelegenheit an Doc Dougherty.«

Bones hatte gerade genügend Speichel gesammelt und wollte einen braunen Strahl Tabaksaft ausspucken, als Miss Abigail ihn warnte: »Hüten Sie sich, auf meinen Grund und Boden zu speien, Mr. Binley!«

Verdammt! dachte der alte Bones. Muß ich mich von ihr zurechtweisen lassen? Vielleicht hatten die Leute doch recht, die behaupteten, sie sei hochnäsig. Aber Bones gehorchte und wartete mit dem Spucken, bis er auf der Straße war. Nein, mit ihr würde er sich nicht anlegen.

Das Päckchen hatte keinen Absender und war nur mit einem Stempel aus Denver und ihrer Adresse in hohen, gleichmäßigen Buchstaben versehen.

Sie erkannte die Handschrift nicht, aber ihr Herz fing wie wild an zu klopfen.

Sie setzte sich, legte es auf ihren Schoß und strich behutsam mit der Hand über das Papier. Dann öffnete sie es vorsichtig. Darinnen lagen, in Seidenpapier eingewickelt, die schönsten Schuhe, die sie jemals gesehen hatte. Auch ein zusammengefalteter Brief lag dabei, aber sie griff weder nach den Schuhen noch nach dem Brief, sondern stellte sich David Melchers Gesicht vor, wie sie es zuletzt gesehen hatte: unendlich traurig.

Schließlich nahm sie einen Schuh in die Hand und den Brief in die andere.

Oh, du meine Güte, dachte sie. Rot! Sie sind rot! Was soll ich denn mit einem Paar roter Schuhe anfangen?

Aber sie prüfte das exquisite Leder, weich wie ein Blütenblatt, und fragte sich, wie dieses zarte Gebilde das Gewicht einer Person tragen konnte. David, dachte sie, o David, danke. Und sie preßte einen Schuh gegen ihre Wange. Plötzlich vermißte sie ihn und wünschte, er wäre da. Am liebsten hätte sie die Schuhe angezogen, während sie den Brief las, aber sie durfte diese scharlachroten Schuhe nicht tragen, wenn sie jemand sehen konnte. Also legte sie den Schuh zurück und las seinen Brief:

Meine liebe Miss Abigail,
ich nehme mir die Freiheit heraus – nein, ich habe die Ehre –, Ihnen das schönste Paar Schuhe aus meiner Kollektion zu schicken. Ich stelle mir vor, wie sie Ihre zierlichen Füße schmücken, wenn Sie in Ihrem Garten Blumen pflücken oder sie in Ihrem bezaubernden Heim tragen. Noch heute bedaure ich die Unbesonnenheit, mit der ich zu Ihnen sprach. Falls Sie mir verzeihen können, seien Sie versichert, daß ich mir

zutiefst wünsche, die Dinge hätten einen anderen Verlauf genommen.

Immer der Ihre, in Demut und Dankbarkeit

David Melcher

Schon vor dreizehn Jahren hatte sie geglaubt, unter einem gebrochenen Herzen gelitten zu haben. Aber der Schmerz, den sie jetzt empfand, war noch größer. Ihr Herz tat weh, wenn sie daran dachte, daß David Melcher um sie litt – solch ein feiner Mann, der alles das repräsentierte, was sie sich seit Jahren ersehnt hatte. Und nun gab es keine Möglichkeit mehr, daß sie ihm sagen konnte: »Kommen Sie zurück ... ich verzeihe Ihnen ... wir wollen ganz neu anfangen.« Das Päckchen gab keinen Aufschluß über seinen Aufenthaltsort. Wie konnte sie ihn nur erreichen? Da fielen ihr die Worte *Elysian Club* wieder ein.

Ihr Herz klopfte bei dem Gedanken, daß sie ihm schreiben und für diese wundervollen Schuhe danken würde. Und vielleicht würde er eines Tages wieder nach Stuart's Junction kommen und sie besuchen.

»Abbie? Was machen Sie da draußen?« Ein zerzauster Jesse stand barfüßig und ohne Hemd in der Haustür.

Aufgeregt entgegnete sie: »Oh, Mr. Cameron, sehen Sie doch nur, was ich bekommen habe.« Sie hatte nur Augen für die Schuhe. Sie trug das Päckchen ins Wohnzimmer und legte es auf den Tisch.

Jesse humpelte näher, um zu sehen, was darin war. »Wo haben Sie die denn bestellt?« fragte er überrascht, als er die roten Schuhe sah, denn sie entsprachen so gar nicht seinem Geschmack.

»Ich habe sie nicht bestellt. Sie sind ein Geschenk von David Melcher.«

Jesse betrachtete die Schuhe noch einmal und fand sie absolut scheußlich. »*David* Melcher? Du meine Güte, ist das nicht etwas formlos? Sich Schuhe schenken zu lassen. Wie schokkierend, Miss Abigail!«

»Ich finde sie sehr hübsch«, sagte sie und strich über das Leder. »Ein sehr ungewöhnliches Geschenk, oder?«

»Sie können Sie ja jedesmal anziehen, wenn Sie eine Schweinsblase beim Metzger kaufen«, sagte er gereizt.

Sie war so glücklich, daß sie seinen Hohn überhaupt nicht bemerkte.

»Ach, ich fürchte, ich kann sie hier überhaupt nicht tragen. Sie sind einfach für Stuart's Junction zu elegant.«

Er runzelte die Stirn. Sie betastete noch immer das Leder und pries mit einem glücklichen Gesichtsausdruck die Qualität dieser exquisiten Schuhe. Am liebsten hätte er ihr diese verdammten Dinger aus der Hand geschlagen.

»Ach, du lieber Himmel«, sagte sie fröhlich. »Ich stehe hier herum. Sie sind spät aufgestanden und sterben wahrscheinlich vor Hunger.«

Abbie sah Jesse an, und es schien ihr, als sei er über Nacht größer geworden. Plötzlich wußte sie, warum.

»Sie laufen ja ohne Krücken!« rief sie froh. Mein Gott, ist er groß, dachte sie dann, aber er ist schon wieder nur halb bekleidet!

»Ja. Ich bin halb verhungert. Wie spät ist es?«

»Fast schon Mittag. Sie haben lange geschlafen.« Sie ging in die Küche, und er folgte ihr.

»Haben Sie mich vermißt?«

»Dazu hatte ich kaum Zeit. Ich habe gewaschen.«

»Ach, deshalb sehen Sie wie ein Küchenmädchen aus. Ich kann nur sagen, mir gefällt die Veränderung.«

»Wenn man schmutzige Arbeit tut, wird man schmutzig«, sagte sie und rollte emsig ihre Ärmel wieder herunter. Dann fing sie an zu kochen. Er warf einen Blick durch die Hintertür und sah, daß der Garten voller Wäsche hing. Er humpelte aufs Örtchen und betrachtete neugierig ihre Unterwäsche. Doch ihr Korsett konnte er nirgends entdecken.

Aus irgendeinem Grund war sie wieder so kratzbürstig wie früher. Als er zurückkam, stürzte sie sich mit dem üblichen Wortschwall auf ihn.

»Ich habe Sie gebeten, in meinem Haus nicht halbnackt herumzulaufen, *Sir!* Wo ist Ihr Hemd?«

»Im Schlafzimmer. Wo sonst, verdammt noch mal!«

»*Mister* Cameron, würden Sie bitte Ihre rüde Ausdrucksweise für die Leute aufsparen, die sie zu schätzen wissen?«

»Ja, gut. Wer hat Sie denn so plötzlich gebissen?«

»Niemand hat mich gebissen. Ich ...« Sie drehte sich um, ohne den Satz zu beenden.

»Noch vor einer Minute versetzten Sie Melchers Schuhe geradezu in Ekstase, und jetzt ...«

»Ich war *nicht* in Ekstase!« fauchte sie giftig.

»Hach! Er hat Sie ja geradezu verrückt gemacht mit diesem ... diesem Plunder!«

»Gestern noch haben Sie mir empfohlen, meine Gefühle zu zeigen. Und heute verurteilen Sie mich, weil ich Begeisterung zeige.«

Sie starrten sich eine Weile wütend an, bis Jesse etwas völlig Unsinniges sagte.

»Aber sie sind rot.«

»Sie sind was?« fragte sie verblüfft.

»Ich sagte, sie sind rot!« röhrte er. »Diese gottverdammten Schuhe sind rot!«

»Ja, und?«

»Sie ... sie sind rot. Das ist alles.« Er ging in der Küche auf und ab und kam sich töricht vor. »Welche Frauen tragen schon rote Schuhe?«

»Habe ich denn gesagt, daß ich sie tragen will?«

»Das brauchen Sie gar nicht. Ein Blick in Ihr Gesicht hat mir genügt.«

»Während ich versuche, ein anständiges Leben zu führen, spazieren Sie wie ein nackter Wilder hier herum und besitzen dann noch die Unverschämtheit, mich wegen dieser roten Schuhe auszuschimpfen!«

»Das wollen wir doch mal richtigstellen, *Miss* Abigail. Sie sind nicht wütend über mich, sondern über sich selbst, weil diese Schuhe Sie verraten haben.«

»Und Sie ärgern sich nicht über die Farbe, sondern darüber, daß David Melcher mir diese Schuhe geschenkt hat.«

»David Melcher! Daß ich nicht lache! Bilden Sie sich etwa ein, ich bin auf so einen Hampelmann eifersüchtig?« Er stand dicht hinter ihr, doch sie drehte sich um und trat ihm auf den nackten Zeh. »Au!« schrie er, aber sie entschuldigte sich nicht einmal.

»Ich hätte Ihnen nicht weh tun können, wenn Sie sich anständig anziehen würden.« Sie knallte Teller auf den Tisch.

»Das haben Sie absichtlich getan!«

»Vielleicht«, sagte sie zufrieden.

Er rieb den Zeh an seinem Bein. »Und das alles wegen nichts. Ich habe diesmal überhaupt nichts getan.«

Aber sie deutete empört mit dem Zeigefinger in den Garten. »Nichts, sagen Sie? Sir, wie können Sie es wagen, halbnackt durch meinen Garten zu gehen und meine Unterwäsche anzustarren!«

Er mußte grinsen. Dann fing er leise glucksend an zu lachen und steigerte sich immer mehr, bis das Lachen zu einem brüllenden Gelächter wurde. Tränen liefen ihm über die Wangen, und er ließ sich auf einen Stuhl plumpsen.

»Oh! Sie ... Sie ... ach, halten Sie den Mund!« giftete sie. »Soll die ganze Stadt Sie hören?«

Sie setzte sich ihm gegenüber und schaufelte Essen auf ihre Teller. Dann schob sie ihm seinen hin. »Hier, essen Sie!«

Er kicherte noch immer und sagte mit einem sehr lauten Flüstern: »Ist es besser, wenn ich flüstere? Dann können mich die Nachbarn nicht hören.«

Sie war so wütend, daß sie Messer und Gabel klirrend auf den Tisch fallen ließ und aufstand. Doch er streckte den Arm aus und hielt sie am Rockzipfel fest.

»Lassen Sie mich los!« Doch sie kämpfte vergeblich. Er zerrte mit einem Ruck daran, und sie landete auf seinem Schoß.

»Eigentlich wollte ich da draußen Ihre Korsetts sehen, Abbie. Tragen Sie ein Korsett und Unterröcke? Wie viele Schichten

166

muß ich denn entblättern, damit ich Ihre zarte Haut berühren kann?«

»Sie unverschämter Bastard! Lassen Sie mich los!« rief sie wieder und ruderte mit den Armen. Aber er hielt sie fest um die Taille gepackt. Gegen die Kräfte dieses Mannes konnte sie nichts ausrichten.

»Komm, Abbie. Ich tue dir nicht weh. Nur ein Kuß. Dreh dich um, damit ich deinen süßen Mund küssen kann.«

Der schwarze Schnurrbart näherte sich ihrem Mund, doch sie hatte nach einem Büschel seines dichten Haars gegriffen und riß mit aller Kraft daran.

»Au!« schrie er, und sie riß noch stärker daran, bis er sie plötzlich losließ. Sie rutschte auf den Boden und landete auf ihren Knien. Doch während ihres Rutsches stieß sie mit der Spitze ihres Ellbogens in seine kaum verheilte Wunde. Er stöhnte vor Schmerz laut auf. Der Kampf war vorüber.

Sie kam wieder auf die Füße und setzte sich an den Tisch. Eine Weile herrschte Schweigen. Sie versuchte, einen Bissen zu essen, doch der Appetit war ihr vergangen. Ihm wohl auch, denn er rührte seinen Teller nicht an.

Er wußte jetzt, warum er das getan hatte. Ja, er war eifersüchtig, entsetzlich eifersüchtig auf David Melcher. Denn Melcher hatte etwas erreicht, was ihm noch nie gelungen war: Er hatte Abbie durch sein Geschenk zum Lächeln gebracht.

Schließlich sagte er: »Abbie, ich glaube ...«

»Was?«

»Ich glaube, es ist besser, wenn ich so bald wie möglich gehe, damit wir uns nicht noch mehr weh tun.«

»Ja«, sagte sie kläglich, »das ist wohl am besten.«

»Würden Sie mir bitte meine Krücken aus dem Schlafzimmer holen?« fragte er sehr höflich.

»Natürlich«, entgegnete sie ebenso höflich und ging, um sie zu holen. Sie wollte sich gern bei ihm entschuldigen, fand aber, daß er es zuerst tun müsse. Er hat angefangen, dachte sie. Schweigend reichte sie ihm die Krücken.

»Danke«, sagte er wieder zu höflich, hievte sich hoch und humpelte ins Schlafzimmer. Seufzend ließ er sich aufs Bett fallen. Die Federn quietschten.

Abbie starrte lange blicklos in den Garten. Schließlich seufzte auch sie, stand auf und brachte die Küche in Ordnung. Dann ging sie nach oben, weil sie sich umziehen wollte.

Aber sie ließ sich verzweifelt auf die Bettkante sinken und barg ihr Gesicht in den Händen. Nichts war wie früher, seit diese beiden Männer in ihr Leben getreten waren. Und sie konnte nicht länger leugnen, daß Jesse ihr gefiel. Manchmal war er so voller Wärme und Mitgefühl. Sie konnte ihm Dinge erzählen, von denen sie noch zu keiner Menschenseele gesprochen hatte. Und wenn sie gerade anfing, ihm zu vertrauen, enttäuschte er sie wieder. Warum nur konnte er nicht wie David sein? David, der ihr so ähnlich war. David – ein Gentleman, der alles schätzte, was sie schätzte. David – der sie sanft geküßt hatte und es nie wagen würde, sich ihr auf diese unverschämte Weise zu nähern. Doch wenn sie an Jesses Annäherungen dachte, überkam sie immer dieses verbotene, aber doch so erregende Gefühl. Warum konnte sie seinem finsteren Charme nicht widerstehen?

Abbie preßte die Hände auf ihr heißes Gesicht. Ihre Mutter hatte immer gesagt, daß alle Männer Tiere seien. Richard hatte sie in einer Scheune verführen wollen, und daraufhin hatte sie ihm ins Gesicht geschlagen. Sie erschauderte trotz der Hitze im Zimmer und redete sich ein, daß alles, was sie gefühlt hatte, nur Angst gewesen war. Denn alles andere wäre Sünde.

Dann nahm sie ihren Mut zusammen und zog sich um. Sie mußte sich bei ihm entschuldigen und beschloß, Limonade zuzubereiten. Sollte sie nicht die passenden Worte finden, mußte die Limonade eben als Entschuldigung genügen.

13

Sie wollte gerade die Limonade in Gläser gießen, als es an der Haustür klopfte. Auf der Veranda stand ein dunkelhäutiger, gutgekleideter Mann von etwa fünfundvierzig Jahren. Er tippte grüßend an seinen Stetson und verbeugte sich leicht. Unter einem Arm trug er ein Paket.

»Guten Tag. Miss Abigail McKenzie?«

»Ja, die bin ich.«

»Man sagte mir in der Stadt, daß Sie einen Mr. DuFrayne hier beherbergen.«

»DuFrayne?« wiederholte sie verwirrt.

»Jesse DuFrayne«, präzisierte er.

Momentan war sie verblüfft. *Jesse DuFrayne?* Sie konnte nicht glauben, daß der Mann, den sie kannte, so hieß.

»Ist er hier, Miss McKenzie?«

»Oh, entschuldigen Sie, Mister . . .?«

»Hudson. James Hudson, von der Rocky Mountain Railroad. Wie Sie vielleicht bereits wissen, haben wir ein lebhaftes Interesse an Jesse DuFrayne.«

So, dachte sie, Jesse ist also kein Zugräuber, oder? Das war der Moment, den sie sehnlichst herbeigewünscht hatte. Die Stunde der Rache. Aber irgendwie hatte sie jeden Geschmack daran verloren.

»Treten Sie ein, Mr. Hudson. Treten Sie ein«, sagte sie und machte eine einladende Handbewegung. »Der Mann, den Sie suchen, ist hier. Aber er wollte mir nicht erzählen . . .«

Doch in diesem Augenblick erklang eine Stimme aus dem Schlafzimmer: »He, Doc! Sind Sie das? Kommen Sie rein.«

Plötzlich lächelte Mr. Hudson, und er ging auf die Stimme zu, blieb dann stehen und fragte höflich: »Darf ich?«

Als Abigail nickte, ging er mit langen Schritten ins Schlafzimmer.

»Jesse! Mein Gott, wie bist du denn hier gelandet?«

»Jim! Wie schön, dich zu sehen!«

Abbie spähte schüchtern um die Ecke. Jesse war offensichtlich entzückt, diesen Jim Hudson zu sehen. Zu ihrem Erstaunen umarmten die beiden sich sogar.

»Wie wir hörten, bist du angeschossen worden. Was ist nur passiert? Und außerdem hast du dir deinen Schnurrbart abrasiert, wie ich sehe.«

DuFrayne lachte, als er sich in dem Handspiegel betrachtete. »Ja, das stimmt wohl.«

»Und wo wurdest du verletzt?«

»Am rechten Bein. Aber es heilt dank Miss Abigails ausgezeichneter Pflege wunderbar. Seit sie mich aus dem Zug holten, hat sie mich auf dem Hals.«

»Miss McKenzie, wie können wir Ihnen nur danken?« sagte Jim Hudson und reichte ihr das Päckchen, das er mitgebracht hatte. Offensichtlich handelte es sich um eine Flasche. »Es ist nicht viel, aber nehmen Sie es mit meinem herzlichsten Dank an.«

Sie war noch immer verwirrt und nahm das Geschenk automatisch entgegen. Hudson wandte sich sofort wieder an Jesse.

»Was ist geschehen, Jesse? Wir haben uns verteufelte Sorgen gemacht. Du warst verschwunden, und die Jungs in Rockwell fanden nur deine Ausrüstung im Zug. Dann telegrafierte jemand aus Stuart's Junction und gab die Beschreibung eines vermeintlichen Zugräubers durch. Das mußtest du sein. Und ich sagte mir, wenn das nicht Jesse ist, fresse ich meinen Stetson.«

Jesse lachte und ließ sich aufs Bett zurücksinken. »Nun, du kannst deinen Stetson weiter tragen, denn mir geht es gut.« Er warf Abbie einen bedeutungsvollen Blick zu. »Nur mein Bein tut heute nachmittag etwas weh, deshalb habe ich mich hingelegt.«

»Erzähl doch mal. Wie ist das alles passiert?«

»Warte einen Moment. Ich muß mich erst noch fertig rasieren. Die Seife trocknet und fängt schon an zu kitzeln.«

»Kommen Sie doch rein, Abbie. Jim, das ist Abbie. Ohne sie würde ich jetzt schon in einem Grab verrotten. Miss Abigail McKenzie, darf ich Ihnen Jim Hudson vorstellen?«

»Wir haben uns bereits kennengelernt. Wollen Sie sich nicht setzen, Mr. Hudson?« fragte sie und rückte ihm den Schaukelstuhl zurecht. »Ich lasse Sie jetzt allein.«

»Noch einen Augenblick bitte, Abbie.« Jesse hatte das Rasiermesser wieder zur Hand genommen. »Halten Sie doch den Spiegel, damit ich mich fertig rasieren kann.« Er hatte die Bitte so liebenswürdig ausgesprochen, daß sie nichts dagegen hatte.

Jim Hudson beobachtete die beiden. Diese kleine häusliche Szene war untypisch für Jesse, und er fragte sich, was während der vergangenen Wochen hier wohl geschehen war.

»Jesse, hast du etwa deinen Schnurrbart abrasiert? Ich glaubte, daß ich diesen Tag nie erleben würde«, bemerkte Jim.

Jesse und Abbie sahen sich kurz an, dann antwortete er: »Nun, ich wollte mal sehen, wie ich ohne Schnurrbart aussehe. Aber ich lasse ihn wieder wachsen, denn Abbie findet mich mit Bart viel schöner.«

Sie errötete und war froh, daß sie Jim Hudson den Rücken zukehrte. Nach der Rasur trocknete Jesse sein Gesicht ab. Er blieb auf dem Bett sitzen, während die beiden Männer schwatzten und Jesse seinem Freund alles über die Schießerei erzählte.

Abbie beugte sich über das Bett, um das Rasierzeug einzusammeln. Und als sie das tat, legte Jesse ihr geistesabwesend die Hand um die Taille. Sie schickte sich an zum Gehen, und er gab ihr einen kleinen Klaps aufs Hinterteil. Jim beobachtete ihn mit Interesse. Die unbewußte Geste war so intim wie eine Zärtlichkeit gewesen, und Jim war über Jesses Verhalten überrascht, denn seines Wissens war Miss McKenzie überhaupt nicht Jesses Typ.

Im Gegensatz zu Jesse wußte Abbie sehr wohl, was er getan hatte. Die Stelle, die er berührt hatte, schien zu brennen. Noch nie hatte ein Mann sie in Gegenwart einer dritten Person auf diese Weise berührt – zugleich zärtlich und doch wie selbstverständlich.

Während sie mehr Limonade in der Küche zubereitete, mußte sie immer wieder daran denken.

Im Schlafzimmer sagte Jim Hudson: »Hör zu, Jesse. Wir müssen diese Geschichte in Ordnung bringen, denn schließlich hast du ja keinen Zug ausgeraubt. Aber dieser Melcher will Stunk machen. Er versucht, aus dem Vorfall Kapital zu schlagen, denn er ist beruflich gesehen ein kläglicher Versager. «

»Und wie will er das machen?«

»Das finden wir morgen heraus. Melcher wird kommen und sicherlich einen Anwalt mitbringen, um seinen Forderungen Nachdruck zu verleihen. Am besten regeln wir die Angelegenheit unauffällig. Stimmst du mir zu?«

»Völlig, Jim. Aber es bringt mich auf die Palme, wenn ich denke, daß dieser kleine Bastard noch Regreßansprüche geltend macht. Schließlich hat er mir ein Riesenloch in den Pelz gebrannt. «

»Laß mich nur machen. Ich regele das alles. Wahrscheinlich blufft dieser Melcher nur. Aber nun zu dir. Heilt die Wunde gut?«

»Na, das Bein ist noch steif, aber ohne Abbies Pflege hätte ich sicher ins Gras beißen müssen. Sie hat Arzneien, von denen Doc Dougherty nur träumen kann. «

»Da fällt mir ein«, sagte Hudson, »weiß sie eigentlich, daß wir sie für ihre Pflege bezahlen?«

»Ja ... und Jim«, er senkte die Stimme. »Sieh zu, daß sie anständig bezahlt wird. Ich habe sie wie ein Hurensohn behandelt. «

»Die Lady gefällt dir wohl?« fragte Jim lachend.

»Hast du je eine gekannt, die mir nicht gefallen hätte?«

»Zum Teufel. Noch nie habe ich dich mit einer *Lady* gesehen, Jesse. Vielleicht ist sie genau das, was du brauchst.«

»Was ich brauche, ist, so schnell wie möglich von hier zu verschwinden, mein Freund.«

»Übereile nichts. Ich will auch diesem Arzt einen Besuch abstatten. Du hast ihn doch sicher noch nicht bezahlt, oder?«

»Nein.«

Hudson wollte gerade gehen, als Miss Abigail mit einem Tablett in der Tür erschien. »Darf ich Ihnen ein Glas Limonade anbieten, Mr. Hudson?«

»Ich glaube, wir haben Ihnen schon genug Ungelegenheiten gemacht, Miss McKenzie. Ich möchte Ihnen dafür danken, daß Sie die beiden Männer gepflegt haben. Wieviel bin ich Ihnen dafür schuldig?«

Wieder war sie verwirrt, obwohl das Geld doch der eigentliche Grund gewesen war, warum sie sich als Krankenschwester angeboten hatte.

Jesse sah ihr Unbehagen und sagte zu Jim: »Sei nicht kleinlich zu der Lady, Jim.«

»Was ist Ihnen Ihr Pelz wert, DuFrayne?«

Die beiden Männer tauschten einen verschwörerischen Blick, ehe Jesse antwortete: »Ich weiß nicht, was mein Pelz wert ist, aber ein Glas von Abbies Limonade kostet tausend Dollar.«

»In diesem Fall muß ich ein Glas trinken, ehe ich gehe«, sagte Jim Hudson und lächelte Abbie an.

»Dann will ich Ihnen ein Glas einschenken, Mr. Hudson. Wo wollen Sie es trinken?«

»Wie wär's auf der Veranda, Miss McKenzie? Wollen Sie mir Gesellschaft leisten?«

Warum warf sie Jesse einen fragenden Blick zu, als brauchte sie seine Erlaubnis, wenn sie mit einem anderen Mann auf der Veranda sitzen wollte?

»Gehen Sie nur, Abbie. Sie haben sich eine Ruhepause verdient«, sagte er. »Jim, ich danke dir, daß du gekommen bist.«

173

Jim trat noch mal ans Bett und schüttelte Jesse die Hände.
»Bring mir die Lady nicht so sehr durcheinander. Das ist ein
Befehl!«

»Verschwinde von hier, ehe die Limonade auf der Veranda in
der Hitze verdunstet!«

Auf der Veranda war es angenehm kühl. Die beiden setzten
sich, und Jim sagte: »Ich nehme an, Jesse ist ein recht
schwieriger Patient gewesen. Habe ich recht?«

»Er war sehr schwer verwundet, Mr. Hudson, und hätte fast
nicht überlebt. Unter diesen Umständen ist wohl jeder Patient schwierig.« Als sie es gesagt hatte, wußte sie nicht
einmal, warum sie Jesse verteidigte.

»Ich glaube, Sie beschönigen die Dinge, Miss McKenzie. Ich
kenne Jesse. Sie haben jeden Cent verdient, denn er ist ein
schwieriger Mann, wenn er auch sonst ein feiner Kerl und
guter Freund ist. In seiner Arbeit leistet er Unübertroffenes.«

»Und was arbeitet er?«

»Für die Eisenbahn, selbstverständlich.«

Abbies Gedanken überschlugen sich. Es stimmte also. Nur
mit Mühe unterdrückte sie ein Zittern ihrer Hände.

»Ihre Loyalität ist sehr schmeichelhaft für ihn, Mr. Hudson,
da Sie ein sehr respektabler Mann sind.«

»Männer verdienen auf sehr verschiedene Weise Respekt,
Miss McKenzie. Ich aus einem anderen Grund als Jesse.
Wenn Sie jemals Gelegenheit haben sollten, seine Fotografien zu sehen, wissen Sie, was ich meine. Er ist mit seinem
ganzen Herzen Fotograf.«

Seltsam, sie hatte nie geglaubt, daß Jesse ein Herz besäße.

»Ja, Mr. Hudson.«

Er *ist* Fotograf, dachte sie. Er ist es wirklich!

»Jesse hatte recht«, sagte Jim Hudson und stellte sein leeres
Glas auf den Tisch. »Diese Limonade ist tausend Dollar
wert.«

»Ich freue mich, daß sie Ihnen geschmeckt hat.«

»Guten Tag, Miss McKenzie. Und noch einmal vielen Dank,

daß Sie sich um ihn gekümmert haben. Kümmern Sie sich weiterhin um ihn, dann brauche ich es nicht mehr zu tun.«
Diese letzte Bemerkung verwirrte Miss Abigail vollends. Sie konnte nicht ewig auf der Veranda stehenbleiben. Sie mußte ihm gegenübertreten. Aber was sollte sie ihm sagen? Wie muß er all die Tage über mich gelacht haben, dachte sie. Und was wird er jetzt von mir denken?
Ihr Herz klopfte, als sie ins Schlafzimmer ging. Jesse saß auf der Fensterbank und sah Jim nach. Er hatte sie noch nicht bemerkt. Da räusperte sie sich.
Er sah sie überrascht an. »Kommen Sie doch rein. Ich hätte auch gern ein Glas Limonade, Abbie. Würden Sie mir eins holen?«
»Natürlich.«
Sie reichte ihm das Glas. Er trank und sah sie dann nachdenklich an.
»Ehe ich von etwas anderem spreche«, fing sie nervös an, »möchte ich klarstellen, daß ich Ihnen nicht absichtlich weh getan habe ... und ich sage das jetzt ... es hat nichts damit zu tun, daß ich Sie für einen Zugräuber gehalten habe.«
»Ich glaube Ihnen, Abbie. Aber setzen Sie sich doch, um Gottes willen.« Er deutete auf einen Schemel. »Alles, was ich Ihnen jemals über mich erzählt habe, stimmt. Ich habe Sie nie belogen.«
»Ist Jim Hudson der Freund, von dem Sie sprachen? Der Sie auf ihrer Suche nach dem Glück begleitet hat?«
Er nickte.
»Er wirkt sehr seriös«, sagte sie, »und auch reich. Trotzdem kann ich den Scheck über die tausend Dollar nicht akzeptieren, den er mir auf meinen Schreibtisch im Wohnzimmer gelegt hat. Das ist zuviel.«
»Jim denkt wohl anders darüber.«
»Ich glaube nicht, daß Mr. Hudson allein so entschieden hat.«
»Nein?« sagte er unverbindlich.

»Wer sind Sie wirklich?« fragte sie, als ihre Neugier schier übermächtig wurde.

»Jesse DuFrayne. Stets zu Ihren Diensten, Ma'am«, sagte er und hob sein Glas, als proste er ihr zu.

»So war meine Frage nicht gemeint.«

»Ich weiß, aber ich möchte keine neue Verwirrung stiften, indem ich jetzt zu einem wirklichen Menschen für Sie werde.«

Sie atmete hörbar ein. »Sie sind ein wirklicher Mensch für mich.«

»Sie wissen jetzt sicher auch, daß ich Fotograf bin. Also lassen wir es dabei, denn schon morgen werde ich die Stadt verlassen.«

Nein, noch nicht! schrie sie stumm. Schon spürte sie eine innere Leere.

»Sind Sie sicher, daß Sie schon reisen können?«

»Sie wollen doch, daß ich verschwinde, nicht wahr?«

»Ja«, log sie und fügte dann aufrichtig hinzu: »Aber ich möchte nicht, daß Sie unter den Strapazen der Reise leiden.«

Er sah sie an, und seine Gesichtszüge wurden weich. »Zerbrechen Sie sich nicht den Kopf über mein Wohlergehen, Abbie. Das haben Sie lange genug getan.«

»Sie haben mich doch sehr gut dafür bezahlt.«

»Das war die Eisenbahngesellschaft, nicht Jim oder ich.« Er starrte aus dem Fenster, sah dann das Bett an und schließlich Abbie.

Verdammt, diese Frau setzte ihm zu!

Schließlich sagte er mit rauher Stimme: »Abbie, das alles tut mir schrecklich leid!«

»M ... mir auch, Mr. Du ...DuFrayne«, stammelte sie. Ungeweinte Tränen brannten in ihren Augen.

Sie schwiegen lange. Doch schließlich warf er einen Blick in die Runde, als würde er von diesem Zimmer für immer Abschied nehmen. »Ich möchte Ihnen für die Überlassung Ihres Schlafzimmers danken, Abbie. Es ist so hübsch. Das

Zimmer einer wirklichen Lady. Sicherlich sind Sie froh, wenn Sie hier wieder schlafen können.«

»Oh, es war oben nicht unbequem«, entgegnete sie.

»Es muß heiß unter dem Dach gewesen sein. Es tut mir leid, daß ich Sie aus Ihrem Reich vertrieben habe.« Dann schaute er das kleine ovale Bild an der Wand an. Er griff danach und nahm es in die Hand. »Sind das Ihre Eltern?«

»Ja«, antwortete sie und sah, wie er mit dem Finger nachdenklich darauf klopfte.

»Sie ähneln Ihrer Mutter nicht sehr, mehr Ihrem Vater.«

»Die Leute haben immer gesagt, ich sähe wie er aus und würde wie sie handeln.«

Sie hatte die Worte gesprochen, ehe sie wußte, was sie sagte. Nach einer Weile räusperte sich Jesse und sagte dann mit gesenktem Kopf – seine Stimme war so bewegt, wie sie sie noch nie gehört hatte –: »Abbie, vergessen Sie, was ich über Ihre Mutter sagte. Zum Teufel ... ich habe sie nicht einmal gekannt.«

»Ja ... ja, Sie kannten sie. Sie kannten sie besser, als ich es jemals tat«, sagte sie mit erstickter Stimme. Tränen brannten in ihren Augen.

»Abbie?« sagte er leise mit zärtlich rauher Stimme.

Sie reagierte nicht.

»Abbie?« sagte er wieder, so zärtlich wie zuvor. Wieder empfand sie in seiner Gegenwart diese süße Bedrohung, die sie zugleich liebte und fürchtete. Ein Schauder lief ihr über den Rücken. Doch dann rief sie sich zur Ordnung.

»Ich muß Ihnen wenigstens noch zwei Mahlzeiten vorsetzen, Mr. DuFrayne, und habe im ganzen Haus nicht ein Stück Fleisch. Am besten gehe ich gleich zum Metzger, ehe er seinen Laden schließt. Was möchten Sie gerne essen?«

Er sah sie lange an, dann trat wieder das schelmische Funkeln in seine Augen. »Wann haben Sie mir diese Frage zum erstenmal gestellt?«

»Als wir die Buttermilch zusammen tranken«, antwortete sie.

Er lachte. Sie war eine hübsche kleine Person, das mußte er sich immer wieder eingestehen.

»Ach ja, die Buttermilch«, entgegnete er und schüttelte amüsiert den Kopf. Sie beide wußten, daß sich von diesem Augenblick an ihre Beziehung geändert hatte.

»Was möchten Sie also zum Abendessen?« fragte sie.

»Das überlasse ich Ihnen«, sagte er, ganz gegen seine Gewohnheit.

»Sehr gut«, entgegnete sie, ganz gegen ihre Gewohnheit.

Als sie sich zum Gehen anschickte, waren ihre Knie merkwürdig schwach, so als wäre sie schon einen langen Weg gegangen. Dann fing sie an zu laufen. Sie lief vor dem Lächeln in Jesses Augen davon – zur Garderobe und bewaffnete sich mit ihrem mit Gänseblümchen verzierten Hut und einem Paar Handschuhe, das noch vom gestrigen Ausflug schmutzig war.

14

Die Neuigkeit war in aller Munde. Und Miss Abigail war sich dessen voll bewußt. Sie spürte förmlich die Augen, die sich hinter der Gardine eines jeden Fensters auf sie hefteten, wenn sie vorbeiging. Aber sie schritt mit stolz erhobenem Haupt einher, betrat den Metzgerladen und tat, als würde sie die neugierigen Blicke nicht bemerken.

»Na, Miss Abigail«, platzte Gabe Porter heraus. »Was sagen Sie dazu, daß dieser Mann in Ihrem Haus gar kein Zugräuber ist? Ist das nicht eine Überraschung? Die ganze Stadt spricht von diesem Eisenbahner, der heute hier ankam und alle Schulden Ihres Patienten bezahlt hat. Wie es scheint, haben wir uns alle in ihm getäuscht. Anscheinend arbeitet auch er für die Eisenbahn. Was soll man nur davon halten!«

»Das hat für mich wenig Bedeutung, Mr. Porter. Wichtig ist allein sein Gesundheitszustand. Die Verletzung ist noch nicht ausgeheilt, und er wird einen weiteren Tag unter meiner Obhut verbringen, ehe er Stuart's Junction verläßt.«

»Heißt das, Sie wollen ihn in Ihrem Haus behalten, obwohl er nicht mehr bleiben muß, wenn er nicht will?«

Miss Abigails Augen blitzten zornig, als sie antwortete: »Was wollen Sie damit andeuten, Mr. Porter? Daß mir keine Gefahr drohte, solange man ihn für einen Verbrecher hielt, ich aber jetzt um meine Sicherheit bangen muß, da sich herausstellt, daß er Fotograf ist?«

Diese Bemerkung ergab wenig Sinn, und Gabe Porter stammelte verwirrt: »Nun, ich wollte damit eigentlich gar nichts andeuten, Miss Abigail. Ich hatte mir einfach nur Sorgen um das Wohlergehen einer ehrbaren Jungfer gemacht.« Gabe

Porter hätte sie mit einem Hieb seines Hackbeils nicht tiefer treffen können, doch Miss Abigails Gesicht verriet nichts von dem Schmerz, den seine Worte ihrem Herzen zugefügt hatten.

»Sie sorgen am besten für mein Wohlergehen, wenn Sie mir zwei besonders dicke Steaks schneiden, Mr. Porter«, entgegnete sie schroff. »Fleisch verleiht neue Lebenskraft, und wir schulden diesem Mann wenigstens ein gutes Steak, nachdem er durch diesen unglückseligen Zwischenfall so viel Blut verloren hat. Sind Sie nicht auch dieser Meinung?«

Gabe tat, wie ihm befohlen, erinnerte sich dabei jedoch daran, daß Miss Abigail zusammen mit diesem Fotografen in einem leichten Einspänner auf dem Hügel gesehen worden war und der junge Rob Nelson den Mann – nur mit Pyjamahosen bekleidet – in Miss Abigails Garten hinter dem Haus hatte herumspazieren sehen. Und wie man hörte, ließ er mit der Eisenbahn Geschenke für sie aus Denver kommen. Das Paket mußte von ihm sein! Verdammt, sie kannte schließlich niemanden in Denver!

Doch die aufregendste Neuigkeit sollte Gabe Porter erst auf dem Nachhauseweg erfahren: Miss Abigail hatte auf der Bank einen Scheck über eintausend Dollar eingezahlt – ausgestellt von der Rocky Mountain Railroad Company – für die, wie mittlerweile jeder in der Stadt wußte, der Mann in ihrem Haus Fotos machte.

Als Miss Abigail um die Ecke bog, sah sie mißbilligend, daß Jesse sie wieder auf der Schaukel auf der Veranda erwartete. Na, wenigstens hat er ein Hemd an, dachte sie. Aber als sie näher kam, sah sie, daß es bis zum Nabel aufgeknöpft war und er barfüßig, ein Bein über der Lehne, lässig hin und her schaukelte.

»Hallo«, begrüßte er sie. »Wofür haben Sie sich entschieden?«

Verlegen dachte sie an die hervorquellenden Augen von Blair Simmons, als sie ihm vor wenigen Minuten den Scheck in der

Bank überreicht hatte, und antwortete: »Ich habe ihn behalten.«

Verwirrt fragte er: »Was?«

»Ich habe ihn behalten«, wiederholte sie. »Ich habe ihn zur Bank gebracht. Danke.«

Er schüttelte lachend den Kopf. »Nein, das meinte ich nicht. Ich wollte wissen, was es zum Abendessen gibt.« Die tausend Dollar tat er mit einem Achselzucken ab. Für ihn war die Angelegenheit erledigt.

»Steak«, antwortete sie und war erleichtert, daß der Scheck für ihn nur eine Entschädigung für ihre aufopferungsvolle Pflege bedeutete.

»Verdammt, das klingt gut!« rief er aus und klatschte sich auf den Magen.

Plötzlich war es ihr unmöglich, sich über seine derbe Ausdrucksweise zu ärgern; sie konnte ein Lächeln nicht unterdrücken. »Sie sind unverbesserlich, Sir. Ich glaube, wenn Sie länger hierblieben, würde mir auch bald Ihr ungehobeltes Benehmen nicht mehr auffallen.«

»Auch wenn ich länger hierbliebe, würde es Ihnen nicht gelingen, mich zu bekehren. Ich bin, wie ich bin, Miss Abigail, und Steak klingt einfach verdammt gut.«

»Wenn Sie sich anders ausdrücken würden, könnte ich kaum glauben, daß Sie meinen, was Sie sagen, Mr. Came ... Mr. DuFrayne.« Ihr Lächeln enthüllte ihren ganzen Charme und bezauberte ihn.

Wieviel leichter war es doch, wieder oberflächlich mit ihm zu plaudern. Auf diese Weise, das wußte sie, würden sie gefahrlos durch den bevorstehenden Abend kommen. Aber da schwang er schon sein Bein von der Lehne, legte seine dunklen breiten Hände auf die Stuhlkanten und sagte mit dem vertrauten schiefen Grinsen: »Geh und brat das Steak, Weib.«

Und nach allem, was sie miteinander durchgemacht hatten, war es wohl völlig unsinnig, bei dieser Bemerkung zu erröten.

Die Sonne versank hinter den Bergen, während sie die Steaks zubereitete. Lavendelfarbene Schatten senkten sich auf die Veranda, wo Jesse DuFrayne saß und den Kindern zuhörte, die in der Dämmerung spielten. Der köstliche Geruch von gebratenem Fleisch hing in der Luft, und er hörte das Klappern der Pfannen und das Klirren der Gläser. Träge stand er auf, humpelte ins Haus, und da kam sie ihm schon mit einem Stoß Teller, mehreren Gläsern und Tassen auf einem Tablett entgegen. Ihre Bluse lag eng über ihren Brüsten an, und er versank bewundernd in diesem Anblick. Dann sah er ihr in die Augen und entdeckte, daß sie ihn ertappt hatte. Er grinste und zuckte die Schultern.

»Kann ich helfen?« fragte er.

Oh, er ist heute abend voller Überraschungen, dachte sie. Aber sie reichte ihm trotzdem das Geschirr, und als er damit zum Küchentisch gehen wollte, hielt sie ihn zurück.

»Nein, nicht dort. Bringen Sie es ins Eßzimmer. Es wird kaum noch benutzt, und ich dachte, wir könnten heute abend dort essen.«

Sein Schnurrbart zuckte. »Dann wird es wohl eine kleine Abschiedsfeier, wie?«

»Allerdings.«

»Ganz wie Sie wünschen, Abbie.« Er ging ins Eßzimmer.

»Einen Augenblick, ich hole die Tischdecke.«

»Ach? Das wird ja eine ganz feierliche Angelegenheit.«

Sie kam mit einer makellos weißen Leinendecke zurück und fragte: »Können Sie auch noch die Kerzenleuchter nehmen?«

»Klar.« Er nahm die beiden Leuchter vom Tisch und hielt sie zusammen mit dem Geschirr, während sie die Decke mit einem Schwung durch die Luft wirbelte und dann auf den Tisch sinken ließ.

»Na, so etwas habe ich ja noch nie gesehen!«

»Was?« fragte sie, beugte sich vor und strich noch einmal über das bereits glatte Tischtuch.

»Würde ich das versuchen, flöge das Tuch wahrscheinlich in

die entgegengesetzte Richtung und ich hinterher.« Er legte den Kopf schief und betrachtete genüßlich ihren kleinen Hintern, während sie über der Tischkante lehnte und mit den Händen die Decke glattstrich. Als sie sich umdrehte, wandte er rasch den Blick ab.

»Wollen Sie den ganzen Abend dastehen oder mir beim Tischdecken helfen?«

»Ich möchte gern noch einmal sehen, wie Sie das machen«, sagte er.

»Was?«

»Die Decke durch die Luft schleudern, damit sie genau auf dem Tisch landet. Ich wette mit Ihnen, das gelingt Ihnen kein zweites Mal.«

»Sie sind verrückt. Und Sie werden mein restliches Geschirr zerbrechen, wenn Sie es nicht endlich auf den Tisch stellen.«

»Worum wetten wir?«

»Zu allem anderen soll ich jetzt auch noch mit Ihnen wetten?«

»Na los, Abbie, was setzen Sie ein? Ein Wurf mit dem Tischtuch.«

»Mich mit Ihnen abgeben zu müssen, ist mir Einsatz genug«, sagte sie mit einem verschmitzten Lächeln.

»Wie wär's mit einem Foto von Ihnen gegen eine gute Mahlzeit?« schlug er mit dem Hintergedanken vor, daß ihm dieser Vorschlag als Vorwand dienen könnte, nach Stuart's Junction zurückzukehren.

Was da plötzlich Abigail McKenzie überkam, konnte sie nicht sagen, aber ohne es eigentlich zu wollen, nahm sie das Leinentuch vom Tisch und warf es hoch in die Luft. Natürlich landete das Tuch dieses Mal nicht glatt auf dem Tisch ... auch nicht das nächste Mal ... und nicht das nächste Mal ... aber da lachten beide schon wie Verrückte, obwohl die ganze Sache gar nicht so lustig war.

Jesse neckte sie fröhlich: »Ich habe gewußt, daß Sie es kein zweites Mal fertigbringen würden. Ich habe gewonnen.«

»Aber es ist mir beim erstenmal gelungen, also spielt es keine Rolle. Außerdem komme ich mir wie eine Närrin vor, dauernd dieses Tischtuch durch die Luft zu wirbeln. Was soll dieser Unsinn?«

»Verdammt will ich sein, wenn ich es weiß«, spottete er und stellte endlich das Geschirr auf den Tisch.

Und zum erstenmal in ihrem Leben dachte sie, verdammt will ich sein, wenn ich es weiß.

»Ich muß die Steaks wenden«, sagte sie und ging in die Küche.

Er folgte ihr einen Augenblick später mit den Wassergläsern in der Hand. »He, wenn wir schon eine Party feiern, sollten wir dann nicht Champagnergläser benützen und den Champagner trinken, den Jim mitgebracht hat?«

»Es tut mir leid, aber ich trinke keinen Alkohol, und auch Sie sollten nicht ...« Aber alles war jetzt anders. Er war ein respektabler Mann. »Sie können Champagner trinken, wenn Sie wollen.«

»Wo sind die Gläser?«

»Ich habe keine anderen.«

»Okay, das macht nichts.« Er ging ins Eßzimmer und stellte die Gläser wieder auf den Tisch.

Er öffnete die Flasche im Garten hinter dem Haus und benutzte dafür eine Messerklinge. Sie war überzeugt davon, daß die ganze verdammte Stadt den Korken knallen hörte – obwohl nicht viele wußten, wie ein Champagnerkorken knallte.

»Alles bereit?« fragte er und kam herein. Sie nahm ihre Schürze ab und ging ihm voran mit den Steaks und dem Gemüse auf einer Servierplatte. Nur die Kerzen beleuchteten das Eßzimmer.

»Bringen Sie die Lampe mit«, rief sie über die Schulter, »es wird dunkel.« Er nahm sie vom Küchentisch und folgte ihr humpelnd mit der Lampe in der einen und dem Champagner in der anderen Hand.

»Die Streichhölzer ...«, sagte sie.

»Ich hole sie.«

Plötzlich fiel ihr auf, wie gut er sich in ihrem Haus auskannte und daß ihr diese Vertrautheit gefiel. Stolz und gleichzeitig wehmütig beobachtete sie ihn, während er die Kerzen anzündete, als wäre er der Hausherr.

»Setzen Sie sich, Abbie. Heute abend bin ich der Gastgeber.«

Das Licht der Kerzen und der Lampe hüllte sie mit schimmerndem Glanz ein. Wie fasziniert betrachtete sie seine langen Finger, die das Streichholz hielten. Ihr Blick folgte der Bewegung seiner Hand, seines dunkel behaarten Arms, als er das Streichholz ausblies. »Bitte verzeihen Sie mir, Abbie, daß ich für diesen Anlaß nicht entsprechend gekleidet bin«, sagte er und sah auf sein aufgeknöpftes Hemd hinunter.

Sie lächelte. »Mr. DuFrayne, Sie haben sich selbst übertroffen. In Ihren Augen sind Sie wohl angemessen gekleidet.«

Er tätschelte seine nackte Brust und lachte: »Wie recht Sie haben.«

Sie legte ihm ein Steak, Bratkartoffeln und gedünstete Karotten auf seinen Teller, und er begann mit offensichtlichem Vergnügen zu essen. Genüßlich brummte er: »Gott, wie bin ich hungrig. Das Mittagessen war nicht ...« Achselzuckend ging er darüber hinweg.

»Das Mittagessen wurde unterbrochen«, beendete sie den Satz. Noch nie hatte sie jemanden gesehen, der mit einem derartigen Vergnügen aß. Und erstaunlicherweise bediente er sich auf manierliche Weise des Bestecks, benutzte das Messer nur zum Schneiden und spießte damit nicht die Fleischstücke auf, um sie in den Mund zu schieben. Er wischte sich den Mund mit der Serviette und nicht mit dem Hemdsärmel ab und lehnte sich entspannt im Stuhl zurück, wenn er trank. Abbie mußte diesen angenehmen, höflichen Mann unwillkürlich mit dem ungehobelten Burschen vergleichen, der auf so unverschämte Weise ihre ersten Mahlzeiten kritisiert hatte. Warum zeigte er sich erst jetzt von seiner wirklichen, liebenswürdigen Seite?

»Ich werde dieses gute Essen vermissen«, sagte er, als hätte er ihre Gedanken gelesen und als wollte er den neugewonnenen Eindruck, den sie von ihm hatte, bestärken.

»Wie die meisten Dinge, die man nicht mehr hat, wird Ihnen mein Essen im nachhinein besser vorkommen, als es wirklich ist.«

»Oh, das bezweifle ich, Abbie. Nachdem wir aufhörten, uns während der Mahlzeiten zu streiten, habe ich Ihr Essen wirklich genossen.«

»Das habe ich nicht gewußt. Ich dachte, Ihnen würde nur ein guter ... oder soll ich sagen *schlimmer* Streit Vergnügen bereiten.«

»Das stimmt nur teilweise. Zugegeben, ich genieße einen guten Kampf. Das ist anregend und gut fürs Gefühlsleben. Ein guter Kampf reinigt das Gemüt und gibt Kraft für einen Neubeginn.« Er beäugte sie spitzbübisch und fügte hinzu: »So wie Leber.«

Sie lachte und drückte hastig die Serviette gegen ihren Mund. Ach, wie würde sie seine witzigen Bemerkungen vermissen! Als sie den Bissen hinuntergeschluckt hatte und wieder sprechen konnte, sagte sie mit einem schelmischen Lächeln: »Aber braucht Ihr Gefühlsleben denn eine so häufige Reinigung, Mr. DuFrayne?«

Er lachte schallend und lehnte sich zurück. Er liebte ihre geistreiche Art und würde ihr neckisches Geplänkel vermissen. »Sie besitzen eine sarkastische Ader, Abbie, aber ich mag Ihre spitzen Bemerkungen. Sie haben die Langeweile vertrieben, so wie unsere kleinen Kämpfe von Zeit zu Zeit.« Hinter dem erhobenen Glas wirkten seine Augen schwarz, doch in dem trüben Licht konnte sie die haselnußbraunen Flecken nicht sehen, die sie so gut kannte.

»*Kleine* Kämpfe?« entgegnete sie. »*Von Zeit zu Zeit?*«

Er spießte mit der Gabel ein Stück Fleisch auf und warf ihr einen belustigten Blick zu. »Meine Wutanfälle sind Ihnen wohl ziemlich auf die Nerven gegangen, wie? Aber Sie haben mich auch oft genug provoziert, Abbie.«

Verlegen senkte sie den Blick auf ihren Teller und stammelte: »Aber ich hatte es nicht verdient, daß Sie mein bestes Porzellan durch mein Schlafzimmer schleuderten ... alles war mit Suppe bekleckert.«

Er schob ein Stück Fleisch auf seinem Teller herum, steckte es dann in den Mund, starrte nachdenklich zur Decke und überlegte laut: »Nun, warum, zum Teufel, habe ich das wohl getan? Können Sie sich daran erinnern?«

Auf humorvolle Weise beschrieb er die Situation und endete mit dem Vorwurf, sie habe versucht, ihn mit der Suppe zu ertränken.

»Dann haben Sie die Schüssel genommen und wie ein Schwein am Trog geschlürft«, fügte sie lachend hinzu.

»Ach, der Ausdruck ist neu – ein Schwein am Trog. Ist Ihnen eigentlich bewußt, Miss McKenzie, daß Sie mich mit mehr Tiernamen beschimpften, als Platz auf Noahs Arche hätten?«

»Habe ich das getan?« Das klang erstaunt.

»Ja, das haben Sie getan.«

»Nein, das stimmt nicht!«

Er begann sie aufzuzählen: »Ziegenbock, Ferkel, Gorilla, Schwein ... sogar Laus.« Er hielt jetzt Messer und Gabel übertrieben korrekt. »Ich frage Sie jetzt, Abbie, habe ich die Tischmanieren eines Ziegenbocks?«

»Und was war mit der Leber?«

»Oh, das. Nun, an jenem Abend, wie an vielen anderen, wollte ich gerade mit Ihnen Frieden schließen, da brachten Sie diese gräßliche Leber. Es ist wahr, Abbie, jedesmal, wenn ich nett zu Ihnen sein wollte, kamen sie ins Zimmer gestürmt und schafften es, mich auf die Palme zu bringen.« Er wischte sich den Mund ab, verbarg sein Lächeln hinter der Serviette, während ihr bewußt wurde, wie amüsant es war, jetzt mit ihm über die vergangenen Ereignisse zu lachen.

»Aber wissen Sie, Abbie«, sagte er und griff nach der Champagnerflasche. »Sie sind eine würdige Gegnerin. Ich weiß nicht, wie wir die ganze Zeit miteinander ausgekommen sind, aber ich glaube, wir beide haben das bekommen, was wir verdient haben.« Er füllte beide Gläser und sagte: »Darauf wollen wir trinken.« Er reichte ihr ein Glas und sah ihr in die Augen. »Auf Abigail McKenzie, die Frau, die mein Leben gerettet hat und mich beinahe umgebracht hätte.«

Als sie anstießen, berührte er mit einem Knöchel ihre Hand. Sie senkte den Blick. »Ich trinke nicht«, wehrte sie ab.

»Oh, nein. Sie versuchen nur, verwahrloste Revolverhelden umzubringen.« Er hielt noch immer das Glas erhoben und wartete, daß sie trank. Sie kam sich töricht vor, ihm eine Geste zu verweigern, mit der er auf charmante Weise ihr bisher harmonisch verlaufenes Abendessen krönen wollte. Also nahm sie einen winzigen Schluck, fand den Geschmack nicht unangenehm und verspürte nur ein Kitzeln in der Nase. Also nahm sie einen zweiten Schluck und nieste. Sie lachten beide darüber, und er leerte sein Glas und füllte beide wieder. »Jetzt müssen Sie einen Toast ausbringen«, beharrte er und lehnte sich lässig im Stuhl zurück.

Ihre Augen schimmerten violett in dem sanften Licht. Er fragte sich, ob sie – so wie er – an die schönen Stunden dachte, die sie miteinander verbracht hatten. Er wünschte sich, ihre Gedanken lesen zu können, denn heute abend sah sie einfach entzückend aus.

Abbie stützte die Ellbogen auf den Tisch. Der Champagner perlte vor ihren Augen.

»Also gut«, stimmte sie schließlich zu und sah ihn durch die hellgelbe Flüssigkeit an. Schließlich senkte sie ihr Glas so weit, daß sie sein Gesicht sehen konnte, und sagte leise: »Auf Jesse DuFrayne, der eigentlich meine Moral bewundert, aber gleichzeitig nichts unversucht ließ, sie zu beschmutzen.«

Als sie dieses Mal anstießen, war er es, der nicht gleich trank. Statt dessen betrachtete er sie stirnrunzelnd über den Rand seines Glases hinweg.

»Was haben Sie gesagt?«

»Ich sagte: ›Auf Jesse DuFrayne, der . . .‹«

»Ich weiß, was Sie sagten, Abbie. Ich möchte wissen, warum Sie es sagten.«

Muß ich es dir sagen, Jesse, dachte sie. Oder weißt du so gut wie ich, daß du mich unzählige Male hättest nehmen können, aber es nie tatest? Muß ich dir sagen, warum? Kennst du dich selbst so wenig? Abbie holte tief Luft und sah ihm in die Augen.

»Weil es die Wahrheit ist. Weil ich bemerkt habe, daß Sie mich in Anwesenheit anderer stets respektvoll Miss Abigail nannten, ganz gleich, was zwischen uns geschah, wenn wir allein waren. Vielleicht auch, weil Sie ... ach, vergessen Sie's.«

»Nein, bitte sprechen Sie weiter.« Er beugte sich vor, legte die Unterarme auf den Tisch und drehte das Glas zwischen seinen Fingern.

Sie überlegte einen Augenblick, trank einen kleinen Schluck und sagte ausweichend: »Nun, die Wahrheit, wie ich sie sehe, dürfte für Sie wohl ausgesprochen selbstgefällig klingen. Und ich möchte nicht, daß Sie diesen Eindruck von mir mitnehmen, wenn Sie gehen.«

»Sie sind von allen Menschen, die ich kenne, am wenigsten selbstgefällig. Selbstgerecht, ja, aber nicht selbstgefällig.«

»Ich bin mir nicht sicher, ob ich Ihnen dafür danken oder Ihnen die Augen auskratzen soll.«

»Keins von beiden. Erklären Sie mir einfach nur, was Sie mit Ihrer Bemerkung über mich und Ihre Moral meinten.«

Sie nippte wieder vom Champagner und betrachtete nachdenklich die perlende Flüssigkeit. »Nun gut«, sagte sie schließlich und trank noch einen Schluck. Während sie weitersprach, füllte er ihr Glas. »Ich glaube, daß Sie mich ... nun, nicht ganz unattraktiv finden. Ich glaube jedoch auch, daß es Ihnen völlig genügt, daß ich weiblichen Geschlechts bin, denn Sie *lieben Frauen*. Aber das ist nebensächlich. Ich erwähne es nur, um Ihnen zu zeigen, daß ich nicht eitel bin. Ich glaube, Ihnen gefallen gerade die Eigenschaften an mir, die Sie verändern wollen. Wahrscheinlich bin ich die erste Frau in Ihrem Leben, die jene Eigenschaft besitzt, die in der Bibel gepriesen wird. Während Sie nichts unversucht lassen, mich dazu zu bringen, davon abzuweichen, hoffen Sie doch gleichzeitig, daß ich daran festhalte. Mit anderen Worten ausgedrückt, Mr. DuFrayne, ich glaube, daß Sie zum erstenmal in Ihrem Leben in einer Frau etwas anderes sehen als ein Lustobjekt, und da Sie damit nicht zurechtkommen, versuchen Sie, meine Moral zu brechen, um eine Beziehung zwischen uns herzustellen, in der Sie sich wohl fühlen.«

Er saß zwar lässig im Stuhl zurückgelehnt da, doch sein finsterer Gesichtsausdruck zeigte, daß er keineswegs entspannt war. Mit dem Zeigefinger strich er nachdenklich über seinen Schnurrbart.

»Vielleicht haben Sie recht, Abbie.« Er trank einen Schluck und musterte sie kritisch über den Rand seines Glases hinweg. »Und wenn es so ist, warum erröten Sie dann wie ein Schulmädchen? Sie haben sich doch Ihre Ehrbarkeit bewahrt, und ich verlasse Sie so, wie ich Sie vorgefunden habe.« Er lehnte sich vor, berührte leicht ihr Kinn und zwang sie, ihn anzusehen. Aber sie versteifte sich, wandte den Blick ab und wich zurück, um dieser zarten, erregenden Berührung auszuweichen. Als sie weiterhin den Kopf gesenkt hielt, strich er leise mit einem Finger über ihre Wangen.

»Lassen Sie das!« Sie fuhr zurück, aber in ihrem Kopf passierte etwas Merkwürdiges. Alles schien plötzlich vor ihren Augen zu verschwimmen.

Sein Blick glitt über ihre geöffneten Lippen, er hörte ihr rasches Atmen, sah die flatternden Nasenflügel und den erschreckten Ausdruck in den Tiefen ihrer blauen Augen.

»Na gut«, sagte er sanft. »Und dieses Mal werde ich nicht fragen, warum.«

Sein verändertes Verhalten ließ sie in panischer Angst von ihrem Stuhl aufspringen, aber in ihrem Kopf schien ein Tornado zu wüten. Sie fiel nach vorn und stützte sich mit beiden Händen auf den Tisch. Eine Haarlocke hatte sich gelöst und hing über ihren Kragen herab.

»Sie haben mich wieder hereingelegt, nicht wahr, Mr. Du-Frayne? Dieses Mal mit Ihren angeblich so harmlosen Trinksprüchen.« Leicht schwankend stand sie da und versuchte, ihn mit Blicken zu durchbohren.

»Nein, das habe ich nicht. Zumindest war es nicht meine Absicht. Die paar Schlucke Champagner, die Sie getrunken haben, würden nicht einmal einen Kolibri berauschen.« Er hielt die Champagnerflasche gegen das Licht der Lampe. Sie war noch halb voll.

»Nun, dieser Ko ... Kolibri ist trotzdem betrunken«, sagte sie zu der schwankenden Tischoberfläche, und ihr Kopf sank immer tiefer.

Er dachte daran, wie entsetzt sie heute morgen gewesen war und daß wohl auch dieses Zusammensein mit einem Streit enden würde. Abbie betrunken, wie unvorstellbar, dachte er und betrachtete sie lächelnd.

»Es muß an der Höhe liegen«, sagte er. »Hier oben wirkt Alkohol viel schneller, vor allem, wenn man nicht daran gewöhnt ist.« Er trat neben sie, legte einen Arm um ihre Schulter, um sie zur Hintertür zu führen. »Kommen Sie, Abbie, frische Luft wird Ihnen guttun.« Sie stolperte. »Vorsichtig, Abbie, die Stufen.« Er griff nach ihrer Hand und legte sie sich um die Hüfte. Folgsam klammerte sie ihre Finger in sein Hemd. »Na los, Abbie, Sie brauchen Bewegung, sonst dreht sich Ihr Bett um Sie, wenn Sie sich hinlegen.«

»Ganz bestimmt wiss ... wissen Sie alles über sich dr ... drehende Betten«, murmelte sie und schob energisch seine helfenden Hände beiseite. »Es geht mir gut. Es geht mir gut«, wiederholte sie beschwipst und glaubte, ihre Haltung wiedergewonnen zu haben. Aber da fing sie plötzlich an, vor sich hinzusummen, und wußte genau, daß sie nicht summen würde, wenn es ihr wirklich gutginge.

»Psst!« flüsterte er und zwang sie weiterzugehen.

Sie wedelte mit einer Hand durch die Luft. »Aber ich bin doch ein ... ein Kolibri, oder etwa nicht?« Sie kicherte, drehte sich schwankend um, fiel gegen ihn und hämmerte mit den Fäusten gegen seine Brust. »Bin ich ein Kolibri, Jesse? Hm? Hmmmm?« Sie bohrte ihren Zeigefinger in seinen Bart, und er wandte den Kopf ab.

»Ja, das sind Sie. Halten Sie jetzt endlich den Mund und holen Sie tief Luft, verstanden?«

Vorsichtig setzte sie einen Fuß vor den anderen, aber der Boden schien vor ihren Füßen zurückzuweichen. Er führte sie mehrmals durch den Garten, während sie leise vor sich hinkicherte. »Weitergehen«, wiederholte er immer wieder.

»Verdammt, Abbie, das hatte ich wirklich nicht beabsichtigt. Ich hatte keine Ahnung, daß man von einem Fingerhut voll Champagner betrunken werden kann. Glauben Sie mir das?«

»Wen kümmert's, ob *ich Ihnen* glaube. Glauben *Sie mir?*«

»Gehen Sie weiter.«

»Ich sagte, glauben *Sie mir?*« rief sie plötzlich laut. »Glauben Sie, was ich vorhin über Sie und mich gesagt habe?« Wütend versuchte sie, sich von ihm loszureißen, doch er drückte sie fest an sich.

»Sprechen Sie leise, Abbie. Ihre Nachbarn können Sie hören.«

»Ha!« lachte sie laut auf. »Das gehört in Marmor eingemeißelt! *Sie* machen sich Sorgen darüber, was *meine* Nachbarn denken könnten!« Taumelnd krallte sie beide Hände in sein Hemd und schüttelte ihn.

»Psst! Sie sind betrunken.«

»Ich bin wieder stocknüchtern. Warum antworten Sie mir nicht?«

Ob betrunken oder nüchtern, jedenfalls hob sie plötzlich den Kopf und trompetete in die Nacht hinein: »Jesse DuFrayne liebt Abbie Mc ...« und er preßte seinen Mund auf ihre Lippen, um sie zum Schweigen zu bringen. Sie schlang ihre Arme um seinen Nacken, er hob sie hoch und drückte sie fest

gegen seine Brust. Ihre Lippen verschmolzen in einem leidenschaftlichen Kuß, der nicht enden wollte. Sie fühlte nur noch seine Zunge, seine warmen Lippen und den weichen Schnurrbart. Ihr Mund war heiß und süß und schmeckte nach Champagner. Ein Duft von Rosen stieg aus ihrer Bluse auf, und tief in ihrer Kehle stöhnte sie leise auf. Ihr Atem strich warm über seine Wangen. Sein Körper versteifte sich vor Erregung, und er stellte sie ziemlich unsanft auf die Füße, löste ihre Arme von seinem Nacken und befahl grimmig:
»Zum Teufel, verschwinden Sie in Ihr Bett, Abbie! Hören Sie mich?«

Mit gesenktem Kopf stand sie vor ihm.

»Können Sie allein gehen?« Seine warme Hand umfaßte noch immer ihren Ellbogen.

»Ich sagte Ihnen doch, daß ich nicht betrunken bin«, murmelte sie und starrte zu Boden.

»Dann beweisen Sie es, und gehen Sie endlich hinein.«

»Ich, Mr. DuFrayne, bin so nüchtern wie ein ehrbarer Richter!« prahlte sie und warf den Kopf in den Nacken. Vorsichtig ließ er ihren Ellbogen los. Sie schwankte ein wenig, blieb aber aufrecht stehen.

»Nehmen Sie es mir nicht übel, Abbie, aber verschwinden Sie endlich!«

»Nun, Sie brauchen nicht gleich böse zu werden«, sagte sie kindisch und merkte trotz ihres Schwipses, daß sie wohl sehr betrunken sein mußte, um so zu reden. Beschämt über ihr Benehmen, drehte sie sich um und wankte ins Haus. In der Küche trank sie eine Tasse schwarzen kalten Kaffee, und als sie oben in ihrem Zimmer angekommen war, gab sie sich und nicht ihm die Schuld an dem, was vorgefallen war. Der Champagner war keine Entschuldigung für ihr Verhalten. Die reine, unverfälschte Wahrheit war, daß sie sich gewünscht hatte, er möge sie die ganze Nacht küssen. Noch schlimmer, sie hatte sich danach gesehnt, ihn zu küssen. Und noch schlimmer, das war nicht alles, wonach sie sich gesehnt hatte.

Sie ließ sich rückwärts auf ihr Bett fallen; ihr ganzer Körper fühlte sich so schwach an, wie die Entschuldigungen klangen, die sie sich ausdachte. Himmel, wie konnte dieser Mann küssen! Sie wickelte eine Haarsträhne um ihren Finger, schloß die Augen und stöhnte. Dann schlang sie beide Arme um ihren Leib, rollte sich zusammen und war sich plötzlich auf tragische Weise bewußt, daß ihre Mutter absolut unrecht gehabt hatte. Hier lag sie, Abigail McKenzie, eine dreiunddreißigjährige Jungfer, die nie wissen würde, wovor ihre Mutter sie so eindringlich gewarnt hatte. An Richards Kuß konnte sie sich kaum noch erinnern. Und Davids Kuß hatte nicht diesen Vulkan in ihr ausgelöst. Immer hatte sie sich zurückgehalten, aus Angst vor den Gefühlen, vor denen ihre Mutter sie gewarnt hatte. Jetzt hatte sie zum erstenmal erfahren, welche seltsamen und angenehmen Empfindungen ein Kuß im ganzen Körper wecken konnte.

Während sie in der Dunkelheit ihres Zimmers lag, stellte sie sich Jesses Körper vor. Ach, sie kannte ihn so gut. Wie vertraut war ihr seine Gestalt: der breite Brustkorb, die langen, starken Arme, die Beine und Füße – wie oft hatte sie sie gesehen und gewaschen. Sie kannte seine Hände, groß und breit, die gleichzeitig fordernd und besänftigend sein konnten. Seine Blicke aus den dunklen Augen schienen in der Dunkelheit auf ihr zu ruhen, und sie formte mit den Händen die Wölbung seiner Brauen nach. In den Augenwinkeln bildeten sich immer kleine Fältchen, ehe der Mund unter dem weichen Schnurrbart zu lächeln begann. Sie kannte die Weichheit seiner Haut, dort unten, wo die Brusthaare eine schmale Linie bildeten und mit den Haaren seiner Lenden verwuchsen.

Sie rollte sich auf den Bauch, weil ihre Brüste schmerzten. Sie drückte ihre Hände dagegen, preßte ihre Schenkel zusammen, kreuzte die Fußknöchel und versuchte jeden Gedanken an den nackten Jesse zu verdrängen. Aber vergeblich. Sie öffnete den Mund, wartete auf seinen Kuß. Aber ihre Lippen berührten nur das weiche Kissen. Ihr Körper verzehrte sich in Sehnsucht; sie sehnte sich nach der Erfüllung dieses leidenschaftlichen Verlangens.

War es dieses Gefühl, was ihre Mutter gekannt – oder nicht gekannt hatte? Dieses Gefühl, das gleichzeitig Erfüllung und Leere, Annahme und Verweigerung, Hitze und Kälte, ja und nein war. Es bedeutete den Verlust ihrer Skrupel, ihrer Ethik, ihrer Lebensregeln, ihrer Maßstäbe und ihrer Tugendhaftigkeit, ohne das geringste Bedauern, denn der Körper siegt immer über das Gewissen.

Jesse hatte recht und ihre Mutter unrecht gehabt. Was konnte an diesem Gefühlsaufruhr verkehrt sein? Abbie wurde von Empfindungen beherrscht, von denen sie nie gewußt hatte, daß sie in ihr schlummerten. Ihr Körper zitterte und flehte. Wie richtig ... wie absolut richtig und einfach es wäre, zu ihm zu gehen und zu sagen: »Zeige es mir, denn ich möchte es sehen. Gib es mir, denn es steht mir zu. Laß mich, denn ich fühle, daß es richtig ist.«

Die Frage lautete nicht länger, ob sie es tun und danach damit weiterleben konnte. Die Frage war jetzt, konnte sie es sich versagen und auf die einzige Chance verzichten, einmal in ihrem Leben die Erfüllung zu finden? Denn morgen würde Jesse aus dem Haus gehen und sie unwissend und unbefriedigt zurücklassen.

15

Durch das Erkerfenster fiel weiches, schimmerndes Mondlicht auf das Bett, wo er sorglos ausgestreckt und nackt lag. Lange hatte sie seine rastlosen Bewegungen gehört, als er sich unruhig auf dem Laken hin und her warf, bis sie endlich den Mut gefunden hatte, nach unten zu gehen. Aber jetzt schlief er, das erkannte sie an seinem gleichmäßigen Atem. Ein Bein hing über die Kante des Bettes, in das er nie gepaßt hatte und nie passen würde. Zitternd stand sie im Türrahmen und hatte Angst einzutreten oder, noch schlimmer, – von ihm zurückgewiesen zu werden.

Die Fäuste gegen ihr Kinn gepreßt, trat sie schließlich näher. Wie sollte sie ihn wecken? Was sollte sie sagen? Sollte sie ihn berühren? Vielleicht sagen: »Mr. DuFrayne, wachen Sie auf, und lieben Sie mich?« Plötzlich wurde ihr die Peinlichkeit der Situation bewußt, und sie war überzeugt, daß er sie fortschikken und sie vor Demütigung sterben würde.

Aber dann flüsterte sie seinen Namen.

»J . . . Jesse?«

Es klang nicht lauter als das Wehen des Vorhangs in der Nachtbrise.

»Jesse?« wisperte sie wieder.

Schläfrig bewegte er den Kopf. Im Mondlicht erkannte sie nur undeutlich die Konturen seines Gesichts. Er hob den Kopf, sah sie und bedeckte sich hastig mit einem Zipfel des Lakens.

»Abbie? Was ist?« fragte er verwirrt und stützte sich auf einen Ellbogen.

»J . . . Jesse?« sagte sie mit zitternder Stimme und suchte

hilflos nach Worten. Es war schrecklich. Es war schlimmer als jede Beleidigung, die er ihr je zugefügt hatte, und doch blieb sie wie gelähmt stehen.

Aber er wußte es. Er erkannte es am Zittern ihrer Stimme und wie sie seinen Namen aussprach. Er setzte sich auf, schlang das Laken um seine Hüften und schwang die Beine aus dem Bett.

»Was machen Sie hier unten?«

»Bitte, fragen Sie mich nicht . . .«, flehte sie.

Die Stille der Nacht umfing sie, und die Zeit schien stillzustehen, bis seine Stimme leise und wissend das Schweigen brach.

»Nein, ich muß nicht fragen, nicht wahr?«

Sie schluckte krampfhaft und schüttelte nur den Kopf.

Er wußte nicht, was er tun sollte; er wußte nur, was er tun mußte.

»Gehen Sie wieder nach oben, Abbie. Um Himmels willen, gehen Sie. Sie wissen nicht, was Sie tun. Ich hätte Sie nicht diesen Champagner trinken lassen dürfen.«

»Ich bin nicht betrunken, Jesse. Und ich möchte nicht wieder nach oben gehen.«

»Sie brauchen das nicht in Ihrem Leben.«

»Was für ein Leben?« fragte sie erstickt. Da bedauerte er zutiefst, daß er ihr bewußt gemacht hatte, wie leer und nichtig ihr Leben war.

»Das Leben, auf das Sie immer so stolz gewesen sind und das ich nicht zerstören möchte.«

»Nachdem Richard mich verlassen hatte, existierte ich nur noch von einem Tag zum anderen und wußte nicht, wie ich mit der Sinnlosigkeit meines Daseins fertig werden sollte. Dann kam David Melcher in mein Haus und ließ mich wieder Hoffnung schöpfen, aber . . .«

»Abbie, ich habe mich dafür entschuldigt. Ich weiß, ich hätte Ihnen das nicht antun dürfen. Es tut mir leid.«

»Nein, Sie hätten es nicht tun dürfen, aber es ist geschehen, und er ist fort und wird nie zurückkommen. Aber ich brauche ... ich ...« Starr wie eine Statue stand sie im Mondlicht da, die Hände gegen ihr pochendes Herz gepreßt.

»Abbie, sprechen Sie es nicht aus. Sie haben heute abend beim Essen die Wahrheit gesagt. Ich schätze Ihre altmodische Moral, sonst hätte ich Sie schon längst verführt. Aber ich möchte nicht derjenige sein, der Ihr Leben zerstört. Also gehen Sie jetzt bitte nach oben, und morgen werde ich nicht mehr hiersein.«

»Glauben Sie etwa, das *weiß* ich nicht?« rief sie verzweifelt. »Sie haben mir bewußt gemacht, daß meine Verbindung mit Richard an meiner frigiden Haltung zerbrochen ist. Weichen Sie mir jetzt nicht aus, Jesse, nachdem ich so weit gegangen bin. Sie ... Sie sind meine letzte Chance, Jesse. Ich möchte erfahren, was jede andere Frau längst weiß.«

Er sprang vom Bett, wickelte sich das Laken um die Lenden und hielt es mit einer Hand fest. »Verdammt, das ist nicht fair! Ich will diese Verantwortung nicht übernehmen!« Er zerrte heftig am Laken, aber es war unter der Matratze festgeklemmt und hielt ihn zurück. »Nachdem ich zu Bett gegangen bin, lag ich noch stundenlang wach und habe über Sie nachgedacht. Sie haben absolut recht, was meine Motive betrifft. Ich hätte Sie zu gern in Ihren moralischen Grundprinzipien erschüttert und verfluche mich gleichzeitig dafür, denn ich könnte es nicht ertragen, Ihr tugendhaftes Leben zu zerstören. Und das wissen Sie und verwenden es gegen mich.«

Er hatte recht. Sie wußte es. Aber sie vergaß ihren Stolz und flüsterte: »Sie schicken mich also fort?«

O Gott, dachte er. Mein Gott, Abbie, tu mir das nicht an, wenn ich zum erstenmal in meinem Leben versuche, edelmütig zu handeln! »Abbie, ich könnte mir danach nicht mehr ins Gesicht sehen. Sie sind nicht irgendeine ... eine billige Hure, die mit den Eisenbahnercamps umherzieht.«

»Könnte ich bleiben, wenn ich es wäre?« Das Flehen in ihrer Stimme ließ ihn aufstöhnen. Wie sehr begehrte er diese Frau!

Warum, zum Teufel, habe ich sie so weit getrieben, verfluchte er sich. Wie sollten sie nur aus dieser Situation herauskommen, ohne einander zu tief zu verletzen?

»Abbie«, wandte er ein, »gerade weil Sie es nicht sind, können Sie nicht bleiben. Begreifen Sie den Unterschied denn nicht?« Ahnte sie denn nicht, was sie ihm antat? »Sie würden mich dafür hassen, so wie Sie Richard hassen. Weil ich Sie verlassen werde, Abbie. Und das wissen Sie.«

»Der Unterschied liegt darin, daß ich es vorher weiß.«

Der Schweiß brach ihm jetzt aus allen Poren, und er wickelte das Laken noch fester um seinen Körper. »Aber Sie wissen doch, wer ich bin, Abbie.«

Obwohl sie am ganzen Körper zitterte, hob sie stolz das Kinn. »Ja, Sie sind Jesse DuFrayne, ein Fotograf, der vorgibt, die Realität des Lebens zu kennen. Aber jetzt laufen Sie vor der Realität davon, nicht ich.«

»Sie haben verdammt recht: Ich laufe davon«, sagte er schwer atmend, als würde er tatsächlich laufen. »Ihretwegen. Morgen werden Sie anders darüber denken und mich dafür hassen.«

»Und das würde Ihnen etwas ausmachen?« entgegnete sie mutig.

»Ganz recht, sonst würde ich nicht hier stehen und mit Ihnen streiten.«

»Aber wenn Sie mich fortschicken, werde ich Sie bestimmt hassen.«

»Abbie ...«, sagte er gequält. »Ich bin nicht der Richtige für Sie. Ich kenne nur liederliche Frauen, und davon hatte ich zu viele.« Aber seine Worte hatten einen flehenden Unterton, und er trat zögernd einen Schritt näher. Zaghaft kam auch sie auf ihn zu, bis er ihr rasches Atmen hören könnte.

»Um so besser, Jesse. Für mich wird es das erste und einzige Mal sein, und da Sie in der Liebeskunst erfahren sind ...« Ihre sanften, verlockenden Worte ließen ihn erschauern. Sie waren sich jetzt so nahe, daß Jesses Schatten auf ihr Gesicht fiel. Mit jeder Faser ihrer Körper spürten sie die Spannung, die zwischen ihnen lag. Er dachte an den folgenden Tag und wußte, daß sie keine Ahnung hatte, daß David Melcher in die Stadt kommen würde. Er mußte es ihr nur sagen, dann würde sie sofort nach oben gehen. Aber der Gedanke, sie Melcher zu überlassen, erfüllte ihn mit rasender Eifersucht. Er konnte sie jetzt nehmen, aber wie würde sie ihn hassen, wenn sie erfuhr, daß er von Melchers Rückkehr gewußt hatte.

Klein und schmal stand sie vor ihm, ahnte nicht, wie sehr es ihn danach verlangte, ihr diesen einzigen Wunsch zu erfüllen, den sie jemals geäußert hatte. Nur noch ein Schritt trennte ihn von ihr. Er atmete den schwachen Duft von Rosen ein, der sie umgab, und war verloren. »Abbie«, murmelte er heiser. »Versprich mir, daß du mich nicht hassen wirst.« Er streckte die Hand nach ihr aus und zog sie an sich.

Sie preßte ihr Gesicht gegen seine Schulter. Zaghaft strich sie mit den Fingern über seine Brust, sehnte sich nur danach, von ihm geküßt zu werden, wie er sie zuvor im Garten geküßt hatte. »Bitte, küß mich, Jesse.«

»O Gott, Abbie«, stöhnte er, ließ das Laken fallen, hob sie hoch und drückte sie gegen seine Brust, so daß sie sein wild pochendes Herz fühlen konnte. Er verbarg sein Gesicht in ihrem Haar, wußte, daß es Unrecht war, was er tat, konnte sich aber nicht länger zurückhalten.

Er preßte seine Lippen auf ihren warmen, wartenden Mund. Sie erwiderte seinen Kuß, schlang ihre Arme um seinen Nacken und bohrte ihre Finger in sein dichtes, schwarzes Haar. Gierig erforschte er mit seiner Zunge ihren Mund, bis sie zuerst zaghaft und dann ebenso leidenschaftlich sein Drängen erwiderte. Doch plötzlich ließ er sie sanft zu Boden gleiten und drückte ihren Körper in voller Länge gegen seinen. Seine heißen, fordernden Lippen ergriffen wieder Besitz von ihrem Mund und ließen ihr Inneres schmelzen.

Für Abbie erfüllte sich das Wunder des ersten, langersehnten, tausendmal erträumten Kusses, während ihr Körper hingebungsvoll an ihn geschmiegt war. Sie vergaß alles, fühlte nur noch dieses süße, sehnsüchtige Verlangen, ahnte, daß der Kuß nur das Vorspiel einer Lust war, nach deren Befriedigung ihr Körper förmlich schrie. Da barg er sein Gesicht an ihrem Hals, und sein Atem strich warm über ihre Haut.

»Abbie, ich muß es wissen, damit ich dir nicht weh tue«, sagte er mit heiserer Stimme. »Hast du das je mit Richard getan?« Sie löste ihre Hände von seinem Nacken.

»Nein ... nein!« entgegnete sie mit verstörter Stimme und wich zurück. »Ich habe dir doch erzählt ...« Beschämt wollte sie sich abwenden, doch er legte eine Hand unter ihr Kinn und zwang sie, ihn anzusehen.

»Abbie, darum geht es nicht ... ich mußte dich nur fragen, weil ich dir nicht weh tun will.«

»Das ... das verstehe ich nicht«, stammelte sie und starrte ihn mit weit aufgerissenen, erschreckten Augen an.

Er küßte sie leicht auf die Wange und flüsterte besänftigend: »Sch ... ist ja gut«, hob ihr Gesicht und küßte es wieder. Ohne den Mund von ihren Lippen zu lösen, trug er sie zum Bett und ließ sie sanft aufs Laken gleiten. Er legte sich neben sie, bedeckte ihren Hals mit zärtlichen Küssen und flüsterte: »Du duftest wie eine Rose ... so gut.« Ein wollüstiger Schauder überlief ihren Körper, als er ihr Nachthemd von den Schultern schob und dabei leicht, wie zufällig, ihre Brüste berührte.

Atemlos vor Erregung fühlte sie, wie er mit einer Hand ihre Brust umfaßte und dann zart ihre Brustwarze zwischen Daumen und Zeigefinger rieb, bis sie vor Lust aufstöhnte. Nur mühsam unterdrückte er sein Verlangen, sich über sie zu werfen, um endlich in sie einzudringen und die qualvolle Begierde zu stillen. Aber er hielt sich zurück, denn er wollte ihr ein unvergeßlich lustvolles Vergnügen bereiten. Seine Hand glitt zu ihrer Hüfte und preßte ihren Körper gegen seinen, damit sie ihn fühlen konnte.

»Ich möchte dich überall berühren«, flüsterte er in ihr Ohr,

streichelte mit den Fingerspitzen ihren Nabel, ihre Oberschenkel, bis sie sich in ihrem Schamhaar verloren. Unwillkürlich zuckte sie zurück, fürchtete sich plötzlich vor seiner
Berührung.
Besänftigend flüsterte er in ihr Ohr: »Es ist gut, Abbie, hab
keine Angst.« Dann legte er seinen Arm locker über ihre
Hüfte und bedeckte ihren Körper wieder mit zärtlichen Küssen. Er hob den Kopf und blickte ihr ins Gesicht. »Abbie, hast
du es dir anders überlegt?« fragte er. Beschämt wandte sie
den Kopf ab; sie konnte nicht sprechen. Er fühlte ihre Angst
vor diesem letzten Schritt und versuchte, sie mit zärtlichen
Worten zu beschwichtigen. Mit dem Handrücken strich er
über ihre Schulter und flüsterte: »Deine Haut, Abbie, sie ist
so weich . . . so warm . . . und riecht so süß.« Er knabberte
spielerisch an der Innenseite ihres Ellbogens, dort wo ihre
Haut am zartesten war, und preßte dann sein Gesicht gegen
ihren Leib. Sie versteifte sich, und er flüsterte an ihrem
Mund: »Hab keine Angst, Abbie.«
Wieder glitt seine Hand sanft, aber beharrlich nach unten.
Mit einem Aufstöhnen schloß sie die Augen, ließ ihn gewähren, fühlte, wie sein Finger in sie eindrang.
Er spürte ihre Erregung, wie sie auf seine Berührung reagier-
te, und stützte sich auf einen Ellbogen, um ihr Gesicht zu
betrachten. Ihre Lider zitterten, ihre Lippen öffneten sich,
und sie bäumte sich stöhnend auf.
Lächelnd beobachtete er, wie sie sich wollüstig unter seiner
Berührung wand, und zog dann plötzlich seine Hand zurück.
Sie öffnete die Augen und sah sein lächelndes Gesicht über
sich.
»Jesse . . .«, sagte sie enttäuscht und voller Verlangen.
»Sch . . . wir haben die ganze Nacht.« Er legte seinen Arm um
sie und drehte sie zu sich um, bis sie Seite an Seite lagen. Ein
Knie schob er sanft zwischen ihre Beine, und selbst in dem
trüben Licht konnte er das Verlangen in ihren Augen sehen.
Dann nahm er ihre Hand und führte sie zwischen ihren
Körpern nach unten. Er fühlte, wie sie sich versteifte.

»Nein ...«, murmelte sie erschrocken. Da legte er ihre Hand nur leicht auf seine Hüfte und überließ ihr die Entscheidung. »Berühr mich, Abbie«, ermutigte er sie, »berühr mich, so wie ich dich eben berührt habe.« Seine Stimme war nur ein heiseres Flüstern, und seine Küsse brannten wie Feuer auf ihrem Gesicht. Die Bewegungen seines Körpers versprachen höchste Lusterfüllung. »So wird es gemacht, Abbie. Zuerst berührt man einander. Hat es dir gefallen, wie ich dich berührt habe?« Sie schluckte krampfhaft. »Es war schön, nicht wahr? Männer mögen es ebenso wie Frauen.«

Ihre Kehle war wie zugeschnürt. Tu es! Tu es! befahl sie sich, doch ihre Hand wollte sich nicht bewegen. Darauf war sie nicht vorbereitet gewesen. Sie hatte gedacht, sie würde passiv daliegen und ihn mit ihr machen lassen, was er wollte. Allein die Vorstellung, ihn zu berühren, ließ ihre Finger glühen wie Feuer.

»Berühre mich, dann wirst du es wissen.« Er streichelte sie wieder, bis ihr vor Erregung die Sinne zu schwinden drohten, dann zog er seine Hand zurück, und sie wimmerte vor Frustration. Keuchend holte sie Luft und bewegte leicht ihre Hand. Er wartete reglos, aber als ihre Fingerspitzen ihn berührten, zuckten sie sofort zurück.

Da verlor er die Beherrschung und preßte ihre Hand zwischen ihre Körper. »Faß mich an, Abbie«, flüsterte er eindringlich. Mit zusammengekniffenen Augen folgte sie zaghaft seinem Drängen. Mit einem Aufstöhnen warf er den Kopf in den Nacken, und sein Mund öffnete sich in einem lautlosen Schrei. Erschrocken zog sie ihre Hand zurück.

»Jesse, was ist? Habe ich dir weh getan?«

Er warf sich über sie, verschloß ihren Mund mit seinen fiebrig forschenden Lippen und stöhnte: »Oh, Gott ... nein, nein. Du tust mir nicht weh. Abbie, komm ... komm ... flieg mit mir.« Ihr Leib bäumte sich unter ihm auf, drängte sich seiner Hand entgegen, und dann explodierte ihr Körper in einem Orgasmus ungeahnter Lust. Jesse, dachte sie, oh, Jesse ... du hattest recht.

Ihre Nägel krallten sich in seinen Arm, und mit einem ekstatischen Schrei gab sie der Wonne nach, die ihr die Sinne raubte. Er flüsterte ihren Namen, legte sich auf sie, drückte ihre Schultern in die Laken zurück und drang in sie ein.

»Abbie, es wird weh tun, aber nur dieses eine Mal.«

Sie verkrampfte sich, drückte mit den Händen gegen seine Brust, doch er flüsterte beruhigend: »Entspann dich, Abbie, entspann dich, dann ist es leichter. Kämpf nicht gegen mich, Abbie. Ich möchte, daß es gut wird für dich«, und überwand mit einer einzigen heftigen Bewegung ihren Widerstand. Sie holte keuchend Luft, schrie auf, doch er verschloß ihre Lippen mit einem Kuß.

Die Ekstase, die sie noch vor einer Minute gefühlt hatte, war einem stechenden Schmerz gewichen. Mit beiden Händen drückte er ihre Schultern auf die Matratze, es gab kein Entrinnen, und schließlich ließ sie ihren Kopf zur Seite sinken und ertrug passiv seine Penetration.

Auch Jesse bereitete jede Bewegung unerträgliche Schmerzen, denn die kaum verheilte Wunde brannte wie Feuer. Er biß die Zähne zusammen, verlagerte sein Gewicht, um ihr nicht allzu weh zu tun, aber je verzweifelter er versuchte, zum Höhepunkt zu kommen, um so qualvoller wurden die Schmerzen, bis sie schließlich unerträglich wurden, und er sich aufstöhnend zur Seite fallen ließ.

Er blieb halb über ihr liegen, den Kopf an ihrem Hals verborgen. Selbst in ihrer Unerfahrenheit ahnte Abbie, daß etwas nicht stimmte. Er hatte nicht die lustvolle Befriedigung erfahren, die sie zuvor gefühlt hatte. Sie hörte, wie er mit den Zähnen knirschte und qualvoll aufstöhnte. Seine angespannten Muskeln zitterten. Es konnte nur ihr Fehler gewesen sein. Obwohl sie nicht wußte, was sie verkehrt gemacht hatte, gab sie sich die Schuld daran, daß er sich so plötzlich von ihr zurückgezogen hatte. Er lag jetzt auf dem Rücken, ein Arm bedeckte seine Augen, und er war offensichtlich erleichtert, daß alles vorbei war. Gekränkt rollte sie von ihm weg,

verfluchte sich dafür, daß sie eine dumme, dreiunddreißigjährige Jungfer war, die unfähig war, den einfachsten Akt
zwischen Mann und Frau zufriedenstellend auszuführen.

»Wohin gehst du?«

»Nach oben.« Sie setzte sich auf, doch er drückte sie aufs Bett
zurück.

»Was ist los?«

»Laß mich gehen«, sagte sie mit tränenerstickter Stimme.

»Erst wenn du mir gesagt hast, was dich bedrückt.«

Ihre Lider brannten. Sie biß sich auf die Unterlippe und fühlte
nur noch Enttäuschung, Wut und ein unerklärliches Schuldgefühl.

»Ich danke Ihnen für Ihre großartige Darbietung, Mr. Du-
Frayne«, sagte sie schneidend.

»Für *was*!« Sein Kopf schnellte hoch, und er packte mit
schmerzhaftem Griff ihren Arm.

»Wie würdest du denn diese Komödie nennen?«

»Was soll das, Abbie? Schließlich habe ich deinen Wunsch
erfüllt.«

»Oh, ich bin auf meine Kosten gekommen. Aber ich fürchte,
ich konnte dich nicht befriedigen.«

Er wurde sofort wieder sanft. »He, es war bei dir das erste
Mal. Man braucht Zeit, um es zu lernen.«

Sie befreite ihren Arm aus seinem Griff und wandte ihm den
Rücken zu. Wie schämte sie sich jetzt für ihr lustvolles
Stöhnen und Keuchen, während er nur darauf gewartet hatte,
daß es endlich vorbei war. Mit Tränen in den Augen starrte
sie durchs Fenster, erinnerte sich voller Beschämung daran,
wie sie ihn angefleht hatte, sie zu lieben. Zutiefst gedemütigt
sprang sie auf, doch er riß sie aufs Bett zurück.

»Oh, nein! So kommst du mir nicht davon. Du bleibst in
diesem Bett, bis du mir gesagt hast, worüber du dich ärgerst,
damit ich mich wenigstens verteidigen kann.«

»Ich bin nicht verärgert!«

»Natürlich bist du das, verdammt noch mal! Können wir

nicht einmal *das* tun, ohne uns zu streiten! Nicht einmal das!« Sie biß sich auf die Lippe, um nicht loszuheulen. Er sprach weiter. »Ich dachte, wir hätten es sehr gut gemacht, wenn man überlegt, daß wir zum erstenmal miteinander geschlafen haben. Was hast du also?«

»Laß mich gehen. Du bist sowieso fertig mit mir.« Sie gefiel sich in der Rolle der Märtyrerin. Aber er hielt sie fest.

»*Was* bin ich?« brüllte er wütend. »Sprich nicht in diesem Ton mit mir. Habe ich dich etwa gegen deinen Willen hier hereingelockt und vergewaltigt?«

»Ich hab's nicht so gemeint. Aber ich konnte dir nichts geben.«

»Abbie, sag das nicht.« Seine Stimme verlor jede Schärfe. »Was zwischen uns geschehen ist, hat doch uns beiden etwas gegeben.«

»Du sagtest doch, man braucht Zeit, um es zu lernen. Also habe ich dir nichts gegeben.«

»Natürlich hast du das, verdammt noch mal!«

»Wage nicht, da in meinem Bett zu liegen und mich zu verfluchen, Jesse DuFrayne!«

»Ich liege hier und tue verdammt noch mal, wozu ich Lust habe, Miss Abigail McKenzie! Du siehst die ganze Geschichte völlig verkehrt. Ich habe auf deine Unerfahrenheit Rücksicht genommen und wußte genau, wie schmerzhaft es für dich am Ende war – deshalb hielt ich mich zurück, aber daraus mache ich dir doch keinen Vorwurf.«

»Ich bin nicht aus Porzellan wie die Suppenschüssel, die du in diesem Zimmer zertrümmert hast«, antwortete sie schmollend.

»Ich verstehe noch immer nicht, worüber du so wütend bist. Sag es mir endlich!«

Ihr Kinn zitterte, und Tränen liefen über ihre Wangen. »Ich . . . ich weiß es selbst nicht. Du . . . du hast dich so benommen, als wärst du froh, daß . . . es vorbei ist.«

Er stieß einen tiefen, erschöpften Seufzer aus. »Abbie, ich

hatte höllische Schmerzen in meinem Bein und wollte dir nicht weh tun ... *oh, verdammt noch mal!*« brüllte er plötzlich, schlug mit der Faust auf die Matratze, warf sich auf den Rücken und starrte zur Decke.

Da wußte sie, daß er endgültig mit ihr fertig war, und setzte sich auf. Aber er berührte sanft ihren Arm. »Bleib noch einen Augenblick«, bat er. »Bleibst du?« Seine Stimme klang jetzt ernsthaft und eindringlich, und er ließ ihren Arm los. Sie strich ihr Haar zurück, wischte sich über die Augen und bedauerte, daß sie die ganze Geschichte überhaupt angefangen hatte. »Geh nicht, Abbie, nicht so«, bat er und richtete sich auf.

»Ich hole nur das Laken.« Sie fand es auf dem Boden, wischte sich damit über die Augen, ehe sie sich wieder neben ihn legte und das Laken über sie beide zog. Wie zwei Gespenster lagen sie da, gefangen in stummem Mißverständnis. Schließlich stützte er sich auf einen Ellbogen und betrachtete ihr starres Profil, das sich gegen das Mondlicht abzeichnete. Wieder klang seine Stimme besänftigend, als er sagte: »Abbie, glaubst du, für einen Mann ist es immer leicht? Eine Frau erwartet vom Mann, daß er sie führt und das Richtige tut. Aber das macht ihn weder unfehlbar noch furchtlos.« Sie starrte weiter unbeirrt zur Decke, während ihr Tränen aus den Augenwinkeln liefen. Das Laken hatte sie fest unter ihren Achseln eingeklemmt. Er strich leicht mit einem Finger über ihren Arm. »Ich habe heute nacht eine Jungfrau geliebt. Weißt du, was einem Mann dabei durch den Kopf geht? Ich hatte Angst, von dir zurückgestoßen zu werden oder dir weh zu tun oder zu weit zu gehen. Glaubst du nicht, ich hätte gespürt, wie du vor mir zurückgewichen bist, als ich dich bat, mich zu berühren, Abbie? Was sollte ich da tun? Aufhören? Um Himmels willen, Abbie! Ich habe dir versprochen, es für dich so gut wie möglich zu machen, aber beim erstenmal findet eine Frau nie Vergnügen daran. Kannst du verstehen, daß ich Angst hatte, zu versagen? Während der ganzen Zeit

wurde ich von Zweifeln geplagt, wie es zwischen allen Lie-
benden ist, die zum erstenmal miteinander schlafen. Ich
dachte, du würdest mittendrin aufspringen und davonlaufen.
Abbie, sieh mich an!«
Er klang so verletzt und ernsthaft besorgt, daß sie ihm den
Kopf zuwandte.
»Abbie, was habe ich falsch gemacht?« fragte er sanft. Seine
Hand lag nun leicht zwischen ihren Brüsten.
»Nichts ... nichts. Es lag an mir. Ich war so schrecklich laut
und wagte nicht zu tun, worum du mich batest, und ich gab
dir die Schuld daran, daß es dann so weh tat, und ... ach,
alles.« Schluchzend drückte sie ihr Gesicht gegen seinen
Arm. »Es ... es fällt mir eben leichter, auf dich ... als auf
mich wütend zu sein.«
»Psst ... Abbie«, flüsterte er. »Du warst großartig.«
»N ... nein, das war ich nicht. Ich hatte Angst ... und ich
habe mich kindisch benommen, aber ich hatte ... hatte nicht
erwartet ...«
Er streichelte ihre Wange. »Ich weiß, Abbie, ich weiß. Es war
alles neu für dich. Weine nicht, und glaube vor allem nicht,
daß du mir kein Vergnügen bereitet hast, denn das stimmt
nicht«, flüsterte er in ihr Haar. Noch nie zuvor war er in einer
derartigen Situation gewesen, nachdem er mit einer Frau
geschlafen hatte. Auch er fühlte sich unbehaglich und unbefriedigt, trotz allem, was zwischen ihnen geschehen war.
Abbie war die erste Frau in seinem Leben, die sich Vorwürfe
machte, seine Bedürfnisse nicht befriedigt zu haben. Er küßte
ihr die Tränen von den Wangen, und sie warf sich schluchzend in seine Arme.
»Abbie, Abbie, weine nicht«, flüsterte er in ihr Haar. »Wir
versuchen's noch einmal, und dann wird es besser sein.« Er
verstand, warum sie weinte. Er verstand, wieviel sie für diese
einzige Liebesnacht aufgab. Also hielt er sie fest und murmelte beschwichtigende Worte, während er zärtlich ihr Gesicht
streichelte und sich fragte, warum alles so schiefgelaufen
war.

»Oh, Jesse, ich w ... wollte diese Nacht in schöner Erinnerung behalten. Ich w ... wollte nicht, daß ... daß wir streiten. Ich wollte, daß wir einander Freude schenken.«

»Psst, Abbie, dafür gibt es viele Möglichkeiten.« Er trocknete ihre Wangen mit einem Zipfel des Lakens. »Viele Möglichkeiten und jede Menge Zeit.«

»Dann zeig mir, wie, Jesse, zeig's mir«, flehte sie voller Verzweiflung, denn sie wollte nicht, daß diese Nacht mit einer Enttäuschung endete. Er küßte sie auf die Stirn.

»Nicht gleich. Ein Mann braucht Pausen dazwischen, Abbie, und auch mein Bein muß sich erst ausruhen. Laß mir etwas Zeit, okay?«

Aber sie glaubte ihm nicht. Sie war überzeugt, daß er sie nur beschwichtigen wollte, weil sie beim erstenmal so jämmerlich versagt hatte. Er rollte sich wieder auf den Rücken und stöhnte leise auf, als er das verletzte Bein ausstreckte. Ganz still lag sie neben ihm, starrte an die Decke und dachte darüber nach, was diese Nacht sie über Jesse DuFrayne gelehrt hatte. Sie hatte ihn für einen skrupellosen Mann gehalten, doch er war ein sanfter, rücksichtsvoller Liebhaber. Er war nicht furchtlos, wie sie gedacht hatte, sondern wurde ebenso von Ängsten und Zweifeln gequält wie sie, die er unter scheinbarer Unverschämtheit und Dreistigkeit verbarg, wenn er sie in Rage brachte. Und selbst in seiner Enttäuschung tröstete er sie noch mit liebevollen Worten und zerstreute ihre Selbstzweifel, indem er die Schuld für ihr klägliches Verhalten übernahm.

Aber was würde der Morgen bringen? Wie konnte sie hier neben ihm aufwachen und ihm in dem Bewußtsein in die Augen sehen, daß ihre Liebesnacht katastrophal verlaufen war? Auch jetzt lag sie reglos neben ihm, wie es schon einmal geschehen war, und wartete darauf, daß er einschlief, damit sie sich leise davonstehlen konnte. Aber da streckte er den Arm aus, zog sie an sich und hielt sie fest gegen seine Brust gedrückt. Ihr Kopf lag an seinem Hals, sie schloß mit einem

leisen Seufzen die Augen und mußte sich widerstrebend
eingestehen, daß ihr diese liebevolle Umarmung gefiel. Eine
Hand hatte er in ihrem Haar vergraben, die andere ruhte
leicht auf ihrer Hüfte. Seine Atemzüge wurden tief und
regelmäßig, als er einschlief. Sie mußte aufstehen und gehen
– doch eine unerklärliche Trägheit schwächte ihre Willens-
kraft und lähmte ihre Glieder. Sie wußte, sie würde in den
Armen von Jesse DuFrayne einschlafen. Sie würde morgens
in dem Bewußtsein aufwachen, daß er sie verließ. Aber das
alles war jetzt völlig belanglos.
Der Mond warf sein sanftes Licht über die Schlafenden. Die
ersten Vögel sangen in der Morgenröte. Jesse bewegte sich im
Schlaf, sein Gesicht ruhte an Abbies Arm. Er schnarchte leise,
eine Haarsträhne kitzelte ihn an der Nase, und er wischte sie
schlaftrunken beiseite. Er wachte auf, fühlte etwas Warmes
auf seiner Hand und öffnete schläfrig die Augen, um zu
sehen, was es war.
Abbie.
Beim Anblick der rosigen Brust, die auf seinem Handrücken
lag, mußte er grinsen. Sie lag halb auf dem Bauch, ein Knie
fast bis zum Hals hochgezogen, und er ließ seinen Blick
genüßlich über ihre schön geschwungene Hüfte gleiten. Er
lächelte verschmitzt. Sie umarmt im Schlaf also auch ihr
Kissen, dachte er. Er zog vorsichtig seine Hand unter ihrer
Brust hervor, drehte sich auf die Seite und stützte sein Kinn
in die Hand. Gemächlich ließ er seinen Blick über ihren
Körper schweifen. Winzige Zehen, zarte Fußknöchel, wohlgeformte Waden, runde Hüfte, schmale Taille. Abbie, du hast
mein Leben gerettet. Abbie, ich habe dich zum Weinen
gebracht. Abbie, bald werde ich dich verlassen. Er sah zum
Fenster, hinter dem die Morgenröte die Schatten der Nacht
vertrieb, und fühlte eine innere Leere, die er noch nie empfunden hatte, wenn er das Bett einer Frau verlassen hatte.
Obwohl ihm in der vergangenen Nacht die Freuden der Liebe
versagt geblieben waren, erregte ihn Abbies Anblick jetzt

maßlos. Er beugte sich vor, küßte leicht ihre Hüfte und ließ dann seine Lippen über ihren Oberschenkel in die Kniekehle gleiten. Abbie bewegte sich im Schlaf, wachte aber erst auf, als er sie leicht in den Knöchel ihres angewinkelten Beins biß. Verwirrt und dann erschreckt betrachtete sie den Mann an ihrer Seite. Er sah sie mit seinen dunklen Augen bittend an, und das leidenschaftliche Verlangen in diesem Blick brachte ihr Blut in Wallung und ließ sie vor Erregung erschaudern. »J ... Jesse?« stammelte sie heiser. Hastig streckte sie ihr Bein aus, war sich beschämt der aufreizenden Pose bewußt, in der sie geschlafen hatte. Er hatte sie wohl schon eine Weile betrachtet. »Du ... du hast mich geweckt.«

»Das wollte ich, Liebes«, flüsterte er. Sie legte sich auf die Seite, stützte sich auf einen Ellbogen und sah, wie sein Blick zu ihren Brüsten und dann wieder zu ihrem Gesicht glitt. Seine warme Hand strich zart über ihren Rücken, ihren Oberschenkel und blieb dann in ihrer Kniekehle liegen.

»Jetzt bin ich an der Reihe, deinen Körper kennenzulernen, so wie du meinen kennst, Abbie.« Seine Augen verrieten ihr sein Begehren, und ihre Haut begann zu prickeln. Wie hypnotisiert von dem Verlangen in seinem Blick beobachtete sie, wie sein Kopf wieder zu ihrer Hüfte hinabglitt. Mit einer Hand zwang er sie sanft, sich auf den Bauch zu legen, und sie fühlte seine weichen Lippen, seinen weichen Schnurrbart auf ihrer Haut, als er ihren Rücken von oben bis unten küßte und sie in einen Taumel der Erregung versetzte. Dann drehte er sie auf den Rücken, liebkoste ihre Brüste, ihren Leib, bis seine Lippen endlich ihr Ziel erreicht hatten. Heiser murmelte er: »Wehr dich nicht, Abbie. Versteck dich nicht vor mir ... ich will dir zeigen, wie schön es ist ... dieses Mal wird es besser ... Gott, wie bist du schön ... Vertrau mir, Abbie.« Als sie abwehrend die Hand ausstreckte, biß er sie leicht in den Finger.

»Dieses Mal wird es nicht weh tun, Abbie, das verspreche ich dir.«

Nein, dachte sie, das tun Menschen nicht miteinander. Aber er tat es, denn sein Mund ergriff von ihr Besitz, überall, ließ sie in einem Wirbel von ekstatischer Wonne davonfliegen, bis ihre Sinne in einem glühenden Feuerwerk explodierten. Sie öffnete die Augen und begegnete seinem verlangenden Blick. Stöhnend richtete sie sich halb auf und ließ sich dann wieder zurücksinken. Ihr war bewußt, daß ihn nach derselben Befriedigung verlangte, die sie eben erlebt hatte. Also streckte sie ihm die Arme entgegen.

Er warf sich über sie, umfaßte sie mit seinen starken Armen, rollte sich auf den Rücken und zog sie auf sich. Worte waren jetzt überflüssig, denn ihr Körper und seine Hände zeigten ihr, was sie tun sollte. Sie verlor jede Scheu, folgte seinen Bewegungen und beobachtete dabei sein verzücktes Gesicht, als er sich mit geschlossenen Augen völlig der Lust hingab. Endlich konnte sie ihm dieselbe Wonne geben, die sie erfahren hatte. Ihr Herz raste. Ihre Augen brannten. So, so, so sollte es sein zwischen Mann und Frau, erkannte sie. Ein gegenseitiges Nehmen und Geben, damit beide diese unsäglichen Wonnen der körperlichen Liebe erfuhren. Im Augenblick der höchsten Lust schrie er etwas – ihren Namen oder war es ein Fluch gewesen? Das spielte keine Rolle, denn jetzt umspielte ein Lächeln ihre Lippen, weil sie sich großartig fühlte.

Sie fiel nach vorn auf seine Brust und schmiegte ihr Gesicht an seinen Hals. Mit einer Hand streichelte er leicht ihren Rücken, ehe er den Arm erschöpft auf das Laken sinken ließ. Dann hörte sie zu ihrer Überraschung an ihrem Ohr plötzlich ein leises, zufriedenes Lachen. Wie leichtes Donnergrollen kam es aus seiner Kehle, und sie hob erstaunt den Kopf, um ihn anzusehen. Aber er hielt die Augen geschlossen, während sein Brustkorb vor Lachen bebte. Und plötzlich verstand sie, warum er lachte – dieses Lachen entstand nur aus der Befriedigung elementarer Bedürfnisse. Lächelnd sah sie ihn an und fühlte, wie ihr Inneres von einem warmen Glücksgefühl durchströmt wurde. Er legte die Arme um sie, drückte sie fest an sich und wiegte sie mehrere Male hin und her.

»Ach, Abbie, du bist großartig«, murmelte er begeistert in ihr Haar. »Du bist so verdammt großartig.«

Nichts hätte Abbie in diesem Augenblick mehr beglücken können. Lächelnd barg sie ihr Gesicht an seiner Brust. Dann ließ er die Arme neben seinem Kopf aufs Kissen sinken, und als sie sich aufrichtete und ihn erstaunt betrachtete, sah sie, daß er eingeschlafen war, während sie noch auf ihm saß – verblüfft, nackt und wie neugeboren.

16

Abbie streckte vorsichtig ihre schmerzenden Glieder und rutschte zum Rand des Bettes.

»Guten Morgen, Miss Abigail«, sagte Jesse freundlich hinter ihr. Aber sie konnte ihm nicht ins Gesicht sehen, war allein von dem Gedanken beherrscht, daß er in ein paar Stunden einfach aus ihrem Leben verschwinden würde. Mit den Händen umfaßte er ihre Hüften und küßte sie auf den Po, während er sich genüßlich auf den zerknitterten Laken rekelte.

»Wo gehst du hin?« fragte er träge und umarmte sie liebevoll.

»Laß das! Du tust mir weh.«

Es ließ die Arme sinken und beobachtete, wie sie langsam aufstand und ihren Morgenrock vom Boden aufhob, hastig hineinschlüpfte und hinausging. Er fühlte sich großartig, streckte sich, gähnte, schwang die Beine aus dem Bett und zog seine Hosen an.

Abbie stand niedergeschlagen im Eßzimmer, betrachtete die fettigen Speisereste auf den Tellern und die Gläser mit dem jetzt abgestandenen Champagner. Mißmutig dachte sie an ihr gemeinsames fröhliches Lachen, während sie vergeblich versucht hatte, das Tischtuch faltenfrei über den Tisch zu werfen. Der Anblick widerte sie jetzt an, und sie zerrte so heftig am Gürtel ihres Morgenmantels, als wollte sie sich damit in zwei Hälften schneiden. Nein, sie durfte die Erinnerung an die vergangene Nacht nicht beschmutzen. *Sie konnte es nicht!* Aber beim Anblick des schmutzigen Geschirrs auf dem Tisch fragte sie sich traurig, was sie zuerst waschen sollte: das Geschirr oder sich selbst.

Hinter ihr stand Jesse mit verschränkten Armen gegen den Türrahmen gelehnt. Er konnte ihre Gedanken so genau lesen, als würden die Worte auf ihrem schlichten, wenig aufreizenden Morgenrock gedruckt stehen.

Er überlegte, was er tun oder sagen sollte. Wenn er einen Witz machte, würde sie ihn mißverstehen. Wenn er versuchte, sie in die Arme zu nehmen, würde sie ihn zurückstoßen. Wenn er ihr das Recht zugestand, ihm die Schuld an dem, was geschehen war, zu geben, würde das alles nur noch schlimmer machen. Aber er konnte sie in ihrem Elend auch nicht allein lassen.

Er trat hinter sie, legte beide Hände auf ihre Schultern und beschloß, einfach die Wahrheit zu sagen. »Der Morgen läßt alles in einem anderen Licht erscheinen. Zerbrich dir jetzt nicht den Kopf darüber. Im Laufe des Tages wirst du dich besser fühlen. Dabei hilft oft eine sehr altmodische und charmante Geste – wie diese.«

Mit sanftem Druck zwang er Abbie, sich umzudrehen. Sie wußte, daß ihr Haar und ihr Gesicht in einem entsetzlichen Zustand waren, aber die ganze Situation war entsetzlich. Ihn schien es nicht zu stören, denn er umfaßte mit beiden Händen ihr Gesicht und küßte sie leicht auf den Mund.

Dieser Kuß weckte ein völlig neues Gefühl der Sanftheit und Wärme in ihr. Ihr Geliebter küßte sie zärtlich am Morgen nach ihrer Liebesnacht, doch da fiel ihr plötzlich ein, daß er sie in wenigen Stunden verlassen würde. Nur mühsam unterdrückte sie den Impuls, sich an ihn zu klammern. Er streichelte liebevoll ihren Rücken und murmelte: »Es geht vorbei.«

Und in Gedanken schrie sie: Aber du gehst, Jesse! Du gehst! Sein Einfühlungsvermögen und sein Verständnis erschütterten sie zutiefst. In der Nacht und auch heute morgen behandelte er sie mit einer Sanftheit und Zärtlichkeit, die ihr den Abschied von ihm unerträglich machten.

Er gab ihr einen Klaps auf den Po und sagte: »Warum nimmst du nicht ein heißes Bad und vergißt das Frühstück? Wir haben gestern doch sehr spät zu Abend gegessen.«

Sie wand sich steif aus seinen Armen, denn seine Fürsorge riß neue Wunden in ihr gequältes Herz.

Als sie zur Tür ging, rief er leise ihren Namen: »Abbie?«

Langsam drehte sie sich um und sah ihm zum erstenmal an diesem Morgen in die Augen. Da stand er, wie immer nur mit Jeans bekleidet, barfuß, das dunkle Haar zerzaust, und sah sie mit diesem irritierenden Blick an.

»Was?« brachte sie hervor.

»Du hast heute morgen noch kein Wort zu mir gesagt außer: Laß das, es tut weh.«

Sie dachte, verdammt, Jesse, tu mir das nicht an! Ich hab's nicht verdient.

Warum zeigte er sich jetzt erst, wenige Stunden bevor er ging, von seiner liebenswerten Seite?

»Es geht mir gut«, sagte sie gelassen, ohne sich etwas von ihrem Gefühlsaufruhr anmerken zu lassen. »Mach dir keine Sorgen wegen letzter Nacht. Ich kann damit leben.«

»Das klingt besser. Abbie, ich muß dich um einen Gefallen bitten.«

»Ja?«

»Haben die Geschäfte in der Stadt schon geöffnet?«

»Ja.«

»Nun, mein ganzes Gepäck blieb zusammen mit meiner Fotoausrüstung im Zug. Ich möchte mir neue Kleidung kaufen, aber ich habe kein Geld. Ich vergaß, Jim darum zu bitten. Wenn du mir etwas von den tausend Dollar leihen könntest, werde ich dafür sorgen, daß du es zurückbekommst.«

»Sei nicht töricht! Du brauchst es mir nicht zurückzuzahlen. Mit dem Geld wurde alles bezahlt, was du brauchst. Du kannst frei darüber verfügen.«

»Ich wasche mir nur schnell das Gesicht, kämme mich und gehe in die Stadt, um zu kaufen, was ich brauche. Dann komme ich zurück, nehme ein Bad und ziehe mich um, ehe ich gehe. Ist dir das recht?«

»Dann fährst du also mit dem Vormittagszug?«

»Nein. Ich treffe mich mit ein paar Leuten in der Stadt ... eine geschäftliche Besprechung. Ich nehme den Nachmittagszug.«

»Eine geschäftliche Besprechung?« fragte sie erstaunt, und er wandte den Blick ab.

»Ja. Jim hat hier eine Besprechung arrangiert und mich gestern darüber informiert. Er sagte, ich müsse nicht daran teilnehmen, aber ich möchte es, weil ... nun, es geht dabei um die Eisenbahn.«

Verwundert fragte sie sich, warum die Eisenbahn in einer derart abgelegenen und unbedeutenden Stadt wie Stuart's Junction eine Besprechung abhielt. Aber das ging sie nichts an, und er war ihr keine Erklärung schuldig.

»Natürlich«, antwortete sie nur.

Sie saß an ihrem Schreibtisch im Wohnzimmer, als er ein paar Minuten später aus dem Schlafzimmer kam. Sein Hemd war ordentlich zugeknöpft, steckte im Hosenbund, und er trug seine Stiefel.

»Ich hoffe, es macht dir nichts aus, daß ich deine Haarbürste benutzt habe, Abbie. Ich habe ja keinen Kamm.«

Sie wußte nicht, ob sie über diese Bemerkung lachen oder weinen sollte, wenn sie daran dachte, was letzte Nacht zwischen ihnen geschehen war. Sie reichte ihm einen Scheck und sagte: »Nein, das ist schon in Ordnung. Hier. Ich hoffe, das reicht. Ich habe kaum Bargeld im Haus.«

Er nahm den Scheck und betrachtete ihren gesenkten Kopf. »Ich bin bald zurück.« Zögernd blieb er stehen, wünschte sich, sie würde ihn ansehen, und ging schließlich zur Tür.

Sie rief ihm nach: »Geh in *Holmes' Dry Goods Store*. Auf der linken Seite der Straße, ungefähr einen Häuserblock von hier entfernt.«

Die Tür mit dem Fliegengitter fiel hinter ihm zu, sie stützte beide Ellbogen auf die Schreibtischplatte und schlug ihre Hände vors Gesicht. Lange saß sie so da, fühlte sich erbärmlich und wußte, daß ihr eine schlimme Zeit bevorstand, ehe es ihr gelingen würde, ihn zu vergessen. Aber sie mußte ihn vergessen.

Schließlich stand sie auf, nahm ein Bad und ging nach oben, um sich anzuziehen. Sie wählte einen schwarzen Rock und eine pastellblaue Organdybluse mit einem hohen Spitzenkragen, den sie bis unters Kinn zuknöpfte. Nichts an ihrem Aussehen ließ erkennen, was letzte Nacht mir ihr geschehen war, doch als sie sich im Spiegel betrachtete, wirkte ihr Gesicht zehn Jahre älter als am Tag zuvor. Da fiel ihr Blick auf die roten Schuhe. Sie betrachtete sie kritisch und fragte sich, ob es nach dieser Nacht nicht angebracht war, diese Schuhe zu tragen. Sie nahm einen in die Hand, überlegte kurz, setzte sich aufs Bett und zog den Schuh an.

Unten hörte sie die Fliegengittertür zuschlagen, dann rief Jesse: »Abbie? Ich bin zurück. He, wo bist du?«

»Ich bin hier oben«, antwortete sie.

Von der Treppe aus fragte er: »Kann ich ein Bad nehmen?«

»Ja. Es ist noch genug heißes Wasser im Reservoir. Die sauberen Handtücher liegen in der Kommode neben der Vorratskammer.«

»Ich weiß, wo du sie aufbewahrst.« Seine Schritte entfernten sich.

Verzweifelt schloß sie die Augen. Mit welch überwältigender Freude sie auf seine Rückkehr reagiert hatte, auf den vertrauten Klang seiner Stimme!

O Gott! Sie wollte nicht, daß er ging. Nicht so bald.

Der rote Schuh baumelte noch immer an ihrem Zeh. Sie schlüpfte hinein und schnürte ihn zu. Dann streckte sie den Fuß aus, betrachtete ihn von allen Seiten und bewunderte David Melchers Geschenk.

Und damit gewann Miss Abigail etwas von ihrer Selbstsicherheit zurück; sie schlüpfte auch in den zweiten Schuh.

Wieder betrachtete sie die Schuhe kritisch, die rote Farbe kam ihr jetzt weniger aufdringlich, weniger unanständig vor. Sie stand auf, wippte auf den Zehen und fand, daß sie wunderbar paßten. Sie gaben ihr das Gefühl, hübsch und weiblich zu sein. Zum erstenmal in ihrem Leben verspürte Abigail McKenzie einen Anflug von Eitelkeit. Nachdem sie ein paar Schritte gegangen war, wirkten die Schuhe überhaupt nicht mehr aufreizend, sondern nur noch gefällig. Sie wollte nicht wahrhaben, daß sie diese Schuhe nur angezogen hatte, um damit Jesse DuFrayne zu provozieren und ihm zu zeigen, daß es noch einen anderen Mann in ihrem Leben gab.

»Wo, zum Teufel, bewahrst du das Rasiermesser auf?« rief Jesse von unten in seinem vertrauten, rüden Tonfall. »Abbie? Ich bin in Eile.«

»Einen Augenblick. Ich komme«, antwortete sie und lief die Treppe hinunter. Sie holte das Rasiermesser aus seinem Versteck in der Küche, und als sie sich umdrehte, stand er in einer grünlich-blauen Röhrenhose vor ihr – mehr hatte er nicht an. Ihre Augen wanderten von seinem Brustkorb zu seinen nackten Zehen hinunter und dann zurück zu seinem Gesicht, als er die Hand nach dem Rasiermesser ausstreckte.

»Könntest du mir auch den Riemen holen, Abbie?« bat er, offensichtlich völlig ahnungslos, was in ihr vorging.

Mit einem bittersüßen Gefühl der Wehmut wurde ihr bewußt, daß ihr Haus durch die Anwesenheit eines Mannes, seine Gewohnheiten und seinen Geruch belebt wurde. Sie hatte nicht mehr gehofft, das je wieder zu erleben – sie wollte die Zeit anhalten, ihn nicht verlieren und konnte es nicht ertragen, daß er sich für seine Abreise sorgfältig kleidete und nicht für sie. Aber sie hatte kein Recht auf ihn.

In der Ferne ertönte der Pfiff des 9-Uhr-50-Zugs aus Denver, desselben Zuges, der ihn in ihr Haus gebracht hatte. Sie verdrängte die Gedanken an den Nachmittagszug, der ihn forttragen würde.

»Ich habe das restliche Geld auf den Schreibtisch im Wohnzimmer gelegt«, sagte er, trocknete sich das Gesicht ab und kämmte seinen Schnurrbart, was er noch nie zuvor getan

hatte. Sie konnte diesen vertrauten Anblick nicht länger
ertragen, wandte sich ab und ging ins Wohnzimmer. Sie
setzte sich an den Schreibtisch und gab sich den Anschein, mit
irgendwelchen Papieren beschäftigt zu sein, während ihr das
Herz in der Brust schwerer und schwerer wurde. Er ging ins
Schlafzimmer, und sie hörte das Rascheln von Kleidungsstücken, das Aufstampfen eines Stiefels, das leise Klirren
seiner Gürtelschnalle, und ihre Phantasie verlor sich in verbotenen Erinnerungen an seine vertraute Gestalt.

Und dann kam er ins Wohnzimmer.

Er trat durch die Tür, und sie konnte nur mühsam einen
überraschten Aufschrei unterdrücken. Mit geöffnetem
Mund starrte sie ihn an. Er kam ihr vor wie ein Fremder, wie
irgendein geschniegelter Dandy, der ihr einen Besuch abstat-
tete. Mit einer leicht verlegenen Geste straffte er seine Weste
und sah sie mit einem schiefen Grinsen an. Seine gebräunte
Haut hob sich gegen den hohen, steifen Kragen des blütenweißen Hemdes ab, den eine seidene Krawatte mit einer
Nadel schmückte. Über der Weste trug er einen perfekt
sitzenden Cutaway, kürzer geschnitten als die Gehröcke, die
die Männer bei ihrem sonntäglichen Kirchenbesuch trugen.
Sein Anblick war einfach atemberaubend. Die auffallenden
Farben seines Anzugs erinnerten Abbie an einen buntgefie-
derten Erpel.

Sie wurde von einer Woge der Eifersucht überwältigt und
senkte den Kopf, um ihr Gefühl zu verbergen. Für seine
Abreise schmückte er sich wie ein Pfau, während es ihr nie
gelungen war, ihn dazu zu bewegen, in ihrem Haus wenigstens Hemd und Stiefel anzuziehen.

Sie sprach zur Schreibtischplatte. »Du hast diesen ... diese
Kleidungsstücke in Stuart's Junction gefunden?«

Er hatte gedacht, es würde ihr gefallen, ihn endlich in einer
zivilisierten Aufmachung zu sehen, aber ihre Reaktion irritierte ihn.

»Das scheint dich zu überraschen«, sagte er, trat geschmeidig neben ihren Schreibtisch und strich lässig mit den Fingerspitzen über ihre Schreibunterlage. »Die Eisenbahn bringt alles aus dem Osten hierher. Die Yankees besitzen kein Monopol mehr auf alles Moderne.«

»Hmm«, schnaubte sie. »Hättest du nicht weniger aufdringliche Farben wählen können?«

»Was hast du daran auszusetzen? Man sagte mir, diese Farben seien der letzte Schrei im Osten und in Europa.«

»Ach, tatsächlich?« spottete sie. »Jedenfalls erinnerst du mich an einen aufgeblasenen Pfau.«

»An einen Pfau?« sagte er und zog an seinem Revers. »Nun, mein Anzug ist weniger auffällig als ... als diese Schuhe, die dir Melcher geschickt hat.«

Instinktiv versteckte sie ihre Füße unter dem Stuhl und mußte sich eingestehen, daß es nicht die Farbe seines Anzugs war, die sie ärgerte, was beide auch wußten.

»Vielleicht erinnert mich nicht der Anzug, sondern sein Träger an einen Pfau«, sagte sie schroff und spürte, wie Jesse wütend wurde.

»Warum können Sie sich nicht endlich entscheiden, was Sie von mir wollen, Miss Abigail?« fragte er hitzig, bezog sich damit natürlich auf die Kleidung, während sie nur an ihr Verhalten in der vergangenen Nacht dachte. Ihr Mund wurde spitz.

»Es muß schon eine ganz besondere Verabredung sein, zu der du gehst, da du dich so herausgeputzt hast, nachdem ich dich kaum dazu brachte, in meinem Haus wenigstens ein Hemd anzuziehen. Dann geh doch endlich! Geh zu deinem Tête-à-tête in deinem schmucken Anzug! Aber vergiß nicht, deine alten Hosen mitzunehmen.«

Sie starrten sich wütend an, und Jesse überlegte, wie sie aus dieser Situation herauskommen könnten, ohne einander noch mehr zu verletzen. Schließlich stemmte er eine Hand in die Hüfte und sagte kopfschüttelnd: »Abbie, um Gottes willen, können wir uns nicht einmal Lebewohl sagen, ohne wie die Kampfhähne aufeinander loszugehen?«

»Warum? Es ist mir ein vertrauter Anblick, dich auch beim Abschied wütend zu sehen.«

Er verstand, daß sie im Streit Zuflucht vor ihren Selbstvorwürfen und Entschuldigungen suchte. Er ging neben ihrem Stuhl in die Hocke, während sie blicklos auf die Schreibtischplatte starrte.

»Abbie«, sagte er ruhig und nahm ihre kleine geballte Faust in seine Hand. »Ich möchte dich nicht im Zorn verlassen. Ich möchte dich lächeln sehen und möchte selbst lächeln.«

»Oh, ich bitte um Verzeihung! Anscheinend habe ich heute morgen wenig Grund zum Lächeln.«

Er seufzte, legte ihre Faust auf sein Knie und streichelte leicht ihre Knöchel.

Verdammt! Verdammt, dachte sie. Warum sieht er nur so gut aus und ist so nett zu mir? Warum erst jetzt?

»Ich wußte, du würdest heute morgen verbittert sein«, sprach er weiter. »Ich habe versucht, dich zu warnen, aber du wolltest nicht hören, Abbie. Ich habe keine Zeit, hier bei dir zu bleiben und dir zu helfen, dein Gewissen zu besänftigen. Was geschehen ist, ist geschehen, und es gibt nichts, dessen du dich schämen müßtest. Sag mir, daß du dich nicht länger mit Schuldgefühlen quälen wirst.«

Aber sie konnte weder mit ihm sprechen noch ihre Faust öffnen oder ihn ansehen. Jedes Nachgeben hätte nur dazu geführt, daß sie sich ihm in die Arme geworfen hätte. Für Jesse wurde es Zeit zu gehen. »Abbie, eins möchte ich dir noch sagen ... Hör mir zu, Abbie. Was wir getan haben, könnte Folgen haben. Ich meine, falls du schwanger sein solltest, wirst du mich dann benachrichtigen?«

Dieser Gedanke war ihr überhaupt noch nicht gekommen. Aber daß er diese Möglichkeit in Betracht zog, machte ihr die Endgültigkeit ihrer Trennung bewußt. Sie wußte, er würde nicht zurückkommen, um sie zu heiraten, falls ihre Liebesnacht wirklich Folgen haben sollte.

Er sagte: »Du kannst mich jederzeit durch das Hauptbüro der

R. M. R. in Denver erreichen.« Langsam wandte sie sich ihm zu, schob zwei scharlachrote Schuhspitzen unter ihrem Rocksaum hervor, direkt neben sein Knie. Er sah die roten Spitzen hervorlugen wie zwei freche Zungen, sprang auf die Füße und ballte die Fäuste.

»Verdammt noch mal, Abbie! Was erwartest du eigentlich von mir?« brüllte er sie an. »Ich habe dir letzte Nacht gesagt, daß ich gehen würde, und das tue ich auch! Glaube nicht, ich wüßte nicht, warum du diese … diese Hurenschuhe trägst! Aber das klappt nicht! Du kannst mich nicht damit erpressen, daß du jetzt eine Dirne bist, nur weil du eine Nacht mit mir verbracht hast. Du hast bekommen, was du haben wolltest, also mach mich nicht zum Sündenbock. Werd endlich erwachsen, Abbie, und sieh ein, daß wir beide recht haben und du mich mit deinem Schuldgefühl nicht festnageln kannst.« Mit schiefgelegtem Kopf betrachtete sie sein vom Knien etwas zerknittertes Hosenbein und sagte spöttisch: »Was für eine Schande, Mr. DuFrayne. Jetzt haben Sie ihr makelloses, pfauenblaues Beinkleid zerknittert.«

»Na gut, Abbie, tu, was du willst, aber mach dich nicht zur Närrin, indem du in diesen verdammten roten Schuhen die Main Street hinunterstolzierst.«

In diesem Augenblick fragte eine ärgerliche Stimme an der Haustür: »Miss … Miss Abigail, kann ich etwas für Sie tun?« David Melcher spähte um die Ecke, hatte das unangenehme Gefühl, in eine Situation zu platzen, die er schon einmal erlebt hatte.

Miss Abigail sprang entsetzt auf, starrte ihn mit weit aufgerissenem Mund an und stammelte dann außer sich vor Erstaunen: »Mr. Melcher … wie … wie lange stehen Sie schon da?« Jesses Worte über Huren und Schwangerschaft hallten in ihrem Kopf wider.

»Ich bin eben, in dieser Minute, gekommen. Wie lange ist *er* denn schon hier?«

Aber Jesse DuFrayne ließ sich nicht übergehen wie irgendeine leblose Statue, und er antwortete mit schneidener Schärfe: »Ich war schon vor Ihrer Abreise hier, Melcher, falls Sie das vergessen haben sollten.«

David durchbohrte ihn mit einem haßerfüllten Blick. »Mit Ihnen spreche ich nur am Verhandlungstisch heute mittag. Ich bin gekommen, um Miss Abigail zu besuchen und hatte angenommen, Sie hätten sie längst von Ihrer Anwesenheit befreit, da es Ihnen doch offensichtlich wieder so gutgeht, daß Sie eine Verhandlung beantragen konnten.«

DuFrayne zerrte ärgerlich eine Manschette zurecht und bestätigte kalt: »Wir sehen uns heute mittag.« Er machte auf dem Absatz kehrt und ging ins Schlafzimmer, um seine Sachen zu holen. Abbie war wie gelähmt.

Er hatte es gewußt! Er hatte es gewußt! Er hatte es die ganze Zeit gewußt! Jim Hudson mußte es ihm gesagt haben, daß David nach Stuart's Junction kommen würde. Er hatte es gewußt, denn in dieser Verhandlung heute ging es offensichtlich um die Klärung der Schuldfrage wegen der Schießerei im Zug. Dieser aufgeblasene, eingebildete Schurke hatte gewußt, daß er nicht ihre letzte Chance war, und doch hatte er ihre Jungfräulichkeit in dem Bewußtsein geraubt, daß sie sich ihm nicht hingegeben hätte, hätte sie von David Melchers Rückkehr gewußt. Skrupellos hatte er sich darüber hinweggesetzt, daß David Melcher niemals eine entehrte Frau akzeptieren würde. Miss Abigail hätte Jesse DuFrayne am liebsten zu Brei geschlagen und wollte ihm ihre Wut darüber ins Gesicht schreien, weil er ihre Schwäche ausgenutzt hatte. Er hätte ihr einfach nur die Wahrheit zu sagen brauchen, dann hätte David vielleicht eines Tages ihr gehört.

Melcher sah ihr vor Zorn gerötetes Gesicht, konnte aber nicht ahnen, womit dieser unflätige DuFrayne sie diesmal derart in Rage gebracht hatte. Miss Abigail schien ihre Fassung wiedergewonnen zu haben, denn sie sagte zuckersüß: »Bitte, kommen Sie herein, Mr. Melcher«, und öffnete die Tür.

»Danke.« Er trat ein, doch in diesem Augenblick stapfte Jesse aus dem Schlafzimmer.

»Ihr Vertreter bei der Verhandlung ist also in der Stadt eingetroffen?« fragte Melcher ausdruckslos.

»Er kam gestern«, antwortete DuFrayne mit vor Zorn bebender Stimme. »Und Ihrer?«

»Wartet am Bahnhof, wie im Telegramm angegeben.«

DuFrayne nickte kurz, er fühlte, wie sich Abbies wütender Blick in seinen Hinterkopf bohrte. Er drehte sich um und verneigte sich steif vor ihr. »Leben Sie wohl, *Miss* Abigail.«

Wieder wurde sie vom selben Haß überwältigt, den sie an jenem Morgen für Jesse DuFrayne empfunden hatte, als er mit seinen Anspielungen David aus ihrem Leben vertrieben hatte. Jetzt spielte es keine Rolle mehr, daß DuFrayne ging und Melcher blieb, denn dieser sanftmütige Mann war nun für sie unerreichbar.

Jesse blickte in das Gesicht einer verschmähten Frau, und sein Inneres krampfte sich schuldbewußt zusammen.

»Das wünsche ich Ihnen auch ... *Mister* DuFrayne!«

Sein Blick bohrte sich einen Augenblick lang in ihre Augen, dann machte er auf dem Absatz kehrt, drängte sich an David Melcher vorbei und stapfte zur Haustür hinaus.

»Nun, wenigstens hat er gelernt, Ihnen mit Respekt zu begegnen«, bemerkte David steif.

Sie blickte Jesse nach, wie er zur Straße hinunterhumpelte, und murmelte geistesabwesend: »Ja ... ja, das hat er«, außer sich vor Zorn über den Sarkasmus, den die Bezeichnung *Miss* ausdrückte.

David räusperte sich. »Ich bringe den Stock Ihres Vaters zurück, Miss Abigail.« Als sie nicht antwortete, wiederholte er: »Miss Abigail?«

Widerstrebend wandte sie den Kopf und verbannte Jesse DuFrayne aus ihren Gedanken. »Das freut mich, Mr. Melcher. Nicht, weil ich ihn zurückhaben wollte, sondern weil es mir die Gelegenheit gibt, Sie wiederzusehen.«

Er errötete leicht, da er ziemlich überrascht über ihre Direktheit war, denn er hatte sie anders in Erinnerung. Er glaubte auch eine Schärfe in ihrer Stimme zu hören, die zuvor nicht dagewesen war.

»Ja, nun ... ich ... ich mußte nach Stuart's Junction kommen, um an der Verhandlung teilzunehmen, in der die Schuldfrage für das Fiasko im Zug geklärt werden soll.«

»Ja, ich habe erst heute morgen von dieser Verhandlung erfahren. Wie geht es Ihrem Fuß?«

Er warf einen kurzen Blick darauf und sagte: »Ich habe keine Beschwerden mehr, aber ich werde mein Leben lang humpeln.«

Endlich klang ihre Stimme wieder so mitfühlend wie früher, als sie sagte: »Ach, das tut mir aber leid. Vielleicht wird es sich mit der Zeit geben.«

»Wie ich sehe, haben Sie ... hm ... mein Geschenk erhalten«, stammelte er.

Jetzt blickte Miss Abigail auf ihre Füße. Gütiger Gott, dachte sie. Warum habe ich nur diese Dinger angezogen?

»An Ihren Füßen sehen sie noch hübscher aus«, sagte Melcher und war sich der Unschicklichkeit dieser Schuhe nicht bewußt. Sie brachte es nicht übers Herz, seinen Stolz zu verletzen.

»Sie passen wie angegossen«, sagte sie wahrheitsgemäß, hob ihren Rocksaum ein paar Zentimeter und bewegte ihre Zehen in dem geschmeidigen Leder. »Ich wollte Ihnen dafür danken, hatte aber Ihre Adresse nicht.« Als sie aufblickte, bemerkte sie David Melchers peinlich berührten Gesichtsausdruck, weil sie ihm ihren Knöchel gezeigt hatte. Rasch ließ sie ihren Rocksaum fallen. Wie schnell man vergißt, wie man einem wahren Gentleman mit Anstand begegnet, dachte sie. Dazu genügt wohl ein flüchtiges Abenteuer mit einem liederlichen Kerl wie Jesse.

»Bitte, verzeihen Sie mir mein ungehöriges Benehmen, Mr. Melcher. Setzen Sie sich doch«, sagte sie und deutete auf das Sofa. »Ich hatte einen ziemlich anstrengenden Vormittag, das ließ mich wohl meine guten Manieren vergessen. Bitte ...

setzen Sie sich. Jetzt haben wir aber genug von mir geredet. Erzählen Sie mir von Ihren Plänen. Werden Sie nach der Verhandlung heute mittag wieder auf Reisen gehen und Schuhe verkaufen?«

»Ich hatte gehofft ... ich will sagen ... eigentlich hatte ich vor, ein paar Tage hier in Stuart's Junction zu bleiben. Ich habe im Hotel ein Zimmer gemietet und mein Gepäck dort gelassen. Ich will versuchen, hier in der Gegend neue Absatzmärkte zu finden.«

»Nun, dann haben Sie vielleicht heute abend Zeit, mich zu besuchen, damit Sie mir erzählen können, wie die Verhandlung verlaufen ist. Ich bin natürlich sehr daran interessiert, da Sie und ...«, ihr fiel es schwer, den Namen auszusprechen, » ... Mr. DuFrayne unter meiner Obhut waren.«

»Ja«, antwortete David etwas atemlos. »Das will ich gern tun. Die ganze Stadt scheint wegen dieser Verhandlung in Aufruhr zu sein. Ich kann die Neugier der Leute gut verstehen. So etwas Aufregendes ist in Stuart's Junction wohl noch nie passiert.« Er spielte nervös mit einem Westenknopf, räusperte sich mehrmals, ehe er hinzufügte: »Miss ... Miss Abigail ... hat Ihre ... hm ... Ihre Reputation ... haben die Leute, ich will sagen ...«

Schließlich half sie ihm über die delikate Situation hinweg und sagte: »Nein, Mr. Melcher. Mein guter Ruf hat durch Ihre und Mr. DuFraynes Anwesenheit in meinem Haus nicht gelitten. Ich glaube, die Menschen dieser Stadt kennen mich.«

»Ja, natürlich«, warf er rasch ein. »Ich wollte nicht ...«

»Bitte«, sie streckte ihm ihre zierliche Hand hin, »lassen Sie uns nicht in Metaphern sprechen, das führt nur zu Mißverständnissen. Wenn Sie einverstanden sind, könnten wir als gute Freunde neu beginnen und alles vergessen, was geschehen ist.«

Wieder verwirrte ihn ihre Direktheit, aber er nahm ihre Fingerspitzen flüchtig in seine Hand, und für den Bruchteil einer Sekunde wurde ihr mit aller Deutlichkeit bewußt, wie sehr sich dieser Mann von Jesse DuFrayne unterschied.

»Bis heute abend dann«, sagte sie sanft.

»Ja ... hm ... bis heute abend.«

Er räusperte sich wieder, wohl zum fünfzigstenmal, seit er ihr Haus betreten hatte, und plötzlich irritierte dieses Räuspern Miss Abigail in höchstem Maße.

Die Neuigkeit von der Ankunft David Melchers, des Mannes, dem beim Raubüberfall auf den Zug der große Zeh abgeschossen worden war, verbreitete sich wie ein Lauffeuer in der Stadt. Er war zusammen mit einem Begleiter im *Albert's Hotel* abgestiegen. Man wußte auch, daß irgendein hohes Tier von der Eisenbahn am Tag zuvor in Stuart's Junction eingetroffen war, und es war auch kein Geheimnis, daß der Kerl aus Miss Abigails Haus am Morgen in die Stadt gehumpelt war und sich neu eingekleidet hatte.

»Wenn er kein Zugräuber ist, was ist er dann? Und warum wurde der Bahnhof für die Verhandlung geschlossen?«

Aber alles, was man von Max, dem Bahnhofsvorsteher, erfahren konnte, war, daß ein Repräsentant der R. M. R. diese Verhandlung angesetzt hatte.

Die vier Beteiligten trafen gleichzeitig im Bahnhofsgebäude ein. James Hudson begrüßte Max mit Handschlag und bemerkte: »Sie leisten hier ordentliche Arbeit, Smith.« Er stellte den Bahnhofsvorsteher auch Jesse DuFrayne vor. »Ach, Sie sind Mr. Smith, der Mann, der sich weigerte, mich ohne Einwilligung von Doc Dougherty abtransportieren zu lassen? Dafür möchte ich Ihnen danken, Sir.«

Obwohl Max nur abwehrend murmelte: »Ach, das war doch selbstverständlich«, war er sichtlich erfreut und stolz.

Hudson übernahm es, die Männer miteinander bekanntzumachen, und Max spitzte die Ohren und erfuhr, daß Peter Crowley Melchers Anwalt war. Dann schlug Hudson vor:

»Gentlemen, wollen wir nicht Platz nehmen und mit der Verhandlung beginnen?«

James Hudson setzte sich an das Kopfende des bereitgestellten Tisches. »Nun, Crowley«, begann er, »wir sollten uns gegenseitige Beschuldigungen ersparen und uns strikt an die Tatsachen halten, die zu dieser Schießerei im Zug führten. Beide, Mr. Melcher und Mr. DuFrayne, haben dabei Verletzungen erlitten.«

»Mr. Melcher ist hierhergekommen, um die Schuldfrage zu klären und Schadensersatz zu fordern«, entgegnete Crowley. Melcher nickte. DuFrayne saß da wie eine Statue und starrte Melcher nur finster an. Hudson und Crowley führten die Verhandlung.

»Meinen Sie damit eine Schadensersatzforderung auf Gegenseitigkeit?« fragte Hudson.

»Wollen Sie damit andeuten, daß DuFrayne Mr. Melcher für schuldig hält?«

»Nun, ist er das denn nicht?«

»Diesen Vorwurf lehnt Mr. Melcher entschieden ab.«

»Er hat die Auseinandersetzung angefangen, in deren Verlauf Mr. DuFrayne angeschossen wurde.«

»Er hat nicht angefangen, er kam dazu.«

»Und hat DuFrayne niedergeschossen.«

»Ihr Klient wird sich von dieser Schußverletzung ohne nachhaltige Folgen erholen, während Mr. Melcher für den Rest seines Lebens humpeln wird.«

»Wofür Mr. Melcher eine Abfindung fordert?«

»Ganz recht.« Crowley lehnte sich auf seinem Stuhl zurück.

»In welcher Höhe?« fragte Hudson.

»Mr. Melcher war Fahrgast der R. M. R., als er niedergeschossen wurde. Sind dafür nicht die Eigentümer der Eisenbahn haftbar?«

Hudson wiederholte jetzt schärfer: »In welcher Höhe, fragte ich, Mr. Crowley!«

»Sagen wir – zehntausend Dollar?«

Da war die Hölle los. DuFrayne sprang auf, lehnte sich über

den Tisch und durchbohrte Melcher mit mörderischen Blicken. »Was bildest du dir ein, du intriganter kleiner Schmarotzer!« brüllte er.

»Schmarotzer?« schrie Melcher zurück, während Hudson und Crowley die beiden Kontrahenten zu beruhigen versuchten. »Wer ist denn hier der Schmarotzer, frage ich?«

»Nun, es ist so sicher wie das Amen in der Kirche, daß nicht *ich* es bin!« wütete DuFrayne. »Sie fordern doch nur diese ungeheure Summe, weil Sie glauben, die Eisenbahn kann es sich leisten.«

»Jede Eisenbahngesellschaft kann diese Summe aufbringen.«

»Verdammt, Sie kleiner ...«

»Jesse, beruhige dich!« Hudson packte ihn am Arm und drückte ihn auf den Stuhl zurück.

»Gentlemen, beherrschen Sie sich!« warf Crowley ein.

»DuFrayne kennt offensichtlich die Bedeutung dieses Wortes nicht«, sagte Melcher gereizt.

Crowley wies seinen Klienten zurecht. »Mr. Melcher, wir verhandeln hier die Schuldfrage.«

»Ganz recht. Er ist schuldig, und nicht nur an der Verletzung, die er mir zugefügt hat. Was ist mit dem Leid, das er Miss Abigail angetan hat?«

DuFraynes Lippen waren nur noch ein schmaler Strich. Er kochte innerlich vor Wut, nicht nur wegen Melchers Beschuldigung, sondern weil er Gewissensbisse Abbie gegenüber hatte. Daß Melcher ihn daran erinnerte, steigerte nur noch seinen Haß auf diesen Mann.

»Lassen Sie gefälligst Miss Abigail aus dem Spiel!« rief DuFrayne.

»Ja, das würde Ihnen so gefallen. Sie waren unausstehlich ihr gegenüber und werden nicht gern an Ihre Unverschämtheiten erinnert.«

Verwirrt warf James Hudson ein: »Miss Abigail? Ich verstehe nicht, welche Rolle sie in dieser Angelegenheit spielt.«

»Kein Geld kann wiedergutmachen, wie er sie behandelt hat«, sagte Melcher.

»Miss Abigail wurde bereits für ihre Hilfe entschädigt«, versicherte Hudson. »Mr. DuFrayne hat das veranlaßt.«

»Oh, ja. Ich habe erlebt, wie DuFrayne ihr alles vergolten hat, was sie für ihn getan hat. Er zwang sie . . .«

Wieder sprang DuFrayne auf. »Zieh Abbie da nicht mit rein, du kleines Würstchen, sonst kannst du was erleben . . .«

»Verdammt, Jesse, setz dich!« Hudson verlor allmählich die Geduld. In seiner Wut hatte Jesse den Vornamen der Frau gebraucht. Max vermerkte diese Tatsache mit großem Interesse. Nachdem sich alle etwas beruhigt hatten, sagte Hudson: »Ich glaube, ihr beide tragt eine Fehde aus, die nichts mit der zur Verhandlung stehenden Sache zu tun hat. Ihr habt Mr. Crowley und mich als Schiedsrichter hergebeten. Sollen wir nun unserer Aufgabe nachkommen, oder wollt ihr allein weiterstreiten?« Nach einer kurzen Pause fügte er hinzu: »Mr. Crowley, vorausgesetzt, Mr. DuFrayne stimmt einer Abfindung zu, welche Gegenleistung kann er dafür von Mr. Melcher erwarten?«

»Ich fürchte, Sie verwirren mich, Sir. Trifft denn Mr. DuFrayne die Entscheidung? Ich dachte, Sie vertreten ihn im Namen der Eisenbahngesellschaft.«

Hudson warf Jesse einen Blick zu und fragte: »Jesse?« Alle Blicke im Raum waren auf DuFrayne gerichtet.

»Nein.«

»Jetzt ist der Zeitpunkt da. Oder willst du zehntausend Dollar in den Sand setzen?«

Aber DuFrayne preßte nur die Lippen zusammen und grübelte finster vor sich hin. Von Schuldgefühlen wegen der vergangenen Nacht gequält und wütend auf Melcher, der jeden Cent aus ihm herausquetschen wollte, formte sich in seinem Kopf ein Gedanke, der ihn nicht mehr losließ. Angenommen, die Eisenbahngesellschaft gab diesem Aasgeier genug Geld, damit er für den Rest seines Lebens ausgesorgt hatte? Angenommen, sie finanzierte diesem verdammten Narren ein Geschäft, damit er bis zum Ende seiner Tage Schuhe verkaufen konnte? Angenommen, sie machte zur Bedingung, daß er dieses Geschäft hier in Stuart's Junction eröffnete, wo ihm zu seinem Glück nur noch die Frau fürs Leben fehlte? Diese Vorstellung war zwar unangenehm, würde aber zumindest DuFraynes schlechtes Gewissen beschwichtigen. Wenn er das arrangieren konnte, würde Abbie das bekommen, was sie brauchte oder sich wünschte – diesen schafsgesichtigen Schuhverkäufer, die Mittel, um ein Geschäft zu gründen, und genug Geld, damit sie miteinander ihr langweiliges Leben führen konnten. DuFrayne sah Abbies Gesicht vor sich, als sie am Abend zuvor zu ihm gesagt hatte: »David Melcher ist fort und wird nicht zurückkommen. Du bist meine letzte Chance, Jesse.« Was danach gefolgt war, erfüllte Jesse noch jetzt mit Wohlbehagen. Diese Frau hatte zuviel Feuer im Blut, um an jemanden wie Melcher verschwendet zu werden, aber sie hatte wahrscheinlich recht damit, daß ihr Stuart's Junction keine bessere Alternative bot. Dann sollte sie wenigstens Melcher haben, damit sie in ihrem Leben noch ein wenig Glück fand. Er tauchte aus seinen Grübeleien auf und hörte Crowley sagen: » . . . ein Gericht würde Mr. Melchers Forderung als Entschädigung für die Verletzung, die ihn für den Rest seines Lebens zum Krüppel macht, ohne weiteres anerkennen. Dabei ist zu berücksichtigen, daß Mr. Melcher in dem Glauben handelte, die Eisenbahn vor einem Raubüberfall durch einen bewaffneten Dieb zu schützen.«

»Mr. Crowley«, sagte Hudson unwirsch. »Ich möchte etwas richtigstellen. Ich bin es müde, DuFraynes Namen immer im Zusammenhang mit einem mutmaßlichen Zugräuber zu hören. Das ist einfach absurd! Warum sollte ein Mann seinen eigenen Zug überfallen?«

»Jim!« rief DuFrayne wütend, aber sein Freund ignorierte ihn.

»Ja, Sie haben richtig gehört. Wissen Sie, Gentlemen, Jesse DuFrayne ist einer der Hauptaktionäre der R. M. R. Mit anderen Worten – ihm gehört die Eisenbahn, die er überfallen haben soll.«

Max traute seinen Ohren nicht und starrte DuFrayne fassungslos an. Crowley sah aus, als hätte er Essig getrunken, und Melcher schnappte nach Luft. DuFrayne saß reglos da und starrte zum Fenster hinaus.

Melcher erholte sich als erster von diesem Schock.

»Das ändert überhaupt nichts daran, was er Miss Abigail schuldig ist. Auch die Tatsache, daß Ihnen die Eisenbahn teilweise gehört, entschuldigt nicht Ihr Verhalten dieser Lady gegenüber.«

»Bezahl ihn!« befahl Jesse schroff, um den Mann zum Schweigen zu bringen, denn er war sich der neugierigen Aufmerksamkeit des Bahnhofsvorstehers bewußt, der wie ein Habicht in seiner Ecke lauerte.

»Aber Jesse . . .«

»Ich sagte, bezahl ihn, Jim, und dabei bleibt es«, bellte DuFrayne.

Melcher wußte nicht, wie ihm geschah. Noch vor ein paar Minuten hatte er seine Chancen, eine finanzielle Entschädigung zu bekommen, abgeschrieben, weil er DuFrayne irrtümlich für einen Zugräuber gehalten und auf ihn geschossen hatte. Aber noch immer konnte er seinen Mund nicht halten.

»Mit Geld läßt sich kein Gewissen beschwichtigen . . .«

»Und Sie halten gefälligst Ihren Mund, Melcher, sonst bekommen Sie keinen Cent von mir!« Jesse sprang auf. »Jim, tu, was ich sage.«

»Jesse, jetzt hör mir mal zu. Die Eisenbahn gehört auch zum Teil mir, und ich verlange eine zufriedenstellende Erklärung von dir, ehe ich das Geld herausrücke.«

DuFrayne stieß seinen Stuhl so heftig zurück, daß er krachend umkippte. Melcher zuckte erschreckt zusammen. »Ich möchte mit dir draußen reden, Jim.« DuFrayne ignorierte die neugierigen Zuschauer, die auf der anderen Straßenseite standen.

»Jesse, ich mußte ihnen sagen, daß du Eigentümer der Eisenbahn bist«, verteidigte sich Hudson.

»Das geht schon in Ordnung, Jim. Es wäre früher oder später doch herausgekommen. Ich wollte nur nicht, daß Abbie es erfährt, solange ich noch in der Stadt bin.«

»Hier ist etwas im Gange, das ich nicht verstehe, und vielleicht geht es mich auch nichts an. Ich möchte dich nur vor einer überstürzten Entscheidung warnen. Dieser Blutsauger hat es auf dein Geld abgesehen.«

»Ich habe mir alles gründlich überlegt. Mein Entschluß steht fest.«

»Bist du dir ganz sicher?«

»Ich stelle gewisse Bedingungen, und die Summe wird allein aus meinem Gewinnanteil bezahlt.«

Sie unterhielten sich leise ein paar Minuten und gingen dann ins Bahnhofsgebäude zurück.

»Mr. Crowley«, sagte Hudson, »falls die Eisenbahn zustimmt, Mr. Melcher zehntausend Dollar Abfindung zu zahlen, bestehen wir darauf, daß gewisse Bedingungen erfüllt werden. Erstens: Mr. Melcher veröffentlicht einen Artikel in der lokalen Zeitung und erklärt darin, daß die Eisenbahn keine Schuld an dem Zwischenfall trifft und daß er Mr. DuFrayne irrtümlich für einen Zugräuber hielt, weil dieser eine Waffe trug.

Unsere zweite Bedingung lautet, daß Mr. Melcher zwei Drittel der Summe in ein Geschäft investiert, das er hier in Stuart's Junction gründet. Welche Art von Geschäft das ist, bleibt ihm überlassen, aber es darf nicht innerhalb eines Zeitraums von fünf Jahren verkauft werden.

Die dritte Bedingung lautet, daß Mr. Melcher nie mehr mit einem Zug der R. M. R. fahren darf. Er kann natürlich seine Waren damit transportieren lassen, aber er selbst wird nie wieder einen Fuß in einen Waggon der Eisenbahngesellschaft setzen.

Diese Bedingungen werden vertraglich festgehalten und von einem Notar beglaubigt. Sollte Mr. Melcher eine dieser Bedingungen nicht erfüllen, ist er verpflichtet, der R. M. R. den vollen Betrag von zehntausend Dollar zurückzuzahlen.«

Crowley warf Melcher einen fragenden Blick zu, der sich noch immer nicht von dem Schock erholt hatte. DuFrayne war kein Zugräuber, sondern Miteigentümer der Eisenbahn und reich und mächtig genug, die Bedingungen zu diktieren! Diese Erkenntnis trieb Melcher die Schamröte ins Gesicht und ließ seine Hände zittern. Aber er konnte nicht verstehen, warum DuFrayne darauf bestand, daß er dieses Geld in Stuart's Junction investierte. Doch er hütete sich davor, irgendwelche Fragen zu stellen. Es war demütigend genug, der selbstgefälligen Überlegenheit dieses Mannes ausgeliefert zu sein.

»Ich stimme zu«, sagte Melcher tonlos, »aber nur unter einer Bedingung.«

»Und die wäre?« fragte Hudson.

»Daß sich DuFrayne persönlich bei Miss McKenzie entschuldigt.«

»Sie gehen zu weit, Melcher!« warnte DuFrayne drohend. »Irgendwelche Feindseligkeiten zwischen Miss McKenzie und mir haben nichts mit dieser geschäftlichen Abmachung zu tun. Und außerdem geht es Sie nichts an.«

»Es geht mich sehr wohl etwas an, denn Sie haben sich in Miss McKenzies Schlafzimmer eines Morgens, in meinem Beisein, ungeheuerliche Freiheiten herausgenommen!«

»*Genug!*« brüllte DuFrayne, während Max beinahe seine Zunge verschluckt hätte. Jesse sprang auf, schlug mit der Faust auf den Tisch und starrte Melcher haßerfüllt an. »Unsere Differenzen sind beigelegt, Abbies und meine. Also sprechen Sie nie wieder von ihr, haben Sie verstanden? Nehmen Sie die zehntausend Dollar Blutgeld oder Zehengeld oder wie immer Sie es nennen wollen und leben Sie davon in Saus und Braus bis ans Ende Ihrer Tage –, oder ich verlasse auf der Stelle diesen Raum, und Sie bekommen keinen Cent. Wofür entscheiden Sie sich?«

Melcher sah wieder die Szene in Miss Abigails Schlafzimmer vor sich und wünschte sich inbrünstig, seine Kugel hätte

DuFrayne ein paar Zentimeter weiter in der Mitte getroffen. Aber wenn er diesen Gedanken aussprach, verlor er die zehntausend Dollar, die dieser Teufel ihm schuldete. Also biß sich David auf die Zunge und bestand nicht weiter auf einer Entschuldigung. Er schluckte seinen Stolz hinunter und nickte nur steif.

»Nun gut. Ich gebe der Zeitung die Erklärung, die Sie verlangen, aber kommen Sie nie wieder nach Stuart's Junction zurück, DuFrayne. Hier haben Sie nichts zu suchen.«

Beide wußten, daß er damit Abigail McKenzie meinte, aber DuFrayne versetzte ihm einen letzten Schlag.

»Sie vergessen, Melcher, daß ich hier Grund und Boden besitze, auf dem Sie eben in diesem Augenblick stehen. Diktieren Sie mir nicht, wohin ich gehen darf und wohin nicht ... aus rein geschäftlichem Interesse, natürlich«, fügte er sarkastisch hinzu und betrachtete Melcher spöttisch.

Hudson wollte dem Streit der beiden ein Ende setzen, ehe es zu einer Schlägerei kam, und warf ein: »Damit ist wohl alles gesagt. Mr. Crowley, wenn Sie damit einverstanden sind, können wir sofort den Vertrag aufsetzen und ihn beglaubigen lassen, ehe ich die Stadt verlasse. Mr. Melcher wird innerhalb von drei Tagen einen Scheck bekommen.«

Nachdem der Vertrag aufgesetzt und unterschrieben worden war, trennten sich die Kontrahenten. Hudson und DuFrayne traten in die Mittagshitze hinaus, die nicht dazu beitrug, Jesses Zorn abzukühlen.

»Was, zum Teufel, ist mit dir los, Jesse?« fragte Hudson seinen Freund. »Noch nie hast du dich wegen einer Frau derart aggressiv aufgeführt.«

»Wegen einer Frau? Zum Teufel! Ich habe eben diesem Schmarotzer zehntausend meiner hartverdienten Dollar in den Rachen geworfen! Wärst du da nicht wütend?«

»Mal langsam, Jesse. Du hast gesagt, ich soll ihm das Geld geben, und mir wurde sofort klar, daß du ihn damit zum Schweigen bringen willst. Einen anderen Grund gab es für deine Entscheidung nicht. Er wäre mit seiner Forderung vor Gericht nie durchgekommen. Was ist in Miss McKenzies Haus geschehen?«

Jesses Blick wanderte zum Giebel von Abbies Haus. Mit schmalen Lippen antwortete er: »Du hast einen scharfen Verstand, Jim, und ich bin ein Gefühlsmensch. Deshalb kümmerst du dich um die Geschäfte, und ich erledige die praktische Arbeit. Dabei soll es auch bleiben. Benutze deinen Verstand für Männer wie Melcher, okay?«

»Okay ... wie du willst. Aber wenn dir daran liegt, Miss McKenzies Ruf zu schützen, sollten wir uns um den Bahnhofsvorsteher kümmern, der mit großen Ohren der Unterhaltung gefolgt ist. Ich weiß nicht, was Melcher mit der Bemerkung meinte, daß du dir im Schlafzimmer der Lady gewisse Freiheiten herausgenommen habest, aber wenn unser Bahnhofsvorsteher den Mund aufmacht, könnte daraus eine üble Klatschgeschichte werden. Soll ich gehen und ihm Schweigegeld geben, oder willst du es tun?«

»Verdammt, Jim! Melcher hat mich schon genug beleidigt, muß ich mir auch noch von dir Vorwürfe machen lassen?«

Hudson verstand die Frustration seines Freundes und tat deshalb dessen schroffe Worte mit einem Achselzucken ab. Doch irgend etwas quälte Jesse, aber er wollte offensichtlich nicht darüber reden.

»Ich versuche ja nur, praktisch zu denken«, lenkte Hudson ein.

»Nun, dann geh und erledige das auf deine Weise. Mir reicht's für heute.«

Sie verabredeten, sich im Hotel kurz vor Abfahrt des Zuges zu treffen, dann ging Hudson ins Bahnhofsgebäude, und DuFrayne kehrte im Saloon ein, wo ihn jeder neugierig anstarrte – außer Ernie Turner, der mit dem Kopf auf der Tischplatte neben seinem Bier eingeschlafen war.

17

David Melcher stand am Fenster seines Hotelzimmers im zweiten Stock und beobachtete, wie Hudson und DuFrayne den Zug um 3 Uhr 20 bestiegen. Nachdem er bei der Zeitung die von ihm verlangte Erklärung abgegeben hatte, war er ins Hotel gegangen, denn der Gedanke, DuFrayne noch einmal zu begegnen, war ihm unerträglich gewesen.

Als der Zug aus dem Bahnhof rollte, genoß David Melcher voll das Gefühl des Triumphs über DuFrayne, und er schwelgte in der Vorfreude auf die unbegrenzten Möglichkeiten, die sich ihm mit diesem Geld eröffneten. Während er sich umzog, summte er fröhlich vor sich hin und malte sich die Zukunft aus, die plötzlich in rosigen Farben vor ihm lag. Als er vor Miss Abigails Haus ankam, strahlte er über das ganze Gesicht.

»Oh, Mr. Melcher, Sie kommen aber früh!« sagte sie und bat ihn einzutreten. Sie war unendlich erleichtert, ihn zu sehen, denn die vergangenen fünf Stunden waren die längsten ihres Lebens gewesen. In ihrer Phantasie hatte sie sich nicht nur ausgemalt, wie die Verhandlung im Bahnhof verlief, sondern auch, wie Jesse den Zug bestieg und zusammen mit seinem liebenswerten Freund, James Hudson, die Stadt verließ. Keinen von beiden würde sie je wiedersehen. Als die Lokomotive zum Abschied pfiff, hatte sie die Arme vor der Brust verschränkt und gedacht: Wie gut. Er verschwindet für immer aus meinem Leben. Aber als sich das Zischen und Fauchen der Lokomotive in der Ferne verlor, überfiel sie plötzlich eine schreckliche Einsamkeit.

David Melchers Ankunft, sein fröhliches Gesicht, würde ihre

trübsinnigen Gedanken an Jesse DuFrayne vertreiben. Als sie sein jungenhaftes Lächeln, seine rosigen Wangen sah, wußte sie sofort, daß die Verhandlung zu seinen Gunsten verlaufen war.

»Sie strahlen ja förmlich vor Glück«, sagte sie lächelnd. »Kommen Sie doch herein.«

»Ja, ich könnte einen Freudentanz aufführen, Miss Abigail.«

»Nun, dann sind Sie wohl als Sieger aus der Verhandlung hervorgegangen. Nehmen Sie bitte Platz, Mr. Melcher, und erzählen Sie mir alles darüber.«

Er setzte sich auf die Kante des Sofas, sprang aber gleich wieder auf.

»Miss Abigail, ich hoffe, Sie tragen noch die roten Schuhe, denn ich möchte Sie heute abend zum Dinner ausführen, um zu feiern.«

»Zu feiern ...? Zum Dinner ausführen ...? Aber, aber Mr. Melcher!« Sie war noch nie im Leben zum Dinner ausgeführt worden. ·

In seinem Überschwang vergaß er völlig seine sonstige Zurückhaltung, nahm ihre Hände in seine und sagte stolz: »Natürlich müssen wir unseren Sieg feiern. Die Eisenbahn zahlt mir eine Abfindung von zehntausend Dollar.«

Ihr verschlug es für einen Augenblick die Sprache. Dann wiederholte sie ungläubig: »Zehn ... tausend ... Dollar?« und ließ sich in einen Sessel sinken.

»Richtig!« Er sah sie strahlend an, ließ dann ihre Hände los und setzte sich aufs Sofa.

»Wie großzügig«, sagte sie überwältigt und dachte daran, wie James Hudson den Scheck über tausend Dollar auf ihren Schreibtisch gelegt hatte.

David Melcher wußte, daß er ihr eigentlich erzählen sollte, daß DuFrayne Teilhaber der Eisenbahngesellschaft war, aber er wollte sich die Vorfreude auf ihren gemeinsamen Abend nicht verderben.

»Bitte, darf ich Sie heute abend ausführen, damit wir zusammen feiern können? Denn es ist unser Sieg, Ihrer und meiner.«

»Aber es ist Ihre Entschädigung, nicht meine.«

»Miss Abigail, ich möchte diesen herrlichen Augenblick nicht durch Erinnerungen trüben, aber wenn ich an die Umstände denke, unter denen wir uns begegnet sind, fühle ich mich – wie soll ich sagen – mitschuldig an den Demütigungen, die Sie durch diesen gemeinen Kerl, DuFrayne, zu erleiden hatten. Ich möchte Sie dafür entschädigen. Da ich jetzt als Gewinner aus dieser Auseinandersetzung hervorgegangen bin, habe ich ein Gefühl, als hätten wir ihn gemeinsam zur Räson gebracht. Er bezahlt nicht nur für das, was er mir angetan hat, sondern auch für das, was er Ihnen angetan hat.«

Sie betrachtete den Mann, der auf der Kante ihres Sofas saß. Er sprach mit einer so rührenden Ernsthaftigkeit, beharrte so darauf, ihr Fürsprecher und Beschützer zu sein, daß sie plötzlich von Schuldgefühl überwältigt wurde, weil er sie noch immer für eine tugendhafte Frau hielt, die seine Ritterlichkeit verdiente. Sie fühlte auch eine absolute Hoffnungslosigkeit, weil sie nicht rückgängig machen konnte, was zwischen ihr und Jesse DuFrayne in der vergangenen Nacht geschehen war. Wie sehr sie sich jetzt wünschte, es wäre nicht passiert, damit sie David Melchers Fürsorge und Bewunderung reinen Gewissens annehmen könnte! Sie legte eine Hand an ihren Kragen und wandte den Blick ab.

»Oh, Mr. Melcher, ich bin wirklich gerührt. Aber ich kann Ihren Sieg nicht mit Ihnen feiern. Ich möchte Ihnen nur gratulieren und die Schuhe als Ausdruck Ihres Dankes behalten.«

Enttäuschung breitete sich auf seinem Gesicht aus. »Darf ich Sie denn nicht wenigstens zum Dinner einladen?«

Ihre Beziehung hatte jetzt keine Zukunft mehr. Sie stand auf und ging zum Schreibtisch. Mit dem Rücken zu ihm antwortete sie: »Ich glaube einfach, es ist besser, wenn Sie es nicht tun.«

David Melcher schluckte, errötete und stammelte dann: »Lehnen Sie ab, weil ... weil ... Sie mir nicht verzeihen können, was ... was ich an jenem entsetzlichen Morgen zu Ihnen sagte ... als ich Ihr Haus verließ?«

»Oh, nein!« Sie drehte sich um und sah ihn flehend an. »Das ist längst vergessen, bitte, glauben Sie mir, Dav... Mr. Melcher.«

Aber er hatte ihren Versprecher gehört. Er stand auf, raffte seinen ganzen Mut zusammen und ging zu ihr. Verwirrt wandte sie sich ab.

»Dann beweisen Sie es mir«, bat er schließlich.

»Beweisen?« wiederholte sie verständnislos.

»Gehen Sie mit mir zum Dinner aus, und beweisen Sie mir damit, daß alles, was geschehen ist, auch vergessen ist.«

Wieder berührte sie verlegen ihren Spitzenkragen, und ihre Gesichtszüge wurden ganz weich. Oh, wie gern würde sie zum erstenmal in ihrem Leben mit einem vornehmen Gentleman, wie er es war, zum Dinner ausgehen. Sie wünschte sich die Fröhlichkeit und Sorglosigkeit, die sie in ihrer Jugend nie kennengelernt hatte. Es gab so viele gemeinsame Interessen, die sie verbanden, und Abigail sehnte sich danach, sie mit ihm zu teilen.

Er wartete geduldig auf ihre Antwort. Seine braunen Augen sahen sie bittend an.

Sie quälte sich mit bitteren Selbstvorwürfen. Könnte ich doch die Uhr zurückdrehen, dachte sie. Hätte ich nur nicht die Nacht mit Jesse verbracht. Wenn ... wenn doch nur ... Plötzlich wurde sie wütend. Ich verfluche dich, Jesse! Warum hast du mir nicht gesagt, daß er zurückkommt?

Sie wußte, sie mußte ablehnen, doch Davids Einladung war einfach zu verlockend. Was kann es schon schaden, wenn ich einen Abend mit ihm verbringe – nur einen? Auch er wird die Stadt wieder verlassen, warum soll ich nicht einen Abend in seiner Gesellschaft verbringen?

»Eine Einladung zum Dinner klingt verlockend«, sagte sie zögernd.

»Dann nehmen Sie also an?« fragte er freudestrahlend.

»Gut, ich begleite Sie.«

»Und Sie werden die roten Schuhe tragen?«

Ach, du meine Güte, dachte sie und errötete. Aber es war unmöglich, ihm die Bitte abzuschlagen, denn er war sich nicht bewußt, wie extravagant und auffallend diese Schuhe waren. Ihr Unbehagen wuchs noch, als sie an Jesses Worte dachte: »Aber mach dich nicht zur Närrin, indem du in diesen verdammten roten Schuhen die Main Street hinunterstolzierst.« Trotzdem behielt sie die Schuhe an, hoffte allerdings, man möge sie unter ihrem Rocksaum nicht sehen, als sie wenig später an David Melchers Arm durch die Stadt ging.

Am nächsten Morgen wußte jeder Bewohner von Stuart's Junction, daß David Melcher und Miss Abigail in Louis Culpeppers Lokal zu Abend gegessen hatten und wie überaus höflich er sie behandelt hatte. Aber die aufregendste Neuigkeit war, daß Miss Abigail *rote* Schuhe getragen hatte. Rote! Sie mußten ein Geschenk von Melcher sein, denn es hatte sich herumgesprochen, daß er ein Schuhverkäufer aus dem Osten war.

Man stelle sich das nur vor! sagten alle. Miss Abigail läßt sich von einem Schuhverkäufer hofieren und geht mit ihm aus, nachdem er einige Zeit in ihrem Haus gelebt hat!

»Was für ein denkwürdiger Abend«, sagte Miss Abigail, als sie nach dem Dinner zu ihrem Haus zurückschlenderten. »Wie kann ich Ihnen dafür danken?«

Er humpelte neben ihr her. »Indem Sie mich das nächste Mal nicht abweisen, wenn ich Sie einlade«, sagte er.

Sie unterdrückte den Impuls, ihn erstaunt anzusehen. »Das nächste Mal? Verlassen Sie denn Stuart's Junction nicht bald?«

»Nein. Wie ich Ihnen schon sagte, will ich versuchen, neue Märkte hier zu erschließen. Außerdem schickt mir die Eisenbahn meine Abfindung nach Stuart's Junction, also muß ich warten, bis das Geld eintrifft.«

243

Sie wagte nicht zu fragen, wie lange das dauern würde.

Er verschwieg ihr, daß er gezwungen war, den Großteil der Abfindung in Stuart's Junction zu investieren, denn das hätte den Eindruck erweckt, als müßte er nach DuFraynes Pfeife tanzen. David wollte, daß Miss Abigail glaubte, es sei seine eigene Entscheidung, hier in der Stadt zu bleiben.

»Wann wird das Geld wohl hier eintreffen?« überwand sie sich schießlich doch zu fragen.

»In drei Tagen, nehme ich an.«

Drei Tage, dachte sie. Oh, wunderbare drei Tage! Was kann es schaden, wenn ich diese drei kostbaren Tage seine Gesellschaft genieße? Diese Zeit ist alles, was mir bleibt, dann wird auch er gehen.

»Dann will ich Ihnen nichts abschlagen, worum Sie mich bitten«, sagte sie und spürte, wie er ihre Hand, die in seiner Armbeuge lag, gegen seine Rippen drückte.

»Miss Abigail, das werden Sie nicht bereuen«, versprach er. Der heutige Abend ist so wundervoll gewesen, dachte sie wehmütig. Und ihr Herz hatte etwas schneller geklopft, als er ihren Arm an sich drückte.

»Erzählen Sie mir, welche großartigen Pläne Sie mit dem Geld verwirklichen wollen«, sagte sie, um sich abzulenken.

»Darüber habe ich noch nicht näher nachgedacht. Im Augenblick genieße ich das Gefühl der Sicherheit und der Freiheit, das es mir bietet.«

Sie waren vor ihrem Haus angekommen und verlangsamten ihre Schritte.

»Ist es nicht merkwürdig«, fragte sie, »daß mir aus dieser Situation heraus Ähnliches widerfahren ist? Habe ich Ihnen erzählt, daß mir die Eisenbahn tausend Dollar für Ihre und ... Mr. DuFraynes Pflege bezahlt hat?« Es fiel ihr entsetzlich schwer, seinen Namen auszusprechen, aber sie sprach tapfer weiter. »Auch mir gibt diese Summe ein Gefühl der Sicherheit. Vorübergehend natürlich nur, aber immerhin.«

David Melcher mißgönnte ihr gewiß nicht die tausend Dollar, ärgerte sich nur maßlos über die Tatsache, daß sie von DuFrayne kamen.

Miss Abigail plauderte weiter. »Mr. Hudson kam in mein Haus und hinterließ einen Scheck für mich. Er scheint eine hohe Position bei der Eisenbahn innezuhaben. Ist er der Besitzer?«

David schluckte, zögerte noch immer, ihr zu sagen, daß DuFrayne Miteigentümer der Eisenbahn war. »Ja«, antwortete er gepreßt. »Sie haben jeden Cent verdient, das kann ich Ihnen versichern.«

Sie traten auf die Veranda, und sie fragte: »Möchten Sie noch eine Weile hier mit mir sitzen?«

»Ja, gerne«, antwortete er erfreut.

Sie warf einen flüchtigen Blick auf die beiden Korbstühle, ging dann aber zur Schaukel und rechtfertigte ihre Entscheidung damit, daß ihnen so wenig Zeit blieb, die sie miteinander verbringen konnten.

Als sie sich gesetzt hatte, fragte David höflich: »Darf ich mich neben Sie setzen?«

Sie raffte ihren Rock beiseite und machte Platz für ihn. Steif ließ er sich neben sie nieder und achtete darauf, daß er sie nicht berührte.

Dann räusperte er sich.

Sie seufzte.

»Bedrückt Sie etwas?«

»Nein ... nein ... es ist alles in Ordnung.« Was es auch hätte sein sollen. Er hatte sein Geld, sie hatte ihr Geld, er hatte sie zum Dinner ausgeführt, und sie war endlich Jesse DuFrayne los.

Er räusperte sich wieder. »Mir kommt es so vor, als hätten Sie sich verändert.«

Ihr war nicht bewußt gewesen, daß man es merkte. Sie würde sich in acht nehmen müssen.

»Ich bin nur nicht daran gewöhnt, daß sich alles zum Guten

wendet. Die Ereignisse haben sich überstürzt. Außerdem haben Sie sicher erraten, daß ich nicht jeden Abend eine Einladung zum Dinner bekomme. Ich muß noch immer daran denken, wie wundervoll es war.«

»Auch für mich«, stimmte David zu. »Wie oft habe ich mir vorgestellt, nach Stuart's Junction zurückzukommen und Sie zu bitten, mit mir auszugehen.« Wieder räusperte er sich verlegen und fügte hinzu: »Und hier sitzen wir nun.«

Ja, steif wie zwei Ladestöcke, dachte sie, erstaunt über sich selbst, und wünschte sich, er würde den Arm über die Rückenlehne der Schaukel legen, wie Jesse es getan hatte. Aber er war nicht Jesse, und es war unfair von ihr, David dauernd mit Jesse zu vergleichen! Und doch wurde sie mit jeder Minute, die sie stocksteif nebeneinander saßen, enttäuschter. Sein Verhalten kam ihr plötzlich sehr unreif vor. Sie fragte sich, ob er seine Schüchternheit je überwinden würde.

»Hier, auf der Schaukel, habe ich damals Ihr Paket geöffnet.«

»Ach, tatsächlich? Und was haben Sie sich dabei gedacht?«

»Nun, ich war erstaunt, Mr. Melcher, einfach erstaunt. Ich glaube, keine andere Frau in Stuart's Junction besitzt ein Paar rote Schuhe.« Was der Wahrheit entsprach!

»Nun, das wird sich bald ändern. Ich habe eine große Partie Schuhe übernommen, und Rot ist modern.«

Sie brachte es nicht übers Herz, ihm seine Illusion zu rauben. Er mußte selbst herausfinden, daß sich rote Schuhe hier nicht verkaufen ließen. Die Frauen im Westen bevorzugten robustes Schuhwerk in den Farben Braun und Schwarz. Aber er, als Verkäufer, war natürlich davon überzeugt, daß die Ware, die er verkaufen wollte, das Beste war, was der Markt zu bieten hatte.

Um die Unterhaltung in Gang zu bringen, ermunterte sie ihn: »Erzählen Sie mir doch, wie das Leben im Osten ist.«

»Waren Sie nie dort?«

»Nein. Als Kind war ich nur zweimal in Denver.«

»Im Osten ... nun, im Osten gibt es einfach alles zu kaufen, was man sich wünscht. Dort gibt es die neuesten Produkte und die großartigsten Erfindungen. Der Osten bedeutet Fortschritt und Veränderung, auch im gesellschaftlichen Leben, obwohl ich nicht alles gutheißen kann, was dort geschieht. Wußten Sie, daß die Frauen – die sogenannten Suffragetten – tatsächlich das Wahlrecht fordern und absurde ausländische Gepflogenheiten übernehmen, wie zum Beispiel das Tennisspiel. Nicht alles im Osten ist nachahmenswert«, fügte er hinzu und machte deutlich, was er von modernen Frauen hielt.

»Natürlich habe ich von Mrs. Stantons Frauenliga gehört, aber was ist Tennis?«

»Dieser Sport ist absolut nichts für Sie, Miss Abigail, das versichere ich Ihnen«, sagte er angewidert. »Es ist absolut undamenhaft, wie die Frauen dabei in kurzen Röcken und halbärmeligen Blusen schwitzend einem Ball hinterherlaufen. Sie haben jedes Gefühl für Sittlichkeit verloren. Manche trinken sogar Alkohol! Nein, ich ziehe die Frauen im Westen vor, die fest in den alten gesellschaftlichen Werten verankert sind. Und so soll es auch bleiben.«

Bei dieser langen Tirade hatte er kaum gestottert, doch sie mußte sich eingestehen, daß seine selbstgerechte Art sie erboste. Miss Abigail saß auf ihrer Schaukel und konnte nicht umhin, David Melchers Ansichten mit denen Jesse DuFraynes zu vergleichen, der sie bei so vielen Gelegenheiten derart in Rage gebracht hatte, daß sie ihre damenhafte Haltung vergaß. Sie erinnerte sich an den Tag in den Hügeln, als er ihr den Hut abnahm und sich darüber mockierte, daß sie nicht einmal die Manschetten ihrer Bluse aufknöpfte. Wieder sah sie seine gebräunte Hand vor sich, wie er den Champagner in ihr Glas goß, und vermeinte, noch einmal das angenehm prickelnde und aufregende Gefühl zu erleben, das damals ihr Blut in Wallung gebracht hatte.

» ... meinen Sie nicht auch, Miss Abigail?«

Sie wachte aus ihren Träumen auf. David hatte ausführlich die Tugenden der Frauen im Westen gepriesen, während sie sich in Erinnerungen an Jesse verloren hatte. Wieder war der Vergleich zu Davids Ungunsten ausgefallen!

»Oh, ja«, sagte sie und setzte sich auf. »Ganz gewiß.« Aber sie wußte nicht einmal, worin sie mit ihm übereinstimmen sollte.

Anscheinend hatte sie einer Verabredung für ein Uhr mittags am folgenden Tag zugestimmt, denn er stand auf und ging zur Treppe, die von der Veranda in den Garten führte. Sie folgte ihm.

Auf der ersten Stufe blieb er stehen, drehte sich um, griff linkisch nach ihrer Hand und küßte sie! Sie wünschte sich, er hätte sie auf den Mund geküßt und daß sie diesen Kuß schöner gefunden hätte als Jesse DuFraynes Küsse.

Im Haus war es erschreckend still.

Ohne eine Lampe anzuzünden, wanderte sie durch die Räume, fühlte sich lustlos und unbefriedigt. Sie drückte den Handrücken, den David geküßt hatte, gegen ihre Lippen und hoffte, die Erinnerung daran würde sie anregen. David Melcher war ihr aus ganzem Herzen zugetan, darüber bestand kein Zweifel. Sie wünschte sich, sie könnte ihm dieselben Gefühle entgegenbringen, doch die Erinnerung an Jesse DuFrayne hatte ihr den krassen Unterschied zwischen diesen beiden Männern bewußt gemacht. Anstatt in Davids offensichtlicher Bewunderung zu schwelgen, erging sie sich in endlosen Vergleichen, bei denen Jesse stets der Sieger blieb.

In diesen wenigen kostbaren Tagen, die David hier war, wollte sie in ihm den perfekten, makellosen, unanfechtbaren Mann sehen. Aber Jesse ließ es nicht zu. Jesse dominierte in jeder Hinsicht.

Selbst hier, in ihrem Haus, aus dem er fortgegangen war, lauschte sie unwillkürlich auf sein Atmen, sein Gähnen, das Quietschen der Bettfedern, wenn er sich umdrehte. Vielleicht konnte sie seinen Geist vertreiben, wenn sie wieder in ihr Schlafzimmer zog. Aber als sie den Raum betrat, fühlte sie entsetzliche Leere darin, und sie wurde von einer unendlichen Sehnsucht nach ihrem »Revolverhelden« überwältigt. Die Stille drohte sie zu ersticken. Sie ließ sich auf die Bettkante sinken, verlor sich in einem Gefühl der Einsamkeit und Verlassenheit, wie sie es nicht einmal nach dem Tod ihres Vaters empfunden hatte.

Doch plötzlich drehte sie sich um und hämmerte mit der Faust wütend auf das Kissen ein, auf dem er heute morgen aufgewacht war, und schimpfte zornig: »Verschwinde aus meinem Haus, Jesse DuFrayne!«

Aber er hatte sie ja schon verlassen.

Sie ließ ihre ganze Verzweiflung an dem Kissen aus, und jeder Schlag war ein Aufschrei. Er ist fort! Er ist fort! Wäre er doch nie in mein Leben getreten! dachte sie trostlos. In ihr früheres Leben hätte ein Mann wie David Melcher gepaßt, der ein feinfühliger, anständiger und vernünftiger Mann war und an dessen Seite sie bestimmt glücklich geworden wäre. Statt dessen umarmte sie Jesses Kissen und klammerte sich an die Erinnerung an ihn. Lange lag sie da und starrte in die Dunkelheit.

»Der Teufel soll dich holen, Jesse!« schrie sie dann plötzlich wütend. »Ich verfluche dich, weil du hierhergekommen bist.«

Dann fiel sie auf sein Bett, rollte sich auf die Seite, drückte sein Kissen gegen ihren Bauch und weinte.

18

Als Abbie am folgenden Morgen aufwachte, hatte sie vergessen, daß sie allein im Haus war. Genüßlich rekelte sie sich im Bett und überlegte, was sie Jesse zum Frühstück machen sollte. Dieser Gedanke brachte sie abrupt in die Wirklichkeit zurück. Sie setzte sich auf und blickte um sich. Sie war wieder in ihrem Schlafzimmer – allein.

Entmutigt sank sie zurück, starrte zur Decke, schloß dann die Augen und ermahnte sich, vernünftig zu sein. Das Leben mußte weitergehen. Sie konnte und würde Jesse DuFrayne vergessen. Aber als sie die Augen öffnete, fühlte sie nur eine entsetzliche Leere um sich herum. Der vor ihr liegende Tag bot ihr keinen Anreiz überhaupt aufzustehen.

Sie verbrachte ihn damit, jede Spur von ihm, jede Erinnerung an ihn aus ihrem Schlafzimmer zu verbannen. Sie wusch seinen Geruch aus den Laken, polierte seine Fingerabdrücke von den Messingstäben des Bettes und schüttelte die Kissen der Fensterbank auf. Aber es gelang ihr nicht, seinen Geist aus ihrem Zimmer zu vertreiben. Jeder Gegenstand, den er berührt, jeder Platz, auf dem er gesessen hatte, erinnerte sie daran, was er für sie gewesen war.

Als sie mit der Hausarbeit fertig war, blieb ihr noch eine Stunde, bis David kam. Da hörte sie den *Junction County Courier* auf die Veranda klatschen und holte die Zeitung herein.

Müßig schlenderte sie ins Wohnzimmer und begann zu lesen.

Ein des Zugraubs beschuldigter ...

Miss Abigails Augen wurden weit, und sie schluckte krampfhaft.

ANGEBLICHER ZUGRÄUBER ENTPUPPT SICH ALS BESITZER DER EISENBAHN

Bei einer Verhandlung am Dienstagnachmittag im Bahnhofsgebäude von Stuart's Junction einigten sich ...

Da stand alles, einschließlich der Wahrheit über Jesse Du-
Frayne, die sie eigentlich schon vor langer Zeit hätte erahnen
müssen. Jesse gehörte die Eisenbahn! Der Mann, den ich
Zugräuber nannte, *besitzt* die Eisenbahn!
Entsetzt dachte sie an die schrecklichen Dinge, die sie ihm
angetan hatte – dem Besitzer der Eisenbahn!
Und plötzlich fing sie an zu lachen, warf den Kopf in den
Nacken, legte eine Hand über ihre Augen und lachte. Der
spröde, traurige Klang dieses Gelächters zerriß die Stille im
Haus. Dann stand sie reglos wie eine Statue mitten in ihrem
makellosen viktorianischen Wohnzimmer und starrte mit
glasigem Blick auf den Artikel. An dem Tag, als Jim Hudson
kam, hätte sie die Wahrheit erraten müssen. Vielleicht hatte
sie einfach die Augen davor verschlossen. Hastig überflog sie
den Absatz mit dem Bericht über die Verhandlung, bis ihr
Blick an den Zeilen hängenblieb, in denen stand: »Die sachlich geführte Verhandlung drohte gelegentlich in einen heftigen Streit zwischen den beiden Kontrahenten DuFrayne und
Melcher auszuarten, wenn die Interessen von Miss Abigail
McKenzie, einer langjährigen Einwohnerin von Stuart's
Junction, zur Sprache kamen, die DuFrayne und Melcher
während ihrer Rekonvaleszenz in ihrem Haus gepflegt hatte.«
Abigail hätte vor Scham im Boden versinken können. Dann
stieg eine derart maßlose Wut in ihr auf, daß selbst Jesse
DuFrayne seine Freude daran gehabt hätte.
David Melcher allerdings, der eben in diesem Augenblick
eintrat, wich entsetzt zurück, als sie ihm die gefaltete Zeitung
zornig vor die Brust klatschte.

»Mi . . . Miss Abigail, was haben Sie?« stammelte er.

»Was ich habe?« wiederholte sie unbeherrscht. »Lesen Sie das, dann wissen Sie es. Ich bin eine anständige Frau, die in dieser Stadt weiterleben muß, lange nachdem Sie und Du-Frayne verschwunden sein werden. Jedes Klatschmaul in der Stadt wird diese Geschichte genüßlich verbreiten und kein gutes Haar an mir lassen, nachdem Sie beide dafür gesorgt haben, daß ich die Schlagzeilen dieser Zeitung schmücke.«

Bestürzt warf er einen Blick auf den Artikel, sah sie wieder an und begann dann schweigend zu lesen.

»Wie konnten Sie es wagen, in Anwesenheit der Presse über mich zu diskutieren?«

»Die . . . die Presse war nicht anwesend. Die Verhandlung war absolut privat. Ich . . . er . . . DuFrayne zwang mich sogar dazu, Ihren Namen nicht mehr zu erwähnen.«

Das überraschte sie. »Und wie kommt er dann in die Zeitung?« fragte sie.

»D . . . das weiß ich nicht.«

»Wieso war ich bei dieser Verhandlung, in der es um Ihre Abfindung ging, überhaupt Gesprächsthema?«

Gestern hatte er geglaubt, in Abigails Interesse zu handeln, und jetzt zitterte er bei dem Gedanken, alles verdorben zu haben.

»Ich . . . ich dachte, er sollte sich bei Ihnen entschuldigen . . . für alles, was er Ihnen angetan hat.«

Sie wandte ihm den Rücken zu und zupfte an ihrer Bluse. »Ist Ihnen je in den Sinn gekommen, daß er das vielleicht schon getan hat?«

»Miss Abigail! Sie nehmen ihn vor mir in Schutz, während ich bemüht war, Sie vor ihm in Schutz zu nehmen.«

»Ich nehme niemanden in Schutz. Ich bin einfach nur verärgert, das Objekt der Feindseligkeit von zwei Männern zu sein und meinen Namen in der Zeitung gedruckt zu sehen. Ich . . . wie werden die Leute darüber denken? Und warum haben Sie mir gestern abend nicht gesagt, daß er der Eigentümer der Eisenbahn ist?«

Er überlegte eine Weile und fragte dann: »Ändert das Ihre Meinung über ihn?«

Wenn sie jetzt tatsächlich anders über ihn dachte, dann war sie eine verdammte Heuchlerin.

»Nein, das tut es nicht. Sie hätten mir nur sagen sollen, daß er Sie bezahlt. Mehr nicht.«

»Es ist nur gerecht, daß er bezahlt. Denn schließlich hat er auf mich geschossen.«

»Aber er hat diesen Zug *nicht* überfallen, als er es tat. Darin liegt der Unterschied.«

»Sie *nehmen* ihn in Schutz!« warf ihr David Melcher vor.

»Nein! Ich verteidige nur mich selbst!« Sie kreischte inzwischen wie ein Fischweib, und als ihr das bewußt wurde, preßte sie die Hand auf ihren Mund. Sie beschimpfte David inzwischen genauso, wie sie es unzählige Male mit Jesse getan hatte, und sie mußte zu ihrem Entsetzen feststellen, daß sie Freude an diesem Streit fand.

Aber David war nicht Jesse DuFrayne. David erschreckten ihre bissigen Bemerkungen und ihr undamenhaftes Schreien. Er starrte sie entgeistert an. Er hatte sie nie zuvor derart außer sich erlebt. Mit sanfter Stimme sagte er: »Wir streiten uns.«

Seine Worte brachten sie wieder zur Vernunft. Ärgerlich darüber, daß sie sich so hatte gehenlassen, kam sie sich plötzlich ganz klein und schuldbewußt vor. Sie setzte sich auf die Kante ihres Sofas und faltete die Hände im Schoß.

»Es tut mir leid«, sagte sie zerknirscht.

Er setzte sich neben sie, angenehm überrascht, wieder die Miss Abigail vor sich zu haben, die er kannte.

»Mir auch.«

»Nein, es war mein Fehler. Ich weiß nicht, was in mich gefahren ist, in diesem Ton mit Ihnen zu sprechen. Ich ...«

Sie brach mitten im Satz ab, denn es war eine Lüge. Es tat ihr nicht leid, und sie wußte, was in sie gefahren war. Jesse DuFrayne hatte sie das Streiten gelehrt. Und jetzt war ihr wohler.

David sagte sanft zu ihr: »Vielleicht würden wir uns nicht streiten, wenn wir ...« Er wollte sagen: »wenn wir uns nicht mögen würden«, aber er schwieg noch rechtzeitig. Es war zu früh, darüber zu sprechen, also beendete er den Satz, indem er hinzufügte: »Wenn wir nicht über ... ihn sprechen würden.«

Die Stimmung zwischen ihnen blieb weiter gespannt. Beide waren ungehalten und verärgert.

Nach einer Weile sagte David: »Sie wissen doch, daß ich niemals etwas tun oder sagen würde, was Ihrem Ruf schaden könnte. Damit würde ich mir jetzt doch selbst schaden, verstehen Sie das nicht?«

Verständnislos sah sie ihn an.

»Nein, das können Sie natürlich nicht verstehen«, sprach er weiter. »Ich habe es Ihnen noch nicht gesagt. Ich hatte noch keine Gelegenheit dazu.«

»Was wollen Sie mir sagen?«

Jetzt lächelte er auf seine jungenhafte Weise und sah sie mit seinen sanften braunen Augen an. »Daß ich in Stuart's Junction bleiben und hier ein Schuhgeschäft eröffnen werde. Mit dem Geld, das ich von der Eisenbahn bekomme.«

Ihr Herz machte einen schmerzhaften Sprung. Reue und Furcht ließen ihr Blut schneller durch ihre Adern pulsieren. Seine Worte trafen sie wie ein Keulenschlag. Ihr wurde übel bei dem Gedanken daran, daß sie Jesse DuFrayne angefleht hatte, ihr Verlangen zu stillen. Sie war so überzeugt gewesen, daß nie wieder ein Mann in ihr Leben treten würde, der dieses Verlangen stillen konnte. Welch eine Ironie, daß Jesse ihr am Abend vor Davids Rückkehr diesen Wunsch erfüllt hatte und jetzt David das Geld gab, damit er sich hier, direkt vor ihrer Nase, niederlassen und sie umwerben konnte. Sie hatte ihre letzte Chance vertan. Wie sollte sie sich jetzt verhalten? Unter keinen Umständen durfte sie David Melcher Hoffnungen machen.

Jesse DuFrayne hatte sie lächerlich gemacht und sie zutiefst gedemütigt: Mit dem Geld gab er David die Möglichkeit zu heiraten und hatte ihr gleichzeitig diese Chance zunichte gemacht.

David Melcher beobachtete Miss Abigails wechselnden Gesichtsausdruck. Zuerst sah sie überrascht aus, dann glücklich, dann bestürzt, spöttisch, erstaunt und zum Schluß schuldbewußt. Er hatte keine Ahnung, was in ihr vorging. Aber er hatte gewiß nicht mit ihrer letzten Reaktion gerechnet, als sie plötzlich die Hand auf ihren Mund preßte und flüsterte: »Oh, nein!«

Diese Worte enttäuschten ihn maßlos. »Ich dachte, das würde Sie glücklich machen, Miss Abigail.«

»Oh, ich bin es! Ich bin glücklich«, sagte sie schnell und berührte leicht seinen Arm. »Wie wunderbar für Sie. Ich wußte immer, Sie sind ein Mann, dem das unstete Leben nicht gefällt.« Aber sie sah gar nicht glücklich aus.

»Nein, es gefällt mir nicht. Schon seit langem will ich mich irgendwo niederlassen. Bis jetzt haben mir einfach die Mittel dafür gefehlt, und ich hatte auch noch nicht den richtigen Ort dafür gefunden.« Schüchtern nahm er ihre Hand. »Hier habe ich beides gefunden. Wollen Sie mich heute nachmittag begleiten? Sie könnten mir eine große Hilfe sein. Ich suche ein Haus oder ein Baugrundstück. Am Ende der Main Street gibt es ein Eckgrundstück, das mir gefallen würde. Sie kennen die Leute hier und wissen, mit wem ich mich in Verbindung setzen muß. Oh, Miss Abigail«, flehte er sie an, »bitte, begleiten Sie mich. Wir bieten ihnen allen die Stirn und ersticken jedes Gerücht im Keim, das dieser Zeitungsartikel verbreitet haben mag.«

Sie entzog ihm ihre Hand und senkte den Blick. »Ich fürchte, Sie kennen die Leute in dieser Stadt nicht. Wenn wir uns jetzt gemeinsam in der Öffentlichkeit zeigen, auch wenn es nur aus geschäftlichen Gründen geschieht, wird das den Klatsch nur schüren.«

»Daran hatte ich nicht gedacht. Natürlich haben Sie recht.«

Sie war fest entschlossen, ihre Beziehung hier und jetzt zu beenden. Es war der beste Weg. Aber nachdem sie abgelehnt hatte, ihm zu helfen, sah er so deprimiert aus, daß sie sich richtig gemein vorkam. Es stimmte: Sie konnte seine Interessen viel besser in der Stadt vertreten, denn er war hier ein Fremder.

David Melcher war ein Mann, der bei den Menschen einen guten Eindruck hinterließ. Während er und Miss Abigail an diesem Tag geschäftliche Kontakte in der Stadt knüpften, überzeugte er die Leute durch seine sanfte, angenehme Art davon, daß er kein »feiner Pinkel« aus dem Osten war, wofür sie die meisten herumreisenden Verkäufer hielten. Man war sogar der Meinung, daß er ohne Miss Abigails autoritäres Auftreten nichts erreicht hätte, denn er war unaufdringlich und zurückhaltend. Sie jedoch machte ihn auf ihre geschäftige Weise mit den Stadtleuten bekannt, die sie stets im Umgang mit anderen zur Schau stellte. Manchen gefiel zwar ihre forsche Art nicht, sie duldeten sie aber stillschweigend. Wie gewöhnlich begegneten sie ihr mit Ehrerbietung und Respekt. Doch die meisten Menschen waren einfach nur neugierig, welche Beziehung sie zu den beiden Männern hatte, die sie ins Gerede gebracht hatten. Jedenfalls gewannen sie und David an diesem Tag, als sie die Runde durch die Stadt machten, viele Sympathien und damit unzählige Einladungen zur Feier des vierten Juli, dem Nationalfeiertag, die am folgenden Tag stattfand.

Aber hinter Miss Abigails Rücken blühte natürlich der Klatsch. Über die hohe Abfindungssumme, die David Melcher von der Eisenbahn erhalten hatte, kursierten die wildesten Gerüchte, und die Leute war nur zu begierig darauf, mehr darüber zu erfahren. Deswegen war es nicht verwunderlich, daß die beiden überall zu hören bekamen: »Und vergeßt nicht, morgen zum Fest auf der Hake's Meadow zu kommen«, oder: »Sie kommen doch, nicht wahr, Miss Abigail?« oder: »Ihr kommt doch beide, nicht wahr?«

Ein anderer verabschiedete sich mit folgenden Worten von Melcher: »Bringen Sie Miss Abigail mit, damit wir gemeinsam feiern können. Fuhrwerke stehen ab Viertel vor zehn vor Averys Laden bereit.«

Dabei ging es allen Leuten hauptsächlich darum, Miss Abigail in Begleitung ihres neuen Verehrers zu sehen. Natürlich wußten die meisten, daß Melcher durch die Abfindung, die DuFrayne ihm zahlte, ein steinreicher Mann sein würde. Niemand hätte je für möglich gehalten, daß sich Miss Abigail auf ihre alten Tage noch einen Mann – und obendrein einen reichen – angeln würde. Doch da ihre finanzielle Situation allgemein bekannt war, konnte es ihr eigentlich niemand verdenken. Sie hatte zwar die tausend Dollar von der Eisenbahn bekommen, doch wie lange konnte sie davon leben? Melcher konnte ihr eine gesicherte Zukunft bieten, vielleicht tat sie sich deshalb mit ihm zusammen. Alle waren neugierig darauf, die beiden beim Fest zu sehen.

Als David Melcher Abigail nach Hause brachte, waren beide sehr zufrieden mit dem Verlauf des Tages. Sie hatten in geschäftlicher Hinsicht viel erreicht. Nachdem sie mehrere leerstehende Gebäude begutachtet hatten, die zu vermieten waren, hatten sie mit Nes Nordquist über den Verkaufspreis verhandelt, dem das Grundstück neben seiner Sattlerei gehörte. Dann waren sie beim Grundbuchamt gewesen, hatten einen Entwurf für den Bau eines einfachen, einstöckigen Fachwerkhauses mit einem Lager, einem Verkaufsraum und Schaufenstern anfertigen lassen und mit einem Holzlieferanten gesprochen.

Jetzt saßen beide auf der Veranda in den Korbstühlen.

»Wie kann ich Ihnen nur danken?« fragte er.

»Unsinn. Sie hätten sich allein nicht zurechtgefunden, denn ich kenne wirklich jeden in der Stadt. Ich habe Ihnen gern geholfen.«

»Sie waren einfach wunderbar. Die Menschen scheinen sich ... Ihrem Willen zu beugen.«

Ehe Jesse DuFrayne in ihr Leben getreten war, hätte sie nicht im Traum daran gedacht, darauf zu antworten: »Ich neige dazu, die Menschen einzuschüchtern und ihnen Angst einzuflößen.« Sie wußte, dieses Eingeständnis war höchst undamenhaft, und sie merkte Davids Unbehagen. Aber ihr gab diese unverblümte Antwort ein merkwürdiges Gefühl der Freiheit.

»Unsinn«, sagte David jetzt, »eine Lady wie Sie? Ich finde Sie keineswegs ... autoritär.«

Aber plötzlich wußte sie, daß sie herrisch war und er es nicht zugeben wollte. Damen hatten schüchtern und zurückhaltend zu sein. Aber Jesse hatte sie viel über Selbsttäuschung gelehrt, und es gelang ihr mit jedem Tag besser, ihr wahres Wesen zu erkennen.

»Es ist kein Unsinn, sondern entspricht den Tatsachen. Jedenfalls haben wir damit heute viel erreicht, und ich will mich nicht darüber beklagen.« Aber es schmerzte sie ein wenig, daß die Menschen ihr ihre Türen öffneten, weil sie sie einschüchterte, während sie David aufnahmen, weil sie ihn mochten.

»Es gibt noch so viel zu tun. Ich muß mich um den Hausbau kümmern, meinen Vorrat an Schuhen aufstocken und eine Bestellung abschicken. Dann müssen Möbel, Regale und Schaufensterscheiben bestellt werden. Ich muß Holz für den Winter einkaufen ... und einen Ofen aus dem Osten kommen lassen und ...«

Er war ganz außer Atem vor Aufregung und Enthusiasmus. Sie betrachtete ihn lächelnd.

»Ich bin wohl etwas überschwenglich«, sagte er verlegen.

»Ja, das sind Sie«, antwortete sie freundlich. »Mit Recht. Es ist ein wichtiger Schritt in Ihrem Leben, und alles muß sorgfältig geplant und überdacht werden.«

Er sah sie plötzlich besorgt an. »Ich erwarte natürlich nicht, daß Sie mich auf Schritt und Tritt begleiten. Vielleicht darf ich Sie gelegentlich um Rat fragen?«

Aber sie machten weiter gemeinsam Pläne für die Einrichtung seines Geschäfts, und er war ungewöhnlich lebhaft.

»Wie es scheint, erwartet man uns morgen auf dem Fest«, sagte er schließlich. »Ist Ihnen das recht?«

»Es geht ja wohl mehr um geschäftliche Interessen, nicht wahr? Dort werden Sie Ihre künftigen Kunden kennenlernen. Ich begleite Sie gern, denn ich nehme jedes Jahr an dieser Feier teil.«

Er stand auf, um zu gehen.

»Wo ist diese Hake's Meadow?« fragte er.

»Nordwestlich von der Stadt an der Biegung des Rum Creek. Mehrere Fuhrwerke werden vor Averys Laden bereitstehen, damit die Leute dorthin fahren können.«

»Dann darf ... darf ich Sie ... also morgen früh abholen?«

»Ja, ich werde fertig sein«, entgegnete sie gereizt. Dieses Stammeln irritierte sie maßlos.

»Dann gehe ich jetzt wohl besser ...« Seine Art, jeden Satz unbeendet zu lassen, und die Unsicherheit in seiner Stimme gingen ihr auf die Nerven. Anscheinend konnte er nur über geschäftliche Dinge fließend und selbstsicher sprechen. Bei jeder persönlichen Bemerkung geriet er ins Stottern.

Auf der Verandastufe blieb er noch einmal stehen und gackste: »Ich ... ich ... dürfte ich ...«

Er verstummte und sah sie mit seinen Spanielaugen an. Ihr wurde plötzlich bewußt, daß er sie küssen wollte, es aber nicht wagte. Warum packt er mich nicht einfach und tut es? dachte sie. Sie mußte nicht hinzufügen: wie Jesse es getan hätte. Sie hatte jetzt einen Punkt erreicht, wo sie jede Geste, jede Redewendung, jede Eigenschaft der beiden Männer miteinander verglich. Und unglaublicherweise schnitt David dabei immer schlechter ab. Diese Erkenntnis bestürzte sie, denn obwohl sich David tadellos benahm, war ihr Jesses unverblümte Direktheit viel lieber.

19

Miss Abigail konnte nicht alles gutheißen, was auf der Hake's Meadow am vierten Juli passierte, aber sie nahm trotzdem gern an diesem Fest teil. Sie war Patriotin, und es war der Nationalfeiertag, obwohl immer irgendwie ein lärmendes, ausschweifendes Besäufnis daraus wurde.

Es wurden alle möglichen Wettkämpfe veranstaltet. Die Holzfäller aus den Bergen lieferten sich erbitterte Zweikämpfe mit den Herausforderern aus Stuart's Junction auf den schwimmenden Baumstämmen im Fluß. Lautes Johlen der bereits angetrunkenen Männer begleitete das Hufeisenwerfen und das Einfangen eines Schweins.

Das Fest begann um zehn Uhr morgens und endete offiziell um zehn Uhr abends mit einem Feuerwerk, aber die Feier war wirklich erst zu Ende, wenn der letzte Betrunkene laut singend von seiner Frau nach Hause gekarrt wurde.

Miss Abigail hatte einen Picknickkorb für die Versteigerung mitgebracht – das war ihre Art, an der Festivität teilzunehmen. Sie stellte ihn zusammen mit den anderen Körben unter eine riesige Eiche, wo die Versteigerung stattfinden würde. Sie trug wie gewöhnlich ihren mit Gänseblümchen geschmückten Hut und ein taubenblaues Kleid mit dazu passender Leinenjacke. David Melcher trug einen braunen Anzug, ein weißes Hemd und eine schmale Krawatte. Die beiden saßen im Schatten und tranken Limonade.

»Mögen Sie denn kein Bier?« fragte sie.

»Nein, ich habe nie Geschmack daran gefunden«, entgegnete er.

»Bier, wie Sie wohl sehen, ist *das* Getränk des Tages hier. Ich verstehe nur nicht, warum die Männer ab einem gewissen Quantum mit dem Trinken nicht aufhören können. Am vierten Juli scheinen sie alle über die Stränge zu schlagen. Schauen Sie nur! Sehen Sie sich Mr. Diggens an! Dort, der Mann im blauen Hemd, der sich mit einem doppelt so großen Holzfäller beim Armdrücken mißt. Der Genuß des Biers führt wohl zur Selbstüberschätzung.«

Sie beobachteten die beiden Männer, die zu beiden Seiten eines Baumstammes knieten, die Ellbogen auf den Stamm gestützt, und mit aller Kraft versuchten, den Arm des Gegners hinunterzudrücken. Natürlich verlor Mr. Diggens, aber er stand lachend auf und warnte den großen, stämmigen Holzfäller: »Jetzt trinke ich noch ein paar Bier, dann mach ich dich fertig!«

»Ach, wirklich?« grölte der Holzfäller. »Na, dann will ich sie dir einflößen!« Dann warf er sich den protestierenden Diggens über die Schulter und trug ihn zum Bierfaß. »Gib meinem Freund hier einen kräftigenden Trunk, damit er mich endlich schlagen kann.«

Lachend umringten andere Männer die beiden, und der Holzfäller zog sein Hemd aus und schlang es sich um die Hüften. Dann leerte er auf einen Zug einen Krug Bier und klopfte Diggens kameradschaftlich auf die Schulter.

Miss Abigail und David stimmten in das Gelächter ein.

Jetzt begannen die beiden Männer, die Bierkrüge in den Händen, ausgelassen zur Musik eines Fiedlers miteinander zu tanzen. Dabei schwappte Bier aus den Krügen auf die Röcke von zwei jungen Mädchen, die fröhlich kreischend zurücksprangen. Die Mädchen kicherten, als der Holzfäller einen leicht schwankenden Kniefall vor ihnen machte.

»Am Nationalfeiertag scheinen die Menschen ganz aus dem Häuschen zu geraten«, sagte Miss Abigail und knöpfte ihre Jacke auf.

»Dies ist ein wundervolles Fleckchen Erde. Es macht mich so glücklich, daß ich beschlossen habe, in Stuart's Junction zu bleiben. Diese Leute . . . sie waren gestern alle so nett zu mir. Ich habe das Gefühl, hier willkommen zu sein.«

»Warum denn nicht? Ihr Geschäft wird ein Gewinn für die Stadt sein.«

»Wirklich? Glauben Sie, es wird ein Erfolg werden?«

Er war so leicht durchschaubar. Manchmal zeigte er ein beinahe kindliches Bedürfnis nach ihrer Unterstützung und Ermutigung.

»Was wird denn dringender benötigt als Schuhe? Sehen Sie sich doch diese vielen Füße an. Irgendwann werden alle diese Leute Ihre Schuhe tragen.«

Er strahlte bei dem Gedanken daran, erging sich in Visionen von der Zukunft, als plötzlich ein Riese von einem Mann in Holzfällerkleidung zu ihnen trat.

»He, Melcher, Sie habe ich gesucht.« Er streckte eine breite behaarte Hand aus. »Ich bin Michael Morneau. Wie ich höre, brauchen Sie Bauholz. Da sind Sie bei mir an der richtigen Adresse. Ich habe Ihnen ein Bier mitgebracht, damit wir die Sache in aller Freundschaft besprechen können.«

Er zog David Melcher auf die Füße und drückte ihm einen Bierkrug in die Hand.

Zu Miss Abigail sagte der Holzfäller freundlich: »Ich hoffe, Sie haben nichts dagegen, wenn wir ein bißchen Geschäftliches mit dem Vergnügen verbinden. Ich bringe ihn bald zurück.« Dann legte er seinen muskulösen Arm um Davids Schultern und führte ihn fort. »Kommen Sie, Melcher. Ich möchte Ihnen ein paar Leute vorstellen.«

Miss Abigail beobachtete, wie David gezwungen wurde, mit den Männern anzustoßen. Aber dieses Bier war gleichzeitig ein Symbol für die Bereitwilligkeit, ihn in aller Freundschaft aufzunehmen. Immer wieder wurden die Bierkrüge gehoben, und David mußte mithalten. Einmal fing sie seinen Blick auf, und er hob entschuldigend die Schultern, weil er sie allein gelassen hatte. Mit einer Handbewegung gab sie ihm zu verstehen, daß es ihr nichts ausmachte. David konnte hier unter den Biertrinkern unzählige Geschäftskontakte knüpfen und Freundschaften schließen.

Also schlenderte Miss Abigail über die Wiese und sah den Kindern beim Sackhüpfen zu. Doc Dougherty gesellte sich zu ihr und sagte: »Jetzt habe ich endlich Gelegenheit, mich für Ihre Hilfe zu bedanken.«

»Das habe ich doch gern getan.«

»Hatten Sie viel Ärger mit Jesse DuFrayne?«

»Ach, das ist alles vorbei und vergessen.« Dabei wich sie seinem Blick aus und blinzelte in die Sonne.

»Wie ich hörte, ist Gertie wieder zurück«, wechselte sie das Thema.

»Ja, endlich kommt wieder Ordnung in meine Praxis. Und wie ich hörte, begleiteten Sie gestern Melcher in die Stadt und haben ihm dabei geholfen, die richtigen Leute kennenzulernen.«

»Stimmt. Ich denke, wir sind ihm etwas schuldig.«

»Wieso?«

Es war eine merkwürdige Frage. Sie sah ihn verwirrt an. Aber der Doc reinigte sich jetzt mit einem Taschenmesser die Fingernägel und sagte beiläufig: »Wenn wir jemandem etwas schuldig sind, dann doch wohl Jesse. Die Leute haben ihn schäbig behandelt und hätten ihn am liebsten im Zug verrecken lassen. Wenn Sie nicht gewesen wären, hätte er die Verletzung wohl nicht überstanden. Niemand war bereit, ihn zu pflegen. Dabei hat seine Eisenbahn Stuart's Junction zu Wohlstand verholfen. Das zeigt, wie sehr man sich in einem Menschen täuschen kann.«

Der Doc vermied es, Miss Abigail anzusehen, klappte sein Messer zu, steckte es wieder in die Hosentasche, hob grüßend die Hand und schlenderte weiter. Sie sah ihm nach und fragte sich, wieviel er wohl über ihre Beziehung zu Jesse erraten hatte.

»Miss Abigail, ich habe Sie überall gesucht«, sagte David hinter ihr, und sie zuckte zusammen. »Tut mir leid, ich wollte Sie nicht erschrecken.«

»Ach, ich hatte mich nur in Tagträumen verloren.«

»Kommen Sie. Die Versteigerung der Picknickkörbe beginnt. Sie haben zu lange in der Sonne gestanden. Ihr Gesicht ist ganz rot.«

Aber es war die Erinnerung an Jesse, die ihr die Röte in die Wangen getrieben hatte. Sie war froh, daß David nicht ihre Gedanken lesen konnte. Er nahm ihren Arm und führte sie zu der Menschenmenge, die sich unter der riesigen Eiche versammelt hatte. Er hatte eine Bierfahne und schwankte manchmal leicht, war aber nüchtern genug, um ihren Picknickkorb zu erkennen. Als er zur Versteigerung kam, schwenkte er den Arm und rief: »Fünfundsiebzig Cent!«

»Nicht genug«, rief ein Mann und schlug David auf den Rücken, worauf er beinahe das Gleichgewicht verloren hätte. Dann grölte eine andere Stimme: »Das ist Miss Abigails Korb, Melcher. Streng dich an!«

Gelächter begleitete die Worte, und Abigail errötete.

»Ein Dollar!« lautete das zweite Gebot.

»Einen Dollar zehn!« rief David.

»Verdammt, ist dir die Lady nicht mehr wert, die dir das Leben gerettet hat? Einen Dollar zwanzig!«

David grinste leicht betrunken.

»Einen Dollar und ein Viertel!« rief Melcher, hatte aber mittendrin einen Schluckauf und es klang wie Vie-hiertel. Lachend wiederholte die Menge: »Einen Dollar und ein Vie-hiertel.«

Der Versteigerer rief laut: »Bietet jemand mehr als einen Dollar und ein Vie-hiertel für diesen Korb?« Bei dem Gelächter wurde Miss Abigail hochrot.

»Verkauft!«

David bahnte sich grinsend einen Weg durch die Menge und holte den Korb. Michael Morneau rief ihm zu: »Den geschäftlichen Teil haben wir erledigt. Jetzt ist's Zeit fürs Vergnügen, wie, Melcher?«

Miss Abigail dachte, David würde es nie schaffen, den Korb

zu holen und damit zu ihr zurückzukommen. Aber dann trat er neben sie, bot ihr seinen Arm und führte sie stolz über die Wiese. Rot wie eine Himbeere folgte sie ihm zu einem schattigen Baum und war sich all der neugierigen Blicke bewußt. Dann ließ sie sich erleichtert ins Gras sinken, wo David den Korb abgestellt hatte.

Sie öffnete den Deckel, breitete das Tuch aus und legte Teller und Speisen darauf. David sank daneben auf die Knie und legte die Hände auf seine Oberschenkel.

»Miss Abigail, bitte verzeihen Sie mir«, sagte er. »Ich bin kein Biertrinker, aber die Jungs wollten immer mit mir anstoßen. Ich dachte, es wäre gut fürs Geschäft, mitzuhalten.«

Die ganze Szene berührte sie peinlich, aber sie konnte ihm wegen des kleinen Schwipses nicht böse sein. Nur zu gut erinnerte sie sich an die Wirkung, die der Champagner auf sie gehabt hatte.

Mit gesenktem Kopf kniete er da und starrte das Gras an. Von Zeit zu Zeit hickste er leise, während sie das Picknick ausbreitete.

»Es tut mir wirklich leid. Ich hätte Sie nicht allein lassen dürfen.«

»Hier. Essen Sie etwas, damit Ihr Schluckauf vergeht.«

Er betrachtete das Hühnerbein, das sie ihm hinhielt, argwöhnisch, als wäre es etwas Bedrohliches.

»Da«, wiederholte sie und schwenkte das Bein vor seinen Augen, als wollte sie ihn aufwecken. »Ich bin Ihnen nicht böse.«

Da blickte er auf und stammelte erleichtert: »Sie ... sind mir nicht böse?«

»Nein. Essen Sie jetzt endlich, damit die Leute aufhören, uns anzustarren.«

»Oh ... oh, sicher«, sagte er und nahm das Hühnerbein so vorsichtig, als wäre es zerbrechliches Porzellan. Er biß hinein, sah sich um und schwenkte dann das Bein durch die Luft, als wollte er sagen: »Hallo, Leute ... wie geht's?«

»Ich hätte nicht so viel Bier trinken dürfen«, erzählte er dem Hühnerbein.

»Aber es hat etwas Gutes bewirkt. Ich glaube, man hat Sie heute in die Gesellschaft aufgenommen. Sie sind jetzt ein voll akzeptierter Bürger dieser Stadt.«

»Glauben Sie wirklich?« fragte er erstaunt.

»Vorhin sagten Sie doch, die *Jungs* hätten Sie gezwungen mitzuhalten.«

»Habe ich das gesagt?«

»Ja. Als wären Sie einer von ihnen.«

Er grinste etwas töricht. »Nun, dann bin ich's vielleicht.«

»Ja. Die Männer waren Ihnen gegenüber am Anfang wohl etwas reserviert und hielten Sie für einen ›feinen Pinkel‹ aus dem Osten. Herumreisenden Verkäufern gegenüber sind die Geschäftsleute mißtrauisch. Ich glaube, Sie wurden heute auf die Probe gestellt und haben Sie bestanden.«

»Glauben Sie wirklich?« wiederholte er dümmlich, aber sie konnte nur über ihn lächeln, denn er war so offensichtlich beschämt über seine Trunkenheit.

»Doch, der Meinung bin ich. Schließlich haben Sie bei dem Umtrunk doch auch Geschäftliches besprochen, nicht wahr?«

Selbst in seinem trunkenen Zustand war er von ihrer Groß-mütigkeit überwältigt. »Sie sind so verständnisvoll, Miss Abigail. Dabei habe ich Sie bei der Versteigerung in schreckli-che Verlegenheit gebracht.«

»Soll ich Ihnen ein Geheimnis verraten?«

»Ein Geheimnis?«

»Ja.« Mit zur Seite geneigtem Kopf und einem schalkhaften Funkeln in den Augen sagte sie: »Die Szene heute war gar nichts im Vergleich zu der Versteigerung, als Mr. Binley für meinen Picknickkorb bot.«

»Bones Binley?« fragte er erstaunt.

»Ja ... Bones Binley.«

David starrte sie mit offenem Mund derart töricht an, daß sie lachen mußte.

»Bones Binley, der den ganzen Tag Tabak kaut und überall hinspuckt?«

Es *war* komisch, obwohl sie es noch nie von der komischen Seite betrachtet hatte. Kichernd sprach sie weiter. »Heute kann ich darüber lachen, aber damals hätte ich vor Scham im Boden versinken können. Es war einfach entsetzlich, an seinem Arm durch die Menschenmenge zu gehen. Und seitdem starrt er mich immer mit Kuhaugen an.«

»Wahrscheinlich hat es ihm Ihr gebratenes Hähnchen angetan«, sagte er. Anscheinend wurde er etwas nüchterner, war aber noch immer angeheitert genug, um über seinen Witz zu lachen. Dann schleckte er sich seine fettigen Finger ab, und sie lachten beide, als Frank Adney mit seiner Frau vorbeiging. »Klingt, als wäre sie Ihnen nicht allzu böse, wie, David?« rief er freundlich herüber. Dann berührte er mit dem Finger leicht seine Hutkrempe und fügte hinzu: »Nichts für ungut, Miss Abigail.«

Lächelnd entgegnete sie: »Keineswegs, Mr. Adney.« Frank bemerkte zum erstenmal, was für eine hübsche Frau Miss Abigail eigentlich war.

Miss Abigail sah den Adneys nach und hatte plötzlich mehr denn je das Gefühl, ein Teil dieser Gesellschaft zu sein. David, der sie beobachtete, war überglücklich. Innerhalb von zwei Tagen hatte er in dieser Stadt Fuß gefaßt, wurde von den Menschen auf beinahe wunderbare Weise akzeptiert, und das alles hatte er ihr zu verdanken.

»Miss Abigail?«

»Ja?« Sie blickte auf.

»Ich liebe dieses Hühnchen und auch die gefüllten Eier.« In Wirklichkeit dachte er, daß er sie liebte.

Plötzlich wurde ihr bewußt, daß das alles zu einfach, zu schön war und daß sie ihm nicht mit ihrem Lächeln und ihrer Fröhlichkeit Hoffnungen machen durfte.

»Sie haben Ihr Jackett irgendwo liegengelassen«, bemerkte sie tadelnd.

»Das liegt irgendwo da drüben«, antwortete er und machte eine vage Geste. »Es ist sowieso zu heiß, um es zu tragen. Wollen Sie denn nicht Ihre Jacke ablegen?«

Sie wußte, sie durfte sich durch die Zwanglosigkeit des Festes zu keinen Vertraulichkeiten verleiten lassen, aber es war wirklich unerträglich heiß. Sie schlüpfte aus der Jacke.

David ließ sich jetzt erschöpft ins Gras sinken. Noch immer leicht beschwipst, fragte er sich, wie es wohl wäre, wenn er den Kopf in ihren Schoß legen würde. Statt dessen sagte er: »Morgen soll ich zum Holzlager kommen und mein Bauholz bei Morneau bestellen. Aber ich weiß nicht, wo das Lager liegt.«

»Auf halbem Weg diesen Hügel hinauf«, sagte sie und deutete in die Richtung. Ihr war bewußt, daß er sie betrachtete.

»Würden Sie . . .«, begann er, unterbrach sich aber abrupt. Sollte er sie einfach zu einer Spazierfahrt einladen oder ihr sagen, daß er ihre Hilfe brauchte, um den Ort zu finden? Auf jede persönliche Bemerkung schien sie ausweichend zu reagieren, aber solange er das Gespräch auf rein geschäftlicher Basis führte, gab sie sich zugänglicher. »Könnten Sie mich begleiten und mir zeigen, wo das Lager ist?«

Eigentlich wollte sie zustimmen, sagte dann aber: »Morgen muß ich bügeln.«

»Oh«, sagte er enttäuscht. Während er im Gras lag und über sie nachdachte, begann sie, das Essen in den Korb zurückzupacken. Schließlich schlug er vor: »Vielleicht hätten Sie am Nachmittag Zeit für mich?«

Beinahe hätte sie ihren Widerstand aufgegeben und zugesagt, aber sie hatte kein Recht, die Beziehung zu David zu vertiefen.

»Nein. Ich habe einfach keine Zeit«, sagte sie schroff und packte emsig ihren Picknickkorb.

Gekränkt setzte er sich auf. Ihre abrupten Stimmungswechsel verwirrten ihn. Noch vor einer Minute war sie fröhlich und zugänglich gewesen, und jetzt behandelte sie ihn kalt und abweisend, weigerte sich sogar, ihn anzusehen.

»Natürlich kann ich nicht erwarten, daß Sie mir weiterhin behilflich sind. Es tut mir leid, daß ich gefragt habe.«

Wieder ärgerte sie sich über die Art, wie David seine Einladungen verbrämte. Obwohl sie wußte, daß jede Ermutigung ihrerseits ein Fehler war, wünschte sie sich doch, er würde nicht immer eine Entschuldigung vorbringen, wenn er sie einladen wollte. Das ist wohl weibliche Eitelkeit, schalt sie sich und dachte daran, wie Jesse sie zu dem Ausflug in die Hügel überredet hatte. Entschlossen verdrängte sie jeden Gedanken an Jesse. Aber sie ärgerte sich über David, weil er sich so leicht abweisen ließ.

Dann sah sie den schuldbewußten Ausdruck in seinem Gesicht, und weil er überhaupt nichts dafür konnte, daß sie plötzlich übellaunig war, sondern nur die Erinnerung an Jesse ihn in einem ungünstigen Licht erscheinen ließ, sagte sie versöhnlich: »Mr. Melcher, ich glaube, ich habe doch Zeit, Sie morgen zu begleiten.«

Sofort strahlte er wieder wie ein Kind, und ihr wurde bewußt, mit wie wenig Entgegenkommen sie ihn fröhlich und glücklich machen konnte. Mit Dankbarkeit und Bewunderung belohnte er jede kleine Aufmerksamkeit ihrerseits.

Dieser Mann, erkannte sie, konnte mit einem Lächeln manipuliert werden. Eigentlich ein berauschender Gedanke, aber sie fand ihn auf unerklärliche Weise wenig aufregend. Sie beschloß jedoch, den Rest des Tages nett zu ihm zu sein, weil er nicht darunter leiden sollte, daß sie ständig an Jesse DuFrayne denken mußte.

»Wollen wir dem Baumschälwettbewerb zusehen?« schlug sie vor und streckte ihm die Hand entgegen. Wie ein dankbarer kleiner Hund half er ihr aufzustehen. In seinem Blick lag unendliche Verehrung und Ergebenheit.

Wie sehr David Melcher durch seinen morgendlichen Umtrunk und die anschließende Ersteigerung von Miss Abigails Picknickkorb bereits Mitglied der Gemeinschaft geworden war, zeigte sich, als das Paar über die Wiese schlenderte und von allen Seiten freundlich gegrüßt wurde. Immer wieder wurde David ein verschmierter Bierkrug in die Hand gedrückt, und er mußte mit den Männern anstoßen. Allein durch die Tatsache, daß Miss Abigail an seiner Seite blieb, obwohl er Bier trank, gewann sie die Sympathie der Bewohner von Stuart's Junction. Von Zeit zu Zeit sah man sie tatsächlich lachen, und wegen ihres entspannten, viel menschlicheren Verhaltens nahm man auch sie bereitwillig in die Gemeinschaft auf.

Noch ehe der Tag vergangen war, hatte Miss Abigail das Gefühl, auf eine Weise akzeptiert worden zu sein wie nie zuvor. Die Frauen baten sie, am nächsten Treffen des Nähkränzchens teilzunehmen, gaben ihr eine Schürze und eine Gabel und drängten sie, am Kucheneßwettbewerb teilzunehmen, feierten mit ihr fröhlich dieses Fest, während David mit den Männern trank und an jedem Wettbewerb teilnahm – am Sackhüpfen, am Baumklettern, am indianischen Ringkampf – und sogar beim Tabakspucken mitmachte. Er war bei allen Wettkämpfen ein kläglicher Versager, aber nur, was die offizielle Bewertung betraf, denn seine Bereitwilligkeit, mit der er trotz seines Handicaps unermüdlich kämpfte, machte ihn zum Sieger des Tages. Obwohl bei jedem Wettkampf von vornherein feststand, daß er wegen seines fehlenden Zehs keine Chance hatte zu gewinnen, und er trotzdem immer wieder antrat, brachten ihm die Zuneigung und den Respekt der Männer ein. Und die Tatsache, daß er in Miss Abigail eine derartige Veränderung bewirkt hatte, machte ihn den Frauen sympathisch.

Schließlich traten die Männer zum letzten Wettkampf des Tages an: Es galt auf zwei schwimmenden Baumstämmen durch geschicktes Balancieren den Gegner ins Wasser zu stoßen. David hatte dabei keine Chance, wurde aber trotzdem mit viel Gelächter und aufmunternden Zurufen auf einen Stamm gehievt, fiel prompt ins Wasser und wurde johlend

und grölend pudelnaß herausgezogen. In diesem Zustand –
naß, schmutzig und stockbetrunken – hoben ihn die Männer
auf ihre Schultern und trugen ihn zu Miss Abigail.

»Miss Abigail«, grölte Michael Morneau, »dieser Mann ist
der beste Sportler, dem je ein Zeh abgeschossen wurde!«
Lachend und schwankend standen die Männer vor ihr, und
David schwebte betrunken über ihren Köpfen.

»Sehen Sie, Miss Abigail, wir bringen ihn zurück.« Der
Mann sah sich suchend um. »Wo, zum Teufel, ist er denn?«

»Ich bin hier oben!« rief David grinsend.

»Da bist du! Verdammt noch mal, wie bist du denn da
raufgekommen?« grölte der Mann lachend.

»Du Dummkopf«, johlte eine andere Stimme, »wir wollten
ihn doch zu Miss Abigail zurückbringen, hast du das vergessen?«

»Nun, dann gebt ihn ihr doch!«

Sie ahnte, was passieren würde. Im nächsten Augenblick
wichen die Männer nach beiden Seiten auseinander, und
David plumpste vor ihren Füßen zu Boden. Miss Abigail
schnappte entsetzt nach Luft, wollte Davids Sturz lindern und
wurde von ihm mitgerissen, so daß sie mit weit ausgebreite-
ten Armen und Beinen auf ihn fiel.

Noch ehe hilfreiche Hände ihr aufhelfen konnten, nutzte
David die Chance, sah plötzlich Miss Abigails Gesicht mit den
weit aufgerissenen blauen Augen, den rosigen Wangen über
sich, spürte ihren plattgedrückten Busen auf seiner Brust – da
schlang er beide Arme um sie und küßte sie so lang und fest,
daß ihm die Luft ausging.

Miss Abigail versuchte vergeblich, diesem Kuß auszuweichen, strampelte hilflos mit den Beinen und hörte plötzlich
tosenden Beifall. Die Männer pfiffen anerkennend durch die
Zähne, und sogar die Frauen klatschten lachend in die Hände.

»Los, Junge, David, gib's ihr!« schrie jemand.

Miss Abigail konnte sich schließlich aus der Umarmung
befreien, rollte von Davids Körper herunter und saß dann

neben ihm im Gras. Sie kochte vor Wut! Aber dann brach sie zum Erstaunen aller in schallendes Gelächter aus. Sie streckte den Männern die Hände entgegen und gluckste: »Wollt ihr da den ganzen Tag stehen und mir applaudieren, oder hilft mir endlich einer auf?«

Unter viel Gelächter und Gekicher zog man erst sie und dann David auf die Beine. Die Frauen halfen ihr emsig, ihr Kleid zu säubern, während sie lauthals ihre Männer beschimpften. Aber insgeheim lächelten sie erfreut. Miss Abigail war also doch nicht die hochnäsige Matrone, für die sie sie all die Jahre gehalten hatten – und David, nun, er war der perfekte Mann für sie! Von diesem Augenblick an galten David Melcher und Abigail McKenzie als Paar.

Abigail hatte den ganzen Tag diesen merkwürdigen Umschwung gespürt. Sie wurde plötzlich auf völlig andere Weise akzeptiert als früher. Sie konnte diese neue Situation nicht beschreiben, ahnte nur, daß sie bisher als alleinstehende Frau von einem Leben ausgeschlossen gewesen war, nach dem sie sich sehnsüchtig verzehrt hatte.

Abigail schwelgte in diesem neuen, erhebenden Gefühl der Zugehörigkeit, während sie neben David unter dem nachtblauen Himmel auf der Hake's Meadow saß. Mit ausgestreckten Beinen lehnten beide gegen einen Baumstamm und betrachteten das Feuerwerk.

Aus dem Augenwinkel sah sie, daß David sie beobachtete.

»Ich hätte ... Sie nicht kü ... küssen dürfen«, stammelte er, wurde zum zweitenmal an diesem Tag nüchtern und bewunderte im sprühenden Licht des Feuerwerks ihr Profil. »Ich ... ich wußte wohl nicht, w ... was ich tat.«

»Ach, wirklich?« sagte sie.

»Ich meine ... ich habe zu viel ... zu viel Bier getrunken.«

»Wie alle anderen.«

Er faßte sich ein Herz. »Dann sind Sie ... mir nicht böse?«

»Nein.«

Sachte legte er seine Hand auf ihre Finger, und als die nächste Rakete am Himmel explodierte, sah er, daß sie lächelte.

Davids Finger waren warm, sein Blick lag bewundernd auf ihr. Ein wohliges Gefühl durchströmte sie, als sie an die Ereignisse dieses Tages dachte und welche Veränderung er in ihr bewirkt hatte. Würde David ihr einen Abschiedskuß geben, wenn er sie nach Hause brachte?

Während der ganzen Fahrt zurück in die Stadt hielt David ihre Hand. Sie saßen nebeneinander auf dem Fuhrwerk, und in den Falten ihres Rocks verstecken sie ihre ineinander verschlungenen Finger.

Dann begleitete er sie zu ihrem Haus, wahrte aber Distanz, da noch andere Leute auf der Straße waren. Vor ihrer Tür nahm er wieder mit pochendem Herzen ihre Hand.

»Ich . . .«, begann er, blieb aber wie gewöhnlich mitten im Satz stecken.

Sie wünschte sich, er würde einfach sagen, was er dachte, ohne diese Pausen. Er ist nicht Jesse, ermahnte sie sich. Laß ihm Zeit.

»Ich danke Ihnen«, brachte er schließlich hervor, ließ ihre Hand los und wandte sich zum Gehen.

»Ich habe nichts getan, womit ich Ihren Dank verdient hätte«, sagte sie ruhig, enttäuscht darüber, daß er ihre Hand losgelassen hatte.

»Doch, das haben Sie.«

»Was?«

»Nun . . .« Er suchte nach Worten. »Miss Abigail, Sie . . . Ihnen habe ich es zu verdanken, daß . . . daß ich heute ein . . . Mitglied der Gesellschaft in Stuart's Junction geworden bin.« In der Stille der Nacht umfing Miss Abigail ein Gefühl der Zufriedenheit wie warmer Sommerwind. »Nein, durch Sie bin ich in die Gemeinschaft aufgenommen worden.«

»Durch mich?«

Sie verschlang ihre Finger ineinander und sagte leise: »Ich habe mein ganzes Leben hier in der Stadt verbracht und noch nie so dazugehört wie heute. Das haben Sie für mich getan, Mr. Melcher.«

Er griff plötzlich wieder nach ihren Händen. »Aber, genauso fühle ich. Als ... als hätte ich endlich eine Heimat gefunden.«

»Das haben Sie«, versicherte sie, »eine Heimat, in der Sie jeder mag.«

»Jeder?« fragte er und schluckte.

»Ja, jeder.«

Lange stand er da und hielt nur ihre Hände fest. Küß mich, dachte sie. Küß mich, und laß mich Jesse vergessen.

Aber in nüchternem Zustand brachte er nicht den Mut dazu auf. Und er wußte, daß er nach Bier, Tabak und feuchter Kleidung roch.

»Zeigen Sie mir morgen den Weg zum Sägewerk?« fragte er.

»Natürlich. Je schneller mit dem Bau begonnen wird, um so früher können Sie Ihr Geschäft eröffnen.«

»Ja.«

Er ließ ihre Hände los und enttäuschte sie bitter durch seine Unentschlossenheit, denn sie wußte, daß er sie gern geküßt hätte.

Jesse hätte es getan.

Verdammt, Jesse, laß uns allein.

»Ich habe einen wundervollen Tag erlebt«, sagte sie. Sie verspürte den unwiderstehlichen Drang, von diesem Mann geküßt zu werden, allerdings aus einem Grund, den sie sich nicht einzugestehen wagte.

Aber David sagte nur: »So wie ich«, wünschte ihr gute Nacht und ging.

Ihre Hoffnung erlosch. Wieder lag eine Nacht, angefüllt mit den Erinnerungen an Jesse, vor ihr. Müde ließ sie sich auf die Schaukel sinken und lauschte den sich entfernenden Schritten Davids. Dann wurde die Stille der Nacht nur noch durch das Quietschen der Schaukel gestört. Wie hypnotisiert starrte sie in die Dunkelheit.

David ... Jesse ... David ... Jesse ...

David, warum hast du mich nicht geküßt?

Jesse, warum hast du mich geküßt?

David, was wäre, wenn du wüßtest, was zwischen mir und Jesse geschehen ist?

Sie preßte die Arme gegen ihren Leib und krümmte sich wie in qualvollem Schmerz. Verschwinde aus meinem Leben, Jesse DuFrayne! Hörst du mich? Verschwinde von meiner Schaukel, verschwinde aus meinem Bett, damit ich wieder Frieden finde.

20

Die Stadtbewohner gewöhnten sich in den folgenden Wochen daran, Miss Abigail und David häufig zusammen zu sehen. Die beiden verbrachten viele Stunden mit der Planung und Einrichtung des neuen Geschäfts, damit von vornherein kein Detail vernachlässigt wurde. Am Tag nach dem Picknick fuhren sie zum Silver-Pine-Sägewerk. Miss Abigail beriet David bei der Auswahl des Bauholzes und verstand es geschickt, den Preis dafür zu drücken.

Die Glasscheiben für die Schaufenster, die mit der Eisenbahn aus Ohio transportiert werden mußten, hätten den teuersten Posten ihrer Anschaffungen ausgemacht, wäre Miss Abigail nicht die Idee gekommen, statt großer Scheiben viele kleine zu bestellen, die weniger kosten würden. Außerdem war die Bruchgefahr während des Transports wesentlich geringer. Also wurde der Plan für eine glatte, durchgehende Schaufensterfront gestrichen, und das Schuhgeschäft würde Rundbogenfenster erhalten – eine absolute Neuheit in der Main Street.

Als der Neubau allmählich Gestalt annahm, beschwatzte Miss Abigail eines Tages Bones Binley und seine Freunde, ihr im Austausch für einen Picknickkorb pro Tag ein Regal zu zimmern, das hinter dem Schaufenster aufgestellt werden sollte. Darin konnten die Schuhe ausgestellt und sowohl von der Straße als auch vom Ladeninneren her betrachtet werden. Eines Sonntags wurde beim Gottesdienst verkündet, daß endlich die neuen Kirchenbänke eintreffen würden, und Abigail überredete David dazu, die alten Holzbänke für den Bruchteil des Preises, den neue Stühle kosten würden, zu kaufen. Dann durchstöberte sie Avery Holmes' Lager und fand einen verstaubten Ballen kräftigen Ripsstoffes, der zum Ladenhüter geworden war, weil niemandem die scharlachrote Farbe gefallen hatte. Sie erstand den ganzen Ballen für einen lächerlich niedrigen Preis und gab Avery Holmes noch das Gefühl, ein gutes Geschäft gemacht zu haben, weil er den Stoff endlich los war. Danach überredete sie die Frauen vom Nähkränzchen dazu, Bezüge aus dem Stoff für die alten Bänke zu nähen. Dieser Vorschlag wurde mit Begeisterung aufgenommen, denn er bot eine willkommene Abwechslung von den eintönigen Näharbeiten.

Der Stoffballen schien endlos zu sein. Als die Bänke bezogen waren, blieb noch viel Stoff übrig, und Miss Abigail nähte daraus Vorhänge für das Schaufenster, die seitlich festgebunden werden konnten und einen hübschen Rahmen bilden würden. Den restlichen Stoff riß sie in Streifen, um sie später zusammen mit anderen Stoffresten zu Teppichen zu verarbeiten, die sie vor die Eingangstür und vor den eisernen Ofen im Lagerraum legen wollte.

Anfang August saßen Abbie und David über der Bestellung, die an die Schuhfabrik in Philadelphia geschickt werden sollte, damit ihre Ware rechtzeitig zur Eröffnung des Geschäfts eintraf.

»Aber Sie müssen auch an den bevorstehenden Winter denken«, sagte Abbie. »Aus rein praktischen Gründen. Wenn Sie nur die hochmodernen Schuhe von Ihrer Fabrik bestellen, geht Ihnen ein Großteil potentieller Kunden verloren.«

»Ich habe immer nur die feinsten, modernsten Schuhe verkauft«, entgegnete er abwehrend. »Stiefel können die Leute beim Kramer kaufen.«

»Warum wollen Sie auf dieses Geschäft verzichten?«

»Weil ich nicht darauf angewiesen bin. Ich werde genug Umsatz mit den modischen Schuhen machen.«

»Das mag für den Osten zutreffen. Aber in Stuart's Junction müssen Sie an die Bedürfnisse der Einwohner denken. Arbeitsstiefel verkaufen sich hier am besten.«

»Und wie hübsch werden diese Arbeitsstiefel in den Rundbogenfenstern aussehen, zu denen Sie mich überredet haben?«

»Entsetzlich!«

Er zwinkerte ihr fragend zu. »Also?«

Sofort schmiedete sie neue Pläne. Sie war nie um neue Ideen verlegen. »Nun ... wir richten eine Verkaufsecke dafür im Lager ein. Dort werden die Männer sich wohler fühlen. Wir stellen ein paar bequeme Ledersessel um den Ofen und ... lassen Sie mich überlegen ...« Nachdenklich klopfte sie sich mit dem Zeigefinger gegen die Schläfe. »Ja, wir müssen eine rein maskuline Atmosphäre schaffen. Ein roter Teppich vor dem Ofen wird dem Ganzen etwas Farbe verleihen.«

»Ich weiß nicht«, meinte David zweifelnd.

Ungeduldig sprang sie auf und rief: »Ach, David, seien Sie doch vernünftig!«

»Ich bin vernünftig. Hier gibt es bereits ein Geschäft, in dem Stiefel und Arbeitsschuhe verkauft werden. Ich spezialisiere mich auf modische Schuhe. Darin kenne ich mich aus. Ich möchte die Damen mit meinem Angebot ansprechen. Wenn Sie mein Schaufenster sehen, sollen sie nach Hause gehen und ihren Männern begeistert vorschwärmen, was für schöne Schuhe sie gesehen haben.«

Abbie stemmte eine Hand in die Hüfte und sah ihn herausfordernd an.

»Und was werden sie ihren Männern beschreiben?«

»Nun, die Schuhe im Schaufenster natürlich. Schuhe, die an ihre Eitelkeit oder an die Eitelkeit ihrer Männer appellieren. Himmlische Schuhe, die sie nie zuvor gesehen haben – die es nur im Osten gibt.«

Ob es nun klug war oder nicht, jedenfalls fragte sie: »Rote Schuhe?«

»Was?« Er sah sie verwirrt an.

»Rote Schuhe, sagte ich. Werden sie ihren Männern von roten Schuhen vorschwärmen?«

»Nun ... nun, ja, unter anderem. Von roten Schuhen wie Ihren.«

Aber beide wußten, daß sie diese Schuhe nur einmal getragen hatte – an dem Abend, als er sie zum Dinner ausgeführt hatte.

»Ihnen ... Ihnen gefallen die roten Schuhe doch, nicht wahr, Abigail?«

Sie stellte sich vor ihn hin und legte ihm eine Hand auf den Arm. »Bitte, verstehen Sie mich, David. Ich mag diese Schuhe, weil sie ein Geschenk von Ihnen sind, aber ich ...«

Als sie zögerte, sagte er: »Sprechen Sie weiter.«

Sie sah ihm in die Augen, senkte dann den Blick und drehte ihm den Rücken zu. »Wissen Sie, was ... was Mr. DuFrayne sagte, als er sie sah?«

David versteifte sich sofort, als DuFraynes Name fiel. »Was hat DuFrayne damit zu tun?«

»Wie Sie wissen, war er hier, als die Schuhe ankamen.« Entschlossen sah sie David an, als sie hinzufügte: »Er nannte sie Hurenschuhe.« Davids Gesicht brannte wie Feuer. Er biß sich auf die Unterlippe.

»Warum erwähnen Sie ihn? Was spielt es für eine Rolle, was er sagt?«

Ihre Stimme war jetzt flehend. »Weil ich möchte, daß Ihr Geschäft ein Erfolg wird. Sie müssen begreifen, daß die Frauen in Stuart's Junction keine roten Schuhe tragen, sondern robustes, unauffälliges Schuhwerk. Im Osten wird alles angenommen, was neumodisch und extravagant ist. Die Leute hier sind konservativer. Ganz gleich, wie sehr die Frauen diese Schuhe auch insgeheim bewundern mögen, sie würden nicht im Traum daran denken, sie zu kaufen. Nur aus diesem Grund habe ich Mr. DuFraynes Bemerkung wiederholt. Weil er damit die Meinung der Leute hier treffend ausgedrückt hat.«

»Abigail.« Sein Mund war verkniffen, sein Gesicht wie versteinert. Er hatte völlig den Grund für ihren Monolog vergessen. Er wurde nur noch von einem einzigen Gedanken beherrscht. »Wollen Sie damit sagen, daß er Sie eine Hure nannte?«

Ohne nachzudenken, antwortete sie: »Aber nein. Er war nur eifersüchtig, das ist alles.«

David sprang auf und bellte: »Was?«

Sie versuchte darüber hinwegzugehen, da sie gemerkt hatte, daß sie einen Fehler begangen hatte. »Wir weichen vom Thema ab. Wir sprachen über Ihre Schuhbestellung.«

»Sie sprechen von Schuhen! Ich spreche von DuFrayne und möchte wissen, weshalb er einen Grund zur Eifersucht hätte haben sollen. War doch mehr zwischen Ihnen und ihm, als Sie zugeben wollen?« Jedesmal, wenn Jesse DuFraynes Name fiel, zeigte David eine Selbstsicherheit und Wortgewandtheit, die ihm sonst fehlten.

»Nein!« rief sie – zu schnell, zu laut –, beruhigte sich dann und wiederholte: »Nein ... zwischen uns war nichts. Er benahm sich nur verachtenswert und rücksichtslos und beleidigend, wann immer er die Gelegenheit dazu hatte.« Das entsprach nicht ganz der Wahrheit, und sie wich Davids Blick aus.

»Dann konnte es ihm doch völlig egal sein, ob ich Ihnen ein Paar Schuhe, die angeblich nur Dirnen tragen, schickte, oder nicht? Nach dieser Szene in seinem Bett, am Morgen, als ich abreiste, hätte er sich doch darüber freuen müssen, daß ich Ihnen ein Geschenk machte, das Sie für unschicklich halten.«

»Ich kann nicht für ihn sprechen«, sagte Abigail, »und ich glaube nicht, daß Sie das Recht haben, mir Vorwürfe zu machen, denn schließlich sind Sie und ich nur ...« Wütend über ihre unbedachten Worte, brach sie mitten im Satz ab. Sie wußte wirklich nicht, wie David und sie zueinander standen. In den Wochen, die sie gemeinsam an der Planung und dem Aufbau seines Geschäfts gearbeitet hatten, war er die Höflichkeit in Person gewesen. Die einzige Veränderung in ihrer Beziehung bestand darin, daß sie sich jetzt mit Vornamen anredeten. Er hatte weder versucht, sie zu küssen noch ihre Hand zu halten. Nichts in seinem Verhalten deutete daraufhin, daß er um sie warb. Wahrscheinlich war seine Zurückhaltung darauf zurückzuführen, daß er sich schämte, weil er sich auf dem Fest betrunken und sie in aller Öffentlichkeit geküßt hatte. Diese scheinbare Beleidigung wollte er wohl durch übertriebene Höflichkeit wiedergutmachen.

Wieder sprach er in diesem ungewohnt autoritären Ton: »Ich möchte nicht, daß der Name diese Mannes noch einmal zwischen uns fällt, Abigail.«

Sie blickte ihn scharf an. Mit welchem Recht erteilte er ihr Befehle? Sie war nicht seine Verlobte.

David wurde plötzlich wieder sanft. Nachdenklich sah er sie an und fragte: »Abigail, was wollten Sie vorhin sagen? Daß Sie und ich nicht mehr sind als was? Sie haben den Satz nicht beendet.«

Doch nur er konnte den Satz beenden, wenn er verstand, was er bedeutete. Sie hatte sich so daran gewöhnt, mit ihm zusammenzusein, und sie genoß die Stunden in seiner Gesellschaft. Ab und zu dachte sie daran, daß sie ihre Jungfräulichkeit verloren hatte und ihn eigentlich nicht dazu ermutigen durfte, ihr den Hof zu machen. Aber er unterließ jeden Annäherungsversuch, denn eigentlich verband sie nur eine platonische Freundschaft. Deshalb gab Abigail ihm eine unverbindliche Antwort.

»Ich wollte sagen, wir sind nur Geschäftspartner, aber nicht einmal das trifft zu. Es ist Ihr Geschäft.« Noch immer mied sie seinen Blick.

»Ich habe das Gefühl, es gehört zur Hälfte Ihnen. Sie haben soviel Arbeit hineingesteckt ... mehr als ich.«

»Ich habe nicht mehr getan, als jeder Freund tun würde«, sagte sie bescheiden und hoffte, er würde ihr widersprechen.

»Nein, Abigail, Sie haben viel mehr getan. Ohne Ihre Hilfe hätte ich es nicht geschafft.«

Atemlos wartete sie darauf, daß er auf persönlichere Dinge zu sprechen kommen würde, doch sie spürte gleichzeitig seine Schüchternheit. Das Schweigen zwischen ihnen dehnte sich in die Länge. Er räusperte sich verlegen. Wieder wagte er nicht zu sagen, was ihm auf dem Herzen lag.

»Wir haben uns noch nicht darauf geeinigt, welche Bestellung Sie aufgeben wollen«, sagte sie schließlich, um die Spannung zu lösen.

»Ich glaube, auch dabei verlasse ich mich auf Ihr Urteil«, sagte er erleichtert.

»Im Lager ist Platz für Stiefel. Und ich glaube, sie werden sich leichter verkaufen, wenn wir einen passenden Raum dafür schaffen, so wie ich es vorgeschlagen habe. Kommen Sie mit ins Geschäft, und ich werde Ihnen zeigen, wie ich mir die Sache vorstelle.«

»Jetzt?«

»Warum nicht?«

»Aber es ist Sonntag.«

»Ganz recht, und deswegen wird uns kein Hämmern und Sägen stören. Wir können in Ruhe darüber sprechen.«

Er lächelte zustimmend. »Sie haben recht. Lassen Sie uns gehen.«

An heißen Tagen trug sie nicht länger Hut und Handschuhe. Sie spazierten durch die Stadt, wurden gelegentlich freundlich gegrüßt: »Guten Tag, David. Miss Abigail. Wie geht es Ihnen?« Es gab Zeiten, da hatte Abigail das Gefühl, mit ihm verheiratet zu sein.

Der Rohbau des Gebäudes war fertiggestellt. Die leeren Fensterrahmen warteten auf die Fensterscheiben, und die Tür fehlte noch. Die inneren Wände würden mit Holz vertäfelt werden.

Abigail stieg vorsichtig über Bretter, Pfosten und Werkzeug hinweg. »Hier hatte ich es mir vorgestellt«, sagte sie im hinteren Teil des Gebäudes und deutete auf die Wand, in der eine Öffnung für das Ofenrohr ausgespart worden war. »Hier wird der Ofen stehen. Davor könnten wir ein paar schwere Ledersessel gruppieren, das schafft eine angenehme Atmosphäre. Im Winter knistert das Feuer im Ofen, und ein Topf mit heißem Kaffee brodelt auf der Platte. Die Männer werden sich hier wohl fühlen, und ganz nebenbei verkaufen wir Ihnen Stiefel. Was halten Sie davon, David?«

Abigail war von ihrer Idee fasziniert. Ihr Gesicht glühte vor Begeisterung. Es war ihr ganz entgangen, daß sie »*wir* verkaufen Stiefel« gesagt hatte. David Melcher war von ihrem bezaubernden Anblick überwältigt. Ihr Rocksaum hatte Staub aufgewirbelt, und die letzten Strahlen der untergehenden Sonne fielen durch das halbgedeckte Dach herein, umspielten ihr Haar und tauchten ihr Gesicht in rosige Farben. David erging sich in Visionen: Er sah sie vor sich, wie sie den Damen die neuesten Schuhmodelle vorführte, während er die Männer beriet. Zu den Ehepaaren, die ins Geschäft kamen, würde er sagen: »Ma'am, bitte wenden Sie sich an meine Frau.«

Und plötzlich wußte er, daß es keine andere Möglichkeit gab. Er griff nach Abigails Hand. Im Raum war es still, und es roch nach Holz. Sie waren ungestört. Und er liebte sie.

»Abigail . . .«, sagte er und schluckte krampfhaft.

»Ja, David?«

»Abigail, darf ich . . . darf ich Sie küssen?« Er hatte schon so viele Schnitzer bei ihr gemacht, daß er es für besser hielt, sie erst zu fragen.

Sie wünschte sich, er hätte nicht gefragt. Jesse hätte nicht gefragt. Damit ihre Augen nicht verrieten, was sie dachte, senkte sie die Lider. Er hielt das für ein Zeichen ihrer Ablehnung und ließ enttäuscht ihre Hand los.

»Es tut mir leid . . .«, begann er.

Sie sah ihn an. »Was tut Ihnen leid?« fragte sie schnell. »Sie haben doch gar nichts getan«, fügte sie gereizt hinzu, denn allmählich verlor sie die Geduld mit ihm.

»Ich . . . wollte . . .«, stammelte er, aber ihre Bemerkung hatte ihn derart verwirrt, daß er nun überhaupt nicht mehr wußte, was er tun sollte.

»Ja, Sie dürfen mich küssen, David.«

Aber jetzt war die Stimmung verflogen, in der ein spontaner Kuß sie hätte näherbringen können. Trotzdem nahm er ihre Hände und beugte sich vor. Zwischen ihren Füßen lag ein

Brett, aber anstatt darüber hinwegzusteigen und sie in die Arme zu nehmen, beugte er sich nur vor und berührte flüchtig mit geschlossenen Augen ihren Mund.

Er hatte weiche, warme, wohlgeformte Lippen. Und sie dachte, wie schade, daß er nicht weiß, wie man sie gebraucht. Bei seinem flüchtigen Kuß fühlte Abigail gar nichts. Das Gespräch über die Einrichtung des Geschäfts hatte sie mehr erregt als sein Kuß. Dann richtete er sich wieder auf und sah sie stumm an. Sie starrte auf das Brett zwischen ihren Füßen und dachte, es hätte genausogut zwischen ihren Körpern statt dort unten liegen können. Nur mit den Lippen zu küssen ist unbefriedigend, dachte sie, legte ihm impulsiv die Arme um den Hals und küßte ihn. Aber auch dieser Kuß weckte keine Leidenschaft in ihr, und David wich sofort zurück.

»Wollen wir gehen?«

Am liebsten hätte sie gesagt: »Laß es uns noch einmal versuchen, ohne dieses Brett zwischen uns. Laß mich dabei deine Zunge spüren.« Doch er nahm ihren Ellbogen und führte sie aus dem Gebäude. Ihr Kuß hatte ihn verwirrt, das zeigte ihr sein nervöses Geplauder auf dem Nachhauseweg. Er lehnte ihre Einladung, zum Abendessen zu bleiben, ab, was in letzter Zeit oft geschehen war, und verabschiedete sich an der Tür von ihr.

In dieser Nacht versuchte sie ihre Gefühle für David zu analysieren und zu ergründen, warum sie ihn heute ermutigt hatte. Vielleicht hing es damit zusammen, daß sie sich mittlerweile sicher war, nicht schwanger zu sein. Damit war das größte Hindernis, eine Beziehung mit David einzugehen, nicht mehr existent. Merkwürdigerweise hatte sie keine Schuldgefühle mehr wegen ihrer Liebesnacht mit Jesse. Gut, sie hatte sich zu einer Sünde hinreißen lassen. Sie glaubte nicht mehr, daß sie dafür den Rest ihres Lebens büßen mußte. Auch sie hatte Anspruch auf ein wenig Glück, und wenn David Melcher ihr dieses Glück bot, hatte sie nicht länger das Gefühl, ihn zu betrügen, wenn sie dieses Angebot annahm.

Nein, ihr Problem mit David war kein moralisches Problem
mehr, es war ein sexuelles Problem. Es gelang ihm einfach
nicht, sie zu erregen. Sie wagte nicht an Jesse zu denken ...
versuchte wirklich, ihn aus ihren Gedanken zu verbannen.
Vergeblich. Davids Kuß hatte ihre Phantasie angeregt ... oh,
wie heiß, leidenschaftlich und fordernd waren Jesses Küsse
gewesen ... Würde ihre Sehnsucht nach sexueller Erfüllung
schwinden, wenn sie erst einmal mit David verheiratet war?
Doch David hatte sie noch nicht gebeten, seine Frau zu
werden. Aber er würde es tun. Wahrscheinlich brauchte er
noch eine Weile, bis er den Mut dazu aufbrachte, aber er
würde es tun, dessen war sie sich gewiß. Und was sollte sie
ihm dann antworten? Nein, ich kann dich nicht heiraten, weil
du mein Blut nicht in Wallung bringst wie Jesse. Oder ja, weil
wir in jeder anderen Beziehung so gut zusammenpassen.
Wenn sie David doch nur dazu bringen könnte, etwas mehr
Leidenschaft zu zeigen, hätte sie eine bessere Möglichkeit, die
beiden Männer miteinander zu vergleichen.

Am folgenden Abend nahm David ihre Einladung zum
Abendessen an. Sie saßen am Küchentisch. Sie fühlten sich
wohl in der mittlerweile vertrauten Gemeinsamkeit und
plauderten entspannt miteinander. Beim Kaffee überschüttete David sie wieder wie gewöhnlich mit Komplimenten.
»Was für eine köstliche Mahlzeit. Alles, was Sie zubereiten,
schmeckt einfach phantastisch. Es ist einfach eine Wohltat für
den Magen eines Mannes.«
Wenn sie die beiden Männer schon miteinander verglich,
dann wollte sie es auch gründlich tun, um sich endlich
Klarheit zu verschaffen. Sie rief sich Jesses Stimme ins
Gedächtnis zurück, wie er damals wütend geschimpft hatte:
»Womit wollen Sie mich dieses Mal vergiften, Abbie?« Sie
war sich nicht bewußt, daß dabei ein amüsiertes Lächeln ihre
Lippen umspielte.
»Habe ich etwas Komisches gesagt?« fragte David.

»Was?« Sie kehrte reumütig in die Gegenwart zurück.

»Sie haben eben gelächelt. Woran haben Sie gedacht?«

»Ach, an nichts«, sagte sie und schüttelte den Kopf. »Ich freue mich nur, daß Ihnen das Abendessen geschmeckt hat.«

Ihre Antwort beschwichtigte ihn. Er schob seinen Stuhl zurück, stand auf und sagte: »Vielleicht könnten wir einige Ihrer Sonette lesen. Das wäre ein perfekter Abschluß für diesen Abend.«

Warum kamen ihr die Sonette plötzlich so trocken vor wie seine Küsse?

»Sie machen mir immer so nette Komplimente«, sagte sie.

Ich darf nicht unfair sein, dachte sie, denn schließlich hatte nicht er, sondern sie sich geändert.

Sie lasen Gedichte. Er saß auf dem Sofa, sie in einem Sessel. Die Lampen verbreiteten anheimelndes Licht, und sie hätten einfach nur die behagliche Atmosphäre genießen können. Aber er spürte, mit welcher Ungeduld, ja beinahe Erleichterung sie aufatmete, als er endlich das Buch beiseite legte. Wieder verwirrte ihn die Veränderung, die er manchmal in ihrem Wesen merkte. Ihre Rastlosigkeit störte dauernd den Frieden, den er liebte und suchte.

Er küßte sie zum Abschied. Ein keuscher Kuß, dachte David.

Ein trockener Kuß, dachte Abbie.

Ein paar Tage später saßen sie am frühen Abend auf der Schaukel. Der kühle Septemberwind brachte eine Ahnung vom bevorstehenden Winter.

»Etwas . . . bedrückt Sie doch, nicht wahr?«

»Was sollte mich bedrücken?« fragte sie ungewollt scharf.

Ihre Hände zerrissen hektisch die Stoffstreifen für die Vorleger.

»Ich weiß, daß ich Ihnen irgendwie mißfalle, aber . . . ich . . . weiß nicht, auf welche . . . Weise.«

»Seien Sie nicht töricht, David«, sagte sie tadelnd. »Sie mißfallen mir überhaupt nicht. Ganz im Gegenteil.«

Sie riß einen langen Streifen von dem Stoffrest, hielt ihre

Blicke starr darauf geheftet, und das ratschende Geräusch zerrte an seinen Nerven. Er wünschte, sie würde ihre Arbeit beiseite legen, während sie miteinander sprachen.

»Es ist sehr freundlich von Ihnen ... daß Sie versuchen ... Ihre wahren Gefühle zu verschleiern, aber das ist nicht nötig. Ich möchte nur wissen, was Sie bedrückt.«

»Nichts, wie ich bereits sagte!« Ihre Hände rollten jetzt die Streifen zu einer Kugel zusammen. Wie konnte sie ihm sagen, daß jeder in der Stadt erwartete, daß sie beide heiraten würden, und daß sie wer weiß was dafür geben würde, wenn er sie doch endlich fragen würde, und gleichzeitig mit jedem Tag mehr Angst vor dieser Frage hatte?

Sanft bedeckte er mit seiner Hand ihre rastlosen Finger.

»Dieses Nichts, wie Sie es nennen, muß größer sein, als ich dachte, denn Sie handhaben diese Stoffstreifen, als wollten Sie jemanden damit erwürgen. Mich vielleicht?«

Sie ließ die Stoffkugel in ihren Schoß fallen und legte den Kopf auf ihren Handrücken, sagte aber kein Wort.

»Es begann an dem Tag, als ... ich Sie fragte, ob ... ob ich Sie küssen dürfe. Damals haben Sie sich über mich geärgert. Ist es das, Abigail? Sind Sie böse mit mir, weil ich Sie geküßt habe?«

Sie trommelte mit den Fingern gegen ihre Stirn und wußte nicht, was sie sagen sollte.

»Ach, David ...« Sie seufzte schwer und starrte blicklos in den Garten.

»Was ist es? Was habe ich getan?« fragte er flehentlich.

»Sie haben nichts getan«, antwortete sie und wünschte sich sehnlichst, er würde sie endlich küssen, damit sie ein für allemal wußte, was sie für ihn empfand.

»Abigail, als ich Ihnen zum erstenmal hier in Ihrem Haus begegnet bin, fühlte ich eine Verbindung zwischen uns. Ich dachte damals, Sie hätten das auch empfunden. Ich glaubte, wir wären uns sehr ähnlich ... aber seit ich zurück bin, kommen Sie mir ... irgendwie verändert vor.«

Es war Zeit, ihm die Wahrheit zu sagen.

»Ich habe mich verändert«, sagte sie müde.

»Wie?« fragte er zaghaft.

Ihre Müdigkeit verflog. Sie sprang auf und fauchte gereizt: »Ich mag keine Sonette mehr.« Das Stoffknäuel rollte über die Veranda, aber sie achtete nicht darauf. Sie verschränkte die Arme vor der Brust und wandte ihm den Rücken zu.

Völlig verwirrt starrte er sie an. Einen Augenblick später stapfte sie ins Haus und schlug die Tür hinter sich zu. Er blieb noch eine Weile auf der Schaukel und fragte sich, was sie von ihm erwartete und was die Sonette damit zu tun hatten. Schließlich stand er seufzend auf und humpelte ins Haus. Sie stand vor dem monströsen Schirmständer, betrachtete sich im Spiegel und tat dann etwas sehr Merkwürdiges: Sie preßte ihren Handrücken unter ihr Kinn und beobachtete sich dabei im Spiegel.

»Was tun Sie da?« fragte er.

Sie antwortete ihm nicht sofort, ließ aber die Hand sinken und wandte sich ihm mit einem traurigen Lächeln zu. Leise sagte sie: »Ich wünschte, Sie würden mich wieder küssen.«

Er öffnete leicht die Lippen, und sie konnte förmlich seine Gedanken erraten: Er hatte sich so lange Sorgen gemacht wegen des Kusses in seinem Geschäft, daß er jetzt zwar erleichtert – und vielleicht ein wenig schockiert –, aber zu schüchtern war, sich ihr wieder zu nähern.

Dieses Mal lag kein hinderndes Brett zwischen ihnen, doch als er sie küßte, umarmte er sie nicht fordernd, sondern legte ihr nur leicht die Hände auf die Schultern.

Plötzlich wollte sie sich Klarheit verschaffen über David Melcher – und ihre eigenen Gefühle. Sie stellte sich auf die Zehenspitzen, legte ihm die Arme um den Hals und bot ihm ihre Lippen dar. Sie preßte ihren Busen gegen seine Brust, aber anstatt diese unmißverständliche Einladung anzunehmen, schnappte er nach Luft und wich zurück.

»Abigail, ich habe lange über uns nachgedacht«, sagte er und sah ihr in die Augen. »Über Sie, das Haus, das Geschäft und alles andere, und ich wage nicht zu glauben, daß Sie für mich dieselben Gefühle hegen wie ich für Sie.«

»Was fühlen Sie für mich, David?« fragte sie ungeduldig.

Er trat einen Schritt zurück und hielt sie nur noch an den Oberarmen fest. »Ich möchte Sie heiraten, hier in diesem Haus mit Ihnen leben und gemeinsam mit Ihnen im Geschäft arbeiten.«

Sie hatte das deprimierende Gefühl, daß ihm alle drei Gründe gleich wichtig waren. Und es deprimierte sie noch mehr, daß es ihr ebenso erging.

»Ich liebe Sie«, sagte er dann und fügte hinzu: »Das hätte ich wohl zuerst sagen müssen.«

Was sollte sie dazu sagen? Ja, das hättest du tun sollen? Sag es mir noch einmal, umarme mich, streichle meinen Körper und wecke meine Liebe für dich. Wecke meine Leidenschaft und zeige mir, daß du es genauso gut kannst wie Jesse.

Aber nichts geschah. Weder küßte er sie leidenschaftlich, noch riß er sie in seine Arme und ergriff mit den Händen Besitz von ihr, wie Jesse es getan hatte. Statt dessen legte er nur liebevoll einen Arm um ihre Schultern und drückte sie sanft an sich. Er wartete auf eine Antwort. Sie hob ihm ihre Lippen entgegen, öffnete sie leicht und sehnte sich nach seinem Kuß. Aber wieder legte er nur zart seinen Mund auf den ihren.

Enttäuscht ließ sie den Kopf sinken. Er würde nie diese Leidenschaft in ihr wecken, wie Jesse es getan hatte.

Aber spielte Leidenschaft denn eine so große Rolle? Würde ihre Sehnsucht nicht allmählich nachlassen? Da stand er vor ihr und bot ihr ein gesichertes Leben an. Man lehnt keinen Heiratsantrag wegen der Art und Weise, wie ein Mann küßt, ab. Sie sollte sich wegen seiner Höflichkeit geschmeichelt und nicht beleidigt fühlen.

»Sie haben Zeit genug, darüber nachzudenken«, sagte David. »Sie müssen mir nicht heute abend antworten. Schließlich kommt das alles etwas überraschend für Sie.«

Sie unterdrückte den Impuls, laut aufzulachen. Sie kannte ihn über drei Monate, ihre Körper hatten sich nicht einmal in einer innigen Umarmung berührt, und er hielt seinen keuschen Kuß und seinen Antrag für überraschend!

»Wollen Sie mich wirklich heiraten?« fragte Abigail, wußte aber zutiefst, daß sie diese Frage nicht David, sondern sich selbst stellte.

»Ich weiß es seit dem Tag, als Sie mich aus dem Haus wiesen, nachdem ich Sie beschuldigt hatte . . .« Hier unterbrach er sich, denn er wollte Jesse DuFraynes Namen nicht aussprechen. »Können Sie mir verzeihen, was ich damals zu Ihnen sagte? Ich habe mich sehr töricht benommen, denn ich war eifersüchtig. Ich habe Ihnen schreckliche Dinge unterstellt, dabei sind Sie eine anständige, aufrichtige und gute Frau . . . und deswegen liebe ich Sie.«

Wenn es je einen Zeitpunkt zur Umkehr gegeben hatte, dann jetzt. Aber sie widersprach ihm nicht. Sie schwieg und wußte, daß auch ihr Schweigen eine Lüge war.

David drückte sie noch einmal leicht an sich. »Außerdem«, sagte er und versuchte fröhlich zu klingen, »was wäre mein Geschäft ohne Sie?«

Und wieder fragte sie sich, ob er sie schätzte, weil sie ihm im Geschäft helfen und er in ihrem Haus leben konnte, oder weil er sie zur Frau haben wollte.

»David, ich bin sehr stolz, daß Sie mich gefragt haben. Aber ich möchte wenigstens eine Nacht darüber nachdenken.«

Er nickte verständnisvoll und küßte sie zum Abschied auf die Stirn. Sie blieb neben dem Schirmständer stehen und starrte verzweifelt ins Leere. Schließlich betrachtete sie sich wieder im Spiegel und machte sich ein für allemal klar, daß sie alt wurde. Mit einem tiefen Seufzer ging sie auf die Veranda hinaus, hob das Stoffknäuel auf und wickelte es gedankenlos wieder auf, während sie ziellos durch die Räume wanderte. Im Schlafzimmer stellte sie sich ans Erkerfenster. Wieder wurde sie von Erinnerungen an Jesse überwältigt. Resigniert sank sie auf die Fensterbank, stützte die Ellbogen auf ihre Knie, bedeckte ihr Gesicht mit den Händen und weinte bitterlich.

Glücklicherweise gewann ihr gesunder Menschenverstand in dieser Nacht die Oberhand, und Miss Abigail wurde deutlich bewußt, was für ein anständiger, ehrlicher Mann David Melcher war und daß er sie für den Rest ihres Lebens ehren und respektieren würde. Daß sie keine Jungfrau mehr war, würde David in seiner Naivität wahrscheinlich gar nicht merken, und wenn doch, dann würde sie ihm ein Liebesverhältnis mit Richard vor so vielen Jahren gestehen. Wenn ihre Ehe mit dieser, einzigen und letzten Lüge beginnen mußte, dann war sie notwendig – notwendig, um David nicht zu verletzen. Ihr Entschluß stand fest.

David küßte sie sanft, als sie ihm sagte, daß sie seinen Antrag annehme. Abigail war unendlich erleichtert, daß die Entscheidung gefallen war. Er drückte sie gegen seine Brust, doch seine Blicke schweiften durchs Wohnzimmer.

»Abigail, hier werden wir sehr glücklich sein«, sagte er. In ihrem Haus fand er den Frieden, den er suchte.

»Du hast endlich ein Heim«, entgegnete sie.

»Ja, das verdanke ich dir.«

Und Jesse DuFrayne, dachte sie, sagte aber: »Und den Bürgern von Stuart's Junction.«

»Ich glaube, sie haben damit gerechnet, daß wir heiraten.«

»Ich weiß, vor allem nach dem Ereignis am vierten Juli.«

Er ließ sie los und fragte mit einem glücklichen Lächeln: »Wann wollen wir es verkünden?«

Sie überlegte eine Weile. »Wie wär's mit einer Anzeige in der Donnerstagausgabe der Zeitung? Schließlich hat Mr. Riley dazu beigetragen, daß es soweit kam, als er meinen Namen in dem Artikel mit dem deinen in Verbindung brachte. Also kann er auch unsere bevorstehende Hochzeit verkünden.«

Die Anzeige in der Donnerstagsausgabe lautete:

Miss Abigail McKenzie und Mr. David Melcher geben voller Freude ihre Absicht bekannt, am 20. Oktober 1879, in der Christ Church in Stuart's Junction, zu heiraten. Miss McKenzie, Bürgerin dieser Stadt, ist die Tochter des verstorbenen Ehepaars Andrew und Martha McKenzie. Mr. Melcher, früher wohnhaft in Philadelphia, Pennsylvania, hat jahrelang als Schuhverkäufer für die Hi-Style-Schuhfabrik in Philadelphia gearbeitet. Nach seiner Heirat mit Miss McKenzie wird er den Melcher-Schuh-Salon in der Main Street eröffnen. Das Paar wird die Flitterwochen in Colorado Springs verbringen.

Miss Abigails Haus und Davids Geschäft wurden mit Glückwünschen überflutet. Die Nachbarn und Stadtbewohner nutzten die Gelegenheit, das beinahe fertiggestellte Gebäude in der Main Street zu begutachten, und die Glückwünsche bestätigten Abigail, daß ihr Entschluß, Davids Antrag anzunehmen, richtig gewesen war.
Ihr Zusammensein mit David war jetzt ungezwungen und harmonisch. Täglich fanden sie neue Beweise dafür, wie ähnlich sie sich waren, da sie dieselben Interessen, Vorlieben und Abneigungen hatten. Einen besseren Bräutigam konnte sie sich nicht wünschen: Er überschüttete sie mit Komplimenten, hatte stets ein Lächeln für sie, und sein Blick besagte, wie sehr er sie bewunderte und verehrte. Seine Küsse wurden etwas leidenschaftlicher, was ihr gefiel, aber sein Respekt vor ihr verbot ihm jede unschickliche Annäherung.
Jeden Tag waren David und Abigail im Geschäft anzutreffen. Sie stapelten den Holzvorrat für den Winter im Lager, beizten die Holzregale, brachten die Vorhänge vor dem Schaufenster an und packten die Schuhlieferung aus, die endlich eingetroffen war. Schon lange vor der Hochzeit galten sie für die Stadtbewohner als ein Paar, und wiederholt bekamen sie das

Kompliment zu hören, wie gut sie doch zueinander paßten und sich ergänzten.

Abigail bewies während dieser Wochen der Vorbereitung für die Eröffnung des Geschäfts und die Hochzeit ihre Tüchtigkeit und Umsicht. Sie hatte beschlossen, das Hochzeitskleid ihrer Mutter zu tragen, und war damit beschäftigt, es zu ändern. Aus dem Kopfteil des Spitzenschleiers hatten sich ein paar Perlen gelöst, und er mußte nach Denver geschickt werden, damit sie ersetzt wurden. David hatte für sie ein Paar weiße Satinschuhe bestellt, und sie wartete ängstlich auf das rechtzeitige Eintreffen des Schleiers und der Schuhe. Dann wollte sie sich fotografieren lassen – ihr Hochzeitsgeschenk für David. Zu diesem Zweck hatte sie mit einem Fotografen in Denver Kontakt aufgenommen – Damon Smith – und ihn gebeten, nach Stuart's Junction zu kommen. Der Hochzeitsempfang sollte in ihrem Haus stattfinden, und Abigail wußte manchmal nicht mehr, wo ihr der Kopf stand, so viele Vorbereitungen galt es für den Empfang und die feierliche Geschäftseröffnung zu treffen.

21

Es war einer jener trüben, kalten Nachmittage, die man am liebsten in der Wärme eines behaglichen Hauses verbringt. Tiefe Wolken hingen über den Bergen, und der Wind peitschte die Schneeflocken durch die Straßen.

Bones Biley hatte das Päckchen mit dem Kopfteil des Schleiers und der kleinen Messingglocke, die sie in Denver bestellt hatte, gebracht. Abigail schlüpfte in ihren neuen grünen Mantel, schlang einen gleichfarbigen Schal um den Kopf, steckte die Glocke in ihren weißen Pelzmuff und trat aus dem Haus.

Der Wind blies eisige Schneekörner in ihr Gesicht, während sie mit gesenktem Kopf die Main Street entlangstapfte. David hatte bestimmt schon die Lampen im Geschäft angezündet, und auf dem Ofen würde heißer Kaffee brodeln. Wie wird er sich über die Messingtürglocke freuen, dachte sie.

Beim Saloon bog sie um die Ecke, und der Schneewind traf sie voll ins Gesicht. Vor dem beleuchteten Schaufenster des Schuh-Salons stand ein Mann und betrachtete die Auslage. Es war ein großer Mann in einer schweren Schaffelljacke, deren Kragen er hochgeschlagen hatte. Die Hände hatte er die Taschen gesteckt. Barhäuptig und reglos stand er mit dem Rücken zur Straße da. Aus einem unerklärlichen Grund verlangsamte sie den Schritt. Dann senkte er den Kopf, starrte eine Weile auf seine Stiefel hinunter, drehte sich um und verschwand im danebenliegenden Mietstall. Die große, breite Gestalt hatte Abigail einen Augenblick an Jesse erinnert. Den Blick auf die Tür des Mietstalls geheftet, eilte sie weiter. Doch die Tür blieb geschlossen.

Über dem Schaufenster hing ein Schild, das wild im Wind schwang.

MELCHERS SCHUH-SALON stand darauf. DAVID UND ABIGAIL MELCHER, INH.

Im Geschäft war es behaglich warm. Wie gewöhnlich hatten sich ein paar Männer um den Ofen versammelt, David in ihrer Mitte, und tranken Kaffee.

Sofort kam er ihr entgegen und begrüßte sie. »Hallo, Abigail. Bei diesem scheußlichen Wetter hättest du zu Hause bleiben sollen.«

Sie legte Muff, Schal und Mantel ab, warf alles auf eine rotgepolsterte Bank und sagte: »Ich muß dir etwas Erfreuliches erzählen. Der Kopfteil des Schleiers ist heute nachmittag aus Denver eingetroffen.«

»Wie schön!« rief David, zwinkerte seinen Freunden am Ofen zu und fügte hinzu: »Jetzt wird sie mir wenigstens nicht mehr mit der Fotografie auf die Nerven gehen.« Die Männer lachten und schlürften ihren Kaffee.

»Und sieh nur, was außerdem gekommen ist.« Sie bimmelte mit der Messingglocke. »Für deine Tür – als Glücksbringer. Jedes Geschäft muß eine Türglocke haben, die den ersten Kunden ankündigt.«

David strahlt vor Freude, setzte seine Kaffeetasse ab und drückte liebevoll ihren Arm. »Ich danke dir, Abigail. Ich will sie gleich aufhängen.«

»O nein«, entgegnete sie keck und versteckte die Glocke hinter ihrem Rücken. »Das ist mein Geschenk, und ich werde sie aufhängen.«

David lachte und gesellte sich wieder zu den Männern. »Was für eine eigensinnige Frau – immer will sie ihren Kopf durchsetzen.«

»Nun, David, du mußt sie eben zähmen und ihr zeigen, wer der Herr im Haus ist.« Die Männer lachten in freundschaftlicher Kameradschaft.

Abigail holte Hammer und Nägel aus dem Hinterzimmer und

schob einen Stuhl vor die Eingangstür. Sie kletterte hinauf
und suchte nach einem geeigneten Platz für die Glocke am
oberen Türrahmen.

So sah Jesse DuFrayne Abigail, als er aus dem Mietstall trat
und wieder vor dem Schaufenster mit dem Schild: DAVID UND
ABIGAIL MELCHER ... stehenblieb.

Sie hatte zwei Nägel zwischen ihren Lippen, hielt mit einer
Hand die Glocke gegen den Türrahmen und in der anderen
den Hammer, als sie die Männerbeine vor dem Schaufenster
sah. Von ihrem Standpunkt aus konnte sie das Gesicht des
Mannes nicht sehen, nur die Cowboystiefel, dunkle Hosen
und den Saum einer dicken, alten Schaffelljacke. Sie bückte
sich und spähte unter ihrem erhobenen Arm hindurch.

Ihre Augen weiteten sich, und ein Nagel fiel ihr aus dem
Mund.

Ein qualvoller, wunderbarer, schrecklicher Horror füllte ihr
Herz.

Jesse! Mein Gott, nein ... Jesse.

Er blickte zu ihr hoch, während der Wind sein dichtes schwarzes Haar zerzauste. Das Licht der Lampen im Schaufenster
fiel auf sein Gesicht und ließ seine dunklen intensiven Augen
funkeln, die sie unverwandt ansahen. Sein Schnurrbart war
rabenschwarz, und als sie ihn wie hypnotisiert anstarrte,
lächelte er und hob grüßend eine Hand. Noch immer war sie
unfähig, sich zu bewegen, stand nur da und war hilflos dem
Gefühlsaufruhr in ihrem Herzen ausgeliefert.

Dann fragte einer der Männer, wie sie vorankäme, und ihre
Lebensgeister kehrten zurück. Sie blickte über die Schulter
zum Ofen und murmelte irgend etwas. Als sie wieder nach
draußen sah, war Jesse ein paar Schritte zurückgetreten, und
sie konnte nur noch seine Stiefel im Lichtkreis sehen. Aber
sie wußte, er betrachtete sie weiterhin mit seinen kohlschwarzen Augen und dem vertrauten halben Lächeln um die
Lippen.

Sie kletterte vom Stuhl und suchte den Nagel, konnte ihn

aber nicht finden. Also stieg sie wieder hinauf und hämmerte den einen Nagel in den Türrahmen, wobei sie sich bewußt war, welchen Anblick sie Jesse bot.

Den anderen Nagel entdeckte sie auf einem der Regalbretter im Schaufenster. Wieder kletterte sie vom Stuhl und stand dann eine Weile im Lampenlicht, eingerahmt von den roten Vorhängen, und konnte ihre Augen nicht von der Gestalt lösen, die dort draußen im Schneetreiben stand.

Jesse, geh fort, flehte sie stumm.

Irgendwie schaffte sie es, auch den zweiten Nagel in den Türrahmen zu hämmern, wobei ihr Herz schmerzhaft im Rhythmus der Schläge gegen ihre Rippen pochte.

David kam nach vorne und bewunderte ihre Geschicklichkeit.

»Wollen wir die Glocke gemeinsam aufhängen?« fragte er.

»Ja«, sagte sie erstickt und hoffte, er würde die Hysterie in ihrer Stimme nicht merken. »Dann wird sie uns beiden Glück bringen.«

Als die Glocke über dem Türrahmen hing, holte David ihren Mantel und half ihr hinein. »Geh nach Hause, ehe das Wetter noch schlechter wird.«

»Du kommst doch zum Abendessen, nicht wahr?« fragte sie, bemüht die Verzweiflung in ihrer Stimme zu unterdrücken.

»Was denkst du denn?« antwortete er, schlang fürsorglich den Schal um ihren Hals und schob sie zur Tür hinaus.

Sie drehte sich noch einmal um und flehte: »Komm schnell nach Hause, David.«

»Ja, ich beeile mich.«

Abigail zog den Schal vors Gesicht und blickte ängstlich die Straße hinunter.

Er war fort!

Den Wind im Rücken, eilte sie nach Hause, spähte in die beleuchteten Fenster der Geschäfte, konnte Jesse aber nirgends entdecken. Beim Saloon bog sie um die Ecke, und vergrub zum Schutz vor dem Wind ihr Gesicht noch tiefer im Schal.

»Hallo, Abbie.«

Ihr Kopf schnellte hoch, als hätte sich plötzlich eine Falltür unter ihr aufgetan. Im Schatten des Hauses stand er breitbeinig direkt neben ihr.

»Jesse«, brachte sie hervor. Wie gelähmt stand sie vor ihm und starrte ihn an.

»Ja, ich bin's.«

»Was tust du hier?« fragte sie mit bebender Stimme.

»Ich habe gehört, daß in der Stadt bald eine Hochzeit gefeiert wird«, sagte er so beiläufig, als würden sie an einem warmen Sommertag in ihrem Garten sitzen. Er nahm die Hand aus der Tasche, griff nach ihrem Ellbogen und zog sie unter das schützende Vordach des Hauses.

»Woher weißt du, daß ich heiraten werde?«

»Das wußte ich schon vor meiner Abreise, also habe ich auf die Ankündigung in der Zeitung gewartet.«

»Warum bist du dann nicht fortgeblieben und läßt uns in Ruhe?«

Unter seinen dichten schwarzen Brauen hervor starrte er sie düster an, ignorierte ihre Frage und sagte statt dessen: »Bist du schwanger?«

Ein Schlag ins Gesicht hätte sie nicht mehr treffen können.

»Du, du unausstehlicher ...«, aber ihre weiteren Worte wurden vom Wind fortgeblasen.

»Bist du schwanger?« wiederholte er hart und fordernd, stand vor ihr wie ein Eisberg. Sie versuchte, an ihm vorbeizukommen, aber er trat nur einen Schritt zur Seite und blockierte ihr den Weg.

»Laß mich gehen«, sagte sie eisig und starrte ihn böse an.

»Verdammt, Weib! Ich habe dir eine Frage gestellt, und ich habe ein Recht auf deine Antwort.«

»Du hast überhaupt keinen Anspruch, also kriegst du auch keine Antwort.«

In seiner Stimme lag ein verletzter Unterton, als er sagte: »Verdammt, Abbie, ich habe ihm genug Geld gegeben, damit ihr davon ein Leben im Wohlstand führen könnt. Dafür möchte ich doch nur wissen, ob es mein Kind ist.«

Maßlose Wut durchströmte sie. Wie konnte er es wagen, hierherzukommen und ihr zu unterstellen, daß sie mit David geschlafen hatte, nur um etwaige Folgen ihrer Liebesnacht mit Jesse zu vertuschen? In diesem Augenblick haßte sie ihn aus tiefstem Herzen. Sie schlug mit dem Muff nach ihm, aber er wandte den Kopf ab, und sie traf nur seine Wange. Der Muff flog in den Schnee.

Abigail wollte sich danach bücken, aber er packte sie bei den Schultern und zwang sie, ihn anzusehen.

»Jetzt hör mir gut zu! Ich bin zurückgekommen, um die Wahrheit zu erfahren, und – bei Gott! – ich werde sie erfahren!«

Sie durchbohrte ihn mit mörderischen Blicken, aber er drückte sie gegen die Wand, bückte sich dann, hob den Muff auf und gab ihn ihr.

»Du abscheulicher Kerl!« rief sie, und Tränen liefen über ihre Wangen. »Wenn du glaubst, ich bleibe hier in diesem Schneesturm stehen und lasse mich von dir beleidigen, dann täuscht du dich aber gewaltig!«

»Du brauchst nur ja oder nein zu sagen«, entgegnete er. »Bist du schwanger, verdammt noch mal!«

Wieder versuchte sie, sich loszureißen, aber seine Finger umklammerten ihre Arme wie Krallen. »Bist du's?« fauchte er und schüttelte sie.

»Nein!« schrie sie ihm ins Gesicht, stampfte mit dem Fuß auf und konnte sich endlich losreißen. Aber sie rutschte auf dem eisigen Boden aus und fiel ihm direkt vor die Füße. Sofort kniete er sich neben sie und wollte ihr aufhelfen.

»Abbie, es tut mir leid«, sagte er, aber sie schüttelte wütend seine Hand ab, setzte sich auf und fühlte sich zutiefst gedemütigt. Wieder hielt er ihr die Hand hin, um ihr aufzuhelfen, aber sie schlug nur danach. »Verdammt, Abbie, hier können wir nicht reden.«

»Wir können nirgends reden!« explodierte sie, saß noch immer auf der Straße und starrte zu ihm hoch. »Wir konnten nie miteinander reden! Wir haben immer nur *gestritten*, und jetzt kommst du zurück und streitest wieder mit mir. Was ist mit Ihnen los, Mr. DuFrayne? Haben Sie keine andere Frau gefunden, die sich Ihrer Gewalt beugt?«

Er blickte auf sie hinunter, und seine Stimme klang samtweich, als er sagte: »Ich habe keine gesucht.«

Gott helfe mir, dachte sie, gebrauchte ihre Wut als Panzer und stand auf. Dann drehte sie sich um und stapfte davon.

Er rief hinter ihr her: »Abbie, bist du glücklich?«

Hör auf! Hör auf! wollte sie ihn anschreien. Nicht noch einmal! Statt dessen wirbelte sie herum und schrie zurück: »Was kümmert's dich! Laß mich in Ruhe! Hörst du mich? Drei Monate lang habe ich es durch mein leeres Haus geschrien, aber endlich sollst du es hören: *Verschwinde aus meinem Leben, Jesse DuFrayne!*«

Dann lief sie so schnell sie konnte nach Hause.

Jesse starrte eine Weile in die Dunkelheit, dann stapfte er durch den Schnee zum Saloon. Dort bestellte er einen Drink, saß grübelnd da, bis er kam, und leerte dann das Glas in einem Zug. Er hatte einen Entschluß gefaßt. Er würde – verdammt noch mal – zu ihr ins Haus gehen und das Weib zwingen, ihm ein paar Fragen zu beantworten.

Er ging durch den verschneiten Garten zur Veranda. Die Korbstühle waren weggeräumt worden, die Schaukel schwang quietschend im Wind. Er stieg die Stufen hinauf und spähte durch das ovale Fenster der Tür ins Haus. Er sah Abbie in die Küche gehen, klopfte und beobachtete dann, wie sie den Gang entlangeilte, um zu öffnen.

Sie sagte: »Das Abendessen ist noch nicht fertig, David, aber ...« Die Worte erstarben auf ihren Lippen, als sie Jesse im Lampenlicht stehen sah. Sie wollte ihm die Tür vor der Nase zuschlagen, aber er schob seinen Stiefel dazwischen.

»Abbie, können wir uns eine Minute lang unterhalten?«

»Verschwinde von meiner Veranda! Hörst du mich! Das fehlt mir gerade noch, daß man dich hier sieht.« Sie warf einen Blick in die Runde, aber niemand war im Garten, und auch die Straße war menschenleer.

»Nur eine Minute. Einem alten Freund sollte es doch gestattet sein, der Braut Glück zu wünschen.«

»Verschwinde, ehe David kommt und dich hier sieht. Ich erwarte ihn jeden Augenblick.«

»Dann kann ich auch dem Bräutigam gratulieren.«

»Weder David noch ich legen auf deine Glückwünsche Wert. Wir wollen nur, daß du aus unserem Leben verschwindest.« Der kalte Wind blies durch die offene Tür und ließ das Lampenlicht aufflackern.

»Na gut. Dann gehe ich jetzt. Aber ich werde Sie wiedersehen, *Miss Abigail*. Ich schulde dir noch eine Fotografie und die dreiundzwanzig Dollar, die ich mir von dir geliehen habe.«

Noch ehe sie ihm antworten konnte, daß er sich die Fotografie und das Geld sonstwohin stecken konnte, sprang er leichtfüßig die Stufen hinunter, trat mit einem Stiefel übermütig nach einem Schneehaufen und verschwand um die Ecke.

Er humpelte überhaupt nicht mehr.

Als David nach Hause kam, begrüßte ihn Abigail beinahe überschwenglich. »Ach, David, wie froh bin ich, daß du hier bist.«

»Wo sollte ich denn sonst sein, drei Tage vor unserer Hochzeit?« antwortete er lächelnd.

Dann half sie ihm aus dem Mantel. »Ach, David, du bist zu gut für mich«, sagte sie, drückte seinen Mantel an sich und dachte: Hoffentlich stimmt es.

»Was ist denn, Abigail?« fragte er, sah ihre tränenfeuchten Augen und nahm sie in die Arme.

»Ach, ich weiß nicht«, antwortete sie mit erstickter Stimme.

»Wahrscheinlich ist es nur die Aufregung. Ich mache mir solche Sorgen, daß der Fotograf aus Denver bei diesem Wetter nicht rechtzeitig eintrifft.« Sie trat zurück, wischte sich die Tränen von den Wangen und sagte mit gesenktem Kopf: »Wahrscheinlich spielen mir nur – wie den meisten Bräuten unmittelbar vor der Hochzeit – die Nerven einen Streich.«

»Du hast dich übernommen«, sagte er mitfühlend. »Die Einrichtung des Geschäfts, die Vorbereitungen für die Eröffnung und unsere Hochzeit ... es war einfach alles zuviel für dich.«

»Ja, ich weiß«, sagte sie verzagt und kam sich jetzt töricht vor, weil sie sich hatte gehenlassen, »aber eine Frau heiratet nur einmal im Leben, und ich möchte, daß dies ein denkwürdiger Tag wird.«

Er legte einen Arm um ihre Schultern und führte sie in die Küche. »Die meisten Frauen haben eine Mutter und Schwestern, die bei den Vorbereitungen helfen. Übertreib es nicht, Abigail. Ich möchte, daß du am Samstag ausgeruht und glücklich bist.«

Seine Fürsorge tat ihr gut, aber es fiel ihr schwer zu vergessen, daß Jesse DuFrayne in der Stadt war, denn sollte David ihm vor Samstag begegnen und die alten Feindseligkeiten zwischen den beiden Männern wieder aufflammen, war mit allem zu rechnen. Schlimmstenfalls würde es zu einer Katastrophe kommen, weil sie Jesse aber auch alles zutraute.

22

Sofort nachdem David gegangen war, schlüpfte Abbie in ihr Nachthemd und ging zu Bett. Sie wollte so schnell wie möglich die Lichter im Haus löschen. Der Wind heulte ums Haus, die Läden klapperten, und Äste peitschten gegen die Fensterscheiben. Es würde eine stürmische Nacht werden. Der Sturm steigerte noch ihre Angst. Mit geschlossenen Augen lag sie unter der Bettdecke und dachte an David und die Bedürfnisse, die er befriedigte: Er bot ihr Sicherheit, Freundschaft, Bewunderung und Liebe. Mit ihm würde sie die Geborgenheit erfahren, nach der sie sich ein Leben lang gesehnt hatte.

Ihre Gedanken wurden durch lautes Klopfen unterbrochen. Jemand hämmerte an die Hintertür. Noch ehe ihre nackten Füße den Boden berührte, wußte sie, wer da Einlaß begehrte. Einen Augenblick lang zog sie in Erwägung, ihn einfach draußen stehenzulassen, aber als er so laut ihren Namen brüllte, daß er sogar das Heulen des Sturms übertönte, hatte sie Angst, die Nachbarn könnten ihn hören.

Sie schlüpfte in ihren Morgenrock und lief zur Hintertür. Hastig zündete sie eine Lampe an, während er unablässig gegen die Tür hämmerte.

»Abbie, mach auf!«

Sie öffnete die Tür nur einen Spaltbreit und lehnte sich dagegen.

Da stand er im Sturm. Brauen, Schnurrbart und Haar waren schneeverkrustet, und er starrte sie mit seinen kohlschwarzen Augen an.

»Ich habe dir gesagt, du sollst mich in Ruhe lassen. Weißt du eigentlich, wie spät es ist?«

»Das ist mir verdammt egal.«

»Ja, dir war immer alles verdammt egal.«

»Läßt du mich nun rein oder nicht? Niemand hat mich bis jetzt gesehen, aber man wird hören, wie ich die Tür einschlage, wenn du sie mir wieder vor der Nase zumachst.« Zitternd raffte sie ihren Morgenrock am Hals zusammen; ihre nackten Füße wurden zu Eisklumpen.

Er fuhr sie an: »Geh ins Haus, ehe du zusammen mit mir zu Tode frierst!« und schob sie vor sich her in die Küche.

Noch ehe er die Tür geschlossen hatte, ging sie auf ihn los: »Wie kannst du es wagen, hier hereinzuplatzen, als würde das Haus dir gehören! Verschwinde!«

Er klopfte den Schnee von seiner Schaffelljacke, tat so, als würde er entsetzlich frieren, und klagte: »Gott, ist das kalt da draußen!« Dann zog er die Jacke aus und fügte hinzu: »Wir müssen Holz nachlegen, sonst erfrieren wir.« Er zog einen Stuhl unter dem Küchentisch hervor, stellte ihn vor den Herd, hängte seine Jacke über die Lehne, öffnete die Herdklappe und griff nach einem Stück Holz.

»Das ist mein Haus, und du bist hier nicht willkommen. Leg das Holz wieder in die Kiste!«

Er schenkte ihr keine Beachtung, schob das Holz in den Herd, legte die Platte wieder auf und schüttelte sich dann den Schnee aus dem Haar. Er sah ihre nackten Zehen unter dem Saum ihres Morgenmantels hervorlugen, deutete darauf und sagte: »Zieh dir lieber ein paar Pantoffeln an, Schätzchen, denn es wird eine Weile dauern.«

Sie kochte vor Wut. »Nein, denn du verschwindest auf der Stelle aus meinem Haus. Und nenn mich nicht Schätzchen!«

»Ich gehe nicht«, stellte er einfach nur fest.

Sie wußte, daß er es so meinte. Was sollte sie nur mit einem sturen Narren wie ihm anfangen? Sie ballte ihre Hände zu Fäusten und knirschte mit den Zähnen, während er einen zweiten Stuhl vor den Herd stellte.

»Wir haben einiges zu besprechen, Abbie.«

Das Eis in seinem Schnurrbart schmolz, und ein Tropfen fiel herunter, während er geduldig wartete, daß sie sich setzte. Seine Nase war rot vor Kälte, sein Haar war feucht und zerzaust vom Sturm. Er ähnelte mehr denn je einem Revolverhelden, wie er da in Stiefeln, Jeans, dunklem Hemd und Lederweste vor ihr stand, den Daumen in den Hosenbund gehakt. Ihr Blick glitt zu seiner Hüfte – er trug keinen Revolver.

»Du brauchst keine Angst vor mir zu haben, Abbie«, versicherte er. Dann zog er ein Taschentuch aus der Hosentasche und schneuzte sich, wobei er sie keinen Augenblick aus den Augen ließ.

Wie konnten ihre Gefühle sie nur so im Stich lassen? Wie konnte sie nur hier stehen, ihn ansehen und dabei denken, daß er sogar attraktiv aussah, wenn er sich schneuzte? Oh, mein Gott, wie gut dieser Mann aussah! Wütend über ihre verräterischen Gedanken, fauchte sie ihn an.

»Warum bist du noch einmal in mein Haus gekommen? Wenn David das erfährt, wird er sich maßlos ärgern, aber das hast du wohl beabsichtigt. Hast du mir denn noch nicht genug angetan?«

Er steckte gelassen das Taschentuch wieder ein und sagte: »Komm, Abbie, setz dich endlich. Während ich da draußen stand und gewartet habe, daß er endlich geht, bin ich halb erfroren.« Er setzte sich und hielt die Hände über den Herd.

»Du hast draußen auf der Straße gestanden und mein Haus beobachtet? Wie kannst du es wagen!«

Er beugte sich über den Herd und wandte nicht einmal den Kopf, als er sagte: »Du vergißt, daß ich eure Idylle finanziere. Das verschafft mir jedes Recht.«

»Welches Recht?« rief sie aufgebracht. »Du kommst in mein Haus und beanspruchst Rechte! Du verheizt mein Holz, sitzt auf meinem Stuhl und sprichst von Rechten? Was ist mit meinen Rechten?«

Er richtete sich langsam auf, reckte die Schultern, seufzte tief, stand dann mit gespielter Langmut auf und kam langsam, mit schweren Schritten auf sie zu. Mit einer Hand umfaßte er ihren Oberarm, die andere legte er in ihren Nacken und schob sie dann zu den beiden Stühlen vor dem Herd. Als er dieses Mal befahl: »Setz dich!« tat sie es.

Aber sie saß nur steif wie ein Ladestock auf der Kante des Stuhls und hatte die Arme vor der Brust verschränkt. »Falls David das erfährt und ich ihn deswegen verliere, werde ich ... werde ich ...« Vor Wut verschluckte sie sich an ihren eigenen Worten.

Jesse streckte seine langen Beine aus und lehnte sich entspannt zurück. »Also bist du mit ihm glücklich?« fragte er und musterte ihr abweisendes Gesicht.

»Darüber hast du dir doch nicht den Kopf zerbrochen, als du fortgingst!«

»Verrenn dich nicht in Spekulationen, Abbie. Als ich fortging, herrschte hier ein einziges Chaos, und ich hinterlasse nicht gern ein Chaos, deswegen bin ich zurückgekommen. Als ich von dir nichts hörte, sondern nur in der Zeitung las, daß du heiraten würdest, wollte ich herausfinden, ob du schwanger bist.«

Sie durchbohrte ihn mit einem mörderischen Blick. »Ach, du bist großartig ... einfach überwältigend!« schrie sie ihn an. »Soll ich mich etwa noch geschmeichelt fühlen, weil du dir Sorgen um mich gemacht hast?«

»Nein, auf meine Fürsorge legst du keinen Wert. Das hast du mir schon an jenem Morgen, als ich dein Haus verließ, klargemacht.« Er grinste boshaft, und Abbie erinnerte sich daran, wie er im Wohnzimmer vor ihr gekniet hatte.

»Nun, du hattest es verdient«, sagte sie gereizt.

»Ja, das habe ich wohl«, gab er gutmütig zu und lächelte.

Hinter ihnen flackerte die Lampe und warf tanzende Schatten an die Wand hinter dem Herd. Ihre Blicke trafen sich. Beide dachten an diesen Tag zurück.

Dann fragte Jesse sanft: »Du bist es nicht, Abbie, nicht wahr?«

»Was nicht?«

»Schwanger.«

Verwirrt über die widersprüchlichen Gefühle, die dieser teuflische Mann in ihr auslösen konnte, wandte sie den Kopf ab. Er kam einfach hier hereinspaziert und brachte ihr ganzes Leben durcheinander. Sie zog die Füße an und versteckte sie unter ihrem Nachthemd.

»Ach, Jesse, wie kannst du nur?« fragte sie. »Vorhin, draußen auf der Straße, hast du mich praktisch beschuldigt, mit David geschlafen zu haben, um ihm ein nicht existierendes Kind unterzuschieben.«

»Es tut mir leid, wenn es sich so angehört hat, Abbie.« Er berührte ihren Ellbogen, aber sie wich zurück.

»Rühr mich nicht an, Jesse«, sagte sie und blickte ihn vorwurfsvoll an.

»Okay ... okay!« Er hob die Hände, als würde sie ihn mit einer Waffe bedrohen.

»Warum bist du nur zurückgekommen? Reicht es nicht, daß du mich bis in die Träume hinein verfolgst?«

Ihre Blicke begegneten sich, und er fragte sanft:

»Tue ich das, Abbie?«

Sie senkte den Blick. »Nicht, wie du meinst.«

Er betrachtete ihre Zehen, die unter dem Saum ihres Nachthemdes hervorlugten. Dann lehnte er sich zurück, legte seinen Arm auf die Rücklehne ihre Stuhls und sagte: »Nun, auch du verfolgst mich in meinen Träumen. Deswegen bin ich wohl zurückgekommen, um alle Mißverständnisse aufzuklären, die es zwischen uns gibt.« Er nahm eine ihrer Haarlocken zwischen Zeigefinger und Daumen und spielte damit.

Gereizt warf sie den Kopf in den Nacken.

»Ich dachte, wir hätten uns am Tag deiner Abreise unmißverständlich ausgedrückt«, entgegnete sie und umfaßte ihre Knie noch fester.

»Wohl kaum.«

Erinnerungen an jenen Morgen stiegen in ihnen auf, wäh-

rend sie Seite an Seite vor dem knisternden Herdfeuer saßen.
Ihr Ärger verflog in dieser traulichen Gemeinsamkeit, und
mit der Wärme des Feuers schien noch eine andere Wärme in
ihre Körper einzudringen.

»Warum hast du mir nicht gesagt, daß David zurückkommen
würde, ehe wir ...« Aber sie hatte Angst, den Satz zu
beenden. Er war ihr zu nahe.

Er überlegte eine Weile und fragte dann leise: »Warum bist
du nicht nach oben gegangen, als ich dich darum bat?«

Aber keiner von beiden wußte eine Antwort darauf. Abbie
legte das Kinn auf ihre Arme und schüttelte stumm den Kopf.
Jesse beugte sich vor und stützte die Ellbogen auf seine Knie.

»Ist in diesem Topf Kaffee?«

Sie stand auf, schaute in den Topf, sah, daß er noch voll war,
und holte zwei Tassen. Er beobachtete jede ihrer Bewegungen
unter halb gesenkten Lidern.

Dann tranken sie schweigend Kaffee und blickten gedankenverloren ins Feuer. Jesse hatte die Stiefel ausgezogen und
seine Füße auf den Herdrahmen gelegt.

»Hast du geglaubt, ich hätte gewußt, daß Melcher zurückkommt?« fragte er, ohne sie anzusehen.

»Hast du es denn nicht gewußt?« entgegnete sie.

»Ich weiß, daß du das all die Monate geglaubt hast, aber es ist
nicht wahr. Ich wußte nur, daß er zur Verhandlung kommen,
aber nicht, daß er bleiben würde.«

Sie betrachtete sein Profil, folgte mit den Blicken der Linie
seiner Stirn, seiner Nase, sah die vollen Lippen, die im Licht
des Feuers rötlich glänzten. Er hob die Tasse und trank einen
Schluck. Er war, gestand sie sich ein, wirklich ein extrem
gutaussehender Mann.

Er sah sie an, beobachtete, wie das Feuer Schatten über ihr
Gesicht tanzen ließ. »Ich habe dich nie belogen.«

»Schweigen kann auch Lüge sein.«

Er wußte, daß sie recht hatte. Durch sein Schweigen hatte er
sie mehrere Male belogen. Nicht nur über Melchers Rück-

kehr, sondern auch über seine wahre Identität – daß ihm die Eisenbahn gehörte und er es Melcher ermöglicht hatte, sich mit der großzügigen Abfindung eine Existenz in Stuart's Junction aufzubauen.

»Du wußtest, welche Hoffnungen ich in David gesetzt hatte, Jesse. Wie konntest du mir verschweigen, daß er zurückkommen würde?« Jetzt sah sie wie ein siebzehnjähriges Mädchen aus, dessen Träume zerbrochen waren. Er umklammerte mit beiden Händen seine Tasse, damit er sie nicht einfach in seine Arme nahm.

»Weil ich dich dann in jener Nacht nicht hätte haben können. Das stimmt doch, oder?«

Überrascht sah sie ihn an. Sie wußte nicht, was sie sagen sollte. Die ganze Zeit hatte sie gedacht ...

»Aber ... Jesse«, sagte sie mit weit aufgerissenen Augen, »ich bin doch in jener Nacht zu dir gekommen ... ich habe dich gebeten ...«

»Nein, so war's nicht.« Er sah ihren hilflosen, fragenden Blick und wandte den Kopf ab. »Ich war's. Vom ersten Tag an wollte ich deinen Widerstand brechen, bis es mir letztendlich auch gelungen ist. Weißt du was, Abbie?« Er nahm die Füße vom Herdrand, stützte die Ellbogen auf seine Knie und starrte in die Kaffeetasse, als er sagte: »Nachher mochte ich mich nicht mehr für das, was ich getan hatte.«

In diesem Augenblick flackerte die Lampe auf dem Tisch hinter ihnen auf und erlosch dann. Zutiefst erschüttert blickte sie ihn an, erkannte in dem trüben Licht nur die Konturen seines Gesichts. »Ich verstehe überhaupt nichts mehr.«

Er sah sie von der Seite an. »Ich möchte, daß du glücklich bist, Abbie. Was ist daran so schwer zu verstehen?«

»Es ist nur ... es paßt nicht ... nun, es paßt einfach nicht zu dem Jesse, den ich kenne. Mehr nicht.«

Er blickte wieder ins Feuer und nahm einen Schluck Kaffee. »Was paßt dann zu mir? Das Image eines Zugräubers? Es fällt dir schwer, dich von diesem Bild zu lösen. Das ist einer der

Gründe, warum ich zurückgekommen bin. Weil mir daran liegt, wie du über mich denkst, und das ist mir noch nie mit einer Frau passiert. Du bist anders. Wie es zwischen uns angefangen hat, war anders ...« Er verstummte und dachte zurück an die erfreulichen und die unerfreulichen Ereignisse. Aber es gelang ihm nicht, seine Gedanken und Gefühle zu formulieren.

»Wie begann es?« ermutigte sie ihn weiterzusprechen.

»Ach, unsere Kämpfe und Auseinandersetzungen und Versöhnungen. Als ich in deinem Haus aufwachte und erfuhr, wie ich hierhergekommen bin, hatte ich eine solche Wut, daß ich sie an jemandem auslassen mußte – und du warst da. Aber ich möchte nicht, daß du glaubst, unsere letzte Nacht wäre auch eine Art Abrechnung gewesen.«

Ihr wurde bewußt, wie oft sie diesen Gedanken gehabt hatte.

»Hast du das geglaubt, Abbie? Daß ich dich nur geliebt habe, damit ich mich an Melcher rächen kann?« Die leere Kaffeetasse baumelte jetzt an seinem Zeigefinger.

Mit erstickter Stimme sagte sie: »Ich ... wollte es nicht glauben.«

Auf ihre Worte folgte ein langes Schweigen. Er legte einen Fuß auf sein Knie, und mit den Zehenspitzen berührte er beinahe ihr Nachthemd. Mit der Hand umfaßte er seinen Knöchel.

»Abbie, ich will dir die Wahrheit gestehen, ob du sie glaubst oder nicht. Mit dem Geld, das ich Melcher gab, wollte ich mein Gewissen beschwichtigen, weil ich Schuldgefühle wegen der Nacht hatte, die wir zusammen verbracht hatten. Damit wollte ich ihm die Gelegenheit geben, sich hier niederzulassen. Oh, ich gebe zu, ich habe ein wenig nachgeholfen, aber ich wollte dich damit nicht in Verlegenheit bringen, Abbie. Keinesfalls. Ich dachte mir, wenn ich es so arrangiere, daß du ihn heiraten kannst, und für eure finanzielle Sicherheit sorge, dann wäre ich meine Gewissensbisse los und könnte dich vergessen.«

Sie sah ihn von der Seite an. Er klopfte mit der Tasse auf sein Knie.

»Bist du mich losgeworden?«

Er blickte ihr in die Augen.

»Nein.«

Sie zupfte einen Faden von ihrem Nachthemd. »Bist du immer so großzügig mit deinen Geliebten?« fragte sie. Sie wehrte sich gegen das Gefühl der Verzauberung, das sie wie ein Spinnennetz einhüllte.

»Wäre es nicht einfacher gewesen, mich wegzuschicken, als ich zu dir kam?«

Er stand auf und goß Kaffee in seine Tasse. Mit dem Rücken zu ihr sagte er: »Kaum.« Sie betrachtete das dichte, schwarze Haar über seinem Hemdkragen. »Weißt du, daß du die erste Frau bist, die nein zu mir gesagt hat, Abbie?«

Wieder war es ihm gelungen, sie in Erstaunen zu versetzen. Seine Worte ergaben keinen Sinn.

»Aber ich . . .«

Er drehte sich um und fiel ihr ins Wort. »Gib dir nicht die Schuld daran, Abbie. Ich habe dich verführt, ganz gleich, wer in wessen Zimmer kam, und das weißt du auch. Aber du bist anders als andere Frauen.«

»Ich dachte, im Bett wären alle Frauen gleich.«

Mit einer Hand packte er ihr Kinn und hob ihr Gesicht hoch. Einen Augenblick sah er aus, als wollte er sie schlagen. »Hör damit auf, Abbie! Du weißt verdammt gut, daß du anders bist. Und das hat nichts damit zu tun, daß du noch Jungfrau warst. Durch das, was wir miteinander erlebt haben, unterscheidest du dich von anderen Frauen. Dadurch und durch die Tatsache, daß du mir das Leben gerettet hast.«

In ihren Augen brannten Tränen, sie wandte den Kopf ab, wich aber seinem Blick nicht aus, als sie sagte: »Weißt du, für wie gemein ich dich hielt, weil du mir nicht gesagt hattest, daß David zurückkommt? Weil du mir verschwiegen hast, daß dir die Eisenbahn gehört? Daß du mich mit deinem Geld bezahlt hast wie . . . wie eine Hure?«

»Abbie ...«

»Nein, laß mich aussprechen. Ich war so wütend über die Art und Weise, wie du dich aus dem Staub gemacht hast, nachdem du dich eine Nacht mit mir vergnügt hast und dachtest, einer Frau wie mir würde das nichts ausmachen ...«

»Das habe ich nie gedacht ...« Er setzte sich wieder und legte den Arm auf ihre Stuhllehne.

»Sei still!« befahl sie. »Du sollst wissen, was für eine Hölle ich durchgemacht habe – deinetwegen. Du gabst mir das Gefühl, Davids Liebe nicht wert zu sein und kein Recht zu haben, ihn zu heiraten. Du kannst dir nicht vorstellen, was du mir angetan hast, Jesse DuFrayne. Du wirst hier nicht reinen Gewissens fortgehen. Du sollst leiden, so wie ich gelitten habe. Jedesmal, wenn ich durchs Haus ging, wurde ich daran erinnert, was ich mit dir getan hatte. Jedesmal, wenn ich in Davids Geschäft war, wurde ich daran erinnert, daß du es bezahlt hast. Aus jeder Ecke hast du mir entgegengelacht. Ich wollte zurückschlagen, hatte aber keine Möglichkeit dazu, und ich begann schon zu befürchten, daß ich mich nie von dir befreien könnte.«

»Möchtest du von mir frei sein?«

»Mehr als alles andere auf der Welt«, sagte sie aus tiefstem Herzen.

»Was bedeutet, daß du es nicht bist?« Er betrachtete ihre zitternden Lippen.

»Nein, ich bin es nicht, werde es vielleicht nie sein. Und deshalb freue ich mich, daß du Gewissensbisse hast. Ein einziges Wort von dir hätte in jener Nacht genügt, und wir beide wären heute frei von Schuldgefühlen. Jetzt steht mir eine Hochzeitsnacht bevor ...« Sie starrte in ihren Schoß. »Ich weiß nicht, was geschehen wird. Und du sagst, *du* möchtest ein reines Gewissen haben!«

»Abbie«, sagte er flehend, »ich sagte dir doch, ich wußte nicht, daß er bleiben würde ...«

Aber sie schnitt ihm das Wort ab. »Dir ist doch wohl bewußt, daß ich noch immer alles verlieren kann? Jetzt, da sich mir alles bietet, worauf ich je zu hoffen wagte – ein Ehemann, der mich bewundert und verehrt, ein Geschäft, das uns Sicherheit bietet, solange wir leben.« Sie blickte ihm direkt in die Augen. Er war ihr jetzt sehr nahe. »Und ich werde jetzt auf eine Weise von den Menschen hier akzeptiert wie nie zuvor. Als Davids Frau werde ich ganz dazugehören, vorher war ich nur eine ... eine *alte Jungfer*.«

Eine Weile war nur das Knistern des Feuers und das Heulen des Sturms zu hören. Und plötzlich wußte er, daß er ihr mit jeder Minute, die er länger blieb, mehr Schmerzen zufügte. »Was soll ich dazu sagen?« fragte er kläglich. »Daß es mir leid tut?« Wieder berührte er mit den Fingern leicht ihr Haar, und dieses Mal wich sie nicht zurück. »Es tut mir leid, Abbie, und das weißt du.«

»Deinetwegen bin ich durch die Hölle gegangen, Jesse. Vielleicht genügt es nicht, daß es dir leid tut. Als David mir sagte, daß er sich in Stuart's Junction niederlassen würde, wußte ich, daß er es meinetwegen tat. Er hat mich von Anfang an verehrt. Aber weißt du, was es für mich bedeutet, daß ich meine Ehe mit ihm mit einer Lüge beginnen muß?«

Jesse wußte, wie sehr sie darunter litt. Er sah den qualvollen Ausdruck in ihrem Gesicht und wünschte sich, er wäre nicht schuld daran.

»Was willst du ihm sagen, wenn er in der Hochzeitsnacht Verdacht schöpft?«

»Daß es Richard war.«

»Wird er dir glauben?«

Sie lächelte wehmütig. »Er ist nicht wie du, Jesse. Er hat nicht jede Frau gehabt, die ihm über den Weg lief.«

Spielerisch hob er ihr Haar aus dem Nacken und ließ es wieder fallen. Ganz leise sagte er: »Seitdem ich von hier fortgegangen bin, ist mir keine Frau mehr über den Weg gelaufen.«

Ein leichter Schauder lief ihr über den Rücken. »Ich werde David heiraten, Jesse. Er ist sehr gut für mich.«

»Das war ich auch einmal.«

»Nicht auf diese Weise.«

»Auf andere Weise. Wir konnten immer miteinander reden und lachen und ...«

»Und streiten?«

Er hörte auf, mit ihrem Haar zu spielen. »Ja. Und streiten«, gab er lächelnd zu.

»Sogar nachdem du gegangen warst, habe ich noch mit dir gestritten. Als ich am Tag nach der Verhandlung in der Zeitung die Wahrheit las, war ich tagelang auf dich wütend.« Er grinste. »Ja, du hast mir immer gut gefallen, wenn du wütend warst.«

»Nehmen Sie Ihren Arm von der Stuhllehne, oder Sie bekommen meine Wut zu spüren, Mr. DuFrayne.«

»Ich heiße Jesse«, sagte er und ließ den Arm, wo er war.

»Oh, erspar mir das alles. Als nächstes wirst du mir erzählen, du wärst ein Zugräuber und hättest eine Verwundung an der Hüfte.«

Er lachte und drückte leicht ihren Nacken. Dann streichelte er mit dem Daumen ihr Ohrläppchen. »Werd doch noch einmal wütend, Abbie.«

Aber sie sah ihn nur gelassen an und wiederholte: »Ich werde David Melcher heiraten und möchte, daß du aus meinem Haus und aus meinem Leben verschwindest.«

Er lehnte sich im Stuhl zurück und legte die Füße wieder auf den Herdrahmen.

»Hast du das wirklich durch das leere Haus geschrien, als ich fort war?«

»Oh, plustere dich nicht zu sehr auf«, sagte sie spöttisch.

»Jedesmal, wenn ich es tat, habe ich dich gehaßt.«

Er sah sie an.

»Du hast mich nicht gehaßt.«

»Doch, ich tat es.«

»Haßt du mich jetzt?«

Sie gab ihm keine Antwort, legte nur ihre Füße neben die seinen auf den Herdrahmen.

»Sag mir, daß du mich haßt«, sagte er herausfordernd und bedeckte mit einem Fuß ihre Zehen.

»Das werde ich, wenn du nicht sofort deinen Fuß wegnimmst und aus meinem Haus verschwindest.« Er umschloß nun mit beiden Füßen ihren Fuß und rieb ihn genüßlich.

»Wirf mich doch raus.« Er lächelte wieder auf die vertraute, neckende Weise. Nur wenn sie ihm glauben machen konnte, daß sie ihn haßte, würde er sie freigeben. »Du glaubst noch immer, daß Kraft Stärke ist, nicht wahr? Ich kann dich nicht zwingen zu gehen, und das weißt du. Aber ich kann wiederholen, was ich dir früher schon sagte: daß David Melcher die schöne und sanfte Kraft besitzt, die ich an einem Mann bewundere. Und wegen dieser Eigenschaften heirate ich ihn.«

Jesse sah sie eine Weile schweigend an und nahm dann ihre Hand. Ihr Herz spielte verrückt, aber sie duldete scheinbar ungerührt, daß er ihre Hand streichelte.

»Ich glaube, du meinst es wirklich.«

»Ja«, sagte sie mit erzwungener Gelassenheit.

»Ist er gut zu dir?« fragte Jesse, und sie wollte plötzlich ihre Finger mit den seinen verschlingen und seine Hand gegen ihren Bauch pressen. Das war immer der schlimmste Moment gewesen – wenn Jesse mitfühlend und fürsorglich wurde.

»Immer ... und auf jede Weise«, antwortete sie sanft.

»Und ist er gut *für* dich?«

Der Schnee begrub ihr Geheimnis.

»Abbie?« sagte er beharrlich, als sie nicht antwortete.

»Das ist ein und dasselbe.«

»Nein, das ist es nicht.«

»Dann stellt sich vielleicht die Frage, ob ich gut für ihn bin.«

»Selbstverständlich«, antwortete Jesse.

Sie betrachtete ihre ineinander verschlungenen Hände und sagte: »Sei bitte nicht nett zu mir. Jedesmal, wenn du nett warst, haben wir Narren aus uns gemacht.«

Damit war der Bann gebrochen, und er gab mit einem Lachen ihre Hand frei. »Erzähl mir von deinen Zukunftsplänen.«

Seltsam, dachte sie, in zwei Tagen heirate ich, und ich konnte bisher mit keinem Freund darüber sprechen. Welche Ironie, daß es ausgerechnet Jesse ist, der sich für meine Pläne interessiert. Aber in einer Beziehung hatte er recht – sie hatten immer gut miteinander reden können, und mittlerweile fühlte sie sich ganz ungezwungen und behaglich in seiner Gegenwart. Und sie erzählte ihm alles. Über ihre Hochzeitsvorbereitungen, den Empfang, die Eröffnung des Geschäfts, und wie hart sie und David gearbeitet hatten, um rechtzeitig fertig zu werden. Sie erzählte ihm, daß sie die Flitterwochen in Colorado Springs verbringen würden.

Er konnte es sich nicht verkneifen, zu sagen: »Ach, dann bezahle ich dafür also auch noch?« und sah sie mit einem schiefen Grinsen an.

Sie erzählte ihm, daß morgen ein Fotograf aus Denver kommen würde. Er fragte nach dem Namen des Fotografen, und als sie ihm sagte, es sei Damon Smith, äußerte er sich anerkennend über dessen Arbeiten. Dann brachte sie ihn zum Lachen, als sie fragte, ob er wirklich Fotograf sei. Und als er ihr lächelnd antwortete: »Heißt das, du glaubst mir noch immer nicht?«, mußten sie beide darüber lachen.

Ihre Unterhaltung war jetzt frei von jeder Spannung, und sie plauderten ungezwungen über ihre Zukunftspläne und seine Arbeit. Die Zeit verstrich wie im Flug, aber beide merkten es nicht. Dann saßen sie eine Weile in freundschaftlichem Schweigen nebeneinander und lauschten dem Sturm.

»Es ist schon spät«, sagte Abbie schließlich. »Du solltest jetzt gehen, sonst muß der Fotograf morgen eine ganz zerknittert aussehende Braut fotografieren.«

»Ich bin froh, daß wir miteinander gesprochen haben«, sagte er, richtete sich auf und reckte sich gähnend.

Steif und müde stand sie auf. »Ich auch. Jesse?«

»Hmm?« sagte er.

»Bitte, achte darauf, daß dich niemand aus meinem Haus kommen sieht. Ich möchte nicht, daß David von deinem Besuch erfährt.«

»Um diese Zeit ist niemand mehr auf der Straße.«

»Aber du wirst trotzdem vorsichtig sein?«

»Ja, Abbie«, versprach er ernsthaft, schlüpfte in seine Stiefel, stand auf und zog seine Schaffelljacke an.

»Zur Hochzeit bin ich wohl nicht eingeladen, wie?«

»Sie sind unverbesserlich, Mr. DuFrayne«, entgegnete sie lächelnd.

»Also ...«, sagte er, stand vor ihr und sah sie an. Ihre Lippen zitterten, als sie ein klägliches Lächeln zustande brachte und töricht wiederholte: »Also ...«

»Kriege ich von der Braut einen Kuß, ehe ich gehe?« fragte er mit einem leicht heiseren Unterton in der Stimme.

»Nein!« rief sie zu schnell, wich einen Schritt zurück und stolperte über den Stuhl hinter ihr. Er griff nach ihrem Ellbogen, um sie aufzufangen, und zog sie dann langsam, aber unaufhaltsam an sich. Mit geschlossenen Augen drückte er ihren Kopf gegen seine Brust.

Abbie, dachte er, mein kleiner Kolibri.

Und wie das Herz eines Kolibris schlug Abigail McKenzies Herz so schnell, daß es ihre Brust zu sprengen drohte.

Schmerzhaft wurde ihr bewußt, wie anders es war, in Jesses Armen zu liegen. Sogar durch die dicke Schaffelljacke hindurch konnte sie das wilde Pochen seines Herzens hören.

»Werde glücklich, Abbie«, sagte er in ihr Haar und küßte es.

Verzweifelt kniff sie die Augen zusammen und sagte, das Gesicht fest gegen seine Schaffelljacke gedrückt: »Das werde ich sein.« Noch einmal drückte er sie an sich und gab sie dann frei.

Er nahm ihre Hände und legte sie gegen seine Wangen. So leise, daß sie es kaum verstehen konnte, sagte er: »Leb wohl, Abbie.«

Wie sehnte sie sich danach, sein dunkles warmes Gesicht zu

streicheln, seinen Schnurrbart, seine Augen, seinen Körper zu berühren. Er hielt ihre Hände so fest, daß es schmerzte. Sie schluckte krampfhaft und flüsterte: »Leb wohl, Jesse.« Dann trat er zurück, knöpfte seine Jacke zu und schlug den Kragen hoch. Dabei ließ er sie keine Sekunde aus den Augen. Dann drehte er sich um und ging. Schweigen und Dunkelheit umfingen sie in dem leeren Haus, und sie flüsterte noch einmal: »Leb wohl, Jesse.«

23

Als Abbie am nächsten Morgen aufwachte und im Spiegel ihr
abgespanntes Gesicht sah, dachte sie erleichtert: Wie gut, daß
mich David so nicht sieht. Sie würden sich erst am Abend
treffen, da sie heute nicht ins Geschäft ging.
Ihr Aussehen war katastrophal, und ihre Nerven waren
zerrüttet. Beides bedurfte dringend der Pflege.
In ihrem Gesicht würde der Saft einer frischgepreßten Zitro-
ne Wunder bewirken. Nachdem sie ein Bad genommen und
sich die Haare gewaschen hatte, ging es ihr besser. Die
sichtbaren Spuren der vergangenen Nacht waren verwischt.
Aber was war mit den unsichtbaren?
Ihrem flatternden Magen tat es keineswegs gut, an Jesse zu
denken, aber sie versuchte vergeblich, ihn zu vergessen.
Während sie ihr Haar frisierte, mußte sie daran denken, wie
anders er gewesen war.
Vergiß ihn, Abigail McKenzie!
Sie zwang sich, an David, das Geschäft, den Fotografen, die
Hochzeitsfeier und den Empfang zu denken. An ihre Flitter-
wochen. Wieder schweiften ihre Gedanken zu Jesse ...
Kümmere dich um die Vorbereitungen für den Empfang, rief
sie sich zur Räson. Hol die Spitzendecke heraus, stell die
Teller bereit und lege das Besteck zurecht. Bügle dein Hoch-
zeitskleid.
Sie blickte zum Fenster hinaus. Der Schneesturm hatte sich
im Morgengrauen gelegt. Aber Schneefall in den Bergen
bedeutete oft eine Verspätung der Züge. Angenommen, der
Zug aus Denver hatte Verspätung oder kam überhaupt nicht?
Nun, ihre Fotografie war keine lebensnotwendige Sache, sie

lauschte aber doch ungeduldig auf das Pfeifen des Zuges. Warum mußte nur so viel Schnee fallen!

Jesse – mit schmelzenden Schneeflocken im Haar, im Schnurrbart ...

Vergiß ihn! Denk an David.

Das Pfeifen des 9-Uhr-50-Zuges! Endlich! Das bedeutete, Damon Smith war gekommen und würde seine Fotoausrüstung im Hotel aufbauen.

Bedeutete es auch, daß Jesse mit diesem Zug die Stadt verließ?

O ja, ja, bitte geh fort, Jesse.

Würde David erfahren, daß Jesse in der Stadt gewesen war? Hatte jemand Jesse um drei Uhr morgens ins Hotel zurückgehen gesehen?

Denk nicht darüber nach! Pack deinen Schleier in ein Papier, schütze dein Hochzeitskleid mit einem Überzug, und steck deine Schuhe in eine Tasche. Du siehst hübsch aus, Abbie, starre nicht weiter in den Spiegel. Dein Kleid ist wunderschön, alles wird ein gutes Ende nehmen, wenn du nur Jesse DuFrayne vergißt.

Edwin Young stand an der Rezeption, als Miss Abigail das Foyer des Hotels betrat.

»Darf ich Ihnen die Sachen abnehmen, Miss Abigail?« fragte er höflich und kam auf sie zu.

»Danke, Edwin, es geht schon.«

»Ich nehme an, das ist Ihr Hochzeitskleid.«

»Ganz recht.«

»Wie schade, daß das Wetter sich so kurz vor Ihrer Hochzeit verschlechtert hat.«

»Mir macht der Schnee nichts aus«, sagte sie. »Heute morgen dachte ich, die schneebedeckten Berge sehen aus, als hätten sie sich für unsere Hochzeit geschmückt.«

Miss Abigail hat sich wirklich geändert, seit David Melcher in die Stadt gekommen ist, dachte Edwin. Wie freundlich und zugänglich sie geworden ist.

»Wie hübsch Sie aussehen, wenn Sie lächeln, Miss Abigail. Das Foto von Ihnen wird bestimmt wunderbar.«

»Dann ist Damon Smith also angekommen?«

»Oh, gewiß, Miss Abigail. Wenn Sie mir folgen wollen, dann zeige ich Ihnen den Weg zu seinem Zimmer.«

»Das ist nicht nötig, vielen Dank. Sagen Sie mir nur seine Zimmernummer.«

»Nummer acht. Kann ich Ihnen wirklich nicht helfen?«

Aber sie war schon halb die Treppe hinaufgestiegen.

Zu beiden Seiten des Ganges lagen vier Zimmer. Nummer acht war das letzte Zimmer auf der linken Seite, wo durch ein hohes Fenster das Sonnenlicht hereinfiel.

Sie klopfte an die Tür mit der Nummer acht. Noch nie war sie in einem Hotelzimmer gewesen, und ihr war etwas beklommen zumute. Sie würde darauf bestehen, daß die Zimmertür offenblieb.

Hinter der Tür hörte sie Schritte, und sie fragte sich, wie Damon Smith wohl aussah. Der Türknauf drehte sich, und vor ihr stand Jesse DuFrayne.

Sie starrte ihn an, als wäre sie plötzlich schneeblind geworden. Sie kniff die Augen zusammen, öffnete sie wieder – es war tatsächlich Jesse und kein Gespenst. Mit einer weitausholenden Geste bat er sie einzutreten.

»Das ist wohl das falsche Zimmer«, sagte sie und blieb wie angewurzelt stehen.

»Nein, es ist das richtige Zimmer«, widersprach er.

»Aber man sagte mir, es wäre Damon Smiths Zimmer.«

»Das ist es auch.«

»Wo ist er dann?«

»In meinem Zimmer, gleich nebenan.« Er deutete auf die geschlossene Tür von Nummer sieben. »Ich habe ihn dazu überredet, mit mir für eine Weile die Zimmer zu tauschen.«

»Du hast ihn dazu überredet?«

»Ja, gewissermaßen. Ein Gefallen, den man sich unter Kollegen gern erweist.«

»Ich glaube dir nicht. Was hast du mit ihm gemacht?« Sie trat einen Schritt auf die Nummer sieben zu, erwartete, daß Jesse sie aufhalten würde. Aber er lehnte sich nur mit verschränkten Armen gegen den Türrahmen und sagte – ganz beiläufig: »Ich habe ihn bezahlt. Nicht er wird dich fotografieren, sondern ich.«

Zornig fuhr sie ihn an: »Du bist so eingebildet und aufgeblasen wie immer.«

Grinsend antwortete er: »Ich will nur meine Schulden bezahlen. Ich habe dir eine Fotografie versprochen, also werde ich dich heute fotografieren.«

»Nein, das wirst du nicht!« Und Abigail klopfte laut an die Tür von Nummer sieben. Während sie wartete, daß jemand öffnete, sagte Jesse hinter ihr: »Ich habe ihm erzählt, wir wären alte Freunde und daß du mir das Leben gerettet hättest. Es sei nur einem glücklichen Zufall zu verdanken, daß ich heute in der Stadt bin, und ich dir einen Gefallen erweisen wollte.«

Da wurde die Tür von einem blonden, blinzelnden Mann geöffnet, der sich seine Weste zuknöpfte und ein Gähnen unterdrückte. Es war offensichtlich, daß er geschlafen hatte. Mit einer Hand fuhr er sich durch sein zerzaustes Haar, grinste freundlich und fragte: »Was gibt's, Jesse? Ist das Miss McKenzie?«

»Ja, das ist Miss McKenzie!« fauchte Abigail.

»Stimmt was nicht?« fragte der Mann erstaunt.

»Sind Sie Damon Smith?«

»Ja ... entschuldigen Sie, ich hätte mich vorstellen ...«

»Und wurden Sie beauftragt, mein Hochzeitsporträt zu machen?«

»Ja, aber Jesse erklärte mir, daß er Sie fotografieren wolle. Und da Sie beide so gute Freunde sind, hatte ich nichts dagegen einzuwenden. Er hat mir meine Unkosten erstattet und ...«

»Mr. Smith, ich bestehe darauf, daß Sie mich fotografieren.«

Smith brummte: »He, Jesse, was, zum Teufel, soll das bedeuten?«

»Ein Streit zwischen Liebenden«, flüsterte Jesse ihm verschwörerisch zu. »Halt dich da raus, wir werden uns schon einigen. Weißt du, sie heiratet den Kerl aus Rache.«

Abbie war außer sich vor Wut und rief: »Er lügt! Ich habe Ihnen den Auftrag gegeben, mich zu fotografieren, nicht ihm! Wollen Sie mich nun fotografieren oder nicht?«

»Hören Sie, ich habe meine Fotoausrüstung nicht einmal ausgepackt. Und außerdem geht mich euer Streit nichts an. Jesse hat mir bereits den doppelten Preis bezahlt, den ich von Ihnen bekommen hätte, warum sollte ich mir da noch die Mühe machen und meinen Fotoapparat aufbauen? Wenn Sie sich fotografieren lassen wollen, dann halten Sie sich an Jesse. Er hat schon alles vorbereitet.«

Mr. Smith verneigte sich höflich und schlug Abigail die Tür vor der Nase zu.

Wütend schrie sie Jesse an: »Wie kannst du es wagen ...«

Aber er packte sie beim Ellbogen, warf einen Blick den Gang entlang und grinste verschwörerisch.

»Psst«, sagte er. »Wenn du deinen Fischweiberauftritt abziehen willst, dann warte, bis die Tür geschlossen ist, sonst hört dich die ganze Stadt.«

Sie entriß ihm ihren Arm und blieb vor der Tür stehen.

Da machte er wieder eine einladende Handbewegung und sagte höflich: »Treten Sie ein ...«

Giftig fügte sie hinzu: »... sagte die Spinne zur Fliege!«

»*Touché*«, gratulierte er ihr für ihre Schlagfertigkeit. »Aber ich will dich wirklich nur fotografieren. Dir bleibt jetzt wohl keine andere Wahl, als mein Angebot anzunehmen.«

»Mir bleibt die Wahl, überhaupt keine Fotografie machen zu lassen.«

»Ach, wirklich?« fragte er und hob eine Braue.

»Habe ich die nicht?«

»Nein, wenn du nicht willst, daß Melcher von deinem mitternächtlichen Tête-à-tête erfährt und wer gegen drei Uhr morgens heimlich ins Hotel zurückschlich. Außerdem hat dich Edwin Young kommen sehen, und er weiß, daß du hier oben bist, weil Damon Smith dich fotografieren will. Wie willst du erklären, was ihr die ganze Zeit gemacht habt, wenn du kein Porträt vorweisen kannst?«

Sie starrte wütend auf die Tür zu Nummer sieben und wußte, daß die Spinne sie in ihrem Netz gefangen hatte, noch ehe sie Jesses Zimmer betreten hatte. In der Mitte des Raums entdeckte sie tatsächlich eine Kamera auf einem Stativ, aber der Anblick war wenig tröstlich. Sie mißtraute ihm gründlich.

»Nach deiner ersten aufsehenerregenden Ankunft in dieser Stadt«, sagte sie vorwurfsvoll, »mußt du natürlich auch dieses Mal eine Szene machen. Der Hotelangestellte weiß, daß du hier oben bist. Also wird David erfahren, daß du in der Stadt bist.«

»Ich habe geschäftliche Interessen hier in der Stadt wahrzunehmen. Bis jetzt weiß niemand, daß wir heute nacht zusammen waren, und nur Smith wird wissen, daß ich dein Foto mache. Und er wird den Mund halten, dafür habe ich gesorgt.«

Dieser Mann frustrierte sie völlig. Wie konnte er sich von der verständnisvollen, warmherzigen Person in wenigen Stunden in eine hinterlistige Schlange verwandeln?

»Ohhhh! Du und deine Eisenbahn und dein Geld! Du glaubst, du kannst dir damit alles kaufen, nicht wahr – damit manipulierst du die Menschen!«

»Wozu ist das ganze Geld denn gut, wenn ich es nicht dafür verwende, mich glücklich zu machen?« fragte er mit gespielter Naivität und deutete wieder auf die offene Tür.

Er hatte sie hereingelegt, und sie wußte es. Widerstrebend trat sie ein. Er schloß die Tür hinter ihr.

»Laß die Tür offen«, befahl sie schroff.

»Wie du willst«, antwortete er freundlich und lehnte die Tür an. Er trat auf sie zu und wollte ihr höflich die Sachen abnehmen. Sie beobachtete ihn mißtrauisch und weigerte sich, ihm ihre Sachen auszuhändigen.

Mit einem Blick auf ihr Satinkleid, das sie fest an sich gepreßt hielt, sagte er warnend: »Du wirst es zerdrücken. Was wird David sagen, wenn er dich in dem zerknitterten Kleid auf dem Porträt sieht?«

Er nahm ihr das Kleid und den Schleier ab und legte beides aufs Bett. »Darf ich dir aus dem Mantel helfen?« sagte er, trat hinter sie und wartete, während sie ihn aufknöpfte. »Hübscher Mantel«, bemerkte er, als sie herausschlüpfte. »Ist er neu?« Ohne ihn anzublicken, wußte sie, daß seine Augen wissend funkelten. Der Mantel gehörte offensichtlich zu ihrer Brautausstattung, und es war offensichtlich, wer ihn bezahlt hatte.

Er legte ihn neben die anderen Sachen aufs Bett, kam dann zu ihr und sah sie nur an. Abbie fühlte sich unter diesem Blick unbehaglich. Was erwartete er denn von ihr? Sollte sie sich etwa umziehen?

»Ist das nicht der Zeitpunkt, an dem du mich fragen solltest, ob ich deine Fotografien sehen will?« fragte sie sarkastisch.

Er überraschte sie mit den Worten: »Gute Idee!« und klatschte in die Hände. »Da drüben liegen sie.«

Unglaublicherweise meinte er, was er sagte, denn er ging vor drei großen schwarzen Koffern in die Hocke und löste die Riemen.

»Das war ironisch gemeint«, sagte sie etwas weniger wütend.

»Ich weiß. Komm und schau sie dir trotzdem an. Ich will sie dir schon seit langem zeigen, und wenn sie dir gefallen, bist du vielleicht eher damit einverstanden, daß ich dich fotografiere.«

»Du sagtest doch, du machst keine Porträts.«

»Stimmt«, antwortet er und blickte zu ihr auf. »Nur deins.« Er öffnete den ersten Koffer und nahm die ersten Fotoplatten heraus, die in schweren Samthüllen steckten.

»Komm, Abbie, sei nicht so skeptisch und eigensinnig. Ich zeige dir, wie eine Eisenbahn gebaut wird.«

Obwohl sie neugierig auf seine Aufnahmen war, zögerte sie, sich ihm zu nähern. Er hatte sie schon unzählige Male überrumpelt.

»Komm her.« Er streckte eine Hand aus, als wollte er sie neben sich auf den Boden ziehen, wo er inmitten der Fotoplatten kniete. Er sah sie bittend und auch ein wenig stolz an, als er darauf wartete, daß sie sich zu ihm gesellte. Vorsichtig stieg sie über die verstreut herumliegenden Platten und kniete sich mit gebauschtem Rock neben ihn. Das erste Foto, das sie sah, zeigte ein großes Segelschiff.

»Hätte dieses Schiff nicht Schwierigkeiten, auf Eisenbahnschienen zu segeln?« sagte sie.

Er lachte, nahm das Foto und wischte mit dem Ärmel den Staub ab. »Das ist die *Nantucket*, und sie hat 1863 in nur hundertzwölf Tagen Kap Horn umsegelt, von Philadelphia nach San Francisco. Sie brachte die ersten zwei Maschinen.«

»Lokomotiven?« fragte sie erstaunt, fasziniert von den Fotografien. Er lächelte flüchtig, aber sein Interesse galt hauptsächlich den Aufnahmen.

»Alles kam damals per Schiff ums Kap Horn herum – Lokomotiven, Schienen, Nägel, Schrauben – bis auf das Holz für die Schwellen.«

Während er sprach, lag ein Leuchten in seinen Augen, das sie nie zuvor gesehen hatte. Als nächstes deutete er auf ein Foto, das eine Lokomotive auf einem Flußdampfer zeigte.

»Die Eisenbahn war auf die Dampfer angewiesen«, erklärte er. »Als Junge bin ich ein paarmal auf so einem Dampfer mitgefahren.«

Dann sah sie Aufnahmen von Brückenpfeilern, die aus tiefen Bergschluchten aufragten; von Eisenbahnarbeitern, größtenteils Kulis, die Schwellen verlegten und Pfeiler errichteten. Jesse erklärte jede Szene, lächelte dabei oder wirkte bedrückt, je nachdem, welche Erinnerung sich für ihn damit verband. Abbie spürte, daß Jesse völlig in seiner Arbeit aufging und dabei eine Hingabe zeigte, die sie zutiefst berührte. Diese Seite kannte sie nicht an ihm.

328

»Das ist Chen«, sagte er und zeigte auf das faltige Gesicht eines Chinesen.

»Haben Chinesen wirklich eine gelbe Haut?« fragte sie.

Jesse lachte leise und sprach mehr zu sich selbst: »Nein, sie hat eher die Farbe der Erde, die sie in ihren Karren wegschleppen. Er hat nie geklagt, immer nur gelächelt.« Wieder staubte er das Foto mit seinem Ärmel ab und fügte hinzu: »Ich frage mich, wo der alte Chen jetzt wohl ist.«

Dann sah Abbie Tunnel, die sich in die Finsternis der Berge bohrten. Aufnahmen von Zeltlagern, die Jesse ihr einmal beschrieben hatte – im Sonnenlicht, bei Regen und Schnee; Männer im Schlamm, beim Essen, beim Kämpfen und sogar beim Tanzen am Ende eines Arbeitstages. Bei dieser Aufnahme lachte Jesse, erinnerte sich lebhaft an die schönen Stunden, die er mit diesen Männern geteilt hatte.

»Das war Will Fenton«, sagte er schließlich wehmütig. »Er war ein prächtiger Kerl.«

Er betrachtete das Foto eine Weile, und Abbie sah den Schmerz in seinem Gesicht. Sie wollte ihre Hand ausstrecken, ihn berühren und trösten. Jesse, dachte sie, wie wenig weiß ich von deinen Gefühlen.

»Nun, habe ich zuviel versprochen?« fragte Jesse, und der Bann war gebrochen.

»Nein. Ich bin beeindruckt«, antwortete sie und bereute nicht länger, zu ihm ins Zimmer gekommen zu sein. Während sie gemeinsam die Fotos betrachteten, hatte sie einen ganz anderen Mann kennengelernt.

»Warum ziehst du dann nicht dein Brautkleid an, während ich die Platten wegpacke?«

Er widmete sich hingebungsvoll dieser Aufgabe und schien sie völlig zu vergessen. In einer Ecke des Zimmers stand ein Wandschirm. Sie nahm ihr Kleid vom Bett und verschwand dahinter.

Während sie sich umzog, ermahnte sie sich, auf der Hut zu sein und nicht auf Jesses Schmeicheleien hereinzufallen. Er hatte sie mit seinen Fotos beeindruckt, aber ...

Komm nur, sagte die Spinne zur Fliege.

Sie hörte ihn mit den Platten herumhantieren, und dann klang es, als würde er ein Möbelstück verschieben. Als sie hinter dem Wandschirm hervortrat, kniete er mit dem Rücken zu ihr neben seiner Kamera. Leise pfeifend schob er einen Schaukelstuhl in Position.

»Ich muß mich im Spiegel betrachten«, sagte sie und merkte, daß er die Hemdsärmel aufgerollt hatte.

Aus den Augenwinkeln beobachtete er, wie sie ihr Haar zurechtzupfte. Im Spiegel sah sie, daß er einen Tisch neben den Schaukelstuhl stellte. Er beabsichtigte doch wohl nicht, sie in einem Schaukelstuhl sitzend zu fotografieren! Als sie ihren Schleier aufsetzen wollte, befahl er: »Nein, setz ihn nicht auf.«

»Aber es ist mein Brautschleier. Ich will damit fotografiert werden.«

»Er kommt mit aufs Foto. Komm jetzt hierher«, sagte er und wies auf den Schaukelstuhl.

»Soll ich für mein Hochzeitsporträt vielleicht in einem Schaukelstuhl sitzen? So alt bin ich noch nicht, Jesse.«

Er lachte aus vollem Hals. Er hatte nie eine Frau mit ihrem Sinn für Humor kennengelernt. Die Hände in die Hüften gestemmt, stand er breitbeinig da und betrachtete Abbie im Brautkleid ihrer Mutter. »Doch, du wirst dich in diesen Schaukelstuhl setzen«, sagte er bestimmt.

»Jesse . . .«, wollte sie widersprechen.

»Von der Fotografie verstehe ich mehr als du, also komm hierher.« Als sie einfach vor dem Spiegel stehenblieb, fügte er hinzu: »Vertrau mir.«

Sie dachte: Und was ist passiert, als ich dir das letzte Mal vertraute? Dann ging sie aber doch zum Schaukelstuhl und sah, daß er ein Stück Holz darunter geklemmt hatte, damit er nach hinten gekippt stehenblieb. Plötzlich wußte sie, was er vorhatte.

»Das soll ein Brautbild werden, keine Aufnahme von einem Boudoir«, meinte sie argwöhnisch.

»Sei nicht so mißtrauisch, Abbie. Ich weiß, was ich tue. David wird begeistert sein, wenn er die Fotografie sieht.«

Das machte sie noch argwöhnischer.

»Ich möchte, daß du mich stehend fotografierst.«

»Ich werde stehen, sei ganz unbesorgt.«

»Mach dich nicht lächerlich, du weißt, was ich meine.«

»Ja, natürlich. Ich wollte nur witzig sein. Aber entweder wir machen es auf meine Weise, oder David wird sich wundern, was du die ganze Zeit hier gemacht hast, wenn du kein Foto vorweisen kannst.«

Er streckte ihr die Hand hin, um ihr in den Stuhl zu helfen. Widerstrebend griff sie danach und setzte sich vorsichtig in den zurückgekippten Schaukelstuhl. Ihre Füße baumelten in der Luft. Sie kam sich absolut lächerlich vor.

Jesse nahm ihr den Schleier aus der Hand und legte ihn aufs Bett. Dann trat er hinter den Schaukelstuhl und blickte auf sie hinunter. Er legte ihr die Hand auf die Stirn und drückte ihren Kopf gegen die Lehne.

»So«, sagte er, »ganz locker und entspannt.«

Die Berührung seiner Hand ließ ihr Herz höher schlagen. Als ihr Haarknoten die Lehne berührte, blickte sie in Jesses Gesicht, das sich über sie beugte. Einen Augenblick begegneten sich ihre Blicke, und sie fragte sich entsetzt, was er mit ihr vorhatte.

Dann sagte er mit samtweicher Stimme: »Wir haben hier eine Braut, nicht vor der Hochzeitsfeier, sondern nachher – so wie jeder Bräutigam seine Braut in Erinnerung behalten will. Wenn ihre Frisur nicht mehr perfekt sitzt ...«

Er zupfte ein paar Strähnen aus ihrem streng zurückgekämmten Haar und ließ sie locker über ihre Wangen fallen. Seine dunklen Augen und seine beschwörende Stimme schienen sie hypnotisiert zu haben, denn sie wagte nicht zu protestieren.

»So gefällt die Braut einem Mann«, sprach er weiter. »Ein wenig aufgelöst ... nachdem sie die Glückwünsche entgegengenommen hat, von den Hochzeitsgästen umarmt und geküßt worden ist und getanzt hat.« Prüfend betrachtete er sie. »Einzelne Locken kleben an ihren feuchten Wangen«, murmelte er weiter und ließ sie nicht aus den Augen.

Nein, Jesse, dachte sie, blieb aber wie gelähmt sitzen, während er mit der Zunge einen Finger befeuchtete und eine Locke an ihre Wange drückte. Wie in Trance ließ sie alles mit sich geschehen – sah seine Zungenspitze, seinen langen Finger, spürte die Berührung an ihrer Wange. Sie versuchte, nicht daran zu denken, wie diese Finger sie gestreichelt hatten. Dann trat er zurück und sagte anerkennend: »Das ist viel besser, Abbie. Wie wird David dieses Porträt lieben!«

Sie umklammerte die Armlehnen und starrte zu ihm hoch. Ihre Wangen brannten von seiner Berührung.

»Du bist zu verspannt, Abbie. Eine Braut sollte nicht die Armlehnen umklammern, als wäre sie zu Tode erschreckt.« Er nahm ihre Hände und befahl mit samtweicher Stimme: »Entspann dich!« Dann legte er eine Hand mit der Innenfläche nach oben in ihren Schoß. »So ist es gut«, murmelte er, strich mit den Fingern über ihr Handgelenk, bis die Hand ganz locker war. Ein Schauder lief ihr über den Rücken. Er richtete sich auf, verschwand für einen Augenblick aus ihrem Blickfeld.

»Jetzt den Schleier ...« Er hielt ihn in der Hand. »Das Symbol der Reinheit, das sie abgelegt hat.« Ihr Herz machte einen schmerzhaften Sprung, als er näher kam, aber er legte den Schleier nur auf die Rückenlehne und drapierte ihn über ihren Arm und ihren Schoß. Das feine Gewebe bedeckte ihre Hand, als hätte sie den Schleier eben müde und erschöpft abgenommen. Dann legte er ihre andere Hand auf die Armlehne. Er kniete sich vor sie hin.

»Der Tag geht zu Ende, verstehst du? Es ist spät, du kannst die engen Schuhe, den steifen Kragen nicht mehr ertragen.« Und ehe ihr bewußt wurde, was er tat, hatte er ihr die Satinschuhe – Davids Hochzeitsgeschenk – von den Füßen gestreift. Dabei streichelte er flüchtig ihre Fußsohlen. Stumm und starr vor Entsetzen starrte sie ihn aus weitaufgerissenen Augen an. Er stand auf, trat hinter sie und begann langsam ihren Kragen aufzuknöpfen. Ihr Blick verlor sich in seinen dunklen Augen. Seine Hand glitt von ihrem Hals zur Rückenlehne des Schaukelstuhls, und er kippte ihn noch weiter nach hinten, wobei er heiser fragte: »Welcher Mann würde seine Braut nicht gerne so in Erinnerung behalten?«

Seine Blicke brannten wie Feuer auf ihren Wangen und ließen ihr Gesicht erglühen. Hilflos war sie diesen Blicken, dieser beschwörenden Stimme ausgeliefert.

»Befeuchte deine Lippen, Abbie«, sagte er sanft und beugte sich über sie.

»Befeuchte sie«, drängte er, »als hätte David dich eben geküßt und gesagt ... ich liebe dich, Abbie.« Jesse blickte auf ihre Lippen, sah ihr dann wieder in die Augen und wartete. Mit der Zungenspitze fuhr sie sich über ihre halbgeöffneten Lippen.

Er legte beide Hände auf die Armlehnen und beugte sich über sie. »Du darfst die Augen nicht so weit aufreißen, Abbie. Wenn ein Mann dir sagt, daß er dich liebt, senkst du dann nicht die Lider?« Wie gelähmt starrte sie in sein Gesicht, das so nahe war, und fühlte seinen Atem auf ihrer Haut. »Laß es uns noch einmal versuchen, Abbie«, flüsterte er.

»Ich liebe dich, Abbie.« Ihre Lider senkten sich.

»Ich liebe dich«, hörte sie wieder und schloß die Augen.

»Ich liebe dich, Abbie.« Seine Lippen berührten ihren Mund. Willenlos ließ sie sich zurücksinken, als er sie küßte. Ihr ganzer Körper sehnte sich nach ihm.

Aber plötzlich wurde sie von panischem Schrecken überwältigt. »Nein, nein, ich heirate morgen«, rief sie erstickt und wandte ihren Kopf ab.

»Ganz recht – morgen«, murmelte er sanft an ihrem Hals.

Mit letzter Kraft kämpfte sie gegen die Gefühle an, die er in ihr geweckt hatte. »Laß mich aus diesem Stuhl heraus«, flehte sie, den Tränen nahe.

»Erst wenn ich einen richtigen Kuß von der Braut bekommen habe«, sagte er und küßte ihr Kinn. »Abbie, du bist noch nicht seine Frau. Bei der Hochzeit kann ich die Braut nicht küssen, also tu ich es einen Tag zuvor . . .«

Als sie sich noch immer weigerte, sagte er: »Warum nicht, Abbie? Auf dem Porträt für David sollst du aussehen wie eine geküßte Braut. So sieht eine Braut doch an ihrem Hochzeitsabend aus, oder?« Dann drehte er ihren Kopf herum und preßte seine Lippen auf ihren Mund. Sie wehrte sich mit Händen und Füßen, aber er packte ihre Arme und legte sie sich um den Hals.

Wie sehr hatte sie sich danach gesehnt, ihre Finger in seinem dichten Haar zu vergraben, während sie ihre Lippen öffnete und befeuchtete – für David.

Jesse küßte sie leidenschaftlich, ergriff mit seinem Mund wieder Besitz von ihr. Dann stieß er mit dem Fuß das Holzstück beiseite, der Stuhl fiel nach vorn und sie in seine Arme. Er zog Abbie auf seine Knie, legte seine Arme um ihre Taille und preßte sie an sich. Ihre Zungen sprachen von dem Verlangen, das sie beherrschte, ihre Lippen sprachen von der Leidenschaft, die sie erfüllte.

Er riß sich von ihrem Mund los und flüsterte an ihrer Stirn: »Du kannst ihn nicht heiraten, Abbie. Sag, daß du es nicht kannst.« Aber ehe sie einen Laut hervorbrachte, verschmolzen seine Lippen wieder mit den ihren. »Sag es«, murmelte er dann heiser und küßte ihren Hals. Aber sie verging vor Wonne und stöhnte nur einmal auf. Sie drückte ihr Gesicht in sein Haar, streichelte seinen Nacken, als er ungeduldig ihr Kleid aufriß und seine Lippen ihre wartenden Brüste fanden.
»Jesse . . . mein Hochzeitskleid«, murmelte sie vage.

An ihrer Brust flüsterte er heiser: »Ich kauf dir ein neues.« Dann umfaßte er mit beiden Händen ihre Brüste und streichelte sie, bis sie vor Erregung zu vergehen schien.

Mit einer einzigen heftigen Bewegung streifte er ihr das Kleid von den Schultern, bis sich ihr Oberkörper nackt seinen

fordernden Lippen darbot. »Mein Gott, Abbie«, flüsterte er
heiser, »ich konnte dich nicht vergessen.«

»Bitte, Jesse, wir müssen aufhören.«

Aber er löste seinen Mund nicht von ihrem Körper.

»Oh, Jesse, bitte hör auf.«

»Ich liebe es, wenn du meinen Namen so aussprichst. Wie
nennst du ihn, wenn er das mit dir macht?« Er richtete sich
auf, umfaßte ihren Kopf mit beiden Händen, blickte ihr
forschend in die Augen, ehe er sie mit fast schmerzhaftem
Verlangen wieder küßte. Dann berührte er ihre empfindlich-
sten Körperstellen – ihre Brüste, ihren Bauch und legte seine
Hand in ihren Schoß. »Kann David dieses Zittern, dieses
Verlangen in dir wecken?«

Und ihr gequältes Gesicht gab ihm die Antwort. Dann zog sie
seinen Kopf an sich und küßte ihn voller Leidenschaft.

»Nein ... nicht so wie du, Jesse. Nie wie du ...«

Und sie wußte, David würde ihr Verlangen nie stillen können.

24

Die Türglocke läutete, und David sah Bones Binley durch den Verkaufsraum ins rückwärtige Zimmer gehen. Bei kaltem Wetter kam Binley gern auf eine Tasse Kaffee in den Schuh-Salon. Das gab ihm auch Gelegenheit, Miss Abigail von Zeit zu Zeit zu sehen, die er noch immer verehrte.

Heute war sie nicht hier ... das wußte Bones schon, ehe er hereinkam.

»Hallo, Bones«, begrüßte David den schlaksigen Mann.

»Wie geht's, David?« entgegnete Bones.

»Danke, daß Sie Abigail gestern das Paket vom Bahnhof brachten. Sie hat schon mit Ungeduld darauf gewartet.«

Bones nickte.

»Sie bat mich, Ihnen zu danken, wenn ich Sie sehe.«

»Ja.«

»Sie ist im Hotel und läßt sich fotografieren.«

»Ja.«

David lachte. »Warum erzähle ich Ihnen das überhaupt? In dieser Stadt geschieht doch nichts, worüber Sie nicht Bescheid wissen.«

Bones lachte leise in sich hinein.

»Ja, das stimmt. Wie zum Beispiel gestern: Bei dem Schneesturm war ich wohl der einzige, der am Bahnhof war und diesen DuFrayne zusammen mit seiner Fotoausrüstung mit dem Nachmittagszug ankommen sah. Er hat alles zu Edwins Hotel geschleppt.« Bones kramte seinen Kautabak hervor und biß ein großes Stück ab.

David wurde so weiß wie der Schnee.

»D ...D ... DuFrayne?«

»Ja.«

»Sie ... Sie müssen sich irren, Bones. Das war nicht D ...
DuFrayne, sondern Damon Smith mit seiner Fotoausrüstung.«

»Wer? Der Blonde? Nein, der kam erst heute morgen mit
dem 9-Uhr-50-Zug. Nein, der andere, DuFrayne kam schon
gestern an und ging ins Hotel. Soviel ich weiß, ist er noch
dort.« Bones hob die Klappe des rundbauchigen Ofens, zielte
genau und spuckte in die Öffnung. Aus dem Augenwinkel
beobachtete er David.

»Ich ... werde Abigail jetzt abholen. Wir hatten ... verein-
bart, uns im Hotel zu treffen. Entschuldigen Sie ... mich,
bitte ...«

»Natürlich«, entgegnete Bones und grinste zufrieden, als
David ins hintere Zimmer eilte und seinen Mantel holte.

Dreieinhalb Minuten später betrat David das Hotel.

»Hallo, David. Wie geht das Geschäft?«

»Alles bereit zur Eröffnung nach der Hochzeit.«

Edwin lächelte freundlich und bemerkte Davids Nervosität.

»Die vierundzwanzig Stunden vor der Hochzeit sind die
schlimmsten, wie, David?«

David schluckte.

»Machen Sie sich keine Sorgen. Mit dem Geschäft und der
Frau werden Sie ein glückliches Leben führen.«

Normalerweise hätte David in Edwins Lachen eingestimmt,
aber er fragte nur besorgt: »Ist sie hier, Ed?«

»Natürlich.« Ed deutete mit dem Daumen nach oben. »Seit
einer Stunde ist sie bei dem Fotografen. Das wird wohl ein
prächtiges Porträt.«

»Ich ... ich ... muß sie kurz sprechen.«

»Gehen Sie nur nach oben. Smith hat Zimmer Nummer acht.
Am Ende des Ganges auf der linken Seite.«

»Danke, Ed.«

Leise ging David den Gang entlang. Sein Fuß hatte begonnen
zu schmerzen, und sein Herz schlug dumpf in seiner Brust.

Eine Stunde war sie schon hier? Brauchte man eine Stunde, um eine Aufnahme zu machen? Aber sie *war* bei Damon Smith.

Als er sich der Tür zu Nummer acht näherte, sah er, daß sie nur angelehnt war.

Stimmengemurmel drang heraus – er hörte die gedämpften Stimmen einer Frau und eines Mannes. David wurde plötzlich schwindelig, und er lehnte sich gegen die Wand.

»Oh, Jesse, bitte hör auf.«

Mein Gott, das war Abigails Stimme! David schloß die Augen. Wie gelähmt stand er da, seine Füße schienen Wurzeln geschlagen zu haben. Er unterdrückte einen qualvollen Aufschrei, als die heisere Stimme sagte: »Ich liebe es, wenn du meinen Namen so aussprichst. Wie nennst du ihn, wenn er das mit dir macht?«

David sah entsetzliche Bilder vor sich, als ein langes Schweigen folgte. Der Schweiß stand ihm auf der Stirn. Beweg dich! dachte er. Geh! Aber da ertönte wieder DuFraynes Stimme: »Kann David dieses Zittern, dieses Verlangen in dir wecken?« Und Abigails bebende Antwort: »Nein ... nicht wie du, Jesse. Nie wie du ...«

David zögerte, während Übelkeit und Angst in ihm aufstiegen. Aus dem Zimmer drangen die Geräusche zweier Liebenden, die sich selbstvergessen ihrer Leidenschaft hingaben. Er konnte der Versuchung nicht widerstehen.

Er stieß die Tür auf. Bei dem Anblick, der sich ihm bot, kam ihm die Galle hoch.

Abigail kniete mit geschlossenen Augen und zurückgeworfenem Kopf auf dem Boden. Das Mieder ihres Hochzeitskleides war bis zur Taille herabgerutscht, und Jesse DuFrayne kniete vor ihrem nackten Leib und küßte ihre Brüste. Abigails Brautschleier lag zerdrückt unter ihren Knien. Knöpfe und Haarnadeln waren überall verstreut. Neben dem Schaukelstuhl lag sein Hochzeitsgeschenk – die Satinschuhe. David war zutiefst angewidert, konnte aber den Blick nicht abwenden. Er beobachtete, wie die Frau, die er morgen heiraten wollte, mit beiden Händen den Kopf des Mannes umfaßte und seinen Mund auf ihre Brust drückte, während sie wollüstig stöhnte.

Blutrot im Gesicht vor Scham krächzte er: »Abigail!« Entsetzt wich sie zurück. »David! O mein Gott!«

»Du hast mich von Anfang an belogen. Was war ich doch für ein Narr!«

Abigail wurde kreidebleich, aber Jesse zog sie instinktiv an seine Brust, um ihren nackten Körper vor Davids Blicken zu verbergen.

»Hüte deine Zunge, Melcher! Denn dieses Mal werde ich antworten, nicht sie«, warnte Jesse.

»Du ... du Abschaum!« schrie David. »Wie recht ich doch hatte. Ihr seid beide von ein und derselben Sorte.«

»Der Meinung bin ich auch. Deswegen konnte ich nicht verstehen, warum, zum Teufel, sie dich heiraten wollte.«

»Das wird sie nicht! Du kannst sie haben!«

»Sie hat immer nur mir gehört!« entgegnete Jesse und durchbohrte Melcher mit einem giftigen Blick, während er Abigails Kleid hochzog.

»Eine treffende Bemerkung, wenn man bedenkt, wieviel Geld du ihr gegeben hast, du verdammter Hurensohn.«

»Hört auf! Hört beide auf!« rief Abigail, raffte ihr Kleider zusammen und stand auf. Die kompromittierende Situation, die Worte, die David gehört hatte, machten ein Leugnen sinnlos. Abigail hatte das Gefühl, durch einen luftleeren Raum zu stürzen. Sie ging einen Schritt auf David zu, aber er wich angeekelt zurück.

»David, es tut mir leid ... bitte, verzeih mir. Ich wollte nicht, daß das passiert.« Sie streckte ihre Hand nach ihm aus. Aber Erklärungen und Entschuldigungen vergrößerten nur ihre Scham.

»Du verlogene Dirne!« spie er ihr ins Gesicht. »Hast du geglaubt, ich würde es nicht erfahren? Noch einmal, ehe du mich heiratest, wolltest du das? Nur noch einmal mit diesem Hurensohn, den du lieber hast als mich? Nun, gut – behalte ihn!«

Heute hörte sie David zum erstenmal fluchen. Entsetzt über das, was er gerade gesehen hatte, und in dem Bewußtsein, wie tief sie gesunken war, streckte sie flehend eine Hand nach ihm aus.

»David, bitte ...«

»Rühr mich nicht an! Rühr mich nie wieder an!« sagte er kalt und hart. Dann machte er auf dem Absatz kehrt und humpelte aus dem Zimmer.

Während sie dastand und den leeren Türrahmen anstarrte, wurde ihr die Ungeheuerlichkeit ihres Verhaltens bewußt. Entsetzt schlug sie ihre Hände vor den Mund und stöhnte qualvoll auf.

»Jetzt wird er mich nicht mehr heiraten. O mein Gott, die ganze Stadt wird es innerhalb einer Stunde erfahren. Was soll ich nur tun?« Sie schluchzte hysterisch auf und krümmte sich wie in qualvollen Schmerzen.

Jesse stand ein paar Schritte hinter ihr. Ohne sie zu berühren, sagte er ruhig: »Ganz einfach ... heirate mich.«

»Was!« Sie wirbelte herum und starrte ihn an, als wäre er verrückt geworden. Halb lachend, halb weinend sagte sie: »Ach, wäre das nicht lustig! Wir heiraten und verbringen unser Leben damit, uns gegenseitig anzuschreien ...« Sie lachte hysterisch. »Oh, das ist sehr lustig, Mr. DuFrayne«, schluchzte sie verzweifelt.

Aber Jesse lachte nicht. Mit starrem, ernstem Gesicht sagte er: »Ja, manchmal ist es sehr lustig, Miss McKenzie – lustig und aufregend und wunderbar, weil wir auf diese Weise kämpfen, um zueinander zu finden. Ich kann ohne diesen Kampf nicht mehr leben, Abbie. Deswegen bin ich zurückgekommen.«

»Du bist zurückgekommen, um David und mich auseinanderzubringen. Leugne es nicht!«

»Ich leugne es nicht. Aber gestern nacht hatte ich meine Meinung geändert. Was heute hier geschehen ist, war nicht geplant. Es ist einfach passiert.«

»Aber du ... du hast mich in dieses Zimmer gelockt ... hast mich in diesen Schaukelstuhl gesetzt und ...«

»Dein Verlangen war ebenso stark wie meins.«

Die Wahrheit war noch so furchterregend, daß sie ihr nicht ins Gesicht zu sehen wagte. Diesen Mann würde sie nie begreifen! Sie ging an ihm vorbei und verschwand hinter dem Wandschirm. »Für dich ist das alles doch nur ein Spiel. Du liebst es, die Menschen zu manipulieren ...«

»Das ist kein Spiel, Abigail«, widersprach er und folgte ihr hinter den Schirm. »Ich bitte dich, mich zu heiraten.«

Sie knöpfte die Manschetten ihres zerrissenen Hochzeitskleides auf. »Das würde uns zum Gespött der ganzen Stadt machen – Miss Abigail und ihr Zugräuber!« Sie drehte sich um und zerrte an ihren Ärmeln, während sie die Klatschmäuler nachahmte. »Du erinnerst dich doch, nicht wahr? Das ist die Frau, die am Tag vor ihrer Hochzeit mit einem anderen Mann in flagranti im Hotel ertappt wurde.« Außer sich vor Wut riß sie sich das Kleid vom Leib.

»Das allein zeigt doch, daß wir füreinander geschaffen sind. Du weißt verdammt gut, daß es dir mit mir mehr Vergnügen macht als mit ihm, sonst hättest du es heute nicht so weit kommen lassen.«

»Wie kannst du es wagen, mir zu unterstellen, daß ich je mit David so weit gegangen bin! Wir haben nichts getan – absolut nichts! Unsere Beziehung war so rein wie frischgefallener Schnee, und die ganze Stadt wußte es!«

Sie starrten einander an.

»Was schert es dich, was die Leute denken?«

»Verschwinde von hier. Ich will mich umziehen!« rief sie, wandte ihm den Rücken zu und ließ ihr Kleid zu Boden fallen.

»Wenn ich aus diesem Zimmer gehe, dann nur mit dir an meinem Arm. Du ziehst diesen hübschen grünen Mantel an,

342

den ich bezahlt habe, und wir steigen in den Zug. Dann kann uns die ganze Stadt mal ...« Sie schlüpfte in ihr Mieder und schnürte es zu. »Ach, prahlst du wieder mit deinem Geld? Nun, mich kannst du nicht kaufen!« Sie zog ihren Unterrock und dann den Rock an.

»Dich kaufen!« rief er. »Ich will dich nicht kaufen. Du sollst freiwillig mit mir kommen!«

»Du wolltest mich heute verführen. Das hast du geplant.« Sie nahm ihre Bluse vom Wandschirm und schlüpfte hinein.

Er umarmte sie von hinten, umfaßte ihre Brüste und drückte sie an sich. Sie schob seine Hände beiseite.

»Dann sind wir jetzt quitt, nicht wahr, Abbie?« fragte er und küßte ihren Nacken. »Du hast mich doch auch einmal verführt? Nur ist es dir damals gelungen, während ich bis jetzt ...« Er streichelte wieder ihre Brüste, und sie wehrte sich wütend gegen seine Umarmung. Der Wandschirm fiel polternd um.

»Deine Art, um mich zu werben, ist einfach unverschämt!« schimpfte sie, zerrte an seinen Handgelenken, aber da schlang er einen Arm um ihre Taille und preßte ihren Körper an sich. »Das gefällt dir doch, Abbie. Sag mir, daß es dir nicht gefällt. Du weißt doch, was gut ist für dich.«

Einen Augenblick lang gab sie nach, und er lockerte seinen Griff. Das gab ihr die Chance, sich zu befreien, sie drehte sich um und sah ihm ins Gesicht.

»Wie kannst du wissen, was gut ist für mich, wenn ich es selbst nicht weiß?«

Ihr Blick schweifte zur Tür, durch die David aus ihrem Leben verschwunden war.

»Dann ist es wohl höchste Zeit, daß ich es dir wieder zeige«, drohte er mit honigsüßer Stimme und streckte die Arme nach ihr aus.

Ihr Herz klopfte zum Zerspringen. Jesse gelang es immer, sie in einen Aufruhr zwiespältigster Gefühle zu stürzen. Sie starrten einander an wie zwei Katzen kurz vor der Paarung.

Langsam umkreiste sie ihn, um zur Tür laufen zu können. Aber er war vor ihr da und warf sie krachend ins Schloß. Keuchend wich sie zur Seite und starrte ihn mit weitaufgerissenen Augen wütend an.

Er lehnte sich lässig gegen die Tür, grinste sie frech an, und in seinen braungesprenkelten Augen lag dieser unverschämte, wissende Blick.

Mit sanfter, verführerischer Stimme sagte er: »Du weißt doch, daß wir es wieder tun werden, nicht wahr? So hat es jedesmal angefangen, Abbie – ich bin der Jäger, und du fliehst vor mir. Aber das ist kein Kampf, du weißt es, denn am Ende gewinnen wir beide.« Er stieß sich mit der Schulter von der Tür ab. »Also, komm her, du Wildkatze«, flüsterte er heiser. »Die Jagd ist vorbei, jetzt erlege ich dich.«

Sie liebte es, sie hatte es vermißt, sie wollte es – dieses überwältigend aufregende Gefühl der Erwartung, denn sie wußte, was er tun würde. Aber eine Wildkatze gibt sich nicht so schnell geschlagen. Wütend fauchte sie: »Komm her! Tu dies! Tu das! Heirate mich! Und was dann? Kampf und Streit das ganze Leben lang?«

Er grinste noch unverschämter. »Wie verdammt recht du hast«, sagte er vergnügt.

»Oh, du ... du ...«

Aber er hatte lange genug gewartet.

»Verdammt ...«, knurrte er, packte ihr Handgelenk, riß sie herum und drückte sie mit seinem ganzen Körper gegen die Tür. Dann schob er seine Hände unter ihre Achseln, hob sie hoch und küßte sie.

Als er schließlich ihren Mund freigab, sah er ihr tief in die Augen.

»Verdammt, Abbie, *ich* liebe dich. Ich habe vorhin von mir gesprochen, nicht von David.«

Sie brachte kein Wort über die Lippen, und dann merkten beide plötzlich, daß er sie noch immer hochhielt. Er ließ sie langsam zu Boden sinken.

»Sag doch etwas, Abbie.«

In ihrem Blick lag die ganze Verwirrung und Erregung, die sie empfand.

»Wie kann ich einen Mann heiraten, vor dem ich mich fürchte und der mich eben gegen die Tür geworfen hat?«

»Ach Gott, Abbie, ich habe dir doch nicht weh getan?« Er küßte ihre Lider und sah ihr dann wieder in die Augen. Ängstlich fragte er: »Fürchtest du dich wirklich vor mir, Abbie? Das brauchst du nicht. Ich will dich glücklich machen, dich zum Lachen bringen ... und du sollst auch stöhnen, aber nicht vor Schmerz. Nur davon ...«

Er küßte ihren halb geöffneten Mund, ließ seine Lippen dann über ihren Hals zu ihren Brüsten gleiten, flüsterte in ihr Ohr: »Gib's zu, Abbie, auch du willst es. Sei ehrlich zu mir und zu dir.«

»Ich bin so verwirrt«, antwortete sie mit zitternder Stimme und ließ ihren Kopf erschöpft gegen die Tür sinken.

»Das ist verständlich, denn ich bin genau das Gegenteil von dem, was man dir dein Leben lang als erstrebenswert eingeredet hat. Aber ich bin der richtige Mann für dich, Abbie. Das weiß ich.«

Verzweifelt ließ sie den Kopf von einer Seite zur anderen rollen und flüsterte: »Ich weiß es nicht ...«

»Doch, du weißt es, Abbie. Du weißt, was für ein Leben wir miteinander führen werden. Wir passen gut zusammen. Wir können miteinander reden, streiten, lachen und uns lieben. Wovor hast du Angst, Abbie? Daß dir wieder weh getan wird? Oder vor dem Gerede der Leute? Oder wie David über dich denkt?«

Sie öffnete die Augen und blickte an ihm vorbei.

»Ich habe David so weh getan.« Ihre Nasenflügel bebten. Sie schloß wieder die Augen.

»Vielleicht mußtest du das tun, um dich selbst zu retten.«

»Nein, niemand hat es verdient, so verletzt zu werden.«

»Dann will ich einen Teil der Schuld auf mich nehmen. Wenn du willst, gehe ich zu ihm und bitte ihn um Verzeihung.«

Sie vergoß noch ein paar Tränen wegen David und dem scheinbaren Glück, das sie verloren hatte. Aber es tat ihr gut, Jesses beschwörende Stimme zu hören. Davon hatte sie geträumt, seit er fortgegangen war. Er würde wirklich nichts unversucht lassen, um sie zu bekommen.

»Das Land ist so groß, Abbie, und wartet auf dich. Du kannst wählen, in welcher Stadt wir leben wollen. Wenn es dir gefällt, als die Frau eines Eisenbahnmagnaten in einem Haus in Colorado Springs zu leben – ich kaufe es dir. Wir könnten zuerst nach New Orleans fahren, damit ich dich meiner Familie vorstellen kann. Ich zeige dir das Meer, Abbie, du wolltest es immer einmal sehen.« Seine Augen waren voller Liebe und Ernsthaftigkeit, als er weitersprach: »Abbie, ich möchte dich nicht kaufen, aber ich würde es tun, wenn ich keine andere Wahl hätte. Ich bin reich, Abbie, was ist verkehrt daran? Was ist verkehrt daran, daß ich dich auch mit meinem Geld glücklich machen will? Ich schulde dir mein Leben, Abbie, also kannst du es auch annehmen ...«

Davon habe ich immer geträumt, dachte sie. Jesse flüstert mir Liebesworte ins Ohr, weckt alle meine Sinne, bis ich vor Erregung beinahe in Ohnmacht falle. Sie öffnete die Augen und begegnete seinem intensiven Blick, der ihr alles Glück dieser Welt verhieß. Sie ließ sich in diesem warmen Gefühl der Sicherheit treiben, das ihr seine Liebe gab.

Bin das ich? dachte sie. Abigail McKenzie? Oder ist es nur ein Traum? Dieser gutaussehende Mann will mich mit jedem Wort überzeugen, daß er mich liebt? Ihr Herz drohte vor Freude zu zerspringen.

Er küßte ihren Hals, knabberte an ihrem Ohrläppchen und fuhr dann leicht mit der Zunge über ihre Lippen.

»Das will ich dir geben, Abbie.«

Sie spürte seinen warmen Atem und hörte seine heisere Stimme, als er flüsterte: »Es ist so wichtig, auch für dich. Leugne es nicht. Sag, daß du dich nach mir sehnst. Dein Körper verrät dich.«

Eine heiße Woge des Verlangens durchströmte sie.

Sie zitterte vor Erregung, als er sich an sie preßte. Willig folgte sie seinen rhythmischen Bewegungen und dachte: Jesse, Jesse ... nur du kannst das so gut ... so gut ...

Er sah das leichte Lächeln auf ihren Lippen, fühlte ihre Brüste, die sich gegen ihn drängten. Er flüsterte ihr ins Ohr: »Abbie, ich trage dich jetzt zu diesem Bett und liebe dich, wie du noch nie in deinem Leben geliebt worden bist.«

Er fühlte, wie sie erschauderte. Er legte einen Arm um ihre Schulter, den anderen in ihre Kniekehlen, hob sie auf und trug sie zum Bett.

»Und ich werde nicht aufhören ... bis du mir sagst, daß du mich liebst und mich heiraten willst.«

Die Federn des Bettes quietschten, als er sich mit einem Knie darauf stützte und dann zusammen mit ihr auf die Matratze fiel. Ungeduldig zerrte er ihr die Bluse und den Rock vom Leib. Wohlig rekelte sie sich, sehnte sich mit jeder Faser ihres Seins nach seiner Liebe. Aber sie konnte sich nicht verkneifen zu sagen: »Dabei hast du so viel Geld ausgegeben, um die Hochzeit mit David zu arrangieren.«

»Nun, jetzt mach ich sie eben rückgängig«, knurrte er, zog sein Hemd und seine Hose aus und warf sie zu ihren Kleidungsstücken auf den Boden. »Gib doch zu, daß du stolz darauf bist, daß ich reich bin«, sagte er.

»Ich wäre auch mit einem Schuhgeschäft zufrieden gewesen«, schnurrte sie und berührte leicht mit den Fingerspitzen seine Oberschenkel.

»Wenn wir hier fertig sind, werde ich dieses verdammte Schild, auf dem dein Name steht, herunterschießen.«

Er streckte sich neben ihr aus und schob seine Hand unter ihr Mieder. Sie schnappte keuchend nach Luft.

Mit geschlossenen Augen flüsterte sie: »Die ganze Stadt weiß jetzt wahrscheinlich, was wir tun«, doch es war ihr egal, denn sie liebte es.

Die Lippen gegen ihren Hals gepreßt, sagte er glucksend vor

Lachen: »Und dann gehen sie nach Hause und gönnen sich auch ein wenig Vergnügen.«

»Nicht alle sind so wie du, Jesse«, sagte sie lächelnd und wünschte, er würde sich etwas beeilen.

»Nein, aber du bist es«, sagte er, und endlich fiel das letzte Kleidungsstück. Sein Mund glitt über ihren Körper, fand endlich die Stelle, die am sehnlichsten nach ihm verlangte.

»Daran kann ich mich am besten erinnern«, flüsterte er heiser und streichelte sie, bis sie sich vor Lust aufbäumte.

»Ich auch ...«, wisperte sie.

Er kannte ihren Körper, wußte, wonach sie verlangte, steigerte ihre Erregung bis kurz vor der Ekstase und legte sich dann der Länge nach auf sie.

»Sag es, Abbie«, bat er und küßte ihren Hals, als sie den Kopf zurückwarf. »Sag es, während ich zu dir komme.«

Sie öffnete die Augen und begegnete seinem liebevollen Blick. Er lehnte auf die Ellbogen gestützt über ihr und wartete auf ihre Worte.

»Ich liebe dich, Jesse ... liebe dich ... liebe dich ...«, sagte sie im Rhythmus seiner Bewegungen. Er sah die Tränen in ihren Augenwinkeln, als ihre Lippen die Worte formten. Er bewegte sich schneller, fühlte ihre höchste Erregung, und gemeinsam verloren sie sich in einer Ekstase ungeahnter Lust.

»Jesse ... oh, Jesse.«

Sie schmiegte sich in seine Arme, umfaßte ihn besitzergreifend und träumte von den Tagen und Nächten, die vor ihnen lagen.

Er betrachtete ihr sanftes Gesicht und sagte leise: »Der Zug kommt.«

Sie lächelte und berührte seine Unterlippe, dann streichelte sie seinen Schnurrbart. »Sogar der Zugfahrplan paßt in deine Pläne, nicht wahr?«

»Und was ist mit dir, Miss Abigail McKenzie?« fragte er und hielt den Atem an.

»Auch ich«, antwortete sie liebevoll.

Er schloß die Augen und seufzte zufrieden.

»Aber was soll mit meinem Haus voller Hochzeitskuchen geschehen?«

»Laß sie den Mäusen.«

»Ich soll alles zurücklassen?«

Er stützte sich auf einen Ellbogen und blickte ihr ernst in die Augen.

»Ich bitte dich, aus diesem Bett aufzustehen, dich anzuziehen und an meinem Arm zum Bahnhof zu gehen – und nie wieder zurückzublicken. Heute fängt unser Leben an.«

»Ich soll mein Haus, alles, was mir gehört ... einfach zurücklassen?«

»Ja, einfach so.«

»Aber wenn wir direkt vom Hotel zum Bahnhof gehen, werden die Leute wissen, was passiert ist.«

»Ja, das werden sie. Das wird die Sensation des Tages – Miss Abigail und ihr Zugräuber spazieren direkt an ihren Nasen vorbei.«

Nachdenklich sah sie ihn an.

»Du willst sie schockieren, nicht wahr, Jesse?«

»Ich glaube, das haben wir schon getan. Dann laß es uns auch zu Ende führen.«

Sie brach in schallendes Gelächter aus. Dann wurde sie wieder ernst und sagte: »Wir sind so verschieden, Jesse. Trotz all unserer Gemeinsamkeiten sind wir Gegensätze. Auch für dich kann ich mich nicht ändern.«

»Das möchte ich nicht. Willst du, daß ich mich ändere?« Sie fühlte, wie er seine Muskeln anspannte und ängstlich auf ihre Antwort wartete. Sie setzte sich auf, küßte ihn auf die Schulter und sagte: »Nein, ich liebe dich, so wie du bist, Jesse.«

Lächelnd streckte er ihr seine Hand hin und sagte: »Dann laß uns gehen.«

Sie gab ihm ihre Hand, und er zog sie vom Bett. Lachend preßte sie ihren nackten Körper gegen seinen.

»Hüte dich, Weib«, warnte er lächelnd, »sonst verpassen wir den Zug nach Denver.«

Dann schob er sie von sich und gab ihr einen Klaps auf den Hintern.

Sie zogen sich an, aber als sie das zerrissene Hochzeitskleid aufheben wollte, sagte er sanft: »Laß es liegen.«

»Aber . . .«

»Laß es liegen.«

Sie betrachtete das Kleid, sah die Satinschuhe und wußte, was sie tun mußte. »Jesse, ich kann alles andere hierlassen, aber ich muß . . .« Sie sah ihn flehend an. »Ich kann David nicht so verlassen.« In Jesses Gesicht zuckte kein Muskel. »Ich habe ihm so weh getan. Darf ich zu ihm ins Geschäft gehen und ihm sagen, daß ich ihn nicht verletzen wollte?«

Jesses kniete vor seinen Koffern und verschnürte sie mit den Riemen. Er blickte nicht auf, als er sagte: »Ja, wenn er damit für immer aus unserem Leben verschwindet.«

Ein paar Minuten später half er ihr in den grünen Mantel. An der Tür warfen sie noch einmal einen Blick ins Zimmer zurück, sahen den umgestürzten Wandschirm, das zerrissene Hochzeitskleid, die verstreuten Knöpfe und Perlen neben dem Schleier und den Satinschuhen.

Abigail hob die Schuhe auf und steckte sie unter ihren Mantel. Dann verließen sie das Hotel und traten hinaus in das grelle Sonnenlicht.

Er hielt ihren Arm, während sie die Straße entlang zum Schuhgeschäft gingen. Die Hände in den Taschen vergraben, wartete er vor dem Schaufenster. Sie ging hinein und brachte David Melcher die Satinschuhe zurück. Es dauerte nur ein paar Minuten, aber Jesse kam es wie eine Ewigkeit vor.

Die Türglocke klingelte, und Jesse betrachtete forschend Abigails Gesicht. Sie nahm seinen Arm und ging neben ihm her zum Bahnhof.

Er hatte ein merkwürdiges Gefühl im Magen, als er zu ihr hinunterblickte.

Sie lächelte zu ihm auf. »Ich liebe dich, Jesse.«

Da konnte er wieder atmen.

Sie waren sich der neugierigen Blicke bewußt, die ihnen folgten, als sie die Straßen entlanggingen. Der Zug war abfahrbereit. Die Lokomotive fauchte und dampfte.

Den letzte Waggon zierten die Goldbuchstaben R. M. R.

Abigail starrte verwirrt darauf und sah dann Jesse an. Aber ehe sie eine Frage stellen konnte, hob er sie auf die Arme und stieg in den Salonwagen.

Dort blieb er plötzlich stehen, stellte sie auf die Füße und sagte: »Warte einen Augenblick. Ich bin gleich zurück.« Dann sprang er von der Plattform in den Schnee.

Gelassen zog Jesse DuFrayne seinen Revolver, zielte und schoß auf das Schild, das die Namen von David und Abigail Melcher trug. Mit einem dumpfen Aufschlag fiel es auf den Bürgersteig. Der Knall der Schüsse trieb die Leute auf die Straße, aber sie sahen nur das Schild vor dem Schuhgeschäft im Schnee liegen und den Rücken von Jesse DuFrayne, als er wieder in den Waggon stieg.

Er nahm Abbie in die Arme und verschloß ihren vor Erstaunen geöffneten Mund mit seinen Lippen.

»Ach, am schönsten ist es doch zu Hause«, sagte er und stieß mit dem Fuß die Tür zu.

»Zu Hause?« wiederholte sie und betrachtete bewundernd die luxuriöse Ausstattung des Salonwagens. »Was ist das?«

»Das, mein Liebling, ist unsere Flitterwochensuite, die extra für dieses Ereignis angefertigt wurde.«

Noch nie hatte Abbie einen derart verschwenderisch ausgestatteten Raum gesehen. Das riesige Bett war mit grünem Samt bezogen, davor stand ein Tisch, der für zwei Personen gedeckt war; in einem Eiskübel stand eine Flasche Champagner, und neben einem verschnörkelten, bauchigen Ofen stand eine Kupferbadewanne. Ein Feuer knisterte im Ofen, bequeme Sessel luden zum Sitzen ein, ihre Füße versanken in einem dicken Teppich.

»Jesse DuFrayne, du hinterlistiger Teufel! Wie kommt es, daß dieser Waggon ausgerechnet heute in Stuart's Junction steht? Und hör auf, meinen Nacken zu küssen, während ich mit dir rede! Antworte mir!«

»Ehe schmore ich in der Hölle, als daß ich aufhöre, dich zu küssen, Miss Abigail McKenzie, nur weil du es mir befiehlst.«

»Aber das *ist* ein Salonwagen. Und du hast diesen Wagen hierherbringen lassen. Du *hast* meine Verführung bis zur letzten Minute geplant!«

»Halt deinen süßen Mund«, sagte er und verschloß ihn mit seinen Lippen, als der Zug anfuhr. Dann trug er sie zu dem riesigen Bett am Ende des Wagens, und aus dem Kuß wurde eine ziemlich wackelige Sache, weil der Waggon rüttelte und schüttelte.

Lachend warf er sie aufs Bett und fragte: »Was soll's zuerst sein? Ein Bad, Dinner, Champagner ... oder mich?«

»Wieviel Zeit haben wir?« fragte sie und knöpfte ihren Mantel auf.

»Wir können bis nach New Orleans fahren, ohne einmal auszusteigen«, antwortete er grinsend.

Sie schlüpfte aus dem Mantel, betrachtete die Badewanne, die Champagnerflasche, den gedeckten Tisch und blickte zum Fenster hinaus, wo die Welt an ihnen vorbeisauste. Dann beäugte sie den Mann ... der seine Manschetten aufknöpfte.

»Nun, wir wär's mit allen vieren auf einmal?« schlug Abigail McKenzie vor.

Er hob erstaunt die Brauen, sah sie überrascht an und knöpfte dann seine Weste auf.

»Nun, verdammt will ich sein ...«, murmelte Jesse DuFrayne vergnügt und zwirbelte seinen Schnurrbart.